ANNE TÖPFER

Das Brombeerzimmer

Roman

List Taschenbuch

Besuchen Sie uns im Internet:
www.list-taschenbuch.de

Originalausgabe im List Taschenbuch
List ist ein Verlag der Ullstein Buchverlage GmbH, Berlin.
1. Auflage März 2017

Umschlaggestaltung: bürosüd° GmbH, München
Titelabbildung: © www.buerosued.de
Satz: Pinkuin Satz und Datentechnik, Berlin
Gesetzt aus der Fairfield
Druck und Bindearbeiten: CPI books GmbH, Leck
ISBN 978-3-548-61317-8

Das Buch

Sonntage sind JuNo-Tage. Sie sind nur für Julian und Nora bestimmt. Sie unternehmen Ausflüge, kochen gemeinsam und probieren leidenschaftlich die unterschiedlichsten Marmeladenrezepte aus. Jeden Monat kreiert Nora eine neue Sorte für Julian. Ausgerechnet an einem JuNo-Tag passiert das Unvorstellbare: Julian erleidet beim Joggen einen Herzinfarkt und stirbt. Nora versteht die Welt nicht mehr. Anstatt zu trauern, kocht sie weiter Marmelade – für Julian, der nie wieder zurückkommen wird.
Ein Jahr später findet Nora einen Brief, den Julian, kurz bevor er starb, erhalten hat: Er ist von seiner Großtante Klara, die ihm ein Rezept für eine Brombeerkonfitüre verrät – Julian hatte vor, Nora zum Hochzeitstag damit zu überraschen. Nora erinnert sich nur entfernt an die Erzählungen über die Schwester von Julians Großvater, die zurückgezogen in einem kleinen Dorf in der Vorpommerschen Boddenlandschaft lebt. Sie antwortet Klara, und zwischen den beiden Frauen entwickelt sich eine besondere Freundschaft. Nora erfährt, dass Klara schon immer eine Marmeladenmanufaktur gründen wollte, und sie schmieden gemeinsam Pläne, eine solche zu eröffnen. Dabei kommt Nora einem großen Familiengeheimnis der Nachkriegszeit zwischen Ost und West auf die Spur.

Das Brombeerzimmer

Für meine Freundinnen Bozena und Kerstin.

Mit euch ist alles viel leichter …

1. Kapitel

Der Duft von Holunder zieht durch das Haus. Ich habe die kleinen weißen Blüten behutsam von den Dolden gestreift und sie über Nacht in Apfelsaft ziehen lassen. Etwas von der goldenen Flüssigkeit schütte ich nun in einen Krug. Mit eiskaltem Wasser aufgefüllt ergibt das eine wohlschmeckende, erfrischende Schorle. Den Rest gieße ich durch ein feines Sieb in einen großen Kochtopf. Dazu gebe ich Gelierzucker und rühre, bis die Masse sprudelnd zu kochen beginnt. Auf der Arbeitsplatte stehen sieben kleine Marmeladengläser. In jedes streue ich einige der hübschen weißen Blüten, die ich frisch von den Zweigen aus der Vase auf dem Küchentisch abzupfe. Schließlich schütte ich die heiße Masse darüber, schraube die Verschlüsse auf die Gläser und drehe sie schnell auf den Kopf. Die kleinen Blüten schweben im Zeitlupentempo nach oben. Das sieht wunderschön aus. Und es schmeckt himmlisch, nach einer Mischung aus Frühling und Sommer. Süß, ein wenig sauer und auch etwas herb, wie die Äpfel, aus denen ich den Saft gewonnen habe.

Ich öffne das Küchenfenster und schaue nach draußen in den Garten. Es ist Mitte Mai. Im Spätsommer wird unser Apfelbaum wieder viele reife Früchte tragen, momentan hängt auch er voller Blüten. Ob ich ihren feinen Duft ebenfalls in einem Gelee einfangen kann? Einen Versuch wäre es wert.

Hier bist du jeden Tag mindestens tausend Mal, Nora. Also ist es genau der richtige Ort für wichtige Notizen.

Julian hat eine große Schieferplatte an der Wand neben dem Kühlschrank befestigt. *Dinge, die Nora nicht vergessen möchte*, hat er ganz oben in großen Buchstaben geschrieben. Und darunter: *Ich liebe dich, mein Herz!*

Ich greife nach dem Kreidestift und schreibe mit zittrigen Fingern *Den Duft von Apfelblüten einfangen* unter Julians Botschaft.

Es stimmt nicht, dass die Zeit alle Wunden heilt. Ich lebe mit dem Schmerz, aber es fällt mir immer noch schwer. Es ist jetzt genau ein Jahr her. Ich stehe jeden Tag auf, fahre zur Arbeit, esse, trinke, schlafe. Ich verabrede mich mit meiner Freundin Katharina, die auf regelmäßige Treffen besteht. Wir reden, ich höre ihr zu, und manchmal lache ich sogar. Meine Mutter ruft weiterhin jeden Morgen an und fragt mich, wie ich geschlafen habe. Und ich gehe immer ran. Sie hat nämlich einen Haustürschlüssel, den sie nicht wieder rausrückt. Nur so für alle Fälle, wie sie sagt. Als ich einmal wegen einer banalen Erkältung im Bett liegen blieb und das Telefon überhörte, stand sie eine halbe Stunde später in meinem Zimmer. Aus Angst, ich hätte mir etwas angetan, um für immer bei Julian sein zu können. Ich habe ihr erklärt, dass ich nicht an einen Himmel glaube, in dem wir uns alle irgendwann wiedertreffen, deswegen müsse sie sich keine Sorgen machen. Daraufhin ist sie gefahren, aber nur, um eine knappe Stunde später mit gepackten Koffern wieder vor der Tür zu stehen. Meine Beteuerungen hatten sie nicht beruhigt, im Gegenteil. Sie hat fast zwei Monate bei mir gewohnt. Ich war ihr dankbar, aber doch heilfroh, als sie endlich wieder ausgezogen ist.

Ein Schnaufen reißt mich aus meinen Gedanken. Watson kommt in die Küche getrottet und lässt sich seufzend auf den Boden fallen, direkt vor meine Füße. Ich knie mich neben ihn und kraule ihn hinter den Ohren. »Ich weiß, du vermisst ihn auch.«

Der treuherzige Labrador rollt sich auf den Rücken und streckt alle vier Pfoten von sich. Ich streiche über seinen Bauch. Er hat etwas zugelegt, seit Julian nicht mehr bei uns ist. Die beiden sind viermal in der Woche joggen gegangen, bei jedem Wetter. Tränen laufen über mein Gesicht. Wenigstens war Julian nicht allein, als er starb. Watson war bei ihm. Er wich nicht von Julians Seite, als das Herz seines Herrchens beim Joggen im Park plötzlich versagte und er zusammenbrach. Julian war sofort tot. Eine Herzmuskelentzündung durch eine verschleppte Erkältung, wie sich später herausstellte. Durch die Hundemarke an Watsons Halsband konnte die Polizei Julians Identität feststellen – und mich benachrichtigen. Einer der Polizisten hatte selbst einen Hund. Er wusste, wie verfressen Labradore sind, und wollte Watson mit Leckerchen in die Transportkiste locken – ohne Erfolg. Erst nachdem er es mit einem anderen Trick versuchte und ihn mit Julians verschwitztem Stirnband köderte, klappte es. Als die Polizisten Watson zu mir brachten, verschwand er sofort in seinem Körbchen. Ich erfuhr, was geschehen war, und die Beamten nahmen mich mit, um Julian zu identifizieren und mich von ihm zu verabschieden. Ich funktionierte wie in Trance. Zum Glück war Katharina bei mir. Ich hatte ihr eine Nachricht geschickt, und sie hatte sich sofort auf den Weg gemacht. Als wir spät am Abend zurückkamen, fiel mir siedend heiß ein, dass Watson den ganzen Tag über noch nichts zu fressen bekommen hatte. Ich schüttete eine große Portion seines Lieblingsfutters in seinen Napf. Normalerweise kam er wie der Blitz aus seinem Körbchen geschossen, aber diesmal blieb er liegen. Es brach mir das Herz, als ich sah, warum: Watson lag mit seiner Schnauze auf Julians Stirnband, das er aus der Transportbox mitgebracht hatte. Ich weiß nicht, was ich getan hätte, wenn Katharina in diesem Moment nicht bei mir gewesen wäre. Sie hielt mich, während ich nicht aufhören konnte zu weinen – bis Watson mich mit seiner Nase anstupste und mir schwanzwedelnd das Stirnband vor die Füße legte.

»Ich sag es nur ungern, mein Alter. Aber ich glaube, wir müssen dich auf Diät setzen.« Ich wische mir die Tränen aus dem Gesicht und gehe zum Kühlschrank. Watson nimmt sofort meine Verfolgung auf. »Aber nicht heute, heute ist ein schwerer Tag für uns beide.« Der gutmütige Labbi sieht mich mit seinen hellen Bernsteinaugen an. Als er noch ein Welpe war, waren sie blau. Das sah unheimlich süß aus im Kontrast zu seinem dunkelbraunen Fell. Irgendwann hat die Augenfarbe sich geändert. Sein sanftes Wesen allerdings nicht.

»Was würde ich nur ohne dich machen?«, frage ich, als ich ihm ein Wiener Würstchen hinhalte. Der Gute fängt sofort an zu sabbern. Ein langer Speichelfaden läuft an seiner Schnauze hinunter. »Hier, nimm mit.«

Ich sehe ihm nach, wie er durch den Flur ins Wohnzimmer trottet. Julian hat ihm beigebracht, seine Beute nicht gleich an Ort und Stelle zu verspeisen, sondern sie vorher in sein Körbchen zu schleppen. Ich höre das Rattan knarzen, als Watson es sich darin gemütlich macht.

Die Sonne steht hoch am Himmel, sie taucht die Küche in helles Licht. Das Gelee leuchtet in den Gläsern. Ich drehe sie ein letztes Mal um. Die Blüten wandern langsam vom Boden wieder nach oben. Einige bleiben auf dem Weg hängen. Sie verteilen sich gleichmäßig. Perfekt! Als ich gerade dabei bin, den Topf auszuspülen, klingelt es an der Haustür. Ein kurzer Blick auf die große Küchenuhr zeigt mir, dass es schon halb eins ist. Ich bin noch im Schlafanzug, habe weder gefrühstückt noch geduscht. Dabei habe ich Katharina versprochen, mit ihr und Watson spazieren und dann eine Kleinigkeit essen zu gehen.

»Hi.« Ich schenke meiner Freundin das beste Lächeln, das ich in diesem Moment hinbekomme.

»Das habe ich mir gedacht!« Katharina seufzt, bevor sie mich umarmt. Dann grinst sie mich an. »Und weil ich dich so gut kenne, habe ich einfach alles mitgebracht.« Sie deutet auf einen großen Korb, der auf dem Boden steht. Watson hat ihn schon entdeckt. Er sitzt abwartend davor und lässt ihn nicht aus den Augen.

»Komm, wir bringen deine Einkäufe in die Küche, sonst fängt er wieder an zu sabbern«, sage ich lachend. »Er hatte eben schon seine Extrawurst.«

»Tut mir leid, da hast du wohl Pech gehabt«, sagt Katharina zu Watson und streicht ihm über das Fell.

Watson legt den Kopf schief und sieht erwartungsvoll zu mir auf. »Nein«, sage ich, und er verschwindet artig in Richtung Wohnzimmer.

Katharina schnuppert durch die Luft. »Hier riecht es gut. Hast du wieder gezaubert?«

»Ja, Holunderblütengelee.«

»Hm, hört sich lecker an.«

»Ist es auch. Du kannst später probieren, wenn es fest ist.«

»Oh ja, sehr gern.«

Ich schiele auf den Korb, den Katharina auf dem Küchentisch abstellt. »Was hast du mitgebracht?«

»Ciabatta, verschiedene Pasten mit Auberginen, Thunfisch und getrockneten Tomaten, Salate, Oliven, Käse, etwas Schinken, ein paar Garnelen …«

»Ah, du warst in dem kleinen italienischen Delikatessenladen.«

Sie nickt und beginnt auszupacken. »Gestern. Das Brot sollten wir vielleicht aufbacken.«

»Sieht nach einem Einkauf für eine Großfamilie aus«, stelle ich fest und schalte den Ofen ein.

Wie auf Kommando geht die Klingel wieder, zweimal lang, einmal kurz. Watson kommt aus dem Wohnzimmer den Flur entlanggeschossen.

»Meine Mutter«, sage ich. Kurz darauf höre ich auch schon das Türschloss, und eine hohe Stimme hallt durch den Flur.

»Da ist ja mein Liebling. Schau mal, was die Oma für dich hat.«

»Oma?« Katharina grinst mich an.

Ich zucke mit den Schultern. »Wenn sie so weitermacht, glaubt Watson bald wirklich, dass er ihr Enkelsohn ist. Außerdem wird er dann immer fetter. Meine Mutter kommt nie ohne irgendwelche Leckerchen.«

»Nora? Noraschatz!«

»Ja-a«, rufe ich. »Wir sind in der Küche.«

»Wir? Ach, Katharina, das ist ja schön!« Meine Mutter steht im Türrahmen, beladen mit zwei großen Taschen. Als sie mich sieht, schüttelt sie den Kopf. »Du bist ja noch im Schlafanzug.«

»Ich habe etwas länger geschlafen.«

»Hast du was getrunken?« Meine Mutter mustert mich.

Sie weiß, dass ich in der ersten Zeit nach Julians Tod nicht einschlafen konnte und mir vor dem Zubettgehen deswegen oft ein Glas Rotwein genehmigt habe. Und auch, dass es irgendwann mal mehr wurde. Damit habe ich allerdings kurz nach Weihnachten aufgehört, und zwar ganz konsequent … Bis auf gestern.

»Ich habe eine ganze Flasche Chianti vernichtet. Im Bett, gestern Nacht«, sage ich trotzig. »Ich finde, in Anbetracht der Tatsache, dass es jetzt genau ein Jahr her ist, durfte ich das. Wenn ich Wodka gehabt hätte, dann hätte ich den wahrscheinlich auch noch getrunken. Aber du hast ja allen Schnaps weggeschüttet. Eine sehr sinnlose Aktion, wie ich finde.«

Meine Mutter streichelt mir über die Wange. »Ist ja gut, mein Schatz.«

Die liebevolle Geste bewirkt genau das Gegenteil. Sie tröstet mich nicht, sie macht mir nur einmal mehr bewusst, wie traurig ich bin. Ein Kloß verdichtet sich in meinem Hals. Jetzt bloß nicht anfangen zu heulen!

Da sagt Katharina: »Wenn du Wodka trinken willst, dann ruf mich vorher an, ich bin dabei. Wir könnten mal wieder eine richtig leckere Schlammbowle machen, so wie früher. Mit Kirschen und Vanilleeis.«

»Bah!« Ich schüttele mich.

Meine Mutter stellt eine der Taschen auf den Tisch. »Ich habe dir etwas zu essen mitgebracht. Ich nehme an, du ernährst dich immer noch von dem Tiefkühlzeug, das ihr in eurer Versuchsküche zusammenrührt.« Mit einem schnellen Blick scannt sie meinen Körper. »Du hast noch mehr abgenommen.«

Ich übergehe ihre Bemerkung und deute auf die Leckereien aus dem Delikatessenladen. »Katharina hat auch was mitgebracht.«

»Gut. Dann kannst du das hier morgen essen.« Sie zaubert einen großen Topf aus der Tasche. »Rouladen, mit Mettfüllung.«

Schon allein bei dem Gedanken daran dreht sich mir der Magen um. Als sie strahlend den Deckel anhebt und sich der Geruch der geschmorten Fleischröllchen mit dem der Holunderblüten vermischt, wird mir schlecht.

Ich sprinte ins Bad und schaffe es gerade noch rechtzeitig zur Toilette, um mich zu übergeben. Nur wenige Sekunden später stehen Katharina und meine Mutter hinter mir. Meine Freundin kniet sich neben mich und streichelt mir über den Rücken. Meine Mutter hält einen Waschlappen unter den Wasserhahn und drückt ihn mir an die Stirn.

»Es tut mir leid, Nora, das wollte ich nicht. Ich habe nicht daran gedacht, dass …«

Julian war ganz verrückt nach den Dingern. Er konnte drei Stück hintereinander verputzen. Das erfüllte meine Mutter mit solchem Stolz, dass sie sie so oft wie möglich zubereitete, wenn wir zu Besuch waren. Seit Julian tot ist, kann ich schon den Geruch nicht mehr ertragen.

»Entschuldigt mich, gestern Abend der Wein …« Ich schaue hoch und versuche zu lächeln. »Und eine Tafel Nougatschokolade.«

Meine Mutter stemmt ihre Hände in die Hüften. »Na, dann hast du ja wenigstens was gegessen. Ich schlage vor, du gehst jetzt unter die Dusche und machst dich frisch. Und dann versuchst du es vielleicht erst mal mit dem Weißbrot, das Katharina mitgebracht hat. Was meinst du?«

»Gute Idee.« Vorsichtig stehe ich auf.

»Und wir beide machen schon mal klar Schiff in der Küche.« Meine Mutter sieht meine Freundin auffordernd an.

»Okay.« Katharina nickt ergeben. Nach mittlerweile fünfzehn Jahren Freundschaft mit mir weiß sie, dass Widerstand zwecklos ist, wenn meine Mutter sich etwas in den Kopf gesetzt hat.

»Wie geht es deinem Freund?«, fragt meine Mutter neugierig. »Wenn er so weitermacht, wird er mit Sicherheit irgendwann Bürgermeister.«

Katharina schüttelt den Kopf. »Jörn ist im Kulturamt eigentlich sehr zufrieden. Seit er Amtsleiter geworden ist ...«

Ich schaue ihnen hinterher, wie sie gemeinsam durch den langen Flur in Richtung Küche gehen. Sie sind beide sehr schlank, wobei Katharina meine Mutter mit ihrem schwarzen Pixieschnitt um gut einen Kopf überragt. Das Haar meiner Mutter ist brünett und mit ersten grauen Strähnen durchzogen. Seit ich denken kann, trägt sie es kurz, leicht stufig geschnitten und zu einem Seitenscheitel frisiert. Mein Vater hat schütteres blondes Haar. Meine störrischen roten Locken sind angeblich ein Vermächtnis eines Ururgroßvaters meiner Mutter, der aus Irland stammte. Von ihm hat meine Mutter wohl ihre quirlige Energie geerbt. Sie betont gern, es würde irisches Blut durch ihre Adern fließen. Irgendwann wollte ich mit Julian zu einem Trip nach Irland aufbrechen, um auf den Spuren meiner Vorfahren zu wandeln. Wir hatten noch so viel vor ...

Die heiße Dusche tut gut. Ich lasse mit geschlossenen Augen das Wasser über meinen Körper laufen, bis das ganze Bad voller Dampf hängt.

Weißt du, was echt praktisch ist, Nora? Wenn du alles eindampfst, dann kann ich dir Botschaften auf dem beschlagenen Spiegel hinterlassen ...

In mein Handtuch eingewickelt, stütze ich mich mit

der einen Hand am Waschbecken ab, mit dem Zeigefinger der anderen zeichne ich ein großes Herz auf den Spiegel. In die Mitte schreibe ich *JuNo.* Einen Moment bleibe ich stehen und starre auf das Herz, das im Zeitlupentempo in kleinen Tropfen an der Scheibe nach unten fließt. Es wäre leichter für mich, wenn ich, so wie Julian es war, vom Himmel und einem Leben nach dem Tod überzeugt wäre. Julian war zwar kein Kirchgänger, aber er hatte einen festen Glauben. Seine Zuversicht habe ich immer bewundert. Er war offen gegenüber Themen wie Religion und Spiritualität, während ich mich eher wissenschaftlich und sehr kritisch damit auseinandersetze. Doch seitdem Julian mich von einem Tag auf den anderen verlassen hat, wünsche ich mir, dass er recht hatte und dass er dort, wo er jetzt ist, glücklich ist. Manchmal stelle ich mir sogar vor, dass sein Geist bei mir ist, um auf mich aufzupassen. So wie Patrick Swayze in *Nachricht von Sam.* Bei dem Gedanken zieht eine Gänsehaut über meinen Körper, und ich drehe mich um, meinen Blick auf den Hocker neben der Badewanne geheftet. Dort hat Julian oft gesessen, um mir zuzuschauen, wenn ich mich eingecremt oder frisiert habe.

Bin ich froh, dass du dich nicht ständig mit Schminke einkleisterst, Nora. Ich mag dich am liebsten so, wie die Natur dich erschaffen hat.

Einen kurzen Moment lang sehe ich Julian vor mir, sein schelmisches Lächeln, das verstrubbelte blonde Haar, die blitzenden blauen Augen …

Genau in dem Moment klopft jemand an die Tür und lässt mich erschrocken zusammenzucken.

»Ja?«

Katharina steckt ihren Kopf herein. »Wo kommen denn die Marmeladengläser hin? Ich kann in der Küche keinen Platz dafür finden.«

»In Julians Arbeitszimmer.«

»Echt?«

Ich nicke und überlege kurz, ob ich Katharina sagen soll, dass ich die Gläser gleich selbst dorthin bringe, aber da ist sie auch schon wieder verschwunden.

Ohne noch einmal auf den Hocker zu schauen, trockne ich mich ab. Gerade als ich mir einen Handtuchturban um den Kopf binde, geht die Tür wieder auf.

»Nora?« Meine Freundin sieht mich mit großen Augen an.

»Ich weiß, das sind mittlerweile ziemlich viele.«

»Ziemlich?«

Ich rechne kurz im Kopf nach. Sieben Gläser pro Sonntag, ein Jahr lang ... viel verbraucht habe ich davon bisher nicht. »Etwa dreihundertfünfzig mit denen von heute.«

Noras Holunderblütengelee

1,5 Liter naturtrüber Apfelsaft (100 %)
25 große Holunderblütendolden, frisch gepflückt
1 Paket Gelierzucker 3:1
Marmeladengläser

Den Apfelsaft aufkochen. Die Holunderblüten von 20 Dolden vorsichtig abzupfen und zum Saft geben. Die restlichen Dolden für den nächsten Tag in einer Vase aufbewahren. Den Saft an einem kühlen Ort über Nacht stehen lassen.

Am nächsten Tag die restlichen Blüten abzupfen und jeweils etwa einen Teelöffel davon in jedes Glas streuen.

1300 ml des Saftes durch ein Sieb in einen großen Topf schütten. (Den Rest entweder gleich trinken oder eine leckere Schorle damit zubereiten – himmlisch!) Den Gelierzucker dazugeben, aufkochen und etwa vier Minuten sprudelnd kochen lassen. Dabei gut umrühren. In die vorbereiteten Gläser geben, gut verschließen und für 3 Minuten auf den Kopf stellen. Wieder umdrehen und ein wenig warten. Jetzt ist Fingerspitzengefühl gefragt. Wenn die Masse anfängt zu gelieren, schweben die Blüten langsam nach oben und verteilen sich gleichmäßig im Glas. Ist sie zu flüssig, setzen sie sich oben ab. Dann einfach wieder umdrehen und schweben lassen, bis sie im Gelee festsitzen. Die Blüten kann man übrigens auch sehr gut trocknen und daraus in der kalten Jahreszeit einen duftenden Holunderblütentee zubereiten. Heißen Weißwein verzaubern sie in Glühwein der besonderen Art! Und über Nacht in Zuckersirup (3 Teile Zucker mit 2 Teilen Wasser aufkochen, köcheln lassen, bis er etwas eindickt) eingelegt, bekommt man duftenden Holunderblütensirup für Limonade oder Hugo.

2. Kapitel

Wir arbeiten gerade an einer neuen veganen Menüproduktserie«, erzähle ich und schiebe mir etwas lauwarmes Ciabatta in den Mund.

Meine Mutter zieht eine Augenbraue nach oben. Dann zuckt sie mit den Schultern. »Na ja, vielleicht gar keine schlechte Idee. Eingefrorenes Fleisch schmeckt fürchterlich. Bei Gemüse sieht das anders aus. Ich habe immer einen Vorrat an Erbsen, grünen Bohnen und Blattspinat im Gefrierschrank, frisch eingefrostet kann man sie noch sehr gut verwenden.«

»Das stimmt. Außerdem bleiben die Vitamine zum Großteil erhalten. Aber wir testen gerade einige Rezepte mit Seitan aus. Das schmeckt gar nicht schlecht.«

»Was? Noch nie gehört.«

»Das ist ein Produkt aus Weizeneiweiß mit fleischähnlicher Konsistenz«, erkläre ich meiner Mutter. »Es wird aus Mehl gewonnen, das mit Wasser vermischt wird, damit die Stärke ausgespült wird. Bei Veganern und Vegetariern ist es sehr beliebt. Man kann Geschnetzeltes daraus machen, Gulasch, alles, was das Herz begehrt.«

»Klingt nicht gerade appetitlich«, sagt meine Mutter. Sie sticht demonstrativ mit der Gabel in eine Scheibe

Schinken und lässt sie auf eine Schnitte Brot gleiten. »Und schmeckt bestimmt nicht so gut wie das hier, oder, Katharina?«

Meine Freundin lächelt. »Ich mag Seitan ehrlich gesagt auch nicht, aber manche schwören darauf. Der Parmaschinken ist allerdings wirklich lecker. Mild, aber trotzdem würzig.«

Meine Mutter sieht mich unschuldig an. »Probier doch mal, Nora.«

Ihr zuliebe greife ich zu. Außerdem häufe ich noch ein paar Oliven und etwas Käse auf meinen Teller. Ich möchte nicht, dass sie sich noch mehr Sorgen macht. Es stimmt zwar, dass ich innerhalb des letzten Jahres zwölf Kilo abgenommen habe, aber zu dünn bin ich deswegen nicht. Als ich Julian damals kennengelernt habe, wog ich ungefähr genauso viel. Aber das behalte ich lieber für mich. Übers Essen zu reden ist mir nur recht. Das Thema ist unverfänglich und lenkt mich ab. Traurig sein und bemitleiden kann ich mich später, wenn die beiden weg sind.

»Du arbeitest viel zu viel«, sagt meine Mutter prompt und macht damit meinen Plan zunichte. »Ich versteh ja, dass du dich damit ablenkst. Und ich weiß, dass dir dein Beruf viel bedeutet …«

Ich arbeite als Produktentwicklerin für Fertiggerichte. Der Job macht mir Spaß, ich habe nette Kollegen. Es stimmt. Meine Arbeit lenkt mich ab. Wenn ich könnte, würde ich vierundzwanzig Stunden am Tag in der Versuchsküche stehen.

»… aber du musst auch mal wieder zur Ruhe kommen,

Nora. Julian ist jetzt ein Jahr tot, und da wird es langsam Zeit, nach vorne zu schauen.«

Da ist es wieder, das böse Wort – *tot* –, gefolgt von der Floskel, die ich jetzt schon so oft gehört habe: *nach vorne schauen* … Ich weiß, dass meine Mutter auch damit recht hat. Das Leben geht weiter, auch ohne Julian. Und schon andere haben ihre große Liebe verloren und sind doch wieder glücklich geworden – irgendwann. Aber momentan steht mir absolut nicht der Sinn danach. »Mama, bitte, nicht ausgerechnet jetzt.« Meine Stimme kippt.

»Ist gut, tut mir leid. Ich wollte nur … Ach, heute ist aber auch wirklich nicht mein Tag.« Meine Mutter schüttelt den Kopf. »Mein Feingefühl ist anscheinend in dem ganzen Bauschutt verlorengegangen.«

»Was macht denn der Umbau, Hanne, kommt ihr gut voran?«, fragt Katharina, und ich lächele sie dankbar an.

Meine Mutter seufzt theatralisch auf. »Hör bloß auf, es ist Chaos pur! Wir hatten ja einen Durchbruch zwischen Küche und Wohnzimmer geplant. Aber da es eine tragende Wand ist, muss dafür ein Stahlträger eingebaut werden. Stell dir vor, die haben ihn zu kurz bestellt …«

Meine Mutter hat vor zwei Jahren wieder geheiratet. Es hat fast 10 Jahre gedauert, bis sie wieder *nach vorne schauen* konnte und sich noch einmal verliebt hat. Mein Vater ist allerdings nicht gestorben, er hat sie von einem Tag auf den anderen wegen einer jüngeren Frau verlassen. Und das war richtig schlimm für sie, zumal ich ein halbes Jahr zuvor zu Hause ausgezogen war, um in Münster Ökotrophologie zu studieren. Nach der Trennung meiner

Eltern bin ich ein Semester lang fast jeden Tag die Strecke von Oberhausen nach Münster und wieder zurück gefahren, um meiner Mutter beizustehen. Dafür ist sie dann im letzten Jahr kurzerhand zu mir gezogen, als es mir richtig schlecht ging. Bei dem Gedanken, dass wir füreinander da sind, wenn wir uns brauchen, wird mir warm ums Herz, auch wenn meine Mutter nicht immer einfach ist. Ich beobachte sie aus den Augenwinkeln. Sie tut zwar so, als sei ihr der ganze Umbau ein Gräuel, aber ich weiß, dass sie es eigentlich genießt. Sie braucht Action, und sie ist gerade dann in ihrem Element, wenn es stressig wird. Armer Konrad! Er hat seiner Frau eine neue Küche versprochen. Ihm war bestimmt nicht klar, dass dafür neue Wände benötigt werden.

»Puh!« Ich stehe am Fenster zur Straßenseite und sehe zu, wie meine Mutter in ihrem roten Polo davonbraust. »Das hätte ich keine Minute länger durchgestanden.«

Katharina schmunzelt. »Komm, immerhin hat sie die Rouladen ohne weitere Diskussionen wieder eingepackt. Ich habe fest damit gerechnet, dass sie sie in den Kühlschrank stellt, in der Hoffnung, du würdest dich vielleicht doch noch überwinden.«

»Der Kühlschrank wäre zu offensichtlich. Wenn überhaupt, hätte sie sie im Hausflur stehen lassen, natürlich aus Versehen. Aber dann hätte Watson die Fleischröllchen längst gewittert.«

»Ich mag deine Mutter.« Katharina sitzt im Schneidersitz auf dem Küchenstuhl. Sie hält eine der großen Milchkaffeeschalen in ihren Händen, die wir einmal gemeinsam in einem Kreativkurs getöpfert haben, und trinkt genüsslich den Schaum ab. »Noch heute denke ich hin und wieder an die leckeren Pausenbrote, die sie dir für mich mitgegeben hat, nachdem sie erfahren hatte, dass ich ständig ohne Verpflegung in die Schule kam.« Sie grinst. »Und immer war auch Obst und etwas Süßes dabei.«

»Sie ist klasse, absolut! Du weißt, wie sehr ich sie liebe. Aber manchmal ist sie eben auch ein bisschen anstrengend. Ich weiß ja, dass sie es immer nur gut meint, aber es ist schwer, sich gegen sie durchzusetzen, wenn sie sich etwas in den Kopf gesetzt hat. Sie vergisst gern, dass ich keine sechs mehr bin, sondern mit großen Schritten auf die dreißig zusteuere.«

»Stimmt, aber das wird sich wahrscheinlich nie ändern. Ich finde gerade das sehr süß an ihr. Sie kümmert sich eben … Im Übrigen bist du ihr da sehr ähnlich, du trägst auch dieses Kümmer-Gen in dir. Du verwöhnst deine Lieben nach Strich und Faden.« Sie lächelt. »Manchmal habe ich Julian richtig beneidet.«

Ich mache es mir neben Katharina gemütlich und knuffe sie in die Seite. »Quatsch! So schlimm bin ich auch nicht.«

»Habe ich was von schlimm gesagt? Du bist großartig!«

»Danke.« Katharina hat recht. Es hat mir Spaß gemacht, Julian zu umsorgen und zu verwöhnen. Aber ich habe auch viel von ihm zurückbekommen. »Weißt du, es kommt mir immer noch so unwirklich vor. Das hört sich jetzt vielleicht komisch an, und eigentlich glaube ich auch nicht daran, aber ich habe oft das Gefühl, dass Julian immer noch da ist. Besonders, wenn ich hier in der Küche bin. Manchmal höre ich ihn sogar reden. Ich weiß, dass die Stimme nur in meinem Kopf ist, aber es fühlt sich so an, als wäre er mir in diesen Momenten ganz nah.«

Katharina schießen Tränen in die Augen. »Ich vermisse ihn auch, Nora. Wenn ich dir nur helfen könnte.«

Ich springe auf und nehme sie in die Arme. Julian war auch Katharinas Freund. Die beiden waren Nachbarskinder und haben schon im Sandkasten miteinander gespielt. Später sind sie auf verschiedene Schulen gegangen. Julian auf die Gesamtschule, Katharina aufs Gymnasium. Dort haben Katharina und ich uns kennengelernt. Sie ging in die Parallelklasse. Im Deutsch-Leistungskurs haben wir uns dann angefreundet. Und etwas später hat sie uns einander vorgestellt. Damals war ich siebzehn, Julian ein knappes Jahr älter. Er war nicht nur meine große, er war auch meine erste und somit einzige Liebe. Aber er war auch Katharina sehr wichtig.

»Es tut mir leid, wenn es um Julian geht, denke ich immer nur an mich«, sage ich, und dann weinen wir beide.

Nach einer Weile schiebt Katharina mich etwas von sich weg und lächelt mich an. »Oh Mann, wenn Julian uns jetzt so sehen könnte.«

Ich schniefe noch ein letztes Mal. »Er würde sagen, dass wir Heulsusen sind, und uns Watson auf den Hals hetzen. Wahrscheinlich würde er ihn irgendein verrücktes Kunststück vorführen lassen und keine Ruhe geben, bis wir wieder lachen.«

Wie auf Kommando steht kurz darauf der braune Riesenteddy schwanzwedelnd in der Küchentür.

»Das gibt es doch nicht!«, entfährt es Katharina. »Wenn er jetzt tatsächlich ein Kunststück vorführt, falle ich auf der Stelle vom Stuhl.«

Ich lache. »Watson hat unheimlich gute Ohren. Er hat seinen Namen gehört. Außerdem weiß er ganz genau, dass es Zeit für seinen Nachmittagsspaziergang ist. Julian hat immer behauptet, dass Watson mal einen Wecker gefressen hat, so wie das Krokodil bei Peter Pan.« Ich zeige auf die Küchenuhr. »Tick tack, tick tack, vier Uhr, Mister Watson möchte ausgehen.«

Wir sind noch nicht ganz zur Tür raus, da bleibt Katharina plötzlich stehen und sagt: »Du kannst Julians Anwesenheit spüren, du hörst ihn, du kochst jede Woche Marmelade für ihn und stapelst sie auf seinem Schreibtisch … Er ist noch da, hier überall, vor allen Dingen aber in deinem Herzen – und in meinem auch.«

»Ja«, sage ich. »Und dort wird er auch immer bleiben.« Ich blinzele eine Träne aus meinen Augen weg. »Danke – für alles.«

Katharina sieht mich ernst an. »Du bist der wichtigste Mensch in meinem Leben, weißt du?«

Ich greife nach ihrer Hand und drücke sie fest. »Und du für mich.« Meine Freundin hat es nicht immer leicht gehabt. Wir haben schon einiges miteinander durchgestanden. Wenn es ihr schlechtging, habe ich ihr nicht nur einmal gesagt, dass irgendwann alles gut werden wird. Ob das auch für mich gilt? »Wenn wir alt sind«, überlege ich laut, »ziehen wir zusammen in ein kleines gemütliches Haus und haben nie wieder Sorgen, egal, wegen was.«

»Gute Idee.« Katharina kichert. »Und abends genehmigen wir uns vor dem Schlafengehen einen deiner selbst angesetzten Liköre.«

»Das machen wir. Und jetzt lass uns raus an die frische Luft. Das Wetter ist herrlich!«

»Wenn es nach mir ginge, könnte der Frühling durchgehend bis zum Herbst dauern. Es ist schon warm, aber die Luft ist noch frisch. Und alles blüht.« Ich zeige auf die großen Wildkirschbäume, die ein paar Meter entfernt auf einer großen Wiese stehen. »Sind sie nicht wunderschön?« Die kleinen weißen und rosafarbenen Blüten leuchten wie ein Blütenmeer im Himmel.

Katharina schnuppert durch die Luft. »Ja, und sie riechen auch unheimlich gut. Süß, fast ein bisschen wie Honig.« Sie atmet tief ein, bückt sich nach einem Stöckchen für Watson und schleudert es weg. Watson schießt los wie ein Wahnsinniger. »Ihr wohnt echt toll hier.«

Ihr … Ich atme tief ein und wieder aus. Julian fehlt mir so sehr, dass es weh tut.

Katharina deutet auf einen einzelnen, etwas kleineren Baum, der abseits von den Kirschen steht. »Hängt da später auch was dran, was man essen kann?«

»Quitten, Anfang Oktober. Aber bisher habe ich immer Pech gehabt. Meistens werden sie von irgendwelchen Spaziergängern gepflückt, wenn sie noch gar nicht richtig reif sind. Letztes Jahr habe ich gerade mal eine erwischt.

Sie hat sich ganz oben in der Baumspitze versteckt, ich habe sie erst entdeckt, als schon fast alle Blätter abgefallen waren. Es hat Ewigkeiten gedauert, bis ich sie vom Baum hatte, obwohl ich dafür extra meinen Obstpflücker mit Teleskopstange geholt habe.« Julian hätte sich kringelig gelacht, wenn er das erlebt hätte. Der Aufwand stand in keinem Verhältnis zum mageren Ertrag. Aber ich wollte die Frucht unbedingt – und habe mich gefreut wie eine Schneekönigin, als ich sie endlich unversehrt in meinen Händen hielt.

»Und was hast du damit gemacht? Die kann man doch nicht so essen, oder? Ich habe irgendwann mal in eine reingebissen. Die war steinhart, und außerdem total sauer.«

»Roh sind sie ungenießbar. Durch den hohen Tanningehalt schmecken sie fast herb, aber man kann die Früchte ganz toll verarbeiten. Gelee, Marmelade, Chutney … Ich habe eine Miniportion Kompott, gemischt mit einem Apfel, daraus gekocht. Vielleicht erwische ich dieses Jahr mehr, dann gebe ich dir was ab. Einen Löffel davon auf eine Portion Milchreis … lecker!«

»Hmmm … Milchreis hatte ich schon Ewigkeiten nicht mehr. Damit sollten wir nicht bis zum Herbst warten. Der schmeckt auch mit Zimt und Zucker.«

»Oder mit Mirabellen. Ich hab noch ein paar Gläser aus dem letzten Jahr.«

»Weißt du, in einer Sache hat deine Mutter recht.« Katharina sieht mich an. Dabei runzelt sie die Stirn. »Anstatt Tiefkühlprodukte zu kreieren, solltest du vielleicht eher Marmeladen, Konfitüren und dergleichen herstellen. Klar, in deinem Job bist du gut, du hast einfach ein Händchen für alles, was sich ums Essen dreht. Aber als Marmeladenfee wärst du der Hammer. Du würdest darin richtig aufgehen, da bin ich mir sicher.«

»Manche Dinge sollten ein Hobby bleiben, damit sie Spaß machen. Ich freue mich immer auf den Mai, wenn die Saison losgeht. Erst die Holunderblüten, dann nach und nach die Johannisbeeren, die Wildkirschen, danach die Holunderbeeren, Äpfel, Birnen, Quitten …« Ich lächle meine Freundin an. Als Julian und ich uns vor zwei Jahren das Haus anschauten, war ich zuerst unsicher. Wir hatten kaum Eigenkapital für die Finanzierung, und der Gedanke, so viel Geld von der Bank aufnehmen zu müssen, behagte mir gar nicht. Wenn es nach mir gegangen wäre, hätten wir mit dem Hauskauf noch gewartet, aber Julian war ganz begeistert von dem Gedanken, endlich im eigenen Haus zu wohnen. Er kannte es nicht anders, er war selbst im großen Haus seiner Eltern aufgewachsen, während ich meine Kindheit in einer Mietwohnung in einem Mehrfamilienhaus und die Studienzeit in einem Zimmer des Studentenwohnheims verbracht hatte. Als ich nach dem Studium mit Julian zusammenzog, war ich überglücklich über unsere gemütliche Dachgeschosswohnung. Mir reichten die drei Zimmer mit dem kleinen Balkon, auf dem ich meine Kräuter in schönen Terracottatöpfen anpflanzen konnte. Doch Julian plante weit voraus. Er wünschte sich mindestens zwei Kinder – und viel Platz für uns alle. Nachdem er sein Referendariat beendet hatte, fingen wir an zu suchen. Es dauerte nicht lange, da kam er mit dem Angebot für ein freistehendes Haus um die Ecke, von dem einer seiner Kollegen ihm erzählt hatte. Mir ging das alles viel zu schnell. Außerdem stellten wir bei der Besichtigung fest, dass das Gebäude renovierungsbedürftig war. Die Heizung musste ausgetauscht, die Fenster und die Fußböden erneuert werden. Ich war gegen das Haus, wollte Julian, der Feuer und Flamme war, aber nicht enttäuschen. Deswegen bin ich noch einmal allein hingefahren und habe mir dabei auch die nähere Umgebung angeschaut. Ganz in der Nähe entdeckte ich dabei einen großen renaturierten Gehölzgarten, bepflanzt mit den unterschiedlichsten Bäumen und Sträuchern. Ich war begeistert, meine Zweifel waren wie weggeblasen – nur drei Monate später sind wir umgezogen.

»Du hast schon recht. Wir wohnen zwar im Ruhrpott, aber trotzdem mitten im Grünen.« Ich deute mit dem Kopf auf Watson, der vor uns sitzt und darauf wartet, dass endlich wieder jemand sein Stöckchen wirft. »Für ihn ist es ideal hier. Er hat das Paradies direkt vor der Haustür.«

»Wir müssen viel öfter spazieren gehen.« Katharina hakt sich bei mir unter. »Wo gehen wir lang?«

»Links rum«, sage ich. Nach rechts geht es in den Park, in dem Julian vor einem Jahr mit Watson joggen war. Ich habe ihn nie wieder betreten. »Julians Mutter hat mich übrigens gestern angerufen«, erzähle ich. Sie hat dort, wo Julian zusammengebrochen ist, in der Nähe der großen Eiche am Wegesrand, ein kleines Holzkreuz in den Boden gesteckt und stellt regelmäßig frische Blumen dazu. »Sie wollte mich für heute zu einem gemeinsamen Spaziergang und einem Besuch auf dem Friedhof überreden, mit anschließender Familienzusammenkunft. Aber ich habe ihr gesagt, dass ich lieber für mich bleiben möchte.« Julian ist eingeäschert worden. Nur ein einziges Mal war ich an seinem Grab, am Tag der Urnenbeisetzung. Ich seufze auf. »Ich kann mich einfach nicht dazu überwinden, seine Asche zu besuchen. Der Gedanke ist gruselig. Sie denkt bestimmt, ich sei herzlos.«

Katharina zieht mich etwas näher an sich heran. »Nein, das denkt sie nicht. Sie weiß, wie sehr du Julian geliebt hast. Davon mal ganz abgesehen, muss sie akzeptieren, dass du eben auf deine Art trauerst.«

»Ja. Ihr bleibt wohl nichts anderes übrig.« Margot hat mich von Anfang an sehr herzlich im Familienkreis willkommen geheißen und mich als die Tochter angesehen, die sie nie bekommen hat, das hat sie sehr oft betont. Richtig wohl gefühlt habe ich mich dabei allerdings nicht. Ich weiß nicht genau, warum, aber in ihrer Gegenwart habe ich mich oft wie ein kleines Kind gefühlt. Das lag vielleicht daran, dass sie ihr Verhalten und vor allem den Tonfall als Grundschullehrerin auch im privaten Bereich nicht ablegen konnte. Margot ist zwar viel ruhiger als meine Mutter, aber auf eine sanfte Art so bestimmend, dass man auch ihr einfach nicht widersprechen kann.

Tiefes dunkles Bellen reißt mich aus meinen Gedanken. Im gleichen Moment sehe ich den sonst so friedfertigen Watson wie von der Tarantel gestochen über die Wiese preschen.

»Was ist denn mit dem los?«, fragt Katharina.

Ich lache und zeige nach oben. »Er jagt die Killerkatze.« Ein Zeppelin zieht am Himmel vorbei. »Watson, kehr um!«, rufe ich. Der braune Labbi reagiert sofort. Ohne sich noch ein weiteres Mal umzudrehen, kommt er zurück. »Zeppeline und Heißluftballons sind ihm suspekt. Zeigt sich einer am Himmel, bellt er ihn so lange an, bis er ihn verjagt hat. Und immer hat er Erfolg: Irgendwann verschwinden sie alle.« Ich streiche ihm über das Fell. »Fein gemacht.«

»Trotzdem ist er sofort zurückgekommen, als du ihn gerufen hast. Watson hört wirklich aufs Wort. Ich bin immer wieder begeistert«, sagt Katharina.

»Julian hat ihn sehr gut erzogen und viel mit ihm trainiert.« Ich zeige auf den Zeppelin, der in diesem Moment über uns hinwegfliegt. Auf seinem Bauch prangt das große Werbebanner der Tageszeitung, für die Katharina als Journalistin arbeitet: »Wie läuft es denn bei dir im Büro? Hast du dich an deine neue Kollegin gewöhnt?«

»Hör mir bloß auf mit der, die geht gar nicht.« Meine Freundin rollt mit den Augen. »Für ihre hohe Stimme kann sie ja nichts. Allerdings könnte sie ab und zu mal eine Sprechpause einlegen, sie plappert ununterbrochen. Gut, dass ich die meiste Zeit draußen unterwegs bin. Apropos …« Sie strahlt mich an. »Stell dir vor, ich habe zufällig unsere Lieblingsserie von damals in der DVD-Abteilung entdeckt und konnte natürlich nicht widerstehen. Ich habe alle *Anne auf Green Gables*-Filme gekauft. Wir können also die ganze Nacht auf deiner großen Couch verbringen und uns eine Folge nach der anderen anschauen, so wie früher. Und morgen bleiben wir bis in die Puppen im Bett liegen.«

»Mist!« Ich beiße mir auf die Unterlippe.

»Du hast doch wohl nicht vergessen, dir Urlaub zu nehmen?«

Ich nicke. »Am Freitag ist das Chaos im Labor ausgebrochen. Zwei Kollegen haben sich krankgemeldet. Ausgerechnet wegen einer Magendarmerkrankung. Und die neue Produktreihe musste doch fertig werden. Tut mir leid …« Seit Julian nicht mehr bei mir ist, passiert es mir häufiger, dass ich bestimmte Sachen vergesse. Ich muss alle Termine sofort im Kalender meines Handys notieren und mich rechtzeitig daran erinnern lassen. »Ich glaube, ich habe es verdrängt«, gebe ich kleinlaut zu.

»Ach, das macht doch nichts. Dann sagst du einfach, deine Kollegen hätten dich angesteckt. Das passt doch. Am Samstag hat es angefangen, Sonntag war ganz schlimm, und morgen bist du noch so schlapp, dass du nicht arbeiten kommen kannst.«

»Das geht nicht, das wäre unfair Martin gegenüber. Außerdem kann ich schlecht lügen, du kennst mich doch.« Ich laufe an wie eine rote Tomate, wenn mir etwas unangenehm ist. Am Telefon würde Martin es natürlich nicht mitbekommen, aber spätestens, wenn ich ihn wiedersehe, würde mir das schlechte Gewissen ins Gesicht geschrieben stehen.

»Dann sagst du ihm die Wahrheit. Dir ging es schlecht. Er weiß doch, was passiert ist. Komm schon, Nora.«

»Du hast recht. Am besten schreibe ich ihm gleich noch eine Nachricht. Ich habe die Nummer seines Diensthandys. Das wird kein Problem sein.« Ich tippe schnell ein paar Worte an Martin und schicke sie los. Er wird es mir nicht übelnehmen, dass ich ihn nicht persönlich anrufe. Ich bin so gut wie nie krank. Martin liegt mir schon seit Monaten damit in den Ohren, dass ich mir endlich mal einen richtig langen Urlaub gönnen soll, damit ich wieder auf andere Gedanken komme. Aber bisher konnte ich mich nicht überwinden. Ich möchte in Julians Nähe bleiben …

»Schön, dann gibt es heute einen DVD-Marathon auf der Couch, dazu die restlichen Leckereien – und ein Glas Wein. Oder sollen wir uns Wodka und Vanilleeis besorgen?«

Ich schüttele den Kopf. »Bloß nicht.«

Katharina schiebt liebevoll eine meiner Locken, die sich aus meinem Zopf gelöst hat, hinter das Ohr. »Ich würde alles dafür geben, damit ich so wunderschönes rotes Haar hätte wie du. Die Farbe ist einmalig.«

Schönheit ist immer ein Gesamtkunstwerk. Du leuchtest wie warmes Kupfer in der Sonne, Nora. Von außen und von innen.

3. Kapitel

Katharina bleibt im Flur vor der Tür zu Julians Arbeitszimmer stehen. »Was sagtest du? Wie viele sind es?«

»Zweiundfünfzig Sonntage à sieben Gläser, abzüglich der, die ich für mich selbst behalten habe. Dreihundertfünfzig etwa.«

»Hm …« Meine Freundin sieht mich an. »Was hast du damit vor?«

Ich zucke mit den Schultern. »Ich weiß nicht.« Sie sind für Julian, aber der ist nicht mehr da. »Möchtest du welche mitnehmen?«

»Gern.«

Es fällt mir noch immer schwer, Julians Zimmer zu betreten. Seitdem er vor einem Jahr vom Joggen nicht nach Hause gekommen ist, habe ich nichts darin verändert. Mal abgesehen von den Marmeladengläsern, die ich auf seinem großen antiken Holzschreibtisch gestapelt habe.

Mein Herz schlägt etwas schneller, als ich die Türklinke nach unten drücke und vor Katharina den Raum betrete. Im warmen Licht der durch das Fenster scheinenden Abendsonne sieht der Marmeladenturm fast magisch aus. Er leuchtet in den unterschiedlichsten Farben. Warme Gelbtöne, intensive Rottöne, dunkles Violett … Die Gelees lassen die Sonne hindurchscheinen, die Marmeladen verschlucken sie.

Katharina greift nach meiner Hand. »Wow«, entfährt es ihr.

Auf den unteren Reihen der Gläser hat sich über die Monate hinweg eine feine Staubschicht gebildet. Ein paar Wollmäuse wirbeln über das Parkett. Watson trägt in seinem Fell haufenweise Schmutz in die Wohnung, der mit Vorliebe an den Socken kleben bleibt, so dass man ihn in der kompletten Wohnung verteilt – gemeinsam mit den widerspenstigen braunen Tierhaaren. Staub zu saugen gehörte zu Julians Aufgaben. Jetzt ist es allein meine, genauso, wie die Fenster zu putzen, den Rasen zu mähen und die gelben Säcke rechtzeitig nach draußen zu stellen.

»Das sieht aus wie ein Kunstwerk, oder …« Katharina zeigt zum Fenster. »Als ich vorhin hier war, stand die Sonne noch anders, aber jetzt, in diesem Licht, wirkt es wie ein Schrein, ein Marmeladen-Schrein.« Sie hält mir ihren Arm vor die Nase. »Schau mal, ich habe Gänsehaut.«

Es entspannt mich, wenn ich in der Küche in meinen Schüsseln und Töpfen rühren kann. Früher habe ich Julian gern mit einer neuen Kreation aus Früchten der Saison überrascht. Julian war generell eher der süße Typ. Er liebte Marmelade nicht nur zum Frühstück, er hat sie auch pur oder mit etwas Joghurt verrührt gefuttert. Jetzt stapeln sich die Gläser hier. Vielleicht habe ich doch etwas übertrieben? Auf einmal fühle ich mich schlecht deswegen. Die Stimme meiner Mutter schleicht sich in meine Gedanken. *Du musst endlich nach vorne schauen …*

Ich greife wahllos nach einem Glas und halte es Katharina hin. Es ist Wildkirsche, das intensive Aroma mochte Julian besonders gern. Mein Blick fällt auf den großen Terminplaner, den Julian mit bunten Reißzwecken an der Wand hinter seinem Schreibtisch angebracht hat. In die Sonntagsfelder hat er jeweils ein kleines rotes Herz gemalt.

Die Sonntage sind JuNo-Tage, Nora. Sie gehören nur uns. Wir beginnen sie mit einer deiner leckeren Marmeladen im Bett. Ich gehe frische Brötchen besorgen, du kochst Kaffee … und wenn wir uns ordentlich gestärkt haben …

Warum musste Julian ausgerechnet an einem JuNo-Tag sterben, einem Tag, den wir nur für uns bestimmt hatten? Warum musste er überhaupt sterben?

»Nora?« Katharina drückt meine Hand.

»Ja?«

»Alles okay? Du bist ganz blass.«

»Ja, nein. Meine Mutter hat mir letztens gesagt, ich sollte doch mal zu einer Therapeutin gehen. Vielleicht hat sie ja recht? Es ist jetzt ein Jahr her, aber es wird überhaupt nicht besser.«

»Ich weiß nicht. Aber du könntest es ja einfach mal ausprobieren. Soll ich unten mal nachfragen? Frau Doktor Kretschmar kann dir bestimmt eine gute empfehlen.«

Katharina wohnt mit ihrem Freund über einer Arztpraxis für Allgemeinmedizin, was sich schon manches Mal als sehr praktisch herausgestellt hat. Ich schaue noch einmal auf Julians Kalender, dann greife ich nach einem weiteren Marmeladenglas und sage: »Ja, ich glaube, das wäre eine gute Idee. Sag ihr liebe Grüße, und gib ihr ein Glas Gelee, okay?«

»Klar, mach ich.« Meine Freundin lächelt mich an. Ich weiß, dass sie sich Sorgen macht. Alle machen sich Sorgen um mich. Katharina, meine Mutter, meine Kollegen – und sogar Julians Mutter, die doch eigentlich genug mit sich selbst und ihrer Trauer zu schaffen hat.

»Du kannst noch mehr mitnehmen.« Ich nehme den Korb, in dem Julian das Altpapier aufbewahrt hat, und kippe den Inhalt kurzerhand auf den Boden. Katharina schaut mir skeptisch zu, als ich eine Sorte nach der anderen darin verstaue. »Ich möchte es so«, erkläre ich. Ein erster Schritt nach vorne. »Was hältst du von Zitrone mit Basilikum, klingt etwas ungewöhnlich, aber schmeckt total gut.«

»Auf jeden Fall.« Katharina drückt mir einen Kuss auf die Wange. »Danke.«

Von draußen ertönen die Kirchturmglocken. Es dauert keine Minute, da kommt Watson in den Raum marschiert und stupst mich mit seiner Nase an.

»Sechs Uhr«, sage ich. »Nun wünscht der Herr zu speisen.«

Katharina lacht. »Gute Idee. Ich könnte auch eine Kleinigkeit essen. Was hältst du davon, wenn wir erst den armen Hund versorgen, bevor er verhungert, und es uns dann mit den restlichen Leckereien auf der Couch gemütlich machen?«

Bis heute habe ich mich nicht an die riesige Sofalandschaft gewöhnen können. Das liegt nicht daran, dass sie unbequem ist, im Gegenteil, sie ist urgemütlich. Wir haben lange gesucht, bis wir sie gefunden und ohne zu zögern ein kleines Vermögen dafür ausgegeben haben. Die alte war zu klein, um zu zweit darauf liegen zu können. Und nachdem Watson kurz nach dem Hauskauf Mitglied unserer Familie geworden war, löste sich nach und nach der Bezug in seine Bestandteile auf. Der Gute machte es sich mit Vorliebe darauf gemütlich, wenn er unbeobachtet war, reckte und streckte sich und zerschliss mit seinen Krallen den Stoff. Außerdem blieben die widerspenstigen Haare darin hängen und ließen sich nur schwer entfernen. Also musste endlich eine neue her. Julian versprach mir, Watson von Anfang an konsequent zu verbieten, dem guten Stück zu nahe zu kommen. Zum Ausgleich haben wir ihm sein schönes Rattankörbchen mit dicken gemütlichen Kissen besorgt, als wir die Couch bestellten. Sie wurde drei Wochen nach Julians Tod geliefert. Zuerst wollte ich sie auf direktem Weg wieder zurückgehen lassen, aber an dem Tag war meine Mutter bei mir, und ich hatte keine Kraft für Diskussionen. Also verschwand stattdessen die alte Couch und mit ihr ein Stück Erinnerung. Die neue ist für eine Person viel zu groß, man verliert sich richtiggehend darin. Für zwei Frauen plus Hund ist sie allerdings perfekt. Watson hat es sich zwischen Katharina und mir bequem gemacht. Der Bezug ist aus dickem, sehr robustem schokobraunen Leder. Seine Krallen können der Couch nichts anhaben. Und ich bin froh, dass ich nicht

Abend für Abend allein darauf sitzen muss. Meinen festen Vorsatz, Watson habe darauf nichts verloren, habe ich noch am Abend der Anlieferung über Bord geworfen. Er seufzt zufrieden. Katharina krault ihn hinter den Ohren.

»Schön, dass du heute bei mir bleibst«, sage ich zu ihr.

Sie schiebt ihre langen Beine unter meine und lächelt mich an.

»Ich habe doch früher jedes Wochenende bei dir geschlafen. Und wenn es ganz schlimm war, auch unter der Woche. Du warst immer für mich da. Und deine Mutter auch. Das vergesse ich euch nie. Ich weiß nicht, was ich ohne euch gemacht hätte.« Sie seufzt. »Meine Mutter hat sich übrigens auch mal wieder bei mir gemeldet.«

»Echt? Wann?«

»Gestern Abend, ziemlich spät. Ich lag schon im Bett und hatte das Handy lautlos gestellt. Heute Morgen habe ich es dann gesehen. Sie hat mir eine Nachricht auf die Mailbox gesprochen.« Katharina greift nach ihrem Telefon und stellt den Lautsprecher an. »Hör selbst.«

Nur wenige Augenblicke später ertönt die kratzige, unsicher klingende Stimme ihrer Mutter. Sie bittet Katharina darum, sich bei ihr zu melden. Es sei wichtig, sagt sie, und dass Katharina sich über die Neuigkeiten freuen würde, die sie ihr zu berichten habe.

»Hat sie ihn endlich rausgeworfen?«, frage ich.

Meine Freundin zuckt mit den Schultern. »Weiß nicht. Habe sie noch nicht angerufen. Und wenn … sie nimmt ihn ja doch wieder zurück, wenn er lange genug bettelt und beteuert, wie sehr er alles bereut.«

»Wahrscheinlich hast du recht. Rufst du sie trotzdem an?«

»Kann ich im Moment noch nicht sagen.« Sie streckt sich. »Ehrlich gesagt, möchte ich mir darüber jetzt keine Gedanken machen. Lass uns lieber über etwas anderes reden.«

»Genau, über was Schönes. Weißt du was? Wir haben etwas, was sonst niemand hat, wir haben uns! Und für uns gibt es jetzt Nachtisch.« Ich greife nach dem Glas Holunderblütengelee, das auf dem Couchtisch steht, und drehe es auf. *Klack* – ich liebe das Geräusch, das der Deckel von sich gibt, wenn er beim Öffnen in seine ursprüngliche Form zurückspringt. Es ist das Zeichen dafür, dass beim Einkochen alles funktioniert hat – und dass ich die Erste bin, die den Löffel in das Gelee tauchen darf. »Der erste schmeckt immer am besten«, sage ich und halte ihn Katharina hin. »Den musst du pur genießen.«

»Hmmm …« Sie rollt genießerisch mit den Augen. »Schmeckt nach mehr.«

»Kein Problem.« Ich bestreiche zwei große Scheiben Ciabatta dick mit Frischkäse und verteile jeweils eine Portion Holunderblütengelee darauf. Dabei fällt mir der Eiswein wieder ein, den ich gestern auf der Suche nach Wodka gefunden und in den Kühlschrank gestellt habe. »Warte mal kurz, bin gleich zurück.«

»Passt gut zusammen. Süffig, extrem süß, aber lecker.« Katharina stellt ihren leeren Teller auf den Wohnzimmertisch. »Und jetzt eine Folge *Anne auf Green Gables*?« Sie zeigt auf die Hülle und grinst mich an. »Ich finde ja immer noch, dass sie dir ungemein ähnlich sieht.« Ein Mädchen mit geflochtenen Zöpfen steht in idyllischer Landschaft vor einem weißen Landhaus und schaut gedankenverloren in den Himmel. Es ist die eigensinnige und erfindungsreiche Waise Anne Shirley. Ihr Haar ist rot, wie meins. Und genau wie ich mochte sie die Farbe gar nicht, als sie noch ein junges Mädchen war.

Ich wickle mich in eine Wolldecke und kuschele mich tief in die Couch. Noch einmal zwölf sein, denke ich. Damals war die Welt noch in Ordnung, zumindest für mich – und für das fröhliche rothaarige Mädchen, das vom Bildschirm aus gute Laune versprüht.

Wir haben die zweite DVD fast geschafft, als plötzlich mein Handy klingelt. Es ist gleich halb zehn. Es gibt eigentlich nur eine Person, die um diese Uhrzeit auf die Idee kommt, mich anzurufen – und die liegt mit mir auf der Couch.

»Unbekannte Nummer«, stelle ich mit einem schnellen Blick fest, »vielleicht Martins private.« Ich nehme das Gespräch an. »Nora Kluge.«

»Hallo, Nora, hier ist Henrik.«

»Henrik?« Mit Julians Bruder habe ich absolut nicht gerechnet. Er ist zwei Jahre jünger als Julian. Eigentlich haben wir uns immer sehr gut verstanden, aber in den letzten Monaten hatte ich auch zu ihm keinen Kontakt mehr. Mein Herz klopft etwas schneller, und mein schlechtes Gewissen meldet sich. Ich hatte versprochen, mich bei ihm zu melden, wenn es mir etwas bessergeht, um ihm ein paar Erinnerungsstücke an Julian zu geben.

»Ja, es tut mir leid, dass ich dich so spät noch anrufe. Es ist nur so … Ich bin noch bei meinen Eltern, fahre morgen aber ganz früh wieder zurück nach Hamburg. Und, na ja … ich würde dir gern noch etwas vorbeibringen. Ich weiß, das kommt ziemlich überraschend und ist sehr spontan, aber kann ich vielleicht kurz reinschauen?«

»Ja, klar.« Ich habe mich schnell wieder gefasst, aber mein Herz klopft immer noch etwas zu schnell. »Komm ruhig vorbei. Katharina ist auch hier.«

»Kat ist da? Sehr gut. Die habe ich schon Ewigkeiten nicht mehr gesehen. In zehn Minuten bin ich bei euch. Ich fahre sofort los.«

»Ist gut, bis gleich.« Ich atme einmal tief durch und schaue Katharina an. »Henrik kommt. Er will mir irgendwas bringen.«

»Hab ich gehört. Und das ist okay für dich?«

»Ja. Ich hätte mich längst bei ihm melden müssen. Ganz ehrlich, ich weiß auch nicht, warum ich es nicht schaffe, den Kontakt zu Julians Familie aufrechtzuerhalten.«

Katharina greift nach der Fernbedienung und schaltet den Fernsehapparat aus. »Weil du dann zwangsläufig über Julian reden musst, was du nicht möchtest. Und das ist absolut okay. Es gibt keine Regeln, wie man zu trauern hat. Niemand kann dir sagen, wann es Zeit ist, endlich seine Sachen aus dem Schrank zu räumen, ob man mit anderen darüber sprechen sollte oder lieber nicht. Niemand kann dir sagen, ob du weiter Marmelade kochen solltest, um einen noch größeren Turm zu bauen, oder ob es besser wäre, die Gläser zu verschenken oder wütend gegen die

Wand zu schmeißen. Niemand hat dir vorzuschreiben, wie du trauern sollst. Das musst du ganz allein selbst herausfinden. Vielleicht kann eine Therapeutin dir dabei helfen, vielleicht aber auch nicht. Lass dir Zeit, Nora, manche brauchen nur ein paar Wochen, um Abschied zu nehmen, andere wiederum Jahre. Schließlich geht es um einen Menschen, den du sehr geliebt hast. Trauer erfordert Mut, Nora. Vielleicht wird sie irgendwann etwas Revolutionäres in dir wecken.«

Einen Moment lang bin ich sprachlos. Katharina fährt sich durch das Haar, dann lächelt sie. »Das war gut, oder?«

Ich nicke. »Was Revolutionäres? Woher hast du das?«

»Aus *DER SPIEGEL WISSEN* zum Thema Abschied nehmen.« Sie lächelt. »Ich habe ein bisschen recherchiert.«

»Dann bin ich also doch ganz normal?«

Katharina schüttelt den Kopf. »Du bist alles andere als normal. Du bist ein ganz besonderer Mensch. Und deine Marmeladen sind einsame Spitze. Du hast früher schon immer gern in der Küche gestanden und in irgendwelchen Töpfen gerührt. Andere gärtnern, malen Bilder oder verrenken sich beim Yoga, um wieder zu sich zu finden. Ich verausgabe mich beim Kampfsport, Crossfit oder haue auf einen Boxsack ein – und du zauberst eben Marmeladen.«

Plötzlich muss ich anfangen zu lachen.

»Was ist?«, fragt Katharina.

»Letzte Woche habe ich im Internet nach einem Yogakurs gesucht. Im Garten wühle ich auch gern rum, das weißt du. Und, na ja, gestern habe ich mir Aquarellfarben und Büttenpapier gekauft und habe mich in der Nass-Technik versucht. Nur auf die Sache mit dem Boxsack bin ich von selbst nicht gekommen.«

»Warum machst du nicht mal ein Probetraining bei uns?« Katharina wollte mich schon mehrmals überreden, es mir wenigstens mal anzuschauen, aber ich habe immer abgelehnt. Sie trainiert regelmäßig in einer Kampfsportschule Hapkido, eine koreanische Kampfkunst, und ist sehr stolz darauf, dass sie vor kurzem den grünen Gürtel erworben hat. »Du kannst ja erst mal zum allgemeinen Fitnesstraining mitkommen. Im Studio hängt ein Boxsack. Du wirst überrascht sein, wie gut es sich anfühlen kann, ihn zu verhauen. Ich würde dir den Selbstverteidigungskurs empfehlen. Den sollte jede Frau absolvieren, der ist wirklich gut. Oder du machst mal bei einer Runde Crossfit mit.«

»Kniebeugen, Liegestütz und so ein Zeug? Vergiss es, das schaff ich nicht. Ich krieg noch nicht mal einen hin. Ich hab total schwache Arme.«

»Dann machst du Damenliegestütz, die Knie auf dem Boden, und dann mit den Armen den Oberkörper nach unten absenken und wieder hochdrücken, so hab ich auch mal angefangen. Ach, komm schon …«

»Ich weiß nicht. Ja, warum eigentlich nicht?«

»Sehr cool!« Katharina klatscht in die Hände. »Nächsten Samstag um sieben, da ist freie Trainingszeit. Ich hole dich ab.«

»Okay.«

»Schön, das wird toll. Und jetzt zeig mal, was du gemalt hast.«

Ich hole die Bögen, die ich zum Trocknen in die Küche auf den Buffetschrank gelegt habe, und halte sie Katharina unter die Nase. Obenauf liegt ein Bild, in dem ich ein wenig mit den Farben experimentiert habe. Es besteht aus bunten Klecksen, die an mehreren Stellen ineinanderlaufen.

»Abstrakte Kunst«, sagt Katharina, »tanzende bunte Käfer, sehr expressiv«, und ich muss lachen.

»Das war nur der erste Versuch«, erkläre ich. »Schau dir das nächste an.«

»Ah, Marmeladenetiketten, damit kann ich etwas anfangen.«

»Ja, bisher für vier Sorten. Die Gläser im Arbeitszimmer sind alle noch nicht etikettiert. Das hat Julian sonst immer für mich gemacht, mit dem PC. Aber ich komme irgendwie mit dem Programm nicht klar. Außerdem wollte ich mal was Neues ausprobieren.«

»Die sehen toll aus. Ich mag die intensiven Farben. Das mit den knallgelben Zitronen gefällt mir am besten. Wenn du sie auf die Gläser klebst, bekommt man bestimmt sofort Lust darauf, eins zu öffnen, um zu probieren. Wie bist du darauf gekommen, Basilikum mit reinzumischen?«

»Durch die Eisdiele hier in der Nähe. Ich war dort mit Julian, am Samstag, bevor er …« gestorben ist, aber das auszusprechen fällt mir noch immer sehr schwer. »Vor unserem letzten gemeinsamen Sonntag. Sie haben dort jede Woche auch ein paar wechselnde Sorten. Giovanni experimentiert gern. Wassermelone mit Schokoladenstückchen, Weiße Schokolade mit Pistazien, Himbeere mit Minze … An dem Tag war es Zitrone mit Basilikum. Ich musste es sofort probieren und war total begeistert. Julian gehörte in Sachen Eis ja eher zu der Schokoladenfraktion, aber sogar ihm hat es geschmeckt. Also sind wir nach dem Eisessen gleich zum Obsthändler gefahren und haben kiloweise unbehandelte Zitronen gekauft. Julian hat mir beim Einkochen geholfen. Wir haben verschiedene Varianten getestet. Mit und ohne Schale, mit Fruchtfleisch, aus ganzen Scheiben, oder nur aus Saft. Mein Favorit ist die mit den Scheiben. Sie schmeckt nicht nur lecker, sie sieht auch toll aus.«

»Wie deine Aquarelle«, sagt Katharina. »In dir steckt jede Menge Kreativität. Du solltest mehr daraus machen.«

»Das hat Julian auch immer gesagt. Wer weiß, vielleicht, wenn ich alt und grau bin?« Ich seufze wehmütig. »Es war auf jeden Fall ein total schöner Abend. Sauer macht eben doch lustig. Wir haben viel gelacht …«

»Ihr habt immer viel gelacht, Nora. Ihr wart glücklich miteinander.«

»Ja, das waren wir.«

4. Kapitel

Henrik hat abgenommen. Das sehe ich auf den ersten Blick. Und als er mich drückt, spüre ich es auch. Der vorher recht füllige Bauch ist flach. Ich bin also nicht die Einzige, die Gewicht verloren hat. Ich atme erleichtert auf, als ich einen Moment in seinen Armen verweile. Meine Unsicherheit ist verflogen, es fühlt sich einfach nur gut an, ihn wiederzusehen.

Henrik schiebt mich etwas von sich weg. »Du hast dir deine Haare wachsen lassen. Sieht gut aus.«

»Danke. Schön, dass du noch vorbeigekommen bist.« Mein Blick bleibt an seinen Gesichtszügen hängen. Früher ist mir die Ähnlichkeit zu Julian nicht so sehr aufgefallen. Er hat die gleichen strahlenden blauen Augen, die schön geschwungenen Lippen, ein ähnlich kantiges Kinn …

»Ich weiß, seitdem ich ordentlich abgespeckt habe, sehe ich Julian verdammt ähnlich.« Er klopft sich auf den Bauch. »Siebzehn Kilo, dazu regelmäßig Fitnessstudio. Ich hasse es, aber ich gehe tapfer mindestens dreimal die Woche, erst Geräte, dann neunzig Minuten Laufband, und ich bin deswegen echt stolz auf mich.«

»Das kannst du auch.« Julian hatte immer wieder versucht, seinen Bruder zu einer gesünderen Lebensweise zu überreden, ohne Erfolg. Er hätte sich darüber gefreut, dass Henrik nun endlich aufgewacht zu sein scheint.

»Ein paar Wochen nach Julians Tod war ich meiner Mutter zuliebe beim Kardiologen, um auszuschließen, dass nicht erblich bedingte Krankheiten oder Fehlbildungen des Herzens bei uns vorliegen. Na ja …« Er zieht die Nase kraus. »Der gute Mann hat mir versichert, ich sei kerngesund – noch. Denn demnächst könnte ich sicherlich mit Bluthochdruck, Diabetes, Gicht oder anderen Folgen von Übergewicht rechnen. Am nächsten Tag habe ich mich im Studio angemeldet und mich auf Diät gesetzt.«

»Sehr gut. Du musst auf dich aufpassen, versprich mir das.«

»Das mache ich«, sagt Henrik. Er sieht mich ernst an. »Und du, Nora? Wie ist es mit dir? Kommst du einigermaßen klar?«

»Er fehlt mir sehr.« Ich muss schlucken.

In dem Moment kommt Watson angestürmt. Sein ganzer Körper wackelt vor Freude, als er an Henrik hochspringt.

Kurz darauf steht auch Katharina im Flur. »Ich konnte ihn nicht mehr zurückhalten. Er ist fast durchgedreht vor Aufregung, als er deine Stimme gehört hat, Henrik. Ich wollte euch nicht stören und habe versucht, ihn abzulenken. Aber er hat sich nur auf die Geräusche im Flur konzentriert. Als er anfing, ganz erbärmlich zu janken, habe ich ihn losgelassen.«

Watson ist ganz aus dem Häuschen. Bei dem Anblick kommen mir die Tränen.

»He«, sagt Henrik und zieht mich zu sich heran. »Komm her.«

Als ich mich aus seiner Umarmung löse, ist sein T-Shirt nass geweint. Katharina hat in der Zwischenzeit Watson zurück auf die Couch gelockt. Sie hält ihm gerade ein Stück Ciabatta hin, als wir ins Wohnzimmer kommen. »Heute darf er das, stimmt doch?«, fragt sie, und ich nicke.

»Du auch?« Katharina sieht Henrik an und zeigt auf den Wohnzimmertisch. »Noras berühmte Marmelade. Sie schmeckt himmlisch.«

»Wer kann da widerstehen?« Henrik lässt sich auf die Couch fallen. Während Katharina ihm eine Scheibe Brot schmiert, zieht er ein dickes Fotoalbum aus der Tasche. Es hat einen schönen türkisfarbenen Struktureinband mit einer quadratischen Aussparung. Darin klebt das Schwarzweißfoto eines kleinen lachenden Jungen. Es ist Julian.

»Ich soll dich ganz lieb von meinen Eltern grüßen. Ach ja, und natürlich auch von meinen Großeltern und von Tante Gerda. Wir haben heute alle beisammengesessen, um uns gemeinsam alte Fotos anzusehen. Meine Mutter hat sie letzte Woche alle vervielfältigen lassen. Vorhin haben wir sie eingeklebt. Zu jedem Foto gibt es auch einen kleinen Text.«

Henrik legt mir das Album auf die Oberschenkel. »Das ist für dich.«

Es sieht wunderschön aus. »Danke.« Ich streiche behutsam über den rauen Struktureinband, dann klappe ich die erste Seite auf. Das Foto darauf kenne ich schon. Es zeigt Julian am Tag seiner Geburt. Er sieht winzig aus in dem viel zu großen Strampler. Daneben steht in schön geschwungener Schreibschrift:

Mein Papa hätte mich wegen meiner schwarzen Haare fast nicht erkannt. Ein paar Wochen später sind sie ausgefallen, und ich hatte eine Glatze, so wie mein Papa heute.

»Hat deine Mutter das geschrieben?«, frage ich.

Henrik nickt. »Sie wollte unbedingt, dass du auch eins bekommst. Weißt du …« Er sieht mich an. »Sie macht sich Sorgen um dich, weil du dich komplett zurückgezogen hast. Sie meint, gemeinsam zu trauern macht es leichter.«

»Ich weiß, und es tut mir leid. Sagst du ihr bitte, dass ich mich bald melde und dass es mir den Umständen entsprechend gutgeht?«

»Ich passe auf sie auf«, sagt Katharina und macht einen langen Hals, um einen Blick auf das Foto zu werfen. »Der sieht ja fast so aus wie ich früher. Ich hatte auch so eine schwarze Matte auf dem Kopf.«

Henrik grinst. »Hast du heute noch.«

Während er sich mit Katharina unterhält, blättere ich die ersten Seiten des Albums durch. Von jedem Foto lächelt mir Julian entgegen: Julian – drei Wochen alt, Julian – zwei Monate, Julian löffelt Brei, Julian fährt Dreirad … Ich beschließe, mir das Album in Ruhe anzusehen, wenn ich allein bin, werfe jedoch noch einen Blick auf die letzte Seite. Auf ihr fehlt das Foto, aber Margot hat einen Text dort für mich hinterlassen.

Julian hat dich sehr geliebt, Nora. Hier ist Platz für dein Lieblingsbild von ihm.
Margot

Behutsam klappe ich das Album zu. »Wie geht es deiner Mutter?«, frage ich, als Henrik sich zu mir dreht.

»Sie gibt sich erstaunlich tapfer, zumindest nach außen hin. Aber sie leidet natürlich noch immer sehr. So wie du und wir anderen auch. Aber ...« Er lächelt, seine Augen strahlen von einer Sekunde auf die andere. »Sie wird Oma. Mia ist in der achten Woche schwanger. Wir haben es ihr heute gesagt.«

Ein kleiner Stich durchfährt mich. Drei Monate, bevor Julian für immer gegangen ist, habe ich die Pille abgesetzt. Wir hatten alles so gut durchgeplant. Erst das Studium, dann die Hochzeit, dann das Haus ... und noch vor meinem dreißigsten Geburtstag unser erstes Kind. Aber es sollte wohl nicht sein.

»Du wirst Papa?« Katharina fällt Henrik um den Hals.

Und auch ich umarme ihn, als meine Freundin ihn endlich losgelassen hat und ich mich wieder gefangen habe.

»Wie schön«, sage ich. »Das ist doch wirklich mal eine gute Nachricht. Ich freue mich für euch, von ganzem Herzen.«

»Wir sind auf der Suche nach einem Haus, irgendwo hier in der Umgebung. Wenn ihr was hört, dann denkt bitte an uns.«

»Du kommst zurück?«, fragt Katharina. »Da freuen sich deine Eltern bestimmt.«

»Ja, ich habe eine interessante Stelle in Düsseldorf gefunden.« Er setzt den schelmischen Gesichtsausdruck auf, den ich auch an Julian immer sehr gemocht habe. »Mia wollte einfach keine Fernbeziehung mehr führen. Ihr ging das ewige Pendeln zwischen Hamburg und Oberhausen schon lange gegen den Strich. Bestimmt hat sie deswegen die Pille vergessen.«

»He!«, ich boxe ihn spielerisch in die Seite, während Katharina ihn zur gleichen Zeit am Oberarm erwischt.

»Autsch, das war doch nur Spaß.« Henrik lacht. »Und jetzt muss ich wieder zurück. Ich möchte noch ein paar Stunden schlafen, ich muss morgen sehr früh los.«

»Magst du ein paar Gläser Marmelade mitnehmen?«, frage ich spontan. »Für Mia und dich und auch für deine Eltern?«

»Natürlich, wie könnte ich dazu nein sagen?« Er hebt seinen Stoffbeutel in die Höhe.

»Wahnsinn!« Henrik reibt sich das Kinn, während er seinen Blick über den Marmeladenturm schweifen lässt.

»Du hättest die Gläser vorhin mal sehen sollen«, sagt Katharina. »Im Sonnenlicht haben sie richtig geleuchtet.«

Zum Glück geht Henrik nicht weiter darauf ein. »Sie sehen alle toll aus.« Er sieht zu mir. »Ist meine Lieblingssorte auch dabei?«

»Ja. Pflaume war irgendwann im September. Sie müsste ziemlich weit unten stehen. Am besten wir räumen von oben ab.« Ich zeige auf seinen Stoffbeutel. »Du könntest einen größeren gebrauchen.«

»Oder du bringst den zweiten Schwung einfach selber bei meinen Eltern vorbei.«

»Netter Versuch«, antworte ich, muss dabei aber lächeln. Ich hätte nicht gedacht, dass es so gut tut, Julians Bruder wiederzusehen. »Ja, vielleicht ist das keine schlechte Idee.«

Wir verteilen uns um den Schreibtisch herum. Dabei läuft Henrik über das Altpapier, das ich achtlos auf den Boden geschüttet habe. Er bückt sich, um es aufzusammeln.

»Lass liegen«, sage ich. »Das räume ich später weg.«

Als er wieder hochschaut, sieht er überrascht aus. »Hatte Julian Kontakt zu unserer Großtante?«

»Zu wem?«

Er hält mir einen cremefarbenen Briefumschlag vor die Nase. »Klara, Opa Helmuts Schwester.«

»Den Namen habe ich noch nie gehört, oder ich kann mich nicht daran erinnern.« Ich nehme Henrik den Umschlag aus der Hand. Absender und Adresse wurden in lilafarbener Tinte geschrieben. »Leer«, stelle ich fest, als ich hineinschaue. »Zumindest fast.« Ganz unten stecken Reste von getrockneten Pflanzen im Umschlag. »Sieht so aus, als wären da irgendwelche Kräuter drin gewesen.« Ich schnuppere an dem Umschlag. »Lavendel.«

»Komisch«, sagt Henrik, »ich wusste lange Zeit gar nicht, dass Opa eine Schwester hat, bis Julian letztes Jahr damit um die Ecke kam. Das war irgendwann im März, vielleicht auch April. Meine Oma hat sich wohl irgendwie verplappert. Ist doch merkwürdig, oder? Ich musste Julian versprechen, mit niemandem darüber zu reden. Durch das, was dann im Mai passiert ist, habe ich es total vergessen.«

»Klara Kummerow«, lese ich laut vor, »aus Kinnbackenhagen, wo immer das auch sein mag.«

»Ja, so hieß sie, ganz sicher. Meine Großeltern kommen aus Groß Mohrdorf. Das ist in der Vorpommerschen Boddenlandschaft. Es liegt zwischen Barth und Stralsund«, erklärt Henrik.

»Die Postleitzahl beginnt mit einer Eins, das ist auf jeden Fall irgendwo im Osten.«

Henrik zieht sein Smartphone aus der Tasche. »Zeig mal die genaue Adresse, ich frag mal Google.«

Nur ein paar Sekunden später hat er den Ort gefunden. »Kinnbackenhagen ist ein Ortsteil von Groß Mohrdorf«, erklärt er. »Sie lebt also immer noch dort. Außerdem hat sie den gleichen Nachnamen wie meine Großeltern. Dann hat sie wahrscheinlich nie geheiratet. In der Generation haben die Frauen in der Regel ja noch den Namen des Ehemannes angenommen.«

»Habe ich allerdings auch gemacht«, sage ich.

Henrik grinst mich an. »Weil Kluge viel besser klingt als Macke. Und weil ein Doppelname in der Kombi gar nicht gegangen wäre.«

Ich schubse Henrik lächelnd in die Seite. Er hat nicht ganz unrecht. Mir gefällt der Name, den ich dank Julian nun tragen darf, Nora Kluge.

Ich lege den Umschlag auf den Schreibtisch. Merkwürdig, dass Julian mir davon nichts erzählt hat. Wir haben eigentlich immer über alles gesprochen. »Ich guck morgen mal in Ruhe nach, ob ich den Brief irgendwo in seinen Unterlagen entdecke«, sage ich schnell, bevor Henrik auf die Idee kommt, jetzt sofort auf die Suche zu gehen. Auf einmal habe ich das Gefühl, hier ein Geheimnis bewahren zu müssen. Wenn niemand davon wusste, dass Julian Kontakt zu seiner Großtante hatte, dann wird es seinen Sinn gehabt haben. »Falls ich irgendwas Interessantes finde, melde ich mich bei dir.«

»Mach das. Eigenartig finde ich das Ganze schon. Meinst du, ich sollte mal meine Mutter fragen? Ich möchte ungern mein Versprechen brechen.«

»Hast du doch eben sowieso schon«, stellt Katharina trocken fest. »Du hast es uns gesagt.«

»Stimmt.« Henrik grinst. »Aber Nora zählt nicht. Julian und sie sind sozusagen wie eine Person, sie sind *JuNo*.«

»Dann hat zumindest die eine Hälfte von *JuNo* nichts davon gewusst«, wende ich ein.

»Aber jetzt weißt du es«, sagt Henrik. »Ich taste mal vorsichtig vor. Wenn ich was rausfinde, melde ich mich.«

Etwa zwanzig Minuten später verlässt Julians Bruder mit dem vollgepackten Stoffbeutel das Haus.

»Und?«, fragt meine Freundin. »Was hat es mit der guten Tante Klara auf sich?«

»Ganz ehrlich, ich habe wirklich keine Ahnung. Watson muss noch mal kurz raus, eine letzte Pipirunde. Danach könnten wir ja mal nachschauen, ob wir was finden. Hilfst du mir, den Brief zu suchen?«

»Klar. Ich habe gehofft, dass du mich das fragst.«

5. Kapitel

Julian hat Post immer in der obersten Schublade des Rollcontainers aufbewahrt«, überlege ich laut. »Meistens waren es unbezahlte Rechnungen und dergleichen. Die Sachen bin ich irgendwann aber mal durchgegangen, als eine Mahnung ins Haus flatterte. Ein Brief von seiner Großtante wäre mir dabei bestimmt aufgefallen.«

Katharina sitzt im Schneidersitz auf dem Boden und stopft das Altpapier in eine Tüte. »Hier ist auch nichts dabei.«

»Habe ich mir gedacht. Julian hat Briefe immer zurück in ihre Umschläge gesteckt, wenn er sie weggeworfen hat. Er hätte sie nie getrennt voneinander entsorgt.«

»Echt?«

»Ja, sogar bei ganz banaler Werbung.«

»Von seinem Ordnungstick wusste ich, aber dass es so schlimm war …« Katharina sieht mich erstaunt an. »Davon hast du nie was erzählt.«

»Es hat mich nicht gestört. Jeder von uns hat doch seine kleinen Marotten.« Ich greife nach der roten Pappschachtel, die auf dem Regal hinter dem Schreibtisch steht, öffne sie und lasse Katharina einen Blick auf den Inhalt werfen. Sie schaut mich mit großen Augen an.

»Ist nicht wahr.«

»Doch.« Julian hat vor dem ersten Tragen sämtliche Wäscheetiketten fein säuberlich aus neuen Kleidungsstücken getrennt. Aber anstatt sie zu entsorgen, so wie andere das machen, hat er sie an die Kaufbelege getackert und aufbewahrt.

»Hm. Da hat man wenigstens alles beisammen, wenn man im Nachhinein mal was reklamieren muss.« Sie zieht eine Quittung aus der Schachtel. »Bewundernswert, davon könnte ich mir eine Scheibe abschneiden. Ich weiß nie, wo die Kassenbons sind, wenn ich mal was umtauschen muss, und such mir dann einen Wolf.«

Ich ziehe die zweite rote Schachtel vom Regal. »Ich habe auch eine.«

Katharina zieht die Augenbrauen hoch. »Du? Quatsch, nicht ernsthaft, oder?«

Ich gebe zu, dass ich eher zum kreativen Chaos neige. Die Küche sieht in der Regel aus wie ein Schlachtfeld, wenn ich gekocht oder gebacken habe. Ich vergesse gern, wo ich bestimmte Sachen hingelegt habe, und bin ständig auf der Suche nach irgendwas.

»Julian hat mir Struktur gegeben.« Ich stelle die Box zurück, greife nach den beiden vollen Weingläsern, die ich für uns auf den Schreibtisch gestellt habe, und setze mich im Schneidersitz zu meiner Freundin auf den Boden. »Seit er nicht mehr da ist, versinke ich manchmal im Chaos. Ich bin froh, dass ich durch meine Arbeit und Watson einen halbwegs geregelten Tag habe. Manchmal kann ich mich selbst nicht leiden. Ich bin sogar zu doof dazu, die Mülltonnen rauszustellen, obwohl mein Handy mich daran erinnert. Statt es sofort zu erledigen, schiebe ich es auf – und dann vergesse ich es. Ich wasche Wäsche und lasse sie zwei Tage in der Maschine liegen. Irgendwann bringe ich es fertig und lasse Watson irgendwo an einer Raststätte sitzen, natürlich aus Versehen.«

Katharina fängt an zu lachen. »Nie im Leben! Und jetzt hör auf, dich schlechter zu machen, als du bist. Du bist toll! Und außerdem nicht die Einzige, die die blöden Tonnen oder die Wäsche vergisst. Frag mal Jörn. Der kann ein Lied davon singen. Er behauptet übrigens, ich würde einzelne Socken von ihm verschlampen. Er glaubt mir nicht, dass die blöde Waschmaschine sie frisst.«

Ich muss lachen. »Mit dir zusammen ist alles viel weniger schlimm«, sage ich. »Und jetzt lass uns ein Schlückchen trinken, dann suchen wir nach Klaras Brief.« Unsere Gläser klirren sanft aneinander. »Das letzte Jahr habe ich Julians Arbeitszimmer nur betreten, wenn ich irgendwelche Dokumente benötigt habe.« Ich deute über mich. »Oder um den Turm zu bauen.«

»Ich wünschte, ich könnte dir sagen, dass es irgendwann einfacher wird, aber ich weiß nicht, ob das stimmt. Zwischen Julian und dir, da war etwas ganz Besonderes. Ihr wart füreinander bestimmt, vielleicht gerade weil ihr in bestimmten Bereichen so verschieden wart. Wenn ich da an meine Beziehung mit Jörn denke …« Sie seufzt. »Irgendwann stehe ich mit gepackten Koffern bei dir vor der Tür und bitte dich um Asyl. Und zwar bevor wir alte Omas sind. Ich hätte niemals bei ihm einziehen sollen.

Davon mal ganz abgesehen, dass er wirklich ernsthaft denkt, ich wäre für seinen Sockenschwund verantwortlich, ist der Typ mir einfach zu intelligent. Aber ich wollte ja unbedingt einen Kerl, zu dem ich aufschauen kann.«

»Er ist nicht intelligenter als du, nur eben interessierter an bestimmten Dingen wie Politik und Wirtschaft. Na ja, und eben auch ein paar Jährchen älter.« Ich grinse Katharina an. »Er hatte siebzehn Jahre länger Zeit, an seiner Bildung zu feilen.«

Katharina trinkt einen großen Schluck Wein. »Ich werde noch mit fünfzig lieber eine richtig schöne Liebesschmonzette oder eine Castingshow anschauen, statt eine Politikdebatte zu verfolgen.« Sie seufzt. »Er hat mich am Donnerstag dabei erwischt, wie ich mir genüsslich die neuesten Topmodel-Zickereien angesehen habe. Du hättest mal sein Gesicht sehen sollen.«

»Ich kann es mir lebhaft vorstellen. Er hat eine Augenbraue hochgezogen und sehr süffisant gelächelt.«

»Yep! Und dann hat er mich ganz scheinheilig gefragt, ob ich mich gut amüsiere.«

Julian hat mir oft die Füße massiert, wenn wir die Abende gemeinsam auf der Couch verbracht haben. Er hat sich nie darüber lustig gemacht, wenn ich mir eine meiner Mädchensendungen, wie er sie liebevoll genannt hat, oder einen richtig kitschigen Liebesfilm angesehen habe. Im Gegenteil, er hat gemeinsam mit mir eine Nicholas-Sparks-Verfilmung nach der anderen angeschaut und mich getröstet, wenn mir am Ende die Tränen kamen.

»Mein Vater ist schuld«, stellt Katharina trocken fest.

»Wäre er nicht so ein Arsch gewesen, dann hätte ich mich niemals in einen wesentlich älteren Mann verliebt. Hoffentlich kommt Jörn nicht auf die Idee, mich heiraten zu wollen. Er hat in der letzten Zeit öfter mal so Andeutungen gemacht.«

»Würdest du annehmen, wenn er dir einen Antrag machen würde?«

Meine Freundin schüttelt vehement den Kopf. »Abgesehen davon, dass ich mich bei ihm manchmal wie ein dummes kleines Mädchen fühle, bin ich wirklich sehr gern mit ihm zusammen. Aber ich weiß nicht, ob ich ihn liebe. Na ja, vielleicht taucht irgendwann noch der Richtige auf.«

Irgendwann wird Kat mit Alex durchbrennen. Er ist ein toller Typ, sie hat es nur noch nicht gemerkt. Wenn ich eine Frau wäre, würde ich mich bestimmt in Alex verlieben. Was meinst du, Nora, um was wollen wir wetten?

»Julian hat zehn Euro und einen Monat lang Spülmaschineausräumen darauf gewettet, dass du es nicht lange mit Jörn aushältst und innerhalb der nächsten zwei Jahre mit deinem Trainingspartner durchbrennst. Das ist jetzt eineinhalb Jahre her.«

»Mit Alex? Nie im Leben. Der würde mich wahnsinnig machen mit seiner ruhigen Art. Er ist echt nett. Aber du weißt ja, nett ist der kleine Bruder von langweilig. Und ich glaube kaum, dass sich das im nächsten halben Jahr ändert.«

»Auch gut, dann habe ich die Wette gewonnen.«

Einen kurzen Moment hängen wir beiden unseren Gedanken nach. Julian hat alle Wetten, die wir abgeschlossen haben, in einem kleinen Notizbuch notiert, damit bloß keine in Vergessenheit gerät. Einige, wie die um Katharina und Alex, sind heute noch offen.

Ich lasse meinen Blick durch den Raum schweifen. »Vielleicht ist der Brief in Julians Holzbox. Da hat er immer alles reingepackt, was ihm irgendwie wichtig war.« Wie auch unser Wettbuch … Ich stehe auf und hole die Kiste aus dem Regal. »Du könntest schon mal in den Schubladen nachschauen, wenn du magst.«

»Ich weiß nicht … Meinst du wirklich?« Katharina sieht skeptisch aus.

»Ja«, sage ich. »Julian hätte nichts dagegen. Er würde wissen, dass ich es ohne dich nicht schaffe, hier in seinem Zimmer mit all seinen Sachen konfrontiert zu sein. Ich hatte schon die ganze Zeit vor, mir alles noch einmal anzuschauen. Aber ich hatte Angst davor, dass mich die Erinnerungen dann wieder völlig aus der Bahn werfen. Also, lass uns den Brief suchen.«

»Nichts.« Katharina zuckt mit den Achseln und sieht zu mir rüber.

»Hier auch nicht. Aber ich muss dir was zeigen.« Ich streiche mit dem Zeigefinger über das kleine Wettbüchlein, hole es aus der Kiste und blättere von hinten nach vorne. Es dauert nicht lange, bis ich die richtige Seite gefunden habe. »Neujahr, im vorletzten Jahr, nach der

Silvesterfeier. Das war, als Julian und Alex sich kennengelernt haben.« Ich zeige Katharina den Eintrag, den Julian in seiner geradlinigen Schrift mit einem blauen Geha-Inky, seinem Lieblingsstift, verfasst hat.

»Tatsächlich.« Katharina macht große Augen, dann schmunzelt sie. »Der arme Alex. Er steht eher auf klassische Schönheiten.«

»Du bist wunderschön!«

»Danke.« Sie wirft mir eine Kusshand zu. »Aber nicht blond und langhaarig. Was habt ihr sonst so gewettet?«

Ich schlage die nächste Seite auf. »Ob Julian es schafft, Watson dazu zu bringen, eine saure Gurke zu fressen.« Bei dem Gedanken, wie sehr Julian sich dabei angestrengt hat, muss ich lachen. »Die Wette hat er verloren, Watson hat die Gurke immer wieder ausgespuckt, auch als er sie in einer Scheibe Schinken gewickelt serviert bekam.«

»Julian hätte sie in eine Portion Nassfutter mixen sollen. Oder in dieses ekelig stinkende Innereienzeug, das Watson manchmal bekommt.«

»In Blättermagen oder Pansen. Ja, das hätte vielleicht sogar funktioniert. Aber Bedingung war, dass die Gurke nicht zerkleinert werden darf.«

»Ah, guter Schachzug von dir.«

Ich nicke und blättere weiter. »Oft haben wir wegen irgendwelcher Synchronstimmen gewettet. Hat Brad Pitt die gleiche deutsche Stimme wie Jack Black?«

»Nein.«

»Doch, hat er. Auch diese Wette habe ich damals gewonnen – eine Stunde ausgiebige Ganzkörpermassage.«

»Hört sich gut an«, sagt Katharina. »Auf jeden Fall eine schöne Idee, die Wettsache an sich – und alles in dem Büchlein aufzuschreiben.«

»Ja, Julian hat gern alles schriftlich festgehalten.« Wie auch die nächste Wette. Einen kurzen Moment starre ich auf den Eintrag.

Julian: Unser erstes Kind wird ein Junge.

Nora: Unser erstes Kind wird auf jeden Fall ein Mädchen.

»He …« Katharina streicht mir über den Arm. »Alles gut bei dir?«

Auf einmal fühle ich mich schlagartig müde. Gestern Nacht bin ich von meinen Schlummertrunks zwar schnell eingeschlafen, aber zwischendurch immer wieder aufgewacht. Und das Stöbern in Julians Sachen strengt mich an. Ich klappe das Büchlein zu und lege es zurück. »Lass uns morgen früh noch mal suchen. Ich muss in die Federn. Die restlichen Filme können wir beim nächsten Mal anschauen, oder?« Wie auf Kommando muss ich gähnen. »Sollen wir dir das Gästebett aufbauen?«

»Ich kann auch oben bei dir schlafen, wenn du magst. So wie früher, wir beide in einem Bett.«

»Das ist lieb von dir, aber ich möchte gern heute Nacht allein sein.«

»Na gut, dann schlaf ich auf der Couch, sie ist doch breit genug.«

»Bist du sicher? Watson schnarcht. Und das Rattankörbchen knarzt fürchterlich, wenn er sich dreht. Vielleicht sollten wir ihn dann samt seiner Schlafstätte in den Flur verdammen.«

»Nein, lass ihn ruhig bei mir, du weißt doch, dass mich so schnell nichts aufweckt.« Katharina greift nach der angebrochenen Flasche Wein.

Ein letztes Mal lasse ich meinen Blick durch den Raum schweifen. Julian hat oft bis spät am Abend am Schreibtisch gesessen, um Unterricht vorzubereiten oder Klausuren zu korrigieren. Im Sommer vor seinem Tod hatte er seine erste eigene Klasse übernommen und war unheimlich stolz deswegen. Seine Schüler hat er alle sehr gerngehabt, ein bunter Haufen pubertierender Hauptschüler, die nicht immer einfach waren. Julian hat sehr viel Energie und Herzblut in seine Arbeit gesteckt und hat sich immer für *seine* Jungs und Mädels eingesetzt. Er war einer von den Guten, denke ich, als ich langsam die Tür schließe. Und er hat immer für jedes Problem eine passende Lösung gefunden.

Ich bin ein optimistischer Realist, Nora. Ich weiß, dass das Schlimmste passieren kann – und auch, dass es immer einen Ausweg gibt. Aber dafür braucht man einen guten Plan.

Mein Plan ist die Hoffnung, dass es irgendwann doch einfacher wird. Aber es fühlt sich momentan nicht danach an. Ich liege mit offenen Augen im Bett und betrachte die Decke. Auch in meinem alten Kinderzimmer war sie mit vielen phosphoreszierenden Sternchen bestückt. Als wir vor zwei Jahren hier in das Haus gezogen sind, hat Julian sich daran erinnert und mich vor unserer ersten gemeinsamen Nacht in unserem Schlafzimmer mit diesem wundervollen Sternenhimmel überrascht. Manchmal hat er kurz vor dem Zubettgehen einzelne Sterne mit einer Taschenlampe angeleuchtet, die dann besonders hell strahlten. Wenn ich nicht einschlafen konnte, habe ich sie so lange angesehen, bis ihre Leuchtkraft nachließ und ich endlich müde wurde. Heute allerdings sind meine Augen schwer, sie fallen ganz von allein zu. Es ist ein tröstliches Gefühl, Katharina unten im Haus zu wissen. Ich rolle mich zur Seite und schiebe einen Teil der Bettdecke zwischen meine Beine. Ich schlafe auf Julians Seite, in einem seiner Pyjamas. Anfangs habe ich versucht, mir vorzustellen, ich sei er. Und ich wäre diejenige, die nicht mehr da wäre. Ich hätte mein Leben dafür gegeben, um Julians Leben zu erhalten. Doch als mir klarwurde, dass Julian dabei genauso leiden würde wie ich, ging es mir noch schlechter.

Noch immer wache ich nachts manchmal auf und strecke meine Hand nach Julian aus. Das sind die schlimmsten Momente, wenn alles still ist und mein Atem der einzige ist, den ich höre.

Wir haben gerade mal vier Uhr, als ich schlagartig munter werde und mich aufsetze. Ich habe von Julian geträumt. Von Julian, der unten am Schreibtisch sitzt und lacht, als ich in sein Zimmer komme …

Ich springe aus dem Bett und laufe die Treppe nach unten. Die alten Holzstufen knarzen bei jedem Schritt. Bestimmt wird Watson davon wach. Hoffentlich lässt er Katharina schlafen, denke ich, als ich im Flur einen kurzen Moment innehalte und auf Geräusche aus dem

Wohnzimmer lausche. Es ist alles still. Die terrakottafarbenen Fliesen fühlen sich angenehm kühl an, als ich mich barfuß ins Arbeitszimmer schleiche.

Noch zwei Wochen, Nora. Und diesmal halte ich dicht! Ich verrate nichts! Nur so viel … du wirst begeistert sein.

Wir haben am 21. Mai geheiratet. Nur fünf Tage nach Julians Tod hätten wir unseren zweiten Hochzeitstag gefeiert. Schon Wochen vorher hat er versucht, mich neugierig darauf zu machen, was er sich dafür Besonderes hat einfallen lassen. Julian war nicht gut darin, ein Geheimnis für sich zu behalten. Meistens wusste ich schon vorher, was auf meinem Geburtstagstisch oder unter dem Weihnachtsbaum auf mich warten würde, weil Julian sich irgendwann verplapperte. Er freute sich wie ein kleiner Junge, wenn er eine besonders tolle Idee hatte. Es geschah nicht nur einmal, dass ich mein Geschenk schon Tage vorher von ihm überreicht bekam – und er sich etwas Neues einfallen lassen musste.

Ich räume ein Marmeladenglas nach dem anderen vom Schreibtisch auf den Fußboden und mache es mir auf Julians Bürostuhl bequem. Hier hat er gesessen und mich angelächelt, bevor er seine Schreibtischunterlage angehoben und schnell ein Blatt Papier daruntergeschoben hat, das ich anscheinend nicht sehen sollte.

»Was ist das? Hast du was bestellt?«, habe ich gefragt und einen langen Hals gemacht. »Ein Gutschein, Tickets für ein Konzert, Sauna?«

Wie gesagt, diesmal halte ich dicht, Nora. Es ist nicht hier. Meine Schüler passen gut darauf auf.

Wie konnte ich das nur vergessen? Warum habe ich nicht längst nachgesehen, was Julian vor mir verstecken wollte? Warum fällt es mir noch immer so verdammt schwer, seine Sachen durchzusehen oder mich gar von ihnen zu trennen?

Ich hebe die schwere Lederauflage an und halte einen Moment inne, als ich den Brief sehe. Er ist, wie der Umschlag, in lilafarbener Handschrift verfasst. Die Großbuchstaben sind verschnörkelt. Man kann gut erkennen, dass die Strichführung unregelmäßig dick ist. Es sieht fast so aus, als wäre der Brief mit Tinte und Feder geschrieben worden. Dafür spricht auch die Pusteblume, die mir sofort neben der Unterschrift auffällt. Sie sieht aus, als hätte die Verfasserin sie mit wenigen Strichen aus einem Tintenklecks gezaubert. Ich atme tief durch, bevor ich mit klopfendem Herzen das Blatt Papier hervorziehe.

Mein lieber Julian,

welch eine wunderschöne Idee von dir, deiner Frau eines meiner Rezepte zum Hochzeitstag schenken zu wollen. Ich freue mich sehr darüber. Marmelade kochen ist bei uns seit jeher Familientradition. Und ich bin schon sehr gespannt darauf, wie es ihr gefallen wird. Es ist kein Geheimnis, es handelt sich um ein altes Familienrezept. Und es erfüllt mich mit Freude, es in den Händen deiner Frau gut aufgehoben zu wissen.

Würdest du ihr bitte ausrichten, dass ich mich, sozusagen im Austausch, über eines ihrer Rezepte sehr freuen würde? Das wäre ganz wunderbar! Aber nun will ich dich nicht weiter auf die Folter spannen …

Frische Brombeeren, Zucker, etwas Zitronensaft, einen Hauch von Lavendel … und einen Löffel voll Liebe.

Zwei Gläschen zum Probieren und das vollständige Rezept für deine zauberhafte Nora (vielen lieben Dank für das schöne Foto) findest du im Päckchen.

Tante Klara

PS: Was macht die bucklige Verwandtschaft?

Natürlich! Warum ist mir das nicht gleich aufgefallen? Ich greife nach dem Briefumschlag, den ich vorhin auf dem Schreibtisch habe liegen lassen. Es klebt keine Marke darauf. Und es sieht auch nicht so aus, als wäre sie abgefallen, denn einen Poststempel kann ich auch nicht entdecken. Der Brief muss mit im Päckchen gesteckt haben, gemeinsam mit den Kostproben und einem Rezept – für mich!

Und meine Schüler passen gut darauf auf.

Diesmal muss ich nicht lange suchen. Ich gehe zu den beiden Klappkisten, die übereinandergestapelt neben dem Regal stehen. Eine von Julians Kolleginnen hat sie ein paar Tage nach seiner Beisetzung bei mir vorbeigebracht. Ich habe damals ganz kurz reingeschaut, aber nichts Besonderes darin entdeckt. Sie sind bis oben mit seinen Schulmaterialien vollgepackt. Immer wieder habe ich mir vorgenommen, die Sachen genauer durchzusehen und wegzuräumen. Aber auch das habe ich nicht geschafft.

Doch heute ist das anders. Ich stelle die oberste Kiste auf den Boden und setze mich im Schneidersitz davor. Nach und nach räume ich Schulbücher, Schreibhefte und Notizblöcke hinaus – bis ich auf eine schlichte bordeauxfarbene Pappschachtel stoße. Sie ist nicht beschriftet, aber ich bin mir sicher, dass sie von Klara ist und dass sie über ein Jahr hier auf mich gewartet hat. Ich öffne den Deckel. Julian hätte Spaß daran gehabt, mir beim Auspacken zuzuschauen. Die Holzwolle raschelt leise, als ich andächtig nacheinander zwei tiefviolette Marmeladengläser herausnehme. Die Deckel sind mit einem schlichten naturfarbenen Leinendeckchen verziert. Die Etiketten sind weiß, rund – und mit lilafarbener Tinte beschriftet. *Brombeere pur* steht auf dem einen und auf dem anderen *Brombeere mit Lavendel.* Hinter der Holzwolle steckt ein cremefarbener Umschlag. *Für Nora von Klara*, lese ich, und ein seltsames Kribbeln erfasst mich, als ich ihn öffne und kurz darauf den Brief in den Händen halte.

Brombeerkonfitüre mit Lavendelblüten

Liebe Nora, eine gute Konfitüre braucht etwas Zeit und …

1 Kilo Brombeeren
800 g weißer Zucker
3 Esslöffel frisch ausgepresster Zitronensaft
1 Esslöffel Lavendelblüten (frisch oder getrocknet)
1 gute Prise Liebe

Die vollreifen, frisch geernteten Brombeeren mit dem Zucker und dem Zitronensaft in einer Schüssel (nicht aus Metall) vermischen und eine gute Stunde ziehen lassen.
Die Masse in einem Topf bis zum ersten Aufkochen erhitzen. Dabei gut und mit Liebe umrühren.
Wieder in die Schüssel geben und über Nacht kühl stellen.
Am nächsten Tag die Brombeeren in einem großen Topf (wenn möglich aus Kupfer, damit erziele ich die allerbesten Resultate) etwa 8–10 Minuten bei starker Hitze sprudelnd kochen lassen. Dabei wieder liebevoll umrühren!
Gelierprobe: Einen Klecks Konfitüre auf einen kalten Teller geben. Geliert sie, ist sie fertig.

Die Lavendelblüten (bitte vorsichtig dosieren, sie sind sehr intensiv) einrühren, danach sofort in Gläser füllen, 10 Minuten auf den Kopf stellen, dann umdrehen.

Lass mich wissen, wie sie dir schmeckt.

Klara

Tel.: 038323-1845

6. Kapitel

Nora?« Katharina steht mit Watson in der Küchentür. Sie reibt sich die Augen. »Ist alles in Ordnung?«

Ich zeige auf das halbleere Marmeladenglas. »Ja, stell dir vor, ich habe den Brief gefunden. Eigentlich war er für mich. Klara hat Julian ein Rezept geschickt. Und eine Kostprobe war auch dabei. Es ist Brombeermarmelade. Sie schmeckt köstlich. Klara hat sie nur mit einfachem Zucker zubereitet, aber sie ist immer noch gut, obwohl sie jetzt schon fast zwei Jahre alt sein müsste, wenn sie aus frischen und nicht aus gefrorenen Früchten zubereitet wurde, wovon ich mal ausgehe.« Ich tunke den Löffel in das Glas. »Die Konsistenz ist anders, etwas flüssiger. Das Pektin aus dem handelsüblichen Gelierzucker fehlt. Aber die Marmelade schmeckt himmlisch, besonders wenn man eine der dicken Früchte erwischt. Komm her, probier mal!«

Ich reiche ihr einen Löffel und beobachte sie beim Geschmackstest.

»Hm … sehr süß, aber lecker.«

»Du hast recht, sie schmeckt viel süßer als meine. Ich nehme in der Regel den 3:1-Gelierzucker, Klara hat fast 1:1 gekocht. Aber dafür ist es Natur pur, sie enthält keine zusätzlichen Konservierungsstoffe. Versuch auch mal die andere, sie ist mit Lavendel.«

»Ah, die Kräuterreste im Umschlag.«

Ich nicke. »Klara hat sich für ein Foto von mir bei Julian bedankt. Er scheint ihr eins in den Brief gesteckt zu haben, den er ihr anscheinend geschickt hat. Und sie hat ihm mit dem Rezept und der Brombeermarmelade geantwortet. Oder besser gesagt Konfitüre. Mit der Bezeichnung hat sie genaugenommen recht. Echt verrückt, das Wort Marmelade hat seinen Ursprung im portugiesischen Wort für Quitte, *marmelo*. In der EU ist die Bezeichnung allerdings nur noch für Produkte aus Zitrusfrüchten erlaubt, zumindest im industriell gefertigten Bereich. Andere Obstzubereitungen werden Konfitüre genannt, wenn sie mindestens einen Fruchtanteil von fünfunddreißig Prozent haben – oder zu Konfitüre extra bei fünfzig bis fünfundfünfzig Prozent. Die 3:1-Marmeladen, die ich koche, müsste ich theoretisch Fruchtaufstrich nennen. Sie haben einen Fruchtanteil von fünfundsiebzig Prozent.«

Katharina zieht einen Stuhl zum Tisch und setzt sich neben mich. »Danke für die Lehrstunde, Frau Ernährungswissenschaftlerin. Dann lass mich mal die andere Sorte probieren. Konfitüre, wenn ich richtig verstanden habe.«

»Hier, aber lass uns weiterhin Marmelade sagen. Es klingt irgendwie schöner. Außerdem stellt Klara sie ja vermutlich nicht für den Verkauf her.«

Watson lässt sich zu meinen Füßen fallen und blinzelt zu mir hoch. »Das ist nichts für dich«, sage ich und schaue auf die Uhr. »Es ist erst kurz nach fünf. Du musst noch zwei Stunden warten. Dann gibt es Fressen.«

»Auch lecker.« Katharina schnalzt mit der Zunge. Sie lässt den Löffel ein weiteres Mal in das Glas gleiten. »Im ersten Moment war mir der Lavendelgeschmack etwas zu extrem. Aber wenn man sich daran gewöhnt hat …«

Ich schiebe meiner Freundin die beiden Briefe zu. Sie liest, dann sieht sie mich an. »Schreibst du ihr zurück?«

»Natürlich«, sage ich spontan, doch schon im nächsten Moment kommen mir Zweifel. »Ob Klara weiß, dass Julian nicht mehr da ist – und dass ich ihr nicht antworten konnte, weil ich ihren Brief deswegen gar nicht erhalten habe?«

»Vielleicht hat Henrik ja schon was rausgefunden. Er sagte doch gestern, dass er mit Margot sprechen möchte.«

»Stimmt. Ich schreibe ihm gleich eine Nachricht und frage mal nach.«

»Gute Idee. Mach das.« Katharina zeigt auf die Uhr. Es ist Viertel nach fünf. »Bist du gar nicht mehr müde?«

»Überhaupt nicht. Und du? Möchtest du dich oben noch mal hinlegen? Da ist es schön ruhig.«

»Nein, ich habe eine bessere Idee. Was hältst du von den letzten beiden *Green-Gables*-Folgen und einem kleinen Frühstück?«

»Sehr guter Plan!«

Katharina gähnt herzhaft. »Ich mache uns Kaffee, zwei große Pötte.«

»Super, ich schreibe eben an Henrik. Das Ciabatta ist alle, aber ich habe noch selbstgebackenes Knäckebrot da.

Ein neues Rezept, es besteht nur aus Körnern und Samen, ohne Mehl. Es schmeckt richtig gut zu Marmelade.«

Eine Viertelstunde später mache ich es mir mit Katharina und Watson auf der Sofalandschaft bequem.

»Du lächelst«, stellt meine Freundin fest.

Mein Blick fällt auf die beiden Marmeladengläser. »Irgendwie habe ich gute Laune.«

Es ist kurz nach sieben, als plötzlich mein Handy brummt und eine Nachricht ankündigt. »Bestimmt Henrik«, mutmaße ich. Doch ich täusche mich. Sie ist von Martin, meinem Chef. Er wünscht mir gute Besserung und schreibt, dass ich mich kurz melden soll, damit er weiß, wann er wieder mit mir rechnen kann.

»Mein Boss«, erkläre ich. »Ich rufe ihn eben an.« Er kann sehen, dass ich seine Nachricht schon gelesen habe. Und ein persönliches Gespräch erscheint mir angemessener. »Ich gehe eben in die Küche. Da kann ich Watson auch gleich sein Futter geben.«

»Ist gut, ich drücke so lange auf Pause, dann können wir gleich zu Ende schauen.«

»Danke«, sage ich schlicht, als Martin das Gespräch annimmt.

»Nicht dafür, krank ist krank, egal, ob der Bauch, der Kopf oder die Gefühle die Ursache sind. Geht es einigermaßen? Kommst du klar?«

»Ja. Meine Freundin ist bei mir. Ich brauche nur einen Tag, morgen bin ich wieder da.«

»Schön, du weißt, dass ich mich immer freue, dich zu

sehen. Aber es ist auch okay, wenn du mal etwas Zeit für dich brauchst. Ruh dich mal aus, Nora.«

»Es ist lieb von dir, dass du das sagst, Martin, aber die Arbeit tut mir gut. Morgen bin ich wieder da. Mein veganes Seitangulasch wartet auf mich. Es möchte etwas mehr Pepp, ich denke da an geräuchertes Paprikapulver.«

»Schöne Idee. Dann also bis morgen. Und, Nora?«

»Ja?«

»Du weißt, dass ich immer für dich da bin, auch über die Arbeit hinaus. Wenn du mal reden möchtest oder irgendwas unternehmen, sag mir Bescheid.«

»Ja, mach ich. Bis morgen.« Martin mag mich. Und ich ihn auch. Aber sein Interesse geht über das einer normalen Freundschaft unter Kollegen hinaus. Zwar hat er es noch nie ausgesprochen, aber ich merke es an den Blicken, die er mir manchmal zuwirft, wenn er sich unbeobachtet fühlt. Der Gedanke, mich irgendwann wieder in einen Mann zu verlieben, ist unvorstellbar für mich. Davon mal ganz abgesehen ist Martin überhaupt nicht mein Typ. Außerdem ist er mir viel zu klein. Julian war knapp einen Meter neunzig groß. Kurz vor dem Einschlafen habe ich oft meinen Kopf auf seine Brust gelegt, um sein Herz klopfen zu hören. Dabei habe ich mich beschützt und geborgen gefühlt. Er hat immer auf mich aufgepasst. Aber ich nicht gut genug auf ihn. Wochenlang quälte er sich mit einer Erkältung herum, wollte sich jedoch nicht krankschreiben lassen. Stattdessen hat er versucht, sich mit allerlei Hausmittelchen auszukurieren. Die Symptome sind zwar besser geworden, aber richtig losgeworden ist er die Erkältung nicht. Vor allen Dingen der Husten machte ihm immer wieder zu schaffen. Ich hätte darauf bestehen müssen, dass Julian zum Arzt geht, anstatt ihn mit Lindenblütentee und selbstgemachtem Thymianhustensaft zu versorgen. Eine Herzmuskelentzündung … Wäre sie rechtzeitig erkannt worden, wäre Julian jetzt noch bei mir.

Im Leben hat alles seinen Sinn, Nora, nichts passiert ohne Grund …

Das stimmt nicht, denke ich und schüttele unwillkürlich den Kopf, als ich eine Portion Trockenfutter in den Napf schütte. Was soll es für einen Sinn haben, dass Julian nicht mehr bei uns ist?

Watson macht sich sofort an die Arbeit. Er ist gerade fertig und leckt die letzten Reste seines Fressens auf, als wieder eine Nachricht auf meinem Handy eintrifft. Diesmal ist sie von Henrik.

Ein Marmeladenrezept? Und ich dachte schon, es geht um irgendwelche Geheimnisse. Meine Mutter weiß auch nicht viel. Du sollst dich bei ihr melden ☺. Halt mich auf dem Laufenden, wenn du noch was rausbekommst, ja? Liebe Grüße, war schön, dich mal wiedergesehen zu haben. Henrik

Mach ich!, antworte ich und setze ein Smiley dahinter. *Ich ruf deine Mutter später an.*

Henriks Antwort kommt postwendend. *Mach das. Sie freut sich!*

Als ich wieder zurück ins Wohnzimmer komme, finde ich Katharina schlafend auf der Couch vor. Augenblicklich merke ich, dass auch ich müde bin, und muss gähnen. Einen kurzen Moment überlege ich, ob ich mich dazulege, aber es ist Zeit für eine erste Runde mit Watson. Ich schalte den Fernsehapparat aus, gehe leise aus dem Zimmer und ziehe die Tür hinter mir zu. Im Flur schlüpfe ich in meine Sneakers und greife nach der Leine. Watson sitzt schon ausgehbereit vor der Haustür und wartet auf mich. Auf dem Weg nach draußen komme ich an der Garderobe mit dem großen Spiegel vorbei. Julians Pyjama ist weiß mit blauen Blockstreifen. Ich sehe aus wie ein Sträfling, denke ich, als ich mir eine leichte Strickjacke überziehe. Wir haben halb acht. Um diese Uhrzeit sind schon einige Hundeliebhaber mit ihren Vierbeinern draußen im Gehölzgarten unterwegs. Aber das ist mir egal. Ich wohne im Ruhrpott, hier darf man auch im Schlafanzug mit dem Hund raus. Letztens habe ich beim Spazierengehen eine Frau im Morgenmantel und rosa Lockenwicklern auf dem Kopf getroffen, passend zum pinkfarbenen Halsband ihres Chihuahuas, den sie auf dem Arm trug. Sie war mir sehr sympathisch.

Ich liebe dich dafür, dass du dir nie Gedanken darüber machst, was andere Leute über dich denken, Nora.

7. Kapitel

Hallo, Margot.«

»Nora …« Julians Mutter lächelt mich an. »Wie schön, dich zu sehen.« Sie nimmt mich in ihre Arme und drückt mich fest. »Nicht weinen.«

Ich blinzele die Tränen weg. »Dagegen kann ich gar nichts machen. Es passiert ganz von allein.«

»Komm erst mal rein.«

Wir stehen immer noch in der Tür. Margot deutet auf das Regal gleich neben dem Eingang. »Deine Hausschuhe sind noch da.«

Sie stehen neben Julians. Ich bin nicht die Einzige, die sich nicht von seinen Sachen trennen kann.

Julians Mutter geht vor mir her in die Küche. Ich habe fast die ganze Woche lang mit mir gekämpft. Gestern wären Julian und ich drei Jahre verheiratet gewesen. Margot hat sich wahnsinnig darüber gefreut, dass ich sie an unserem Hochzeitstag angerufen habe. Und heute bin ich hier. Als ich das Foto entdecke, das in einem schlichten Holzrahmen an der Wand über der Eckbank hängt, bleibe ich gerührt stehen. Es zeigt Julian und mich beim Anschneiden der Hochzeitstorte. Wir lachen beide. »Das war der glücklichste Tag meines Lebens«, sage ich.

»Es ist schön zu wissen, dass Julian geliebt wurde – und wird. Dadurch bleibt er immer ein Teil von uns. Es ist besonders schwer, wenn ein Kind vor den Eltern geht, aber Matthias und ich, wir sind dankbar für die Zeit, die wir mit Julian verbringen durften. Es fällt mir oft schwer, so zu denken, aber es gibt mir die Kraft weiterzuleben. Und stark zu sein für die Zukunft.« Ein Leuchten huscht über Margots Gesicht. »Wir werden Großeltern, das hat Henrik dir bestimmt erzählt.«

»Ja, das hat er. Und ich freue mich sehr für euch. Es ist auch schön, dass er wieder hier in die Gegend zieht.«

Margot hat aufgehört, sich die Haare zu färben. Ihr blonder, akkurat frisierter Pagenkopf ist durchzogen mit vielen feinen hellgrauen und weißen Strähnen. Aber ansonsten hat sie sich kaum verändert. Sie trägt eine dunkelblaue Jeans, darüber eine lilafarbene Tunika und dazu eine Holzkette aus bunten Perlen. Ihre Füße stecken in Filzpantoffeln, so wie meine. Ihre Erscheinung ist schlicht und elegant, trotz der bunten Kleidungsstücke. Wenn ich es nicht wüsste und raten müsste, würde ich ihren Beruf auf Anhieb richtig tippen. Sie ist Grundschullehrerin. Und Julian ist nicht nur beruflich in ihre Fußstapfen getreten. Er war ihr auch sonst sehr ähnlich.

»Möchtest du etwas trinken? Einen Tee? Ich habe gerade eine Kanne Ingwer mit Minze aufgesetzt.« Margot schüttet mir den Becher voll und öffnet das Glas Honig, das daneben auf dem Tisch steht.

»Ich trinke ihn ungesüßt«, sage ich.

»Es ist Heidehonig.« Sie taucht den Löffel hinein und

hält ihn über meine Tasse. »Sehr gesund. Möchtest du nicht wenigstens mal probieren?«

»Na gut.« Die Hälfte davon ist sowieso schon im Tee gelandet.

»Honig steckt voller Vitamine und Enzyme.«

»Ich weiß.« Die verlieren bei Hitze zwar ihre Wirksamkeit, aber den Kommentar verkneife ich mir. Das ist allgemein bekannt, dafür hätte ich nicht mal Ernährungswissenschaften studieren müssen.

»Von Matthias soll ich dich übrigens ganz lieb grüßen. Er ist mit ein paar seiner Kollegen Fahrrad fahren. Der Termin war schon längere Zeit fest ausgemacht, deswegen ist er jetzt nicht hier. Aber er würde sich freuen, wenn er dich demnächst auch mal wiedersehen könnte.«

»Wie geht es ihm denn? Ärgert er sich noch immer mit seinen Azubis rum?« Julians Vater ist Finanzbeamter. Vor ein paar Jahren hat er die ehrenvolle Aufgabe erhalten, sich um die Auszubildenden zu kümmern. Seitdem gab es ständig Diskussionen mit Margot und auch mit Julian über die unzureichende Schulbildung, die die jungen Leute, Rotznasen, wie Matthias sie nennt, mitbringen.

Margot lächelt. »Ja, er schimpft fast jeden Tag, aber insgeheim genießt er es. Ihm gefällt die Aufgabe. Wenn ich ihn ärgern möchte, necke ich ihn damit, dass aus ihm auch ein guter Lehrer geworden wäre.«

»Oje, der Arme.« Ich rühre in meinem Tee. Dabei fällt mir das Hochzeitsfoto wieder ins Auge. »Danke übrigens für das Album. Ich habe mich sehr darüber gefreut. Es ist toll.«

»Schön, dass es dir gefällt.« Auf einmal wirkt Margot traurig. Sie räuspert sich. Ihre Hand zittert leicht, als sie ihre Tasse zum Mund führt.

Das ist der Grund dafür, dass ich mich bisher um ein Treffen mit ihr gedrückt habe, denke ich. Es fällt mir schwerer, ihre Traurigkeit auszuhalten, als meine eigene. Zu sehen, wie die sonst so starke Frau leidet, bricht mir das Herz.

»Übrigens habe ich etwas gefunden, das dich vielleicht interessiert«, sage ich schnell, bevor die Traurigkeit überhandnimmt. Ich hole die Briefe aus meiner Tasche und halte sie Margot hin. »Henrik hat sich darüber gewundert, dass Julian Kontakt zu Klara hatte. Es ging aber dabei lediglich um ein Rezept für mich. Schau mal.«

Während Margot liest, lasse ich meinen Blick durch die Küche schweifen. Auf dem Herd steht ein großer Topf. Ich schnuppere durch die Luft und versuche zu erraten, welcher Inhalt sich darin befindet. Es ist seit jeher Sitte, dass an den Samstagen Julians Vater den Kochlöffel schwingt. Meistens gibt es einen deftigen Eintopf.

Komm schon, Nora, probier wenigstens mal. Graupensuppe ist echt lecker!

Bei dem Gedanken an die kleinen glibberigen Getreidekörner schüttelt es mich. Ich mochte sie noch nie. Aber Julian war ganz verrückt danach. Wenn wir an den Wochenenden Margot und Matthias besucht haben, bestand Julians erste Handlung immer darin, in die Küche zum

Herd zu stürzen, den Deckel des Topfes anzuheben und genussvoll am Inhalt zu schnuppern. Kurz darauf versenkte er auch schon einen Löffel im Topf. Erwischte ihn seine Mutter dabei, gab es regelmäßig Schimpfe.

Ich trinke meinen viel zu süßen Tee und betrachte Margot über den Tassenrand hinweg. Sie hat recht, denke ich. Julian wurde und wird sehr geliebt. Er war glücklich. Besonders dann, wenn es Graupensuppe gab. Bei dem Gedanken muss ich schmunzeln.

»Was ist, worüber freust du dich so?«, fragt Margot, als sie die Briefe fertig gelesen hat und unsere Blicke sich treffen.

»Über die Suppe im Topf.«

»Julians Leibspeise, zumindest eine davon. Deine Marmeladen hat er auch geliebt.«

»Ja.«

Margot zeigt auf den Brief mit dem Rezept. »Eine sehr schöne Idee von Julian. Es wundert mich nur, dass er überhaupt von Klara wusste. Mein Vater hat nie über sie gesprochen. Ich selbst habe nur durch einen Zufall von ihrer Existenz erfahren.« Sie überlegt. »Das ist jetzt bestimmt dreißig Jahre her. Damals ist mein Großvater gestorben, an den ich allerdings keinerlei Erinnerung habe. Klara hat meinem Vater eine Trauerkarte geschickt. Und das habe ich auch nur zufällig mitbekommen, weil ich an dem Tag gerade dort zu Besuch war. Meine Großmutter ist wohl schon einige Jahre früher verstorben. Auch an sie kann ich mich nicht erinnern.«

Es wundert mich, dass Margot ihre eigene Familiengeschichte nicht zu kennen scheint. Gerade sie, die sich so sehr für Geschichte interessiert und mit Vorliebe die Biographien anderer Leute liest. »Hast du auch keine Fotos?«, frage ich.

»Nein. Es ist erschreckend, wie wenig ich über meine eigene Familie weiß. Damals habe ich meinen Vater zwar gefragt, aber nur die lapidare Antwort erhalten, sie seien schon vor längerer Zeit alle gestorben für ihn. Seine Schwester scheint allerdings noch quicklebendig zu sein. Sie ist acht Jahre jünger, wenn ich das richtig in Erinnerung habe, so viel habe ich damals aus ihm rausbekommen. Mein Vater wird nächsten Monat achtundsiebzig, Klara müsste demnach siebzig Jahre alt sein.« Sie gibt mir die Briefe zurück. »Ich habe damals die Aussage meines Vaters, sie sei für ihn gestorben, akzeptiert und nicht weiter nachgehakt. Es hätte sowieso keinen Sinn gehabt. Du weißt ja, wie verbohrt er sein kann. Und dann habe ich es vergessen. Irgendwie schade, dass wir sie bisher nicht kennengelernt haben.«

»Das finde ich auch.« Wie wäre es, wenn ich rausfinden würde, dass meine Mutter eine Schwester hat, von der ich bisher nichts wusste? Würde ich versuchen, mehr über sie herauszufinden? Bisher habe ich mich auch nicht großartig für unsere Familiengeschichte interessiert, außer für die Linie nach Irland. Aber das liegt größtenteils auch daran, dass Julian die Idee sehr spannend fand, dort auf Spurensuche zu gehen. Er war es auch, der Kontakt zu seiner Großtante gesucht hat.

»Klara fragt im Brief danach, wie es der Verwandtschaft

geht«, sage ich. »Völlig desinteressiert scheint sie also nicht zu sein. Und sie hat sehr nett geschrieben.«

»Das stimmt.« Margot schaut auf die Uhr. »Halb drei. Ich ruf mal meine Mutter an. Sie weiß mit Sicherheit mehr. Mein Vater hält um die Zeit immer ein Nickerchen im Fernsehsessel. Da kann sie ungestört reden.«

Julians Oma ist eine sehr nette Frau. Ich mochte ihre stille, zurückhaltende Art immer sehr, habe aber nie verstanden, wie sie es so lange mit seinem Opa aushalten konnte, den ich despotisch und aufbrausend erlebt habe. Sie hat seine herrische Art stets mit stoischer Gelassenheit und einem leichten Lächeln auf den Lippen ertragen. Nicht nur einmal habe ich mir gewünscht, ihre Gedanken lesen zu können, um zu erfahren, was wirklich in ihr vorgeht. »Liebe Grüße von mir«, sage ich, als Margot zum Telefonhörer greift.

Sie fällt sofort mit der Tür ins Haus. »Sag mal, Mutti, du hast Julian von Opas Schwester erzählt? ... Woher ich das weiß? Sie hat Nora geschrieben ... Nein, mach dir keine Sorgen, du musst keine Angst haben, ich sag es nicht weiter, zumindest nicht Vati ...«

Margot geht in der Küche auf und ab, während sie mit ihrer Mutter spricht. Dabei schaut sie zu mir rüber. Als sie das Gespräch beendet hat, seufzt sie und setzt sich wieder zu mir.

»So, das habe ich mir nämlich gedacht. Meiner Mutter ist es rausgerutscht, als Julian ihr ein Glas Marmelade von dir gebracht hat. Da hat sie ihm gesagt, du würdest sie an Klara erinnern, die auch immer in der Küche gestanden und Marmelade eingekocht hat. Julian hat dann keine Ruhe gegeben, bis sie ihm gesagt hat, wer das ist. Ihre Adresse hat sie ihm allerdings nicht gegeben. Die muss er selbst herausgefunden haben.« Sie schüttelt den Kopf. »Ich musste ihr hoch und heilig versprechen, dass mein Vater nichts davon erfährt. Merkwürdig, die ganze Sache.«

»Ja, irgendwie schon. Hat sie zufällig was darüber gesagt, ob noch jemand Kontakt zu ihr hat? Ich meine … weiß Klara, was mit Julian passiert ist?«

»Meine Mutter sagt, sie hat nie wieder was von Klara gehört. Sie sind damals mit mir in den Westen geflüchtet. Mein Vater hat aus irgendeinem Grund den Kontakt komplett abgebrochen. Ich kann mir nicht vorstellen, dass er noch etwas mit ihr zu tun hat.«

»Wäre es denn in Ordnung, wenn ich ihr antworten würde?«, frage ich. »Ich möchte nicht, dass deswegen irgendwie schlechte Stimmung zwischen Julians Großeltern entsteht.«

»Nett von dir, dass du mich fragst. Ich war noch sehr klein, gerade mal zwei Jahre alt, als wir damals aus der DDR geflüchtet sind. Ich habe überhaupt keine Erinnerungen mehr an die Zeit. Ich fände es schön, wenn du Klara schreiben würdest. Das Rezept war ein Geschenk für dich, von Julian. Damit haben weder mein Vater noch meine Mutter etwas zu tun. Es gibt sicher einen Grund dafür, dass der Kontakt zwischen meinem Vater und Klara abgebrochen ist. Aber das sollte dich nicht daran hindern, einer alten Frau eine Freude zu bereiten, indem du dich bei ihr meldest. Sie lebt immer noch in Vorpommern, hat Henrik erzählt?«

»In Kinnbackenhagen. Das ist ein ganz kleines Dorf, das zu Groß Mohrdorf gehört.«

»Groß Mohrdorf …« Julians Mutter sieht mich nachdenklich an. »Dort habe ich die ersten zwei Jahre meines Lebens verbracht. Aber auch daran kann ich mich nicht mehr erinnern, ich war einfach noch zu klein. Wirklich schade … Obwohl es mein Geburtsort ist, habe ich überhaupt keinen Bezug dazu. Vielleicht liegt es daran, dass meine Mutter nie und mein Vater immer nur negativ darüber gesprochen hat. Aber die Vorpommersche Boddenlandschaft soll sehr schön sein.«

»Ich war mal mit meinen Eltern für eine Woche auf Rügen. Katharina war auch dabei. Das war, als wir in der achten Klasse waren, also so mit dreizehn, vierzehn. Wir hatten ein Ferienhaus direkt an der Ostsee. Es war sehr schön dort. In Stralsund waren wir damals auch, aber daran kann ich mich kaum erinnern. Meine Eltern wollten sich die Umgebung ansehen, aber wir Mädels hatten keine Lust, wir wollten lieber den ganzen Tag am Meer verbringen. Dafür habe ich mir dann einen ordentlichen Sonnenbrand eingefangen, während Katharina einfach nur eine gesunde Bräune bekam.«

»Katharina … geht es ihr gut?« Julians Mutter sieht mich ernst an. Sie weiß, wie sehr meine Freundin unter ihrem alkoholabhängigen Vater gelitten hat. Sie kennt Katharina durch die enge Nachbarschaft sozusagen schon seit ihrer Geburt.

»Ja, es geht ihr gut. Sie arbeitet immer noch bei der Zeitung. Und sie ist noch mit ihrem Freund zusammen, obwohl er viel zu intelligent für sie ist, wie sie selbst behauptet.«

Julians Mutter schmunzelt. »Sie hat sich schon immer gern unter Wert verkauft. Das hat sie gar nicht nötig. Sag ihr das bitte von mir.«

»Das werde ich.«

»Ich finde es immer sehr schade, wenn Ehen zerbrechen, aber im Fall ihrer Eltern kann ich nichts Bedauerliches daran finden. Ich hoffe, dass Katharinas Mutter nun endlich mal zur Ruhe kommt. Sie hat es nicht leicht gehabt.«

»Die beiden haben sich getrennt?«, frage ich überrascht. »So richtig?«

»Ja, wusstest du das nicht? Er ist auf und davon, mit einer anderen Frau.«

»Gut!«, entfährt es mir. Im gleichen Augenblick fällt mir ein, dass Katharina mir erzählt hat, ihre Mutter habe sie angerufen. Das ist jetzt eine knappe Woche her. Und ich habe nicht nachgefragt, was bei der ganzen Sache rausgekommen ist. Ob sie es vielleicht noch gar nicht weiß? »Katharina hatte die letzten Monate keinen Kontakt mehr zu ihren Eltern«, erkläre ich.

»Eine schwierige Situation … Ich hoffe, dass sie irgendwann ihren Frieden mit ihnen schließt. Und du?« Sie schenkt mir etwas Tee nach. »Wie geht es dir? Kommst du einigermaßen klar? Was macht die Arbeit?«

»Da läuft alles bestens. Ich habe viel zu tun. Das lenkt mich ab und bringt mich auf andere Gedanken.«

»Ich weiß, was du meinst, das geht mir ähnlich. Ich habe auch alle Hände voll zu tun. Wir proben gerade ein Theaterstück für die Abschiedsfeier. Meine Kleinen werden groß. Der Schulwechsel in die Fünfte steht an. Und nach den Sommerferien bekomme ich wieder neue i-Dötzchen. Das Leben geht unaufhörlich weiter.« Sie macht eine kleine Pause. »Ich freue mich sehr darüber, dass du heute gekommen bist. Du hast mir gefehlt.«

Auf einmal fühle ich mich unwohl. Ich schätze Julians Mutter, und ich mag sie, aber ich kann nicht behaupten, dass sie mir gefehlt hat. Ich habe sie einfach nicht vermisst. Sofort macht sich das schlechte Gewissen in mir breit. Margot ist wirklich nett. Julian konnte nie verstehen, dass ich mich in Gegenwart seiner Mutter manchmal unwohl gefühlt habe. Er meinte, das läge entweder an meinem generell zu geringen Selbstwertgefühl, oder es sei eine Schwiegermutter-Schwiegertochter-Sache, in der es unbewusst um Eifersucht oder Konkurrenz ginge. Ob er damit recht hatte? Ich trinke schnell einen Schluck Tee. In dem Moment klingelt das Telefon, das vor Margot auf dem Tisch liegt.

»Meine Mutter«, sagt sie nach einem kurzen Blick auf die eingeblendete Nummer. »Vielleicht ist ihr noch was eingefallen.« Aber sie täuscht sich. Ich erkenne die tiefe Stimme von Julians Großvater sofort. Sie ist so laut, dass ich jedes Wort verstehe.

»Du wirst nicht in der Vergangenheit wühlen und Kontakt zu meiner unsäglichen Schwester aufnehmen. Das Gleiche gilt auch für Julians Frau!«, donnert er los. »Habt ihr nichts Besseres zu tun? Wenn euch langweilig ist, lest ein Buch oder geht ins Kino.«

Margot bleibt ganz ruhig. »Wenn du weiter in diesem Tonfall mit mir redest, werde ich das Gespräch beenden«, sagt sie. »Ich habe zwei gesunde Ohren und verstehe dich auch, wenn du ganz normal mit mir sprichst. Also, was ist los? Warum regst du dich so auf?«

Eine Weile bleibt es still am anderen Ende der Leitung. Dann legt Julians Opa wieder los. »Du lässt gefälligst die Vergangenheit ruhen!«

»Wie schon gesagt, bitte nicht in diesem Tonfall. Was hältst du davon, wenn ich später bei euch vorbeikomme, damit wir in Ruhe über alles sprechen können?«, erwidert Margot.

»Da gibt es nichts zu bereden!«

Mit diesem Satz kommt Julians Großvater seiner Tochter zuvor und beendet das Gespräch. Er legt einfach auf. Margot zieht die Augenbrauen hoch und sieht mich an. »Meine arme Mutter. Irgendwie scheint er vorhin doch etwas von unserem Telefonat mitbekommen zu haben. Ich glaube, ich werde nachher mal dort vorbeifahren, um die Wogen ein wenig zu glätten. Das hat sich gar nicht gut angehört. Mein Vater war richtig aufgewühlt.«

»Das wollte ich nicht«, sage ich. »Jetzt haben die beiden doch Stress wegen der Sache bekommen. Das tut mir leid.«

»Das muss es nicht.« Sie runzelt die Stirn. »Du kannst doch nichts dafür, dass mein Vater so ein …«, sie sucht nach den richtigen Worten und wird tatsächlich rot dabei, »… so ein oller Stinkstiefel ist.«

Arsch wäre die treffende Bezeichnung, aber dieses Wort würde wahrscheinlich nie über Margots Lippen wandern. Trotzdem war sie mir noch nie so sympathisch wie in diesem Moment.

»Er erinnert mich ein wenig an meinen Opa väterlicherseits, der konnte auch sehr laut werden. Als ich klein war, hatte ich einen Heidenrespekt vor ihm. Und meine Oma auch, ihr ganzes Leben lang.« Sie ist nach seinem Tod vor ein paar Jahren noch einmal richtig aufgeblüht, aber das behalte ich lieber für mich.

»Ach!« Margot winkt ab. »Alte Männer und ihre Ansichten. Das Rezept war ein Geschenk für dich, von Julian. Lass dich von ihm bloß nicht von deinem Vorhaben abbringen. Du weißt doch, im Leben hat alles seinen Sinn.«

8. Kapitel

Liebe Klara,

deine Brombeermarmelade schmeckt köstlich! Es tut mir leid, dass ich mich erst jetzt bei dir melde, aber in der Zwischenzeit ist so viel passiert. Julian hat …

Mist! Es ist schon der dritte Bogen Papier, den ich zerknülle. Wenn ich mir vorstelle, dass Klara den Brief in Erwartung eines meiner Rezepte öffnet, um dann zu erfahren, dass ihr Großneffe gestorben ist, wird mir ganz schummerig zumute. Unschlüssig starre ich auf das nächste weiße Blatt. Meine Gedanken schriftlich in Worte zu fassen, gehörte noch nie zu meinen Stärken. Vielleicht lasse ich es doch lieber sein? »Du bist ein elender Feigling«, schimpfe ich mit mir. Dabei fällt mein Blick auf Klaras Brief.

Lass mich wissen, wie sie dir schmeckt …

Sie hat bestimmt nicht ohne Grund ihre Telefonnummer dahinter notiert.

Nur ein paar Sekunden später tippe ich, ohne weiter darüber nachzudenken, aber mit klopfendem Herzen, die Nummer in mein Handy. Es ist Samstagabend, wir haben halb sechs, vielleicht habe ich Glück, und sie ist zu

Hause. Es dauert nicht lang, dann wird das Gespräch angenommen. Eine Frau meldet sich. Den Namen verstehe ich nicht genau, aber es hört sich nicht nach Kummerow an, und die Stimme klingt definitiv zu jung für eine fast Siebzigjährige.

»Nora Kluge hier, entschuldigen Sie bitte die Störung, wer spricht da bitte?«

»Mandy Friese, ich bin eine Nachbarin von Frau Kummerow.«

»Könnte ich dann bitte mit Frau Kummerow sprechen?«

»Die ist nicht da. Worum geht es denn? Möchten Sie die Ferienwohnung mieten? Der Plan liegt hier. Ich kann nachschauen, ob sie frei ist. Wann möchten Sie denn anreisen?«

»Gar nicht, eigentlich wollte ich nur mit Frau Kummerow sprechen. Ich bin die Frau ihres Großneffen. Wann kann ich sie denn erreichen?«

»Soso, vom Großneffen, dass ich nicht lache! Frau Kummerow hat keine Verwandten. Ich lege jetzt auf und rufe die Polizei an. Und wagen Sie es nicht, sich noch mal bei ihr zu melden. Sie brauchen hier auch gar nicht aufzutauchen und der alten Frau zu erzählen, sie seien mit ihr verwandt und bräuchten dringend Geld, weil Sie krank sind oder so etwas in der Art. Hier ist nichts zu holen!«

Klack! Was ist denn das für eine neue Sitte? Mir geht es wie Julians Mutter, von der ich mich heute Nachmittag mit dem Versprechen verabschiedet habe, mich bald wieder zu melden. Meine Gesprächspartnerin hat einfach aufgelegt. Verdutzt schaue ich auf den Telefonhörer – und drücke die Wahlwiederholungstaste.

»Sie sind ja hartnäckig. Haben Sie sich was Besseres einfallen lassen? Ich höre!« Mandy Friese klingt streng. Aber ich kann gewissermaßen verstehen, dass sie skeptisch ist. Und es gefällt mir, dass sie sich anscheinend um Julians Großtante sorgt.

»Mein Name ist Nora Kluge«, sage ich noch einmal freundlich. »Ich bin die Frau von Julian Kluge. Seine Mutter, Margot, ist eine geborene Kummerow. Ich bin weder eine Trickbetrügerin, noch möchte ich Frau Kummerow etwas Böses antun. Sie hat mir ein Marmeladenrezept geschickt, für das ich mich bedanken möchte.«

Einen Moment ist es still am anderen Ende der Leitung. Meine Gesprächspartnerin scheint über diese neue Information nachzudenken. »Echt? Sie hat Ihnen eins ihrer Rezepte geschickt?« Mandy Frieses Stimme hört sich nun etwas weicher an, doch im nächsten Moment wird sie auch schon wieder misstrauisch. »Was denn für eins?«

»Brombeere, einmal pur und einmal mit Lavendel. Und eine Kostprobe habe ich auch bekommen. Es ist jetzt allerdings schon ein Jahr her.«

»Hm …« Sie überlegt wieder einen Moment. »Hören Sie, ich wollte nicht unhöflich sein, aber man bekommt ja so einiges mit. Bisher habe ich noch nie davon gehört, dass Klara Verwandte hat. Momentan ist sie im Pflegeheim, Sie können sie also hier gar nicht erreichen. Aber ich werde gleich noch meine Oma besuchen und sie fragen, was sie von der ganzen Sache hält. Die beiden sind schon seit

Ewigkeiten befreundet. Und dann werde ich Sie zurückrufen. Haben Sie vielleicht auch eine Festnetznummer?«

»Ja, natürlich. Die Vorwahl von Oberhausen, 0208 …«

»Okay, habe ich notiert. Nicht böse sein, ja? Aber wir achten aufeinander hier im Ort. Und wie gesagt, bisher habe ich noch nie von Verwandten gehört.«

»Kein Problem, ich freue mich, wenn Sie sich wieder melden. Ich bin allerdings nur noch eine halbe Stunde hier und dann eine Weile unterwegs. Meine Freundin holt mich gleich ab. Sie freut sich wie verrückt darauf, dass ich endlich mal mit ihr zum Training gehe. Crossfit, keine Ahnung, warum ich mich dazu habe überreden lassen.«

Aus dem Hörer ertönt ein tiefes glucksendes Lachen. Ich weiß nicht, warum ich Mandy Friese von meinem bevorstehenden Probetraining erzähle, aber anscheinend habe ich sie dadurch davon überzeugt, dass ich keine Schwerverbrecherin bin.

»Dafür habe ich mich letztens zu einer Zumba-Probestunde bequatschen lassen. Es war ganz fürchterlich, weil ich null Rhythmusgefühl habe. Dazu kommt eine mittelschwere Rechts-Links-Schwäche. Mit anderen Worten: Es war eine Katastrophe.« Sie kichert. »Da müssen Sie jetzt wohl durch.«

»Das befürchte ich auch.«

»Ich beeile mich. Vielleicht schaffe ich es noch vor Ihrem Termin. Ansonsten melde ich mich danach, spätestens aber morgen.«

»Das ist sehr nett, vielen lieben Dank schon mal. Und

falls Ihre Mutter doch nichts von Verwandten weiß, könnten Sie ja auch einfach Klara fragen, wenn Sie sie wiedersehen.« In dem Moment, in dem ich es ausspreche, fällt mir siedend heiß ein, dass sie im Pflegeheim ist. »Sie ist doch nicht ernsthaft erkrankt, oder?«

»Offenbar ist sie noch im Vollbesitz ihrer geistigen Kräfte. Wenn sie tatsächlich Verwandte hat, wird sie sich erinnern. Und meine Oma auch. Geben Sie mir ein paar Minuten, dann rufe ich zurück.«

»Danke.«

Nachdenklich schaue ich hinaus in den Garten. Julians Mutter hat gesagt, Klara sei siebzig Jahre alt. Ich kenne die alte Dame nicht, aber es tut mir leid, dass sie nun im Pflegeheim lebt. Ich habe sie mir rüstig und sehr unternehmungslustig vorgestellt, und dass sie mit Vorliebe ihre Zeit in der Natur verbringt – oder in einer großen gemütlichen Küche, in der sie ihre Marmeladen zubereitet. Wenn Henrik recht hat mit seiner Namenstheorie, hat Klara nie geheiratet. Kinder hat sie dann wahrscheinlich auch nicht und zu ihren Verwandten keinen Kontakt. Nur Julian hat ihr geschrieben. Aber der ist nicht mehr da …

Aus den Augenwinkeln sehe ich, wie sich der dicke Kater der Nachbarin durch den Zaun in unseren Garten zwängt. In aller Ruhe spaziert er über die Wiese, legt sich vor den Apfelbaum und schaut in Richtung unserer Terrassentür. Dort räkelt und streckt er sich. Es dauert nicht lang, da höre ich Watson bellen. Er würde den fetten Kerl am liebsten quer durch den Garten jagen. Aber Julian hat es ihm verboten, nachdem die beiden bei einer wilden Verfolgungsjagd mal unser Gemüsebett verwüstet haben. Wäre Julian jetzt hier, würde er sich den frechen Besucher schnappen und ihn mit ausgestreckten Armen zu seinem Frauchen zurückbefördern. Nicht nur einmal habe ich gedacht, dass sie den Kater absichtlich durch den Zaun schiebt. Unser Verhältnis war von Anfang an etwas schwierig. Kurz nach unserem Einzug hatte ich eine Fuhre Bettwäsche zum Trocknen im Garten aufgehängt. Dass unsere Nachbarin damit Probleme haben könnte, weil es ein Sonntag war, darauf wäre ich nicht gekommen. Die nasse Wäsche hing noch keine fünf Minuten. Frau Gerdes fühlte sich vom Anblick gestört und tat ihren Unmut lauthals und sehr unfreundlich über den Gartenzaun hinweg kund. Ich habe mich entschuldigt und die Wäsche wieder abgenommen, da mir ein gutes Verhältnis zu unserer unmittelbaren Nachbarin wichtig war, aber richtig warm geworden sind wir nicht. Seit dem ›Wäscheeklat‹ hat sie mich gegrüßt, wenn wir uns zufällig getroffen haben, ansonsten hat sie mich jedoch ignoriert.

»Watson, sei still«, rufe ich, während ich das Küchenfenster öffne. Ich klatsche ein paarmal laut in die Hände, rufe »kusch, kusch«, aber der Kater scheint schwerhörig zu sein. Er ignoriert mich einfach. Watson läuft mittlerweile zu Hochform auf. Er hört nicht auf zu bellen.

»Watson!«, brülle ich, und dann: »Hau ab, du blödes Vieh!«

Als es klingelt, atme ich erleichtert auf und sprinte zur Tür.

»Du bist meine Rettung!«, sage ich, aber es ist nicht Katharina, die vor mir steht, es ist Frau Gerdes. Die füllige alte Dame stemmt ihre Hände in die Hüften.

»Ist er hier?«, fragt sie.

»Wer?«, liegt mir auf der Zunge, aber das verkneife ich mir im letzten Moment. Meine Mutter hat immer sehr viel Wert darauf gelegt, mir einfache Benimmregeln wie Danke, Bitte, guten Tag und auf Wiedersehen beizubringen. Und außerdem hat sie mich stets ermahnt, besonders älteren Menschen gegenüber höflich zu sein. Das fällt mir im Moment zwar schwer, aber auf Stress mit meiner Nachbarin habe ich noch weniger Lust.

»Hallo, Frau Gerdes. Ja, er ist im Garten und hat sich in Watsons Sichtweite positioniert.« Ich trete ein Stück zur Seite. »Kommen Sie einfach durch und sammeln ihn ein. Ich hätte ihn auch rübergebracht«, flunkere ich, »aber ich erwarte ein wichtiges Telefonat.«

Watson hat mittlerweile aufgehört zu bellen. Seine Aufmerksamkeit gilt nun der alten Dame, die durch den Flur ins Wohnzimmer schlurft. Sie greift in ihre Kitteltasche und hält ihm auf der flachen Hand etwas entgegen. Bevor ich reagieren kann, hat Watson es inhaliert.

»Was war das?«, frage ich.

»Keine Angst, ich will ihn nicht vergiften.« Sie greift noch einmal in die Tasche. »Käsehappen, Picasso ist ganz verrückt danach.«

»Hören Sie, es ist nett gemeint, aber ich möchte nicht, dass Watson ungefragt von Unbekannten mit Leckerchen verwöhnt wird«, erkläre ich.

»Aber er kennt mich doch. Nicht wahr?« Sie streichelt ihm über den Kopf.

»Trotzdem möchte ich vorher gefragt werden.« Ich zeige nach draußen, wo sich der Kater noch immer in der Sonne räkelt. Genau in dem Moment klingelt das Telefon. »Es tut mir leid, da muss ich rangehen.«

Frau Gerdes nickt und hält Watson noch ein Stück Käse vor die Nase. »Nein, Watson!«, sage ich laut. »Ab mit dir in dein Körbchen«, und greife zum Telefon, das in der Ladestation gleich neben dem Fernsehapparat steht. Dabei beobachte ich, wie sich der brave Hund von dannen trollt.

»Nora Kluge.«

»Mandy Friese hier. Eigentlich wollte ich ja erst später anrufen, weil ich zu gern wissen wollte, wie die Sportstunde war, aber als ich meiner Oma von Ihnen erzählt habe, war sie ganz aus dem Häuschen.« Im Hintergrund höre ich prompt eine weitere Frauenstimme. »Jetzt gib mir schon den Hörer.« Sie hört sich tief und etwas kratzig an.

Mandy lacht. »Meine Oma möchte Sie unbedingt sprechen. Hier …«

Ein Räuspern erklingt. »Hallo?«

»Guten Abend, hier ist Nora Kluge.«

»Wie alt sind Sie?«

»Neunundzwanzig«, antworte ich. Auch im Osten des Landes scheinen einfachste Benimmregeln nicht bekannt zu sein. Was ist heute nur los mit den Menschen in meinem Umfeld?

»Und Sie sind Helmuts Enkelin?«

»Nein, ich bin die Frau seines Enkels.«

»Und er lebt noch?« Mein Herz hört einen kleinen Moment auf zu schlagen. Aber schon im nächsten Moment begreife ich, dass sie nicht Julian damit meint. »Unkraut vergeht nicht«, sagt sie. »Richten Sie Ihrem Herrn Großvater aus, er soll es bloß nicht wagen, sich hier blicken zu lassen. Wir wollen ihn hier nicht.«

»Ich bin, wie gesagt, die Frau des Enkels und nicht seine Enkelin«, erwidere ich freundlich. Dabei fällt mein Blick auf Frau Gerdes, die ungeniert an meinen Lippen hängt. Ich drehe mich demonstrativ von ihr weg. »Eigentlich wollte ich mich nur für das Marmeladenrezept und die leckeren Kostproben bedanken. Mandy hat mir erzählt, Klara sei im Pflegeheim. Wenn Sie mir die Adresse geben könnten, würde ich ihr gern schreiben.«

»Und alte Wunden aufreißen. Nein, lassen Sie das lieber bleiben. Das verkraftet sie nicht.«

»Ich weiß ehrlich gesagt nicht, was Sie damit meinen. Klara hat mir geschrieben, und ich möchte ihr antworten, das ist alles.«

»Sie ist im Pflegeheim. Jetzt bringt ihr die Antwort auch nichts mehr.«

Noch bevor ich zu einer Erwiderung ansetzen kann, habe ich wieder Mandy Friese in der Leitung. »Klara ist in Prohn. Dort gibt es nur das eine Pflegeheim.« Sie macht eine kurze Pause. »Ich mag Klara, sie hat zwar einen genauso großen Dickkopf wie meine Oma und ist manchmal etwas anstrengend, aber sie kann auch sehr warmherzig sein. Sie würde sich über einen Besuch bestimmt freuen.

Sie hat doch sonst keine Verwandten. Oder zumindest keinen Kontakt zu ihnen.«

»Ja, ich weiß.«

»Die Ferienwohnung ist momentan frei …«

Ferienwohnung? Eigentlich hatte ich an einen Brief und vielleicht ein paar Gläser Marmelade gedacht.

Aus den Augenwinkeln beobachte ich Frau Gerdes, die mittlerweile vor dem großen Regal steht und so tut, als würde sie sich für die Bücher darin interessieren. Sie wohnt allein. Bisher habe ich nicht miterlebt, dass sie Besuch von ihrer Familie bekommt. Mir sind jedenfalls noch nie irgendwelche Feste oder Kaffeetafeln aufgefallen, obwohl ihr schöner Garten geradezu dazu einlädt.

»Können wir vielleicht morgen noch mal telefonieren, in Ruhe?«, frage ich.

»Ja, soll ich durchrufen?«

»Das wäre schön, danke.«

»Sie freut sich bestimmt, wenn Sie sie besuchen.« Frau Gerdes sieht mich an. Sie muss sehr gute Ohren haben, denn sie hat anscheinend jedes Wort mitbekommen. »War die Marmelade denn gut? Ihr Mann war so glücklich, weil er so ein schönes Geschenk für Sie gefunden hatte.«

»Er hat es Ihnen erzählt?« Das kann ich kaum glauben.

Zum ersten Mal sehe ich ein Lächeln in Frau Gerdes' Gesicht. »Das Paket kam bei mir an, weil er nicht wollte, dass Sie es zufällig in die Hände bekommen. Er meinte, Sie würden dann so lange nachfragen, bis er sich verplappern würde.«

»Das ist ja ein Ding«, entfährt es mir. »Dann waren Sie seine Verbündete?«

»Ja.« Sie streckt ihr Kinn nach vorne. »Ich hatte ein schlechtes Gewissen, als Picasso mal wieder ab durch den Zaun ist und das Gemüsebeet dem Erdboden gleichgemacht hat. Ich bin ja kein Unmensch und wollte Ihrem Mann wenigstens die Auslagen für die neuen Pflanzen ersetzen, aber das lehnte er ab. Stattdessen hat er mich gebeten, ein Paket an mich schicken lassen zu dürfen. Na ja, und so kamen wir ins Gespräch. Damit haben Sie nicht gerechnet, was?«

»Nein. Aber es passt zu ihm.« Er hat sich häufiger Gedanken darüber gemacht, wie es um das Seelenheil unserer Nachbarin wohl bestellt sein möge und ein paarmal versucht, Kontakt mit ihr aufzunehmen, wenn sie in ihrem Garten herumgewerkelt hat. Ich habe davon nicht viel mitbekommen. Julian war durch seine Arbeit als Lehrer viel häufiger zu Hause als ich.

Draußen streckt sich Picasso ein letztes Mal, bevor er sich gemütlich emporhebt und gemächlich über die Wiese zurück zum Gartenzaun stolziert. Wir sehen es beide gleichzeitig.

»Dann hat sich mein Anliegen wohl erübrigt«, sagt Frau Gerdes.

»Ich werde leider gleich abgeholt, sonst hätte ich Sie gern noch auf einen Kaffee oder Tee eingeladen«, sage ich spontan. »Vielleicht ein anderes Mal?«

Meine Nachbarin runzelt die Stirn. »Ein Plausch unter Witwen. Ja, warum eigentlich nicht.« Sie sieht mich einen

Moment lang an. »Mein Jürgen ist vor etwas über zwei Jahren verstorben, Schätzchen, kurz bevor ihr hier eingezogen seid. Er hatte Darmkrebs.«

Es überrascht mich, aber es gefällt mir, dass sie mich plötzlich duzt. »Oh, das tut mir aber leid. Wie lange waren Sie denn verheiratet?«

»Etwas über zweiundfünfzig Jahre. Und jetzt bin ich Witwe. Kennst du den Ursprung des Wortes? Der Stamm kommt aus dem Indogermanischen. Er bedeutet so viel wie loslösen, lostrennen.«

»Das wusste ich nicht. Sind Sie Lehrerin?«

Sie lacht. »Um Gottes willen, nein. Das habe ich zufällig mal irgendwo aufgeschnappt. Ich war Krankenschwester, auch knapp ein halbes Jahrhundert lang. Das hat sich letztendlich als sehr praktisch herausgestellt. Ich habe meinen Mann die letzten Wochen bei uns zu Hause gepflegt. Er ist hier gestorben.«

»Das war bestimmt nicht einfach.«

»Nein, das war es weiß Gott nicht, für uns beide nicht.« Sie tätschelt meinen Arm. »Jürgen und ich, wir hatten unsere gemeinsame Zeit, mit allen Höhen und Tiefen. Wir haben viel miteinander durchgestanden, auch seine Krankheit. Er fehlt mir sehr, aber es ist ein tröstlicher Gedanke, dass er friedlich und mit sich im Reinen eingeschlafen ist und keine Schmerzen hatte.«

Die ungewohnte Redseligkeit überrascht mich. Ob sie vielleicht einsam ist und deswegen oft so mürrisch wirkt? Sie war mehr als ein halbes Leben lang mit ihrem Mann verheiratet …

Die Ärzte haben mir versichert, dass Julian keine Schmerzen hatte, als er starb. Sein Herz hat einfach aufgehört zu schlagen. Er hat mir noch einmal gesagt, dass er mich sehr liebt, bevor er zu seiner Joggingrunde aufgebrochen ist. Und dass er glücklich mit mir ist. Er hat sich zu mir ans Bett gesetzt, mich einen Morgenmuffel genannt und gelacht, weil ich, wie immer, noch total verschlafen war und ihn angebrummt habe. Zum Abschied hat er mir einen Kuss gegeben.

»Wir hatten nur zwölf Jahre, Julian und ich. Aber die waren sehr schön«, sage ich.

»Wie alt bist du?«, fragt Frau Gerdes.

»Neunundzwanzig – bald dreißig.« An meinem siebzehnten Geburtstag lernte ich Julian kennen, nur drei Wochen später waren wir ein Paar. Nächsten Monat ist es wieder so weit. Ich habe Geburtstag. Wie die Zeit vergeht …

»So jung noch.« Frau Gerdes tätschelt mir die Wange. »Dann hast du noch etwa zwei Drittel deines Lebens vor dir.«

»Ja, aber nur, wenn alles gutgeht«, sage ich.

9. Kapitel

Du hast eine Führhand und eine Schlaghand.« Katharina zieht meinen rechten Arm nach oben. »Damit schlägst du, der linke führt.« Sie rückt mich vor dem Boxsack zurecht. »Dein Standbein ist hinten, etwa 45 Grad abgewandt. Die optimale Position für eine Gerade ist erreicht, wenn dein Arm beim Auftreffen auf den Sack nicht ganz durchgestreckt ist. Jetzt musst du einfach nur noch zuschlagen.«

Patsch! Meine Faust knallt auf den schwarzen Sack. Und gleich darauf noch mal und noch mal. Ich mache eine Pause und schaue Katharina an. »Nicht schlecht. Stellst du dir dabei vor, du verprügelst eine reale Person?«

Sie grinst. »Manchmal schon. Aber darum geht es nicht. Ich fühle mich einfach besser, wenn ich mich körperlich richtig verausgabt habe. Es tut gut, ab und zu richtig Dampf und Wut abzulassen.«

»Apropos Wut und so … hast du eigentlich noch mal mit deiner Mutter gesprochen? Margot hat da so eine Andeutung gemacht …«

»Mein Vater hat sie verlassen, ich weiß. Sie hat noch mal angerufen.« Katharina rümpft die Nase. »Aber sie hängt immer noch an ihm, auch wenn sie beteuert, dass sie froh darüber ist, ihn endlich los zu sein. Ich wette mit dir, sie nimmt ihn wieder zurück, wenn er die andere Perle satthat. Ehrlich gesagt, möchte ich mich da gar nicht weiter reinhängen. Am Ende bin ich nur wieder enttäuscht, wenn sie sich für ihn entscheidet. Das hatte ich schon zu oft ...«

»Kann ich verstehen.« Ich schlage noch ein paarmal auf den Boxsack ein. »Aber du meldest dich sofort, wenn irgendwas ist, versprochen? Ich weiß, dass ich in letzter Zeit viel mit mir selbst beschäftigt war, aber ich bin trotzdem immer für dich da.«

»Versprochen.«

»Übrigens schielt Alex die ganze Zeit zu uns rüber.« Ich deute unauffällig mit dem Kopf zu der Sprossenwand neben der Tür. »Ich glaube, er beobachtet dich. Meinst du wirklich, dass er nur auf Blondinen steht?«

»Da bin ich mir nicht so sicher. Vielleicht mag er auch Rothaarige.«

»He!« Ich funkele Katharina böse an, aber sie grinst nur. »Ach komm schon, den hast du verdient. Du hast immerhin angefangen. Außerdem siehst du wirklich süß aus mit deinen roten Ringellöckchen und deinem viel zu großen Rocky-Balboa-Jogger.«

»Findest du?« Ich muss lachen.

»Ja, absolut. Davon mal ganz abgesehen, ist es sehr schön, dich mal wieder fröhlich zu sehen, wenn ich das so sagen darf. Du solltest öfter mit zum Training kommen. Fang mit dem Selbstverteidigungskurs an. Der ist echt gut.«

»Vielleicht gar keine schlechte Idee. Da komme ich wenigstens auf andere Gedanken.«

»Schön! Lass uns Alex fragen, ob noch Platz in seiner Anfängergruppe ist.«

»Warte mal …«, sage ich, aber es ist schon zu spät. Katharina hat schon Blickkontakt zu ihm aufgenommen und winkt ihn zu uns. »Ich bin mir aber noch nicht sicher …«

»He, ihr beiden.« Dass Katharina bisher kein Interesse an Alex finden konnte, wundert mich. Er ist sehr attraktiv, muskulös, ohne aufgepumpt zu wirken. Sein graues Shirt ist verschwitzt, auf seinen gebräunten Armen glitzern leichte Schweißperlen. Er fährt sich durch das dunkle volle Haar und sieht mir direkt in die Augen.

»Es tut mir sehr leid, dass du Julian verloren hast, Nora. Es gibt nicht viele Menschen mit einer derart positiven Ausstrahlung. Ich mochte ihn sehr.«

»Danke.« Damit habe ich nicht gerechnet. Die direkte Ansprache überrascht mich. Vielen Menschen fehlen im ersten Augenblick die passenden Worte, sie sind verunsichert und wissen nicht, wie und ob sie mich auf meinen Verlust ansprechen sollen.

Er nickt kurz. »Na dann … ich muss …«

»Warte mal.« Katharina hält Alex am Arm fest. »Nora interessiert sich für das Training hier.«

Er sucht mit seinen Augen meine und fixiert sie, so als würde er Katharinas Aussage auf den Wahrheitsgehalt prüfen wollen.

»Ich dachte an einen Selbstverteidigungskurs«, sage ich.

Katharina nickt. »Das wäre genau richtig für Nora. Ich

weiß, dass deine Gruppe schon sehr voll ist, Alex, aber vielleicht findest du ja doch eine Möglichkeit, dass sie bei dir mittrainieren kann? Birthe hört auf, das hat sie mir letztens erzählt.«

Er schüttelt den Kopf. »Da steht schon jemand auf der Warteliste.«

»Aber …« Damit hat Katharina nicht gerechnet. Sie sieht Alex verwundert an. »Warteliste? Seit wann gibt es denn so was?«

»Seit die Teilnehmerzahl begrenzt ist«, sagt er. Und zu mir gewandt: »Das hat nichts mit dir zu tun.«

»Dann machst du eben mal eine Ausnahme. Oder du setzt Nora auch auf die Warteliste. Vielleicht springt ja auch noch jemand ab«, versucht es Katharina noch einmal.

»Klingt nach einem guten Plan«, werfe ich schnell ein. »Das mit der Warteliste.«

»Gib deine Handynummer vorne beim Empfang ab. Wenn sich was tut, melde ich mich.« Er zeigt auf die große Uhr, die über dem Eingang hängt. »Crossfit beginnt gleich, ich muss jetzt wirklich rüber.«

»Wir wollten eigentlich auch mitmachen«, sagt Katharina. »Oder hast du vielleicht was dagegen?« Sie funkelt Alex an. Was ist denn mit dem auf einmal los?

»Nein, warum sollte ich? Eine gute Grundkondition ist wichtig, auch für Selbstverteidigung. Aber dann müsst ihr euch beeilen.«

»Ja, Chef. Wir gehen nur noch mal kurz für kleine Mädchen. Keine Sorge, um Punkt acht stehen wir auf der Matte.«

Wir sind nur ein paar Schritte gegangen, da flüstert sie: »Wenn ich es nicht besser wüsste, würde ich behaupten, der bekommt seine Tage, so charmant wie der heute drauf ist. Warteliste, davon hab ich noch nie gehört …«

»Dann will er vielleicht nicht, dass ich mitmache, kann doch sein.«

»Quatsch, der ist bestimmt sauer auf mich, weil ich eigentlich heute mit ihm trainieren wollte. Vielleicht hatte er auch nur einen schlechten Tag. Letztens hat er mir erzählt, dass er die Dienststelle wechseln soll. Er soll von der Kriminalprävention ins Betrugsdezernat wechseln, worauf er überhaupt keine Lust hat. Wenn er sich wieder abgeregt hat, meldet er sich bestimmt. Das dauert nicht lang.« Sie seufzt und zieht beide Augenbrauen hoch. »Männer! Voll die Mimosen.«

Mir tut alles weh. Katharina hat gesagt, der Muskelkater würde sich erst ein bis zwei Tage später melden, aber bei mir ist das anscheinend anders. Ich stehe im Bad und versuche meinen Körper von meinem T-Shirt zu befreien. Doch das funktioniert nicht wirklich, weil ich meine Arme maximal bis auf Schulterhöhe angehoben bekomme. »Mist!« Ich zähle bis drei, bücke mich nach vorne, beiße die Zähne zusammen und ziehe es mir über den Kopf. Beim Hochkommen fällt mein Blick auf die Flasche mit dem Ölbad, die auf dem kleinen Bambusregal steht. Das Muskelentspannungsbad habe ich für Julian hergestellt, als er mit den Vorbereitungen für seinen ersten Marathon begonnen hat. Wenn ihm die Waden nach einem langen

Lauf schmerzten, hat er sich gern für ein paar Minuten in die Wanne gelegt.

Wir haben halb elf, ich bin kaputt und müde, aber gleichzeitig so aufgekratzt, dass ich bestimmt nicht einschlafen kann, wenn ich jetzt ins Bett gehe. Also lasse ich heißes Wasser in die Wanne ein und schütte eine Verschlusskappe des Ölbades dazu. Sofort breitet sich der Duft von Rosmarin und Lavendel im Raum aus.

Komm rein, Nora, hier drin ist Platz für uns beide …

Beim Renovieren haben wir nicht an den Kosten für das Badezimmer gespart und uns eine Duo-Wanne mit zwei identischen Rückenteilen geleistet, damit wir gemeinsam baden können. Das Ablagebrett aus Eichenholz hat Julian selbst getischlert. Darauf stehen zwei große cremefarbene Kerzen. In der Mitte befinden sich zwei Vertiefungen für Kaffeetassen oder Weingläser …

Zwar habe ich mir vorgenommen, vor dem Schlafengehen keinen Alkohol mehr zu trinken, aber heute habe ich mir ein Glas Rotwein verdient. Während das Wasser einläuft, gehe ich in die Küche, um mir meinen Nachttrunk zu besorgen. Das Glas stelle ich in die eine Ausbuchtung, die Flasche in die andere, damit ich durch den leeren Platz nicht ständig daran erinnert werde, dass das zweite Glas fehlt.

Ich tauche meinen Fuß in die Wanne und genieße für einen Augenblick die Gänsehaut, die dabei über meinen Körper zieht. Dann lasse ich mich ins Wasser gleiten. In gutduftendem Badeschaum haben wir nicht nur gemeinsam entspannt, sondern auch unsere besten Gespräche geführt. Julian konnte ich alles anvertrauen, meine Wünsche, Ängste und Sehnsüchte – und auch meine skurrilsten Gedanken.

»Stell dir vor, ich habe heute am Crosstraining teilgenommen, freiwillig. Ich habe alles geschafft. Und dann …«

Wieder breitet sich Gänsehaut auf meinem Körper aus. Diesmal allerdings aufgrund der Bilder des Tages, die vor meinem inneren Auge erscheinen. Alex steht vor mir. »Nicht aufgeben, Nora«, sagt er. »Los, noch einmal in die Hocke, und wieder hoch …« Meine Beine brennen, mein Puls rast, aber ich schaffe es, komme nach oben – und dann explodiere ich, wie aus dem Nichts. Ich höre mich an wie ein verwundetes Tier, als ich einfach schreie und sich Töne aus mir lösen, die ich nie für möglich gehalten hätte.

»Du hättest mal Katharinas Gesichtsausdruck sehen sollen, als ich auf einmal losgebrüllt habe. Sie hat sich sehr erschrocken, und ich mich auch. Danach war ich total fertig. Aber es hat auch gutgetan. Es war irgendwie befreiend …« Ich starre auf die andere, leere Seite der Badewanne. Das Kerzenlicht wirft flackernde Schatten an die gekachelte Wand, der ich gerade von meinem anstrengenden Tag berichte.

»Übrigens war Frau Gerdes heute hier, um ihren fetten Taugenichts einzusammeln. Ich habe sie für das nächste Mal auf eine Tasse Kaffee eingeladen. Ich glaube, dass sie Picasso nicht absichtlich zu uns gejagt hat. Sie ist eigentlich sehr nett. Stell dir vor, sie hat mich tatsächlich Schätzchen genannt. Ach ja, und deine Großtante ist im Pflegeheim …«

Der Wein und das heiße Bad zeigen schnell ihre Wirkung. Ich schließe meine Augen, nur für einen Moment … und wache erschrocken wieder auf, als ich mich im Traum plötzlich in den starken Armen eines Mannes wiederfinde. »Alles wird gut Nora, du schaffst das …« Die Stimme hört sich tief an, männlich. Es ist nicht Julians, seine klingt melodischer. Das Badewasser schwappt über den Rand, als ich mich abrupt aufsetze. Es ist lauwarm. Ich bin tatsächlich eingeschlafen – und habe von Alex geträumt. Er trug eine blaue Polizeiuniform. »Na toll. Was war das denn?« Ich steige kopfschüttelnd aus der Wanne, schnappe mir das Handtuch und rubbele mich mit festem Druck trocken.

Im Bett betrachte ich, wie jede Nacht, Julians Leuchtsterne. Dabei spüre ich tief in mich hinein. Ich liebe Julian immer noch so sehr, dass ich mir nicht vorstellen kann, mich jemals wieder in einen anderen Mann verlieben zu können. Trotzdem habe ich von Alex geträumt, in Uniform! Dabei trägt er als Kommissar gar keine, sondern Zivilkleidung. Das hat er uns auf der Silvesterfeier erzählt. Ich erinnere mich noch ganz genau daran, wie gut er sich damals mit Julian verstanden hat. Die beiden hatten sogar ausgemacht, sich irgendwann mal auf ein Bierchen zu treffen, aber dazu ist es nicht mehr gekommen. Julian mochte ihn. Und mir gefällt er auch. Und damit meine ich nicht sein ansprechendes Äußeres. Es waren seine Blicke. Ich hatte das Gefühl, er würde direkt in mich hineinschauen. Aber vielleicht hat das eher was mit seinem Beruf und gar nichts mit mir zu tun und ich mache mir mal wieder zu viele Gedanken. Eine Angewohnheit, die ich mir gern abgewöhnen würde.

Deine Denkfalten sind echt süß, Nora. Aber du solltest es nicht übertreiben. Das Leben ist schön! Genieße es.

Es war ein toller Tag. Ich war bei Margot, hatte Besuch von Frau Gerdes, hatte ein nettes Telefonat mit Mandy und dann jede Menge Spaß mit Katharina. Ich habe gelacht, rumgealbert, mich völlig verausgabt – und am Ende meine Verzweiflung aus mir rausgeschrien. Alex schien, im Gegensatz zu Katharina und mir, gar nicht überrascht. Er hat mich einfach nur angesehen, »Gut so!« gesagt und weitergemacht, als wäre nichts geschehen. Etwas hat sich gelöst in mir, seit ich in Julians Zimmer gewesen bin und dort Klaras Briefe gefunden habe. Oder ist es doch einfach nur die Zeit, die Wunden heilt?

Nicht schon wieder denken, Nora. Schlaf schön und träum was Schönes. Alles wird gut.

Am nächsten Morgen fühle ich mich wie gerädert. Ich komme kaum aus dem Bett, habe das Gefühl, jeden einzelnen Muskel zu spüren, besonders in den Oberschenkeln. Wenn ich nicht mit Watson vor die Tür müsste, würde ich einfach liegen bleiben. Wie auf rohen Eiern gehe ich die Treppe nach unten in die Küche. Katharina würde sich kringelig lachen, wenn sie mich jetzt sehen könnte. Als ich unten aus dem Schrank das Müsli holen möchte und dabei in die Knie gehen muss, macht sich der angekündigte Muskelkater beißend bemerkbar. Ich stöhne laut auf und lasse mich auf den Hintern plumpsen. »Von wegen, das spüre ich erst nach zwei Tagen!«, schimpfe ich. Natürlich klingelt genau in dem Moment das Telefon. »Mist!«

»Mandy Friese hier, hallo, Frau Kluge. Ich habe Sie doch nicht geweckt, oder?«

»Nein, ich habe es nur nicht sofort bis zum Telefon geschafft. Mir tut alles weh«, gebe ich kleinlaut zu. »Gestern Abend waren es nur die Arme, jetzt fangen die Beine an. Ich bin gerade erst aufgestanden und kam kaum die Treppe runter. Das Müsli ganz unten im Schrank hat mir dann den Rest gegeben.«

»Ah, das Training. So schlimm?«

Ich seufze theatralisch. »Das Training an sich war sehr gut. Nur auf den Muskelkater würde ich gern verzichten. Aber mal was anderes, sollen wir uns nicht duzen? Wenn Sie die Enkelin von Klaras Freundin sind, dann dürften wir ungefähr ein Alter haben.«

»Oh ja, gern, Nora. Ich bin achtundzwanzig, du neunundzwanzig, das habe ich gestern mitbekommen, als du mit meiner Oma gesprochen hast. Ich habe übrigens noch mal versucht, in Ruhe mit ihr zu reden. Aber sie war gar nicht gut auf deinen Schwiegeropa zu sprechen und hat die ganze Zeit nur rumgemeckert. Was Konkretes habe ich nicht herausgefunden, nur dass er irgendwann ab in den Westen ist und seitdem nie wieder jemand was von ihm gehört hat. Und plötzlich rufst du an. Oma war so unfreundlich zu dir, weil sie meint, du könntest dir was drauf einbilden, dass Klara dir ein Rezept geschickt hat, aber du hättest dich gleich dafür bedanken müssen – und nicht erst ein Jahr später. Ich denke ja, besser spät als nie. Also, was ist? Ich weiß, es ist ziemlich weit, aber auch schön hier. Kommt doch zu zweit, du und dein Mann. Julian heißt er, oder? Klara freut sich bestimmt riesig darüber, euch kennenzulernen.«

Prompt ist er wieder da, der Kloß im Hals. »Ich konnte mich vorher nicht bedanken, weil ich Klaras Post erst jetzt erhalten habe.« Ich räuspere mich. »Sie hat das Päckchen an eine Nachbarin geschickt, die es dann Julian gegeben hat. Aber er ist nicht mehr dazu gekommen, es mir zu überreichen. Er … er ist beim Joggen zusammengebrochen. Sein Herz hat versagt. Wenn ich komme, dann allein.«

Es ist einen Moment lang still am anderen Ende der Leitung, dann höre ich ein Schluchzen. Das überrascht mich so sehr, dass meine Traurigkeit wie von selbst verschwindet. »Mandy?«, frage ich.

»Das tut mir leid.« Sie schnieft noch ein paarmal. »Ich meine das mit deinem Mann. Das ist schlimm. Ich kenne das. Meine Mutter ist nämlich vor drei Monaten gestorben. Sie hatte einen Unfall mit dem Auto. Zuerst war alles gut, aber im Krankenhaus gab es dann plötzlich

Komplikationen. Sie hat eine Blutvergiftung bekommen. Wir vermuten durch den Katheter, der ihr gelegt wurde, beweisen können wir es jedoch nicht. Aber sie hatte nur ein paar Knochenbrüche, und dann …«

»Oh, das tut mir jetzt wiederum leid für dich. Ich kann zumindest ein Stück weit nachempfinden, wie du dich momentan fühlst. Wenn du irgendwie das Bedürfnis hast, darüber zu reden, kannst du mich gern jederzeit anrufen.«

»Obwohl wir uns gar nicht kennen? Das ist aber lieb von dir.« Auf einmal fängt Mandy an zu lachen. Das tiefe Glucksen passt überhaupt nicht zu ihrer Sprechstimme, die wesentlich höher klingt.

Ich warte, bis sie sich wieder beruhigt hat. »Findest du das so ungewöhnlich?«

»Nein, ich habe nur gerade gedacht, dass du verdammt gut bist, falls du doch eine Betrügerin sein solltest.« Sie gluckst schon wieder. »Entschuldige bitte. Hast du das auch manchmal? In einem Moment bin ich total traurig, und dann wieder wie aufgekratzt. Erst heule ich, dann pruste ich los.«

»Ehrlich gesagt nein, ich bin einfach nur die ganze Zeit traurig, allerdings in verschiedenen Abstufungen.«

»Hm, dann bin ich vielleicht doch nicht normal. Manchmal habe ich das Gefühl, ich drehe noch durch.«

Jetzt muss auch ich lachen. »Das kann ich von hier aus natürlich nicht beurteilen, aber in Sachen Trauerbewältigung ist alles erlaubt. Ich hab gestern nach der letzten Kniebeuge laut geschrien, wenn dich das beruhigt.«

»Wow! Das Bedürfnis habe ich auch manchmal.« Einen Moment lang ist sie still. »Ich war noch nie gut darin, Abschied zu nehmen.«

»Ich auch nicht. Aber weißt du was? Was hältst du davon, wenn ich meine Koffer packe, Klara besuchen komme und wir uns bei der Gelegenheit auf einen Kaffee treffen?« Die Entscheidung habe ich eben im Moment, ganz spontan, aus dem Bauch heraus getroffen, ohne nachzudenken. Es fühlt sich einfach richtig an.

»Das wäre super! Möchtest du im Finnhaus wohnen? Das ist wirklich gemütlich. Nicht groß, nur um die fünfzig Quadratmeter, aber für ein bis zwei Personen ist es vollkommen ausreichend. Es kostet achtunddreißig Euro pro Nacht, momentan ist ja noch Nebensaison.«

»Ich würde einen Hund mitbringen. Wäre das ein Problem? Watson ist ein Labrador, ganz ruhig und sehr lieb.«

»Das geht in Ordnung. Klara hat zwei Katzen, aber die sind ja in ihrem Haus. Ich füttere sie regelmäßig, solange sie weg ist.«

»Solange? Kommt sie denn wieder zurück?«

»Ich hoffe ja, sie hat sich den rechten Fuß und die linke Hand gebrochen. Nach dem Krankenhaus ist sie sofort in die Kurzzeitpflege gekommen, allein schafft sie es nicht. Oma ist auch nicht mehr richtig fit, sie hat es mit der Hüfte. Und ich kann mich nicht um beide kümmern, das schaffe ich momentan einfach nicht. Dazu habe ich zu viel um die Ohren. Eigentlich sieht es gesundheitlich ganz gut aus bei Klara, aber sie lässt sich irgendwie hängen. Als würde ihr der Antrieb fehlen. Vielleicht ändert sich das, wenn du sie besuchst.«

»Bald sind die ersten Erdbeeren reif. Das könnte sie motivieren, schneller wieder gesund zu werden«, überlege ich laut.

»Ja, vielleicht.« Mandy gluckst wieder. Ich habe noch nie jemanden so lachen hören. Es ist ansteckend. Und es bessert meine Laune. »Klara ist übrigens vom Baum gefallen.«

»Vom Baum?« Wir haben Mitte Mai, wenn sie seit ein paar Wochen im Pflegeheim ist, kann ihr das nicht beim Ernten passiert sein. Zumindest wüsste ich nichts, was im März oder April von einem Baum gepflückt werden könnte.

»Von einem Walnussbaum, einem ziemlich hohen. Ich weiß, das ist eigentlich gar nicht witzig. Aber du kennst Klara nicht. Sie behauptet, sie wäre ganz spontan und nur der Aussicht wegen auf den Baum geklettert, um von dort aus auf das Wasser zu schauen. Es ist nur so … der Baum steht auf einem eingezäunten Grundstück. Und sie hatte eine Leiter dabei. Das klingt eher nach einer geplanten Aktion. Auf jeden Fall hat sie echt Glück gehabt. Neben den Knochenbrüchen hat sie sich noch eine Rippenprellung zugezogen, mehr nicht. Das hätte auch schlimmer ausgehen können.«

»Hört sich so an, als hätte sie einen Schutzengel gehabt.«

»Auf jeden Fall. Sie ist schon ein paarmal irgendwo runtergefallen, aber es ist nie ernsthaft was passiert. Vielleicht war sie im früheren Leben mal eine Katze. Wundern würde es mich nicht.«

Ich warte auf das tiefe Glucksen, aber diesmal bleibt es aus. Mandy scheint es tatsächlich ernst zu meinen. Während ich noch überlege, was ich dazu sagen soll, fragt sie: »Und? Wann kommst du?«

»Ich kläre das morgen mit meinem Chef. Wenn alles gutgeht, noch diese Woche.«

»Super, ich freue mich.«

»Ich mich auch. Sobald ich Näheres weiß, melde ich mich wieder.«

Vielleicht sollte ich mit dem Besuch wenigstens so lange warten, bis ich mich wieder richtig bewegen kann, denke ich, als ich, diesmal im Zeitlupentempo, in die Hocke gehe, um das Müsli aus dem Schrank herauszuholen. Dabei entdecke ich Watson. Er hat sich vor die Küchentür gelegt. Wir haben halb elf, und ich war heute noch nicht mit ihm draußen.

»Armer Kerl«, sage ich und verschiebe mein Frühstück auf später. »Was hältst du von einem langen Spaziergang?«

Im Gehölzgarten stehen zwölf große Walnussbäume. Ich bleibe bei einem Baum stehen, dessen Äste weit nach unten reichen, zupfe ein Blatt ab und zerreibe es leicht zwischen meinen Fingern. Ich mag den aromatischen, leicht würzigen Duft, der sich dabei entfaltet. Die Bitter- und Gerbstoffe wirken entzündungshemmend. Walnussblätter kann man innerlich und äußerlich anwenden: Ein Aufguss daraus soll bei äußerlichen Entzündungen, Tee bei Verdauungsproblemen helfen. Ausprobiert habe ich das aber noch nicht. Bisher habe ich immer nur die Nüsse verarbeitet. Die ersten, noch unreifen, pflücke ich Anfang Juni. Der innere Kern muss noch weich sein, so dass man sie gut durchschneiden kann. Die Stücke setze ich mit Wodka zu einem leckeren Likör an. Mit etwas Nelke, Zimt und Vanille verfeinert schmeckt er nach ein paar Monaten Ruhezeit himmlisch.

Ich sollte Klara meine Rezepte verraten, denke ich. Dann kann sie beim nächsten Mal behaupten, sie habe Tee kochen wollen, wenn sie wieder einmal vom Baum fällt.

Noras Likör aus grünen Walnüssen

Die Walnüsse sollten im unreifen Zustand geerntet werden, wenn sie schon schön groß sind, aber die innere Schale noch weich ist. Die beste Zeit dafür ist etwa Anfang bis Mitte Juni. (Bitte nicht vom Baum fallen!)

Man benötigt:
20–25 grüne Walnüsse
1 Liter Korn oder Wodka
500 g Zucker
250 ml Weißwein
2 Zimtstangen
1 Vanillestange, längs aufgeschnitten
2 Anissterne
Schale einer Zitrone

Die Nüsse vierteln oder in dicke Scheiben schneiden. Dabei Handschuhe tragen, sie färben ab! In ein großes Einmachglas oder eine Flasche geben. Den Alkohol darüberschütten, die Gewürze hinzugeben und für mindestens 8 Wochen verschlossen an einem warmen Ort stehen lassen. Danach die Flüssigkeit durch ein Sieb filtern. Den Zucker und den Wein aufkochen, etwa 15 Minuten sanft köcheln lassen, bis er etwas eindickt. Abgekühlt zu dem gefilterten Alkohol geben und wieder 8 Wochen stehen lassen. In kleine Flaschen abgefüllt ist der fast schwarze Nusslikör ein wundervolles Weihnachtsgeschenk!

10. Kapitel

Ich bin schon immer gern Auto gefahren. Auf Musik oder andere Unterhaltung kann ich verzichten, mir reichen eine Thermoskanne voll Kaffee, ein paar belegte Brote und etwas Süßes. Einmal auf der Autobahn eingefädelt, kann die Reise für mich beginnen. Heute ist Mittwoch. Martin hat mir ohne zu zögern freigegeben, nachdem ich ihm versprochen habe, die beiden Tage vor meinem spontanen Urlaub meine ganze Energie in das Seitangulasch zu stecken. Das Ergebnis ist recht passabel geworden. Aber ganz unrecht hat meine Mutter nicht. Es gibt viele Lebensmittel, die eindeutig besser munden als die geschmacksneutrale Fleischersatzmasse.

Watson und ich sind jetzt knapp drei Stunden unterwegs, haben Bremen hinter uns gelassen und nähern uns Hamburg. Um Punkt vier Uhr habe ich den Zündschlüssel gedreht, da ich gern den morgendlichen Berufsverkehr umgehen wollte. Die Strategie ist aufgegangen. Wir sind ohne größere Wartezeiten durchgefahren.

Watson hat es sich im Kofferraum gemütlich gemacht. Er bewegt sich nur, wenn er hört, dass ich die Lunchbox öffne, in der Hoffnung, dass sich ein Stück des Brotes durch das Auto bis zu ihm verirrt.

»Musst du mal Pipi machen?«, frage ich. Watson legt sofort den Kopf zwischen den beiden Kopfstützen auf der Rückbank ab und sieht erwartungsvoll zu mir. Ich betrachte ihn kurz im Rückspiegel. »Wir fahren an der nächsten Raststätte raus. Was hältst du davon?«

Seitdem Watson in unser Leben getreten ist, haben wir mit ihm Urlaub in Deutschland gemacht. Dabei hat es uns immer ans Meer gezogen. Wir haben wundervolle Tage auf Norderney, Juist und Borkum verbracht. Die kleinen Nordseeinseln sind vom Ruhrgebiet aus sehr gut zu erreichen. Viel länger als drei oder vier Autostunden waren wir nie bis zu unserem Urlaubsziel unterwegs. Jetzt habe ich gerade mal die Hälfte geschafft. Es sind über sechshundert Kilometer bis nach Kinnbackenhagen. Eine Pause und ein paar Schritte an der frischen Luft werden auch mir guttun. »Autohof Sittensen«, sage ich, als wir am nächsten Hinweisschild vorbeifahren, »hört sich doch gut an.«

Watson legt seinen Kopf schief. Ob er Julian immer noch vermisst? Die ersten Tage nach seinem Tod hat der treue Kerl sich stundenlang im Flur vor der Haustür platziert. Dort hatte er immer auf Julian gewartet und ihn freudig begrüßt, wenn er mittags aus der Schule kam. Ich gebe mir alle Mühe, Watson weiterhin ein schönes Hundeleben zu ermöglichen. Damit er nicht den ganzen Tag allein ist, habe ich Martin davon überzeugt, ihn mit zur Arbeit bringen zu dürfen. In der Versuchsküche hat ein gefräßiger Labbi natürlich nichts zu suchen, aber die nette Sekretärin aus der Buchhaltung hat ihm Asyl gewährt.

Er fährt jetzt also morgens mit mir zur Arbeit. Dort hat er alle Herzen im Sturm erobert und bekommt viel Aufmerksamkeit. Und auch zu Hause versuche ich, Julian so gut wie möglich zu ersetzen. Lange Spaziergänge, Spielen mit Ball oder Stöckchen und Dauerkraulen stehen bei uns auf der Tagesordnung. Mittlerweile liegt Watson nicht mehr im Flur. Aber ab und an schrecken das Geräusch eines ankommenden Autos, Schritte vor dem Haus, ein Lachen in der Ferne ihn auf, und er schaut erwartungsvoll zur Tür.

»So, da wären wir.«

Gerade als ich den Zündschlüssel rausziehe, vibriert mein Handy. Lächelnd greife ich danach. Katharina hatte schon immer so etwas wie einen sechsten Sinn. Sie ruft dann an, wenn es mir besonders schlechtgeht, schickt mir eine Nachricht kurz nachdem ich aufwache – oder eben wenn ich eine Pause an einer Raststätte einlege. Ich habe ihr versprochen, mich zwischendurch bei ihr zu melden. Jetzt ist sie mir wohl zuvorgekommen. Doch die Nachricht ist nicht von ihr, wie ich erstaunt feststelle.

Fahr vorsichtig. Passt auf euch auf! Alex

Ich habe meine Handynummer am Empfang hinterlassen, damit Alex mich informieren kann, wenn Birthe den Platz für mich freigemacht hat und ich mit dem Training beginnen kann. Von meiner Fahrt nach Kinnbackenhagen habe ich ihm nichts erzählt. Das muss Katharina gewesen sein. Ich schaue ein paar Sekunden auf die Nachricht und weiß nicht, was ich antworten soll. Der Traum schleicht sich in meine Gedanken. Er hat mich in seine Arme genommen … Mein Herz klopft etwas schneller, und ich schüttele verärgert den Kopf. Schließlich atme ich einmal tief durch und schicke ein schlichtes *Danke* zurück auf die Reise. Und kurz darauf den Hinweis, dass wir gerade Rast machen, damit er nicht denkt, ich würde während der Fahrt mit dem Handy hantieren.

An seiner Statusmeldung sehe ich, dass er gerade wieder an mich schreibt. Ich warte auf die Nachricht, aber sie kommt nicht. Anscheinend hat er es sich anders überlegt. Er ist nicht mehr online.

»Komischer Typ«, murmele ich, steige aus und strecke mich, bevor ich Watson, der schon ungeduldig wartet, aus dem Kofferraum befreie. Auf der Wiese in unmittelbarer Nähe sitzt ein älteres Ehepaar nebeneinander auf einer Bank. Sie lassen sich ihre Brote schmecken. Watson schnuppert durch die Luft. »Leberwurststulle«, ruft die Frau und lacht. »Da konnte unser Charly auch nicht widerstehen. Darf er ein Stückchen?«

»Ja, gern.«

»Wie heißt er? Es ist doch ein Rüde, oder?«

»Watson.« Ich entferne die Leine aus dem Halsband. »Na, geh schon.«

Das lässt er sich nicht zweimal sagen. Nur Sekunden später sitzt er vor der alten Dame und wird von ihr gefüttert.

»Unser Charly ist vierzehn Jahre alt geworden«, sagt der Mann, als ich mich neben ihn auf die Bank setze. Das Vibrieren meines Handys in der Hosentasche ignoriere ich, obwohl es mir in den Fingern juckt, kurz einen Blick daraufzuwerfen. Ob Alex nun doch geantwortet hat?

»Letztes Jahr ist er ganz friedlich eingeschlafen.«

»Oh, das tut mir leid.« Ich zeige auf Watson. »Er ist drei.«

»Und anscheinend ein ganz lieber Kerl.« Die Frau krault ihn hinter den Ohren. »Wir vermissen unseren Charly sehr. Es war unser vierter Hund, ein Beagle, wie die anderen auch. Aber er hatte etwas ganz Besonderes. Manchmal haben wir gedacht, er sei ein Mensch.« Sie lacht. »Und er ging wohl auch davon aus.«

»Wie unser Watson. Er vergisst auch gern mal, dass er ein Hund ist. Es ist unser erster. Und wird es bei Ihnen eine Nummer fünf geben?«

Beide schütteln gleichzeitig den Kopf. »Nein«, sagt sie. »Wir sind alt, beide fast achtzig. Und wir möchten nicht, dass unser Hund uns überlebt und uns dann vermisst oder vielleicht sogar ins Tierheim muss. Der Gedanke ist schrecklich.«

»Das kann ich verstehen.« Ich strecke meine Beine lang aus und seufze. »Noch über dreihundert Kilometer. Wie viel haben Sie noch vor sich?« Dem Dialekt nach zu urteilen kommen die beiden auch aus dem Ruhrgebiet. Sie müssten also auch schon eine lange Strecke hinter sich haben. Eine gute Leistung, wenn man bedenkt, wie alt die beiden sind.

»Wir fahren bis nach Plön, das ist auch noch ein gutes Stück.« Sie lächelt. »Aber wir haben sozusagen einen Chauffeur. Julian, unser Enkelsohn, fährt uns. Er holt sich gerade einen Kaffee.«

»Das ist schön.« Ich muss schlucken. Julians Großvater hatte vor fünf Jahren einen Hirnschlag, der glücklicherweise sofort erkannt und behandelt wurde. Zurück blieb nur eine leichte Lähmung des linken Beines. Er wollte lange nicht einsehen, dass er auf das Autofahren besser verzichten sollte, und kaufte sich einen Wagen mit Automatikschaltung. Beim Ausparken verwechselte er allerdings nach ein paar Monaten die Bremse mit dem Gaspedal. Er zerlegte den Gartenzaun des Nachbarn – und gab den Führerschein ab, nachdem Henrik und Julian ihm versprachen, bei Bedarf den Chauffeur für die beiden zu spielen.

Ich werde noch immer sehr oft an Julian erinnert. Mal ist es ein Lied, zu dem wir eine besondere Beziehung hatten, ein anderes Mal ein Film, der Duft seines Lieblingsrasierwassers oder die Sorte Pfefferminzbonbons, die er gern beim Vorbereiten seines Unterrichts lutschte. Jetzt ist es ein Enkelsohn, der den gleichen Vornamen hat und seine Großeltern ebenso durch die Gegend chauffiert wie mein Julian.

»Wir reisen unwahrscheinlich gern und möchten in den uns verbleibenden Tagen noch möglichst viel sehen.« Die Frau lächelt mich an. »Früher waren wir oft im Ausland unterwegs, Italien, Frankreich, Holland … Nun begnügen wir uns mit Zielen in der Nähe.«

Wenn wir alt sind, Nora, sitzen wir abends in unseren Schaukelstühlen und erzählen uns von all den schönen Dingen, die wir gemeinsam erlebt haben.

»In Deutschland gibt es auch eine Menge toller Orte. Schön, dass Ihr Enkelsohn Sie fährt«, sage ich und stehe auf. Auf einmal wird mir das Gespräch zu viel. »Das mit dem Kaffee ist eine gute Idee. Den brauche ich jetzt auch.« Ich verabschiede mich von den beiden und gehe ein paar Schritte mit Watson über die Wiese auf eine kleine Baumgruppe zu, damit er dort sein Geschäft machen kann, bevor ich zum Rasthof gehe. Dabei beobachte ich einen jungen Mann, der winkend auf das Ehepaar zuläuft. Er ist klein, etwas rundlich und hat dunkles Haar. Rein optisch hat er nichts mit meinem Julian gemein.

»Warum sollte er auch?«, frage ich mich laut und ziehe das Handy aus der Tasche. Diesmal ist die Nachricht von meiner Freundin.

Wie weit seid ihr? Geht's euch gut? Ich denke an euch und hab euch lieb, Kat.

Ich wähle ihre Nummer.

»Du bist aber früh wach, wir haben noch keine halb acht. Sagtest du nicht, dass du heute später anfängst, weil du abends einen Termin hast?«

Meine Freundin gähnt. »Ich liege noch im Bett. Wo bist du?«

»Kurz vor Hamburg, bisher sind wir gut durchgekommen. Übrigens hat Alex mir heute Morgen schon geschrieben.«

»Ach, schön. Hat er sich also wieder abgeregt. Wann fängst du mit dem Training an?«

»Ich weiß nicht. Er hat mir nur eine gute Fahrt gewünscht und dass wir auf uns aufpassen sollen.«

»Hm.«

»Was, hm?«

»Er mag dich. Deswegen hat er sich auch so komisch verhalten am Samstag. Du hast ihn verunsichert.«

»Quatsch!«, sage ich.

»Doch, gestern hat er beim Training nach dir gefragt. Ich habe ihm erzählt, dass du ab heute in Richtung Vorpommersche Boddenlandschaft unterwegs bist. Das war doch okay, oder?«

»Ja, schon. Aber Interesse habe ich nicht an ihm. Ich meine, nicht, dass er mir überhaupt nicht gefallen würde, aber ich bin einfach noch nicht so weit.«

»Irgendwann bist du es. Oder auch nicht. Mach dir darüber keine Gedanken. Vielleicht wollte er einfach nur nett sein … Jetzt genieß erst mal deinen Aufenthalt in der Vorpommerschen Boddenlandschaft. Es soll echt schön sein dort. Ich habe gestern noch mal ein bisschen gegoogelt.« Sie räuspert sich. »Ich wusste nämlich nicht, was ein Bodden ist.«

Ich muss lachen. »Vom offenen Meer abgetrenntes Küstengewässer, eine Art Lagune. Ich musste es auch nachlesen.«

»Oh Mann.« Katharina seufzt. »Das beruhigt mich ungemein.«

»Dafür wissen wir andere Sachen. Ach, und ich habe ganz vergessen, dir von Julians Mutter auszurichten, dass du dich nicht immer unter Wert verkaufen sollst. Sie hält viel von dir. Und ich auch. Du bist klug, schön – und sehr wichtig für mich.«

»Dito.« Ich kann hören, wie Katharina sich im Bett räkelt. »So, und jetzt muss ich aufstehen und mich schick machen. In einer Stunde habe ich ein Date mit dem Typen, dessen Namen ich nicht aussprechen kann. Du weißt schon, der, der mir vor zwei Jahren die Stelle in Hamburg angeboten hat. Er ist beruflich im Ruhrpott unterwegs und hat sich gestern überraschend gemeldet.«

»Hans-Willi.« Ich muss schon wieder lachen. »Viel Spaß.« Anstatt bei der Hamburger Zeitung ist Katharina damals nach dem Vorstellungsgespräch in seinem Bett gelandet. Das hat sehr gut geklappt, aber ein Paar sind sie nicht geworden. Meine Freundin hat damals neben der Entfernung zu Oberhausen auch seinen Vornamen dafür verantwortlich gemacht. Sie war überzeugt davon, dass er irgendeine Macke haben muss, weil seine Eltern ihn so getauft haben.

»Ich bin brav, wir treffen uns nur zum Frühstück.«

»Gut. Schreib mal, wie es war.«

»Mach ich. Und du schick mir gleich mal ein Foto von deiner Finnhütte, damit ich weiß, dass ihr gut angekommen seid.«

Meine Finnhütte sieht aus wie ein Dach, das bis auf den Boden reicht. Ich stehe vor dem Gartenzaun und lasse meinen Blick über das Grundstück schweifen. Vor dem Haus steht ein Tisch mit vier Stühlen. Der Rasen sieht gepflegt aus und wurde erst vor kurzem frisch gemäht. Neben einer hohen Kiefer liegt ein großes rundes Holzfass mit einem runden Fenster auf zwei Böcken. In einem Fass habe ich noch nie sauniert, aber es sieht gemütlich aus und bildet einen schönen Kontrast zu dem schlichten

Finnhaus in Dreieckform, das nicht das einzige ist, das hier in dieser Bauart errichtet wurde. In der Anlage stehen etwa zwölf dieser kleinen Hütten, alle umgrenzt von einem Garten.

Ich ziehe mein Handy aus der Tasche, schicke Katharina ein Foto und rufe Mandy an. »Wir sind da, eben angekommen.«

»Oh, schön! Du kannst den Wagen auf das Grundstück fahren, das Tor ist auf. Guck dich ruhig schon mal um. Ich bin gerade einkaufen, in zehn Minuten bin ich da.«

»Kein Problem. Ich muss sowieso noch eine Runde mit meinem Hund gehen.« Wir sind dreieinhalb Stunden ohne Pause gefahren. Das letzte Stück komplett über Landstraße, durch Dörfer, die teilweise nur aus wenigen Häusern bestehen, vorbei an tiefgelben Rapsfeldern und saftgrünen Weizenfeldern, immer wieder durchbrochen von längeren Waldstücken.

Gegenüber dem Haus befindet sich ein großer Acker, so wie es aussieht mit Zuckerrüben bepflanzt. Davor verläuft ein schmaler Streifen Rasen. Links des Feldes geht es in Richtung Wald, rechts führt die Straße weiter an Wiesen und Feldern und einigen hübschen Reetdachhäusern vorbei, wie ich auf den ersten Blick feststellen kann. Einen Gehweg gibt es hier nicht. Also werden wir wohl mit dem schmalen Rasenstreifen vorliebnehmen müssen. Watson scheint das zu gefallen. Seine Schnauze steckt bis zum Anschlag in einem Wühlmausloch. Sein Jagdtrieb ist zum Glück nicht sehr ausgeprägt, aber wenn er die Witterung der kleinen flinken Tierchen aufgenommen hat, bekommt er um sich herum nicht mehr viel mit. Er kann sich stundenlang damit beschäftigen, ein Loch nach dem anderen auszuschnüffeln.

»Na komm.« Ich klatsche in die Hände. »Wir gehen in Richtung Zivilisation.«

Menschen treffen wir auf unserem Spaziergang keine. Kinnbackenhagen ist wie ausgestorben. Wir spazieren an wunderschönen Häusern mit gepflegten Gärten vorbei. Fast in jedem stehen zwei bis drei Fliederbüsche. Der Duft der Blüten hängt schwer und süßlich in der warmen Luft. Es ist still hier. Bis auf das ungewöhnlich laute Summen der Bienen und Watsons Schnüffelgeräusche kann ich weit und breit kein Geräusch hören. Ich bleibe stehen und atme tief durch. In der Ferne blökt ein Schaf. Als Watson dreimal kurz hintereinander laut niest, drehe ich mich zu ihm. Seine Schnauze ist voller Staub. »Das kommt davon«, sage ich und gehe weiter. Dabei schaue ich auf jedes Namensschild an den Briefkästen, die draußen an den Gartenzäunen angebracht sind. Eine Klara Kummerow habe ich noch nicht entdeckt. Wir kommen an einem verwilderten, unbebauten Grundstück vorbei, und ich bleibe fasziniert stehen. Es reicht bis an das mit hohem Schilf bewachsene Ufer des Boddens heran. Mir war nicht klar, wie nah wir am Wasser sind. Als ich den großen Walnussbaum entdecke, muss ich schmunzeln. Ob Klara in seiner Krone herumgeklettert ist? Er steht neben dem hohen blickdichten Holzzaun, der das Nachbargrundstück abgrenzt. Neugierig gehe ich ein paar Meter weiter. Der Zaun ist zur Straßenseite niedriger, von hier kann man gut darüber schauen. Das Grundstück ist groß. Das schlichte Haus im Bauhausstil darauf wirkt fast verloren. Es hebt sich durch seine kubische Form von allen anderen Gebäuden hier in der Straße ab. Es besteht aus Holz und hat große Fensterflächen, die der Architekt genau gegenüberliegend angeordnet hat. Man kann sozusagen durch das Haus hindurchschauen. Hinter einer kleineren, sehr schmalen, aber umso höheren Glasfront entdecke ich eine Holzstaffelei. An der Wand steht eine große bemalte Leinwand. Der Künstler hat das Schilf gemalt, soweit ich von hier aus erkennen kann. Die unterschiedlichen Grüntöne leuchten im Licht der Sonne, das in das Haus fällt. Ein schöner Platz zum Malen, denke ich und bedaure, dass ich meine Farben nicht eingepackt habe. Die Stille, die leuchtenden Rapsfelder, das Schilf, die Fliederbüsche … hier ist der ideale Platz, um zur Ruhe zu kommen und kreativ zu sein.

Die Idylle wird allerdings schon im nächsten Moment durchbrochen. Ich zucke erschrocken zusammen, als ich lautes Bellen höre. Es hört sich gar nicht nett an. Ein großer Schäferhund stürmt in einem Mordstempo auf uns zu.

»Mist!«, entfährt es mir. »Komm her, Watson.« Der gutmütige Labbi geht anderen Rüden gern aus dem Weg, besonders wenn sie sehr dominant sind. Bei Konflikten unterwirft er sich. Das hat schon zweimal dazu geführt, dass er gebissen wurde und wir mit ihm beim Tierarzt landeten. Ich drücke die Klinke des Gartentors nach unten. Sie ist verschlossen. Der andere Hund kommt immer näher. Sein aggressives Kläffen lässt mir einen Schauer über den Rücken laufen. Jetzt wegzulaufen macht keinen Sinn, bei dem Tempo hat uns das Biest eingeholt, bevor wir irgendwo Schutz finden können.

Du musst dich groß machen, Nora. Geh mit ausgebreiteten Armen auf den Hund zu, stell dich ihm in den Weg. Nicht hysterisch werden. Gib ein Kommando in einem sehr bestimmenden Tonfall, Sitz, das kennen alle. Wenn das nichts bringt, misch dich bloß nicht ein. Am Ende greift der Hund dann dich an, und das kann böse ausgehen.

»Sitz!«, brülle ich. Und danach: »Hau ab, du blödes Vieh!« Aber das interessiert die wütende Bestie gar nicht. Er stürmt an mir vorbei und direkt auf Watson drauf. Als ich meinen lammfrommen Liebling laut aufheulen höre, vergesse ich Julians warnende Worte. Ich packe die Hinterbeine des Schäferhundes und reiße sie nach oben. Damit hat er nicht gerechnet. Er windet sich wie ein Fisch, der gerade an Land gezogen wurde, und winselt. Watson jault. Dabei dreht er sich im Kreis, weil er versucht, sich an seinem Oberschenkel zu lecken. Wie es aussieht, hat der doofe Köter ihn erwischt. Der versucht gerade, mit seinen Vorderbeinen Land zu gewinnen. »Wag dich!«, sage ich laut. Mir ist gar nicht wohl bei dem Gedanken, was passieren kann, wenn er es schafft, sich aus seiner misslichen Lage zu befreien. Als ein kleines Auto auf uns zugebraust kommt, ziehe ich den zappelnden Vierbeiner etwas weiter auf die Straße, damit wir gut zu sehen sind und ich vielleicht Hilfe bekomme.

Es ist ein alter türkisfarbener Polo, der mit vielen bunten großen Blüten beklebt ist. Sie erinnern mich an die Prilblumen, die früher in Omas Küche auf den Fliesen klebten. Der Wagen stoppt genau neben uns, die Tür springt auf, eine Frau ruft »Ach du Scheiße«, und dann schälen sich zwei lange braune Beine aus dem Wagen hervor.

»Er hat meinen Hund gebissen«, erkläre ich, als auch der Rest der Frau sich aus dem Auto befreit hat. »Ich kann ihn nicht mehr lange halten.« Das Zappeln wird immer stärker. Die Frau öffnet die Hintertür, kramt in einer Tasche und schüttelt kurz darauf eine Box. Watsons Kopf geht sofort in ihre Richtung. Er kennt das Geräusch und weiß, dass Leckerchen auf ihn warten. Er bewegt sich ganz normal, als er schwanzwedelnd auf das Auto zuläuft. Es sieht nicht so aus, als ob er große Schmerzen hätte.

»Hier, mein Schatz, die hab ich extra vorhin für dich besorgt«, sagt die Frau, und zum ersten Mal kommt mir die Stimme bekannt vor.

»Mandy?«, frage ich, als sie ein paar Hundekekse auf die Rückbank streut und Watson ins Auto lockt. Sie lächelt. »Ja, gerade rechtzeitig, wie es scheint.«

Sie schließt die Tür und deutet auf den Hund, den ich immer noch festhalte. »Das ist der olle Köter vom Schmidtbauer. Du kannst ihn loslassen. Er hat es nur auf andere Hunde abgesehen.«

»Ich weiß nicht … Es könnte sein, dass er nicht gut auf mich zu sprechen ist.«

»Warte kurz.« Sie läuft schnell rüber auf das Rasenstück, kommt mit einem großen Ast zurück und stellt sich neben mich. »Lass los!«

Der Schäferhund dreht sich nicht um, als er endlich wieder Boden unter allen vier Pfoten spürt. Er verlässt mit eingezogenem Schwanz den Kampfplatz, ohne sich noch einmal umzusehen. Ich atme erleichtert auf.

»Danke«, sage ich und schaue mir Mandy genauer an. Sie ist etwas größer als ich und sehr schlank. Ihre Füße stecken in flachen Römersandalen, ihre Beine scheinen endlos lang zu sein. Sie trägt kurz abgeschnittene Jeans zu einem weißen Print-Shirt, auf dem ein großes buntes Peacezeichen prangt.

»Ich habe gedacht, ich sehe nicht richtig, als ich euch entdeckt habe.« Sie gluckst und pustet sich eine ihrer kurzen dunkelbraunen Locken aus dem Gesicht. »Sei mir nicht böse, aber das sah wirklich komisch aus, wie Rocky mit der Schnauze nach unten an deinen ausgestreckten Armen baumelte.«

»Rocky also«, ich schüttele den Kopf. »Das passt ja.«

»Hat dein Hund was abbekommen?«

»Ich bin mir nicht sicher. Er hat zumindest laut aufgejault.«

Mandy zeigt auf ihren Wagen. »Die Leckerchen hat er jedenfalls verputzt, also scheint es ihm nicht wirklich schlechtzugehen.«

»Das heißt nichts. Labbis sind verfressen, da vergessen sie schon mal, dass was weh tut.« Ich öffne die Tür und fahre mit den Händen über Watsons Fell. Als ich mich seinem Oberschenkel nähere, zuckt er zusammen. »Der doofe Schäferhund hat ihn doch erwischt. Aber zum Glück nur oberflächlich, wie es aussieht.«

»Lass uns zum Haus fahren und da noch mal richtig nachschauen. Oder willst du gleich zum Tierarzt? Ich kenne einen hier in der Nähe.«

»Erst mal zum Haus«, sage ich.

»Okay.«

Als ich mich neben Mandy setze, mustert sie mich unverfroren. »Ich hab mir dich ganz anders vorgestellt«, sagt sie. »Ich weiß auch nicht, warum, aber irgendwie habe ich mit einer langhaarigen Blondine gerechnet. Nicht böse sein.«

»Quatsch, warum sollte ich? Als Kind habe ich von langen blonden Haaren geträumt. Ich bin oft geärgert worden. Von Feuermelder über Hexe bis Pumuckl war alles dabei.«

Mandy startet den Wagen. »Mein Vater war wahrscheinlich Afrikaner. Ganz genau weiß meine Mutter es allerdings nicht. Sie hat ihn am Tag des Mauerfalls in Berlin kennengelernt – und direkt am nächsten war er wieder verschwunden. In Kinnbackenhagen war ich so was wie eine Attraktion, ein braunes Baby gab es bis zu dem Zeitpunkt hier noch nie. Als Kind ging es mir ähnlich wie dir, wahrscheinlich sogar wesentlich schlechter. Schwarzkopf oder Hottentottengöre waren noch die harmloseren Beleidigungen. Ich war allgemein als das Negermädchen von Groß Mohrdorf bekannt. Meine Hautfarbe war damals genauso ein Makel wie Klaras Feuermal. Aber mittlerweile haben sich fast alle daran gewöhnt.«

»Ich finde deine Hautfarbe sehr hübsch. Du bist überhaupt eine Schönheit, wenn ich es mal so sagen darf. Du könntest Model sein mit deinen Körpermaßen. Und du hast ein tolles Gesicht.« Große dunkle Mandelaugen, volle Lippen, zartbraune Haut …

»Meine Nase ist zu groß.« Mandy wirft einen kritischen Blick in den Rückspiegel.

»Dafür stehen meine Ohren ab.«

Wir lachen beide. »Irgendwas stört jeden. Ich kenne keine Frau, die hundertprozentig zufrieden mit sich ist«, sage ich. »Und Klara hat ein Feuermal?«

»Ja, es zieht sich fast über die ganze linke Gesichtshälfte. Als junges Mädchen hat sie wohl sehr darunter gelitten. Sie hatte es nicht einfach. Menschen können fies sein …«

»Ja …«

»Klara weiß übrigens nicht, dass ihr hier seid. Ich dachte, du willst sie vielleicht überraschen.« Sie hält vor dem kleinen Häuschen an. »Und meiner Oma habe ich auch nichts gesagt. Die hätte sich sonst nur unnötig aufgeregt. Aber mach dir deswegen keine Gedanken. Es wird schon gutgehen!«

Hat das Katharina vorhin nicht auch zu mir gesagt? Ich solle mir keine Gedanken machen …

»Wenn du meinst«, sage ich. Aber ganz sicher bin ich mir da nicht mehr …

11. Kapitel

Es hat ihn nur oberflächlich erwischt.« Ich tupfe vorsichtig etwas Betaisodona-Lösung auf Watsons Wunde. Der brave Kerl sitzt mit angelegten Ohren vor mir. Er weiß ganz genau, was ihn jetzt erwartet. Als die Flüssigkeit die offenen Hautstellen erreicht, winselt er leise.

»Der Arme. Ist das Jod?«, fragt Mandy.

»Ja, zum Desinfizieren. Den Tierarzt können wir ihm erst einmal ersparen. Den kann Watson nämlich gar nicht leiden, nachdem er dort schon zweimal genäht wurde. Beim letzten Mal hat er sich geweigert, die Praxis überhaupt zu betreten, obwohl es Wochenende und ein Notarzt war, bei dem wir vorher noch nie gewesen waren. Vor den Treppenstufen der Eingangstür setzte er sich auf den Boden und bewegte sich keinen Zentimeter mehr. Julian musste ihn reintragen. Allein schaffe ich das gar nicht. Er wiegt fast dreißig Kilo. Und er zappelt wie ein Fisch, wenn man versucht, ihn auf den Arm zu nehmen.«

»Die Eingangstür ist ebenerdig. Ich war letztens erst mit Ella und Jane, Klaras beiden Raubtieren, zum Impfen dort. Notfalls schieben wir Watson durch die Tür.« Mandy reicht mir ein feuchtes Tuch, damit ich mir die intensiv rotbraune Flüssigkeit von den Fingern wischen kann.

»Danke. Sind die Katzen bei dir, während Klara im Pflegeheim ist?«

»Nein, die würden innerhalb von Sekunden alles dem Erdboden gleichmachen. Sie sind in Klaras Haus. Ich versorge sie nur. Das klappt prima. Sie sind sowieso meistens draußen unterwegs, um die Gegend unsicher zu machen. Ella wird dir bestimmt gefallen.« Sie grinst. »Sie liegt schwer im Clinch mit Rocky und hat ihm schon die eine oder andere Lektion verpasst. Wenn du ihn irgendwann mit blutender Nase siehst, weißt du, wen er kurz vorher getroffen hat.«

»Geschieht ihm recht.« Ich halte Watson ein Leckerchen hin. Nach der ganzen Aufregung hat er eine Belohnung verdient. Und ich auch. »Ich brauche dringend eine Tasse Kaffee. Möchtest du auch eine?«

»Oh ja, gern. In der Küche findest du eine Maschine. Filter stehen auf dem Regal. Und etwas Kaffeepulver vom Vormieter findest du in der Dose direkt daneben.«

»Ich bin ehrlich gesagt in Sachen Kaffee etwas wählerisch. Ich bin ein echter Kaffeejunkie. Zu Hause steht ein richtig guter Vollautomat, der mehrmals am Tag angeworfen wird. Wenn ich unterwegs bin, habe ich frischgemahlene Bohnen und meine Karlsbader Kanne dabei. Das Pulver läuft durch einen Doppelfilter aus Porzellan. Ich brauche nur heißes Wasser.«

»Perfekt! Ein Wasserkocher ist auch da, gleich neben dem Toaster. Magst du ein Stück Torte? Ich habe welche mitgebracht. Sie ist noch im Auto, Erdbeere mit Mohnsahne. Ich habe ein neues Rezept ausprobiert.«

»Hört sich gut an.« Während das Wasser heiß wird, schaue ich mir schnell den Rest des Hauses an. Von der kleinen Küche, die nur aus einem schmalen Schlauch mit einer Miniküchenzeile besteht, geht es direkt ins Bad. Auch das ist winzig. Dusche, Waschbecken, Toilette, eine kleine Ablage unter dem Spiegel. Aber immerhin ist ein Fenster vorhanden. Und die Einrichtung sieht gepflegt aus. Ich gehe zurück in den Wohnbereich, in dem wir Watson gerade verarztet haben. Hier steht ein quadratischer Holzesstisch für zwei Personen an der Wand. Gegenüber stehen der Fernsehapparat mit Satellitenreceiver, eine Couch und ein weiterer flacher Tisch. Alles ist spartanisch, aber sehr nett eingerichtet. Eine Wendeltreppe führt nach oben in das Dachgeschoss. »Autsch!« Als ich die schmalen Stufen hochgehe, stoße ich mir den Kopf. Der Aufgang ist gewöhnungsbedürftig, aber das kleine Schlafzimmer dafür sehr hübsch. Das Bett steht neben dem Fenster. Ich setze mich darauf und wippe ein paarmal hoch und runter. Es quietscht nicht und fühlt sich bequem an. Die Matratze und der Lattenrost scheinen gut zu sein. Die orangefarbene Bettwäsche wirkt fröhlich … Ich bleibe einen Moment sitzen und schaue nach draußen. Von hier aus hat man einen herrlichen Blick über die Felder.

»Nora? Das Wasser kocht.« Mandy kommt die Treppe nach oben. »Du musst aufpassen, hier stößt man sich leicht den Schädel.«

»Ich weiß, hab ich schon gemerkt.«

»Oh! Schlimm?«

Ich reibe mir den Hinterkopf. »Ist noch mal gutgegangen.«

Etwa zehn Minuten später sitze ich mit Mandy im Garten. Watson hat es sich unter dem Tisch gemütlich gemacht. Er schläft, obwohl über ihm eine verdammt lecker aussehende Torte steht, ein Zeichen dafür, dass ihn der Angriff ganz schön mitgenommen hat. Mandy schneidet zwei große Stücke davon ab und schiebt sie auf unsere Teller. Ich schenke Kaffee ein.

»Heute Morgen frisch gebacken«, erklärt Mandy.

»Sieht toll aus.«

Sie nickt. »Ich habe lange rumexperimentiert, bis ich das richtige Verhältnis von Sahne und Mohn rausgefunden habe, aber jetzt ist sie perfekt.« Sie fährt mit dem Finger über einen Klecks Sahne, der auf der Tortenplatte gelandet ist, und leckt ihn genüsslich ab. »In Sachen Kuchen, Torte und Co bin ich wohl der Junkie.«

»Finde ich gut«, sage ich. »Ich stehe ja auch oft in der Küche, rühre Marmeladen oder irgendwelche Kräuter zusammen. Aber mit Kuchen habe ich es nicht so. Ich weiß echt nicht, woran das liegt, aber die fallen bei mir entweder zusammen, werden zu trocken, zu dunkel oder sind innen noch nicht gar, wenn ich sie aus dem Ofen hole.« Als Ernährungswissenschaftlerin, die hauptberuflich jeden Tag in der Küche steht, ist das eigentlich eine Schande. Aber dafür kenne ich gute Alternativen. »Allerdings bin ich mittlerweile Expertin im Crêpesbacken. Das geht schnell – und in Verbindung mit meinen Marmeladen sind sie der ideale Kuchenersatz.« Ich pike in den Traum aus leichtem

Biskuit, Erdbeeren, Sahne und Mohn und lasse die Gabel in meinem Mund verschwinden. Mandy beobachtet mich beim Kauen und wartet gespannt auf mein Urteil.

»Hmmm«, mache ich, »himmlisch!«

Ein Lächeln huscht über ihr Gesicht. »Ich lass dir noch ein Stück da.« Sie schaut auf ihr Handy. »Gleich halb eins. Leider muss ich jetzt wieder weg. Ich kellnere ein paarmal die Woche in einem Bistro in Stralsund. Das ist gut zwanzig Kilometer von hier entfernt. Mit dem Auto brauchst du eine halbe Stunde. Die Landstraße zieht sich … Bis nach Prohn zu Klara bist du eine Viertelstunde unterwegs. Es liegt in derselben Richtung. Stralsund ist sehr schön. Vielleicht verbindest du beides, wenn du zu Klara fährst?«

»Und du meinst, ich kann einfach unangemeldet bei ihr auftauchen? Willst du sie nicht vielleicht doch lieber vorwarnen und ihr sagen, dass ich komme?«

»Nö.« Mandy grinst mich an. »Fahr einfach vorbei, überrasche sie. Ankündigen musst du dich nicht, da gibt es keine festen Besuchszeiten.«

»Na gut. Ich weiß allerdings noch nicht, ob ich das heute mache. Vielleicht schaue ich mir erst einmal die Gegend an. Wie lange arbeitest du?«

»Bis um elf. Aber vielleicht wird's auch später, je nachdem, wann die Gäste gehen. Heute ist dort geschlossene Gesellschaft.« Sie gähnt. »Mist, ich bin total müde. Ich würde jetzt lieber hierbleiben und mir mit dir einen gemütlichen Tag machen. Die Sauna ist übrigens sehr schön, klein, aber sie erfüllt ihren Zweck.«

Mein Blick fällt auf das kleine Holzfass, das einladend

unter der Kiefer steht. »Gute Idee, die werde ich heute mal testen.«

»Mach das. Der Schlüssel hängt am Türbrett. Die Temperatur ist auf neunzig Grad eingestellt. Du solltest das Fass eine Stunde vorheizen, einfach den Schalter drücken. Und nicht vergessen, die Sauna wieder auszumachen, wenn du fertig bist. Ach ja, und hinter dem Haus steht ein Fahrrad. Die Straße, die hier vor der Tür verläuft, endet da, wo das letzte Haus steht. Von da aus führt ein Weg immer den Bodden entlang, bis nach Barth. Es ist sozusagen das Tor zum Darß. Wenn du vom Bodden genug hast und unter Leute willst, kannst du weiter bis nach Zingst radeln. Das ist ein schönes Ostseebad. Am Hafen gibt es das *Cako*. Da kannst du den weltbesten Kuchen aller Zeiten essen.«

»Ich dachte, den hatte ich gerade.«

»Das denke ich auch immer – bis ich dort bin und mich vom Gegenteil überzeugen lasse.« Sie springt auf und packt mir das versprochene Stück Torte auf den Teller. »Ich bin echt spät dran. Wenn irgendwas ist, schreib mir eine Nachricht. Ich schau zwischendurch immer mal aufs Handy. Morgen Abend hätte ich Zeit. Was meinst du? Sollen wir uns gegen sieben treffen?«

»Ja, sehr gern. Hier?«

»Gut, also dann …«

Sie steigt gerade ins Auto, da fällt mir noch etwas ein: »Wo kann ich denn einkaufen?« Ich habe auf dem Weg hierher weit und breit keinen Supermarkt gesehen, noch nicht einmal einen kleinen Tante-Emma-Laden.

»In Prohn«, ruft Mandy. »Ganz in der Nähe vom Pflegeheim. Da gibt es eine Landfleischerei mit gutem Mittagstisch, einen Bäcker und einen Supermarkt.«

»Und wo steht Klaras Haus?«

»Es ist das vorletzte, neben der großen Würfelhütte aus Holz und Glas.« Mandy zieht die Tür zu, startet den Wagen, hupt und braust mit ihrem Blümchenauto von dannen.

Watson hebt träge den Kopf und sieht mich an. »Jetzt sind wir allein, wir beide«, stelle ich fest und atme tief durch. Plötzlich fühle ich mich einsam. Es erwischt mich von einem Moment auf den anderen. Ich schließe die Augen und halte mein Gesicht in die warme Mittagssonne. Dabei kommt mir Mandy in den Sinn. Am Telefon hat sie gesagt, sie sei manchmal traurig, um dann im nächsten Moment einfach loszulachen. Ich hingegen kämpfe schon seit Wochen gegen die Schwermut an, die mich manchmal nahezu handlungsunfähig werden lässt. Es sind jene Momente, in denen ich minutenlang einfach nur irgendwo sitze oder liege und mir vornehme, aufzustehen und den Alltag zu meistern. Aber mein Körper scheint mit der Couch, dem Stuhl oder dem Bett verschmolzen zu sein. Es erwischt mich immer wieder völlig überraschend, ohne ersichtlichen Grund. Diesmal allerdings kenne ich ihn: Es ist die Angst vor der Stille, die über diesem Ort liegt. Und dass mich hier die Trauer überwältigt, die ich die meiste Zeit gut im Griff habe. Hier ist nichts, was mich von ihr ablenkt. Zu Hause habe ich meine Arbeit und meine Küche – und Menschen um mich herum, die sich sofort zu mir auf den Weg machen, wenn ich das Bedürfnis nach Trost verspüre. Aber hier bin ich mutterseelenallein, in einem Ort, der nur aus ein paar Häusern besteht, sozusagen am Arsch der Welt. Zum nächsten Supermarkt muss ich eine Viertelstunde fahren. Klara sitzt im Pflegeheim fest, Mandy muss arbeiten …

Ich öffne die Augen, als eine dicke Hummel um meine Ohren brummt. Eine Wette, die Julian gewonnen hat, denke ich wehmütig. Ich war damals überzeugt davon gewesen, dass die dicken Brummer nicht stechen können. Ich lachte mich fast kringelig, als Julian mir weismachen wollte, weibliche Hummeln würden laut brummen, wenn sie sich bedroht fühlen, sich dabei auf den Rücken drehen und ihrem Angreifer das Hinterteil mit dem Stachel entgegenstrecken. Die männlichen hingegen seien zahme Lämmer. Es sei wie bei den Mücken, behauptete Julian steif und fest, da könnten auch nur die Mädels zustechen. Die Moskitoherren würden friedlich Nektar schlürfen, während die Damen unser Blut als Proteinquelle für die Eireifung saugen würden.

Julian hatte recht, sogar mit den Details, wie ich schnell im Internet herausfand. Das mit den Mücken wusste ich, aber dass Hummeldamen stechen können, war mir neu.

Wer hätte das gedacht? Den Wetteinsatz, einmal alle Schränke oben entstauben, musste ich sofort einlösen. Julian sah mir grinsend dabei zu.

Ich sollte viel öfter an die schönen Momente denken, nehme ich mir vor. Und wenn ich es hier allein gar nicht aushalte, fahre ich morgen einfach wieder zurück nach

Oberhausen. Mandy würde es bestimmt verstehen, außerdem bin ich hier niemandem Rechenschaft schuldig. Allerdings wäre es dann besser, ich würde heute noch bei Klara vorbeifahren.

»Im Pflegeheim sind Hunde bestimmt nicht erlaubt. Du kannst nicht mitkommen, tut mir leid.« Watson legt beleidigt die Ohren an und rollt sich in seinem Körbchen zusammen. Ich ziehe die Tür zu und schließe hinter mir ab. Im Auto schalte ich das Navi ein. Ohne es wäre ich aufgeschmissen, da ich leider nicht mit einem besonders guten Orientierungssinn ausgestattet wurde.

Mir ist etwas mulmig zumute, als ich losfahre. Warum möchte Mandy unbedingt, dass ich Klara überrasche? Irgendwas stimmt doch da nicht!

Ich fahre die Strandstraße entlang an dem kleinen Wäldchen vorbei, in die Richtung, aus der wir vorhin gekommen sind. In Bisdorf, dem nächsten kleinen Dörfchen, halte ich spontan am Straßenrand an. Vor einem Haus steht ein kleiner Tisch, auf dem einige Gläser Honig zum Verkauf angeboten werden. Der Imker scheint an das Gute im Menschen zu glauben. Ein Glas ist leer. *Vertrauenskasse* steht auf dem Etikett. Ich stecke zehn Euro hinein und nehme mir dafür einmal Frühlingsblütenhonig und einmal Sommerhonig. Was unsere Nachbarn in Oberhausen wohl denken würden, wenn ich vor unserer Haustüre einen Marmeladenstand aufbauen würde? Schmunzelnd fahre ich weiter, passiere Groß Mohrdorf, Hohendorf, fahre an grünen und gelb leuchtenden Feldern vorbei, bis ich in Prohn ankomme. Der Ort scheint etwas größer zu sein.

Hier stehen ganz normale Mehrfamilienhäuser, auch ein paar graue Plattenbauten entdecke ich. Als ich schließlich vor dem Pflegeheim anhalte, war ich genau zwanzig Minuten unterwegs, inklusive der kleinen Honigpause. Wenn man hier kein Auto hat, ist man aufgeschmissen, denke ich und hole den braunen Karton vom Rücksitz, um zu überprüfen, ob die Marmeladengläser, die ich für Klara eingepackt habe, die Fahrt heil überstanden haben. Mit meinem Geschenk unter dem Arm gehe ich auf den rot geklinkerten Gebäudekomplex zu. Auf den ersten Blick sieht die Anlage einladend aus. Zwei alte Damen kommen mir freundlich grüßend entgegen. Im Eingangsbereich stehen bunte Säulen, auf denen schlichte braune Skulpturen befestigt wurden. Ein Vogel zwitschert …

Eine Minute später stehe ich an der Anmeldung und warte darauf, dass die Mitarbeiterin, die in irgendwelche Akten vertieft zu sein scheint, mich bemerkt. Sie ist recht kräftig gebaut und hat ihr dunkelbraunes Haar zu einem Bauernzopf geflochten. Es dauert eine Weile, bis sie sich von ihrer Lektüre löst und aufschaut. Ich schätze sie auf Anfang bis Mitte vierzig, auf jeden Fall ist sie ein paar Jahre älter als ich.

»Es tut mir leid, ich habe Sie gar nicht bemerkt. Kann ich Ihnen helfen?«

»Ja, ich würde gern Frau Kummerow besuchen.«

Die buschige Augenbraue der ganz in Weiß gekleideten Frau schnellt nach oben. »Klara Kummerow?«

»Ja, sie ist hier zur Kurzzeitpflege untergebracht. Können Sie mir sagen, wo ich sie finde?«

»Es tut mir leid, Frau Kummerow möchte keinen Besuch empfangen.«

»Aber …« Einen Moment lang bin ich sprachlos. »Ich bin extra den langen Weg vom Ruhrgebiet bis nach Prohn gefahren. Können Sie ihr bitte sagen, dass ich hier bin? Mein Name ist Nora Kluge, ich bin die Frau ihres Großneffen.«

»Dann hat sie also doch Verwandte.« Die Frau mustert mich unverhohlen.

»Ja, hat sie.«

»Das ist schön. Aber wie gesagt, Frau Kummerow hat ausdrücklich jeden Besuch untersagt.«

»Vielleicht macht sie ja bei mir eine Ausnahme«, versuche ich es weiter. »Sie hat mir geschrieben.« Ich halte meinen Karton hoch. »Außerdem habe ich ihr was mitgebracht. Marmelade, die kocht sie selbst wahnsinnig gern.«

»Hören Sie, Frau …«

»Kluge«, sage ich, »Nora Kluge …«

»Frau Kluge, die alte Dame kann sehr … na ja … sagen wir mal anstrengend sein. Seit drei Wochen möchte sie niemanden mehr sehen. Und wir respektieren die Wünsche unserer Bewohner.«

»Könnten Sie ihr bitte trotzdem mitteilen, dass die Frau ihres Großneffen hier ist?« Ich kneife die Augen etwas zusammen, um entziffern zu können, was auf dem Namensschild steht, das sie an der Tasche über ihrem gewaltigen Busen angebracht hat. Ich brauche eine Weile, bis ich die Buchstabenkombination zu einem Namen zusammengesetzt habe. Der Nachname der guten Frau ist Piszczek. Der Name kommt mir bekannt vor.

»Im Übrigen sind die vier Wochen der regulären Kurzzeitpflege längst vorbei«, sagt sie indessen und ignoriert meine Frage schlicht. »Wir wissen, wie schwer es manchen Bewohnern fällt, sich mit dem Gedanken abzufinden, für immer hierzubleiben. Besonders die Frauen haben da so ihre Probleme. Aber es wäre sicher das Beste für Frau Kummerow. Hier wird es ihr an nichts fehlen. Allein kommt sie doch gar nicht mehr klar.« Sie winkt an mir vorbei einer zierlichen alten Dame mit kurzem grauen Haar zu, die mit ihrem Rollator ganz in der Nähe steht. »Nicht wahr, Frau Schmitz, es ist doch schön hier? Sie können sich doch nicht beschweren, oder?«

»Jaja«, sagt die alte Frau laut und nickt, »sehr schön.«

»Es ist toll, dass Sie die Wünsche Ihrer Bewohner akzeptieren. Das spricht für Ihr Haus, und natürlich für Sie.« Ich verkneife mir, Frau Piszczek bei ihrem Namen zu nennen. Spreche ich ihn falsch aus, könnte sie noch unzugänglicher werden. Stattdessen schenke ich ihr ein Lächeln und lasse mir nicht anmerken, dass ich ihr Verhalten als sehr unhöflich empfinde. »Es wäre trotzdem schön, wenn Sie Frau Kummerow sagen würden, dass Julians Frau hier ist. Sie kann ja dann selbst entscheiden, ob sie mich sehen möchte. Ich bin über sechshundert Kilometer gefahren und weiß nicht, wie lange ich noch hier in der Gegend bin. Bitte …«

»Ich kann aber gerade nicht …« Sie seufzt und blättert wie zum Beweis noch einmal durch die Akten.

Meine Strategie geht also nicht auf. Mit so viel Hartnäckigkeit habe ich nicht gerechnet. Unschlüssig bleibe ich stehen. »Kann ich bitte mit der Leiterin sprechen?«

»Was meinen Sie, wen Sie hier vor sich haben?« Sie lächelt süffisant.

Da kommt Frau Schmitz mit ihrem Rollator auf uns zugewackelt. »Im Fernsehzimmer streiten sie sich um das Programm«, sagt sie.

Frau Piszczek rollt mit den Augen. Kurz darauf dampft sie ab.

»Sie ist im Garten«, sagt Frau Schmitz mir und deutet mit dem Kopf auf eine geöffnete Glastür, die nach draußen führt. »Meistens sitzt sie im hinteren Bereich, den man von hier aus nicht einsehen kann, bei den Fliederbüschen.«

»Danke«, sage ich, und die alte Dame nickt verschwörerisch.

12. Kapitel

Ich erkenne Klara sofort. Das in einem tiefen Violett leuchtende Feuermal bedeckt fast die komplette linke Hälfte ihres Gesichts, das sie gerade mit geschlossenen Augen in die Sonne hält. Sie sitzt auf einer Bank vor einem großen Fliederbusch mit lila Blüten, der einen betörenden Duft verströmt. Die alte Dame ist zierlich gebaut. Ihr Haar ist schlohweiß und muss sehr lang sein. Sie trägt es im Nacken zu einem dicken Knoten gebunden. Ich bleibe direkt vor ihr stehen und betrachte sie fasziniert. Ihr schmales Gesicht kann man zweifelsohne als wunderschön bezeichnen, daran ändert auch das Feuermal nichts. Ihr schneeweißes Haar umrandet eine hohe Stirnpartie, eine kleine zierliche Nase, volle Lippen … Sie trägt ein schlichtes schwarzes Shirt mit einem weiten Rundhalsausschnitt über einer weißen Caprihose. Um ihren Hals hängt eine hübsche Goldkette mit einer einzigen Perle. Ihre Füße stecken in schwarzen Clogs aus Leder. Ihre ganze Erscheinung strahlt Eleganz aus, obwohl sie einfach nur dasitzt. Damit habe ich nicht gerechnet. Ich habe sie mir rundlicher vorgestellt. Und ich bin automatisch davon ausgegangen, dass sie eine von diesen grässlichen bunten Kittelschürzen anhat, die auch meine Oma mütterlicherseits oft trug. Vor mir sitzt jedoch keine achtzigjährige Oma, sondern eine Siebzigjährige, die immer noch sehr schön ist.

Klara hält die Augen weiter geschlossen. Entweder hat sie mich nicht kommen hören, oder sie ignoriert mich.

»Frau Kummerow«, sage ich leise. Dann fällt mir ein, dass sie mich im Brief geduzt hat. »Klara?«

Sie seufzt. »Keine Behandlung heute. Sind Sie die Aushilfe?« Erst jetzt hebt sie ihre Lider und sieht mich an. Ihr Blick ist forschend, fast ablehnend, aber im nächsten Moment wird er weich. »Du bist Julians Frau.« Sie wirkt kein bisschen überrascht.

»Hat Mandy doch Bescheid gesagt, dass ich komme?«

»Nein, ich habe dich an deinem roten Haar erkannt. Julian hat mir ein Foto geschickt.« Sie klopft auf den freien Platz neben sich: »Setz dich zu mir.«

»Gern. Ich hoffe, du bist mir nicht böse. Die Frau an der Anmeldung wollte mich nicht zu dir lassen. Sie hat gesagt, du möchtest keinen Besuch. Ich habe mich einfach reingeschlichen.«

»Hast du gut gemacht«, sagt Klara, und ich atme erleichtert auf. »Ich freue mich, dass du hier bist.«

Wir sitzen einen Moment schweigend nebeneinander. Ich suche nach den richtigen Worten.

»Ich wollte mich schon viel früher melden, aber Julian … ich wusste nicht, dass er …«, beginne ich meine Ausführung, da greift sie nach meiner Hand und drückt fest zu.

»Ich habe davon erfahren. Du musst nichts erklären.«

Eine tonnenschwere Last fällt von mir ab. Aber ich weiß immer noch nicht, was ich sagen soll.

Ein kleines Vögelchen fliegt fröhlich zwitschernd an uns vorbei in den Fliederbusch.

»Riechen die Blüten nicht herrlich?«, fragt Klara und atmet tief ein.

»Ja.« Ob man auch ihren Duft in einem Gelee einfangen kann? Julians Erinnerungstafel in der Küche erscheint vor meinem inneren Auge. Es ist keine zwei Wochen her, da habe ich meine letzte Notiz draufgeschrieben. »Von wem hast du … wer hat es dir gesagt?«

Sie schmunzelt. »Ist das nicht unwichtig?«

Ich überlege einen Moment. »Ja, eigentlich schon. Ich schätze, ich bin einfach nur neugierig.«

Klara lacht hell auf. Unzählige Lachfältchen bilden sich um ihre Augen. Sie sind grün, wie meine. »Und entwaffnend ehrlich bist du auch«, sagt sie. »Das gefällt mir. Vielleicht erzähle ich es dir irgendwann. Aber nicht jetzt. Das würde mich zu sehr aufwühlen.«

»Okay.« Ich lege ihr den Karton auf den Schoß. »Für dich.«

»Wildkirsche mit Zitronenthymian … Das hört sich köstlich an …« Klara hebt vorsichtig ein Glas nach dem anderen aus der Kiste und bewundert meine Kreationen. Als sie die letzte Sorte, »Erdbeere mit ganzen Blaubeeren«, wieder verstaut hat, sagt sie: »Die Marmelade hier ist fürchterlich. Sie servieren zum Frühstück diese grässlichen kleinen Plastikschächtelchen mit Miniportionen einer Masse, die sich Konfitüre schimpft. Aprikose schmeckt nach Seife, Kirsche nach Schuhsohlen. Die anderen Sorten habe ich nicht mehr probiert. Das grenzt schon an Körperverletzung.«

»Konntest du nicht deine eigene mitbringen? Deine Brombeermarmelade ist ein Gedicht. Auch die mit den Lavendelblüten. Ich habe das meiste mit einem Löffel direkt aus dem Glas genascht. Meiner Freundin hat sie auch geschmeckt. Oder hast du keine mehr?«

»Ach was, der ganze Keller steht voll. Ich könnte das komplette Heim versorgen, monatelang.« Sie schnalzt mit der Zunge und schüttelt den Kopf. »Das würde allerdings ganz sicher gegen die Hygienevorschriften verstoßen.«

»Das kann sein. Das Gesundheitsamt ist da sehr penibel.«

»Und am Ende beißt sich an einem vergessenen Kirschkern jemand einen Zahn aus oder erstickt daran. Und wer hätte Schuld? Natürlich mal wieder die alte Hexe aus Kinnbackenhagen.«

Klaras Worte klingen verbittert. Ich überlege einen Moment, was ich darauf antworten soll, da kommt mir meine eigene Kindheit in den Sinn.

»Ich wurde früher auch oft als Hexe bezeichnet.« Ich ziehe eine meiner Haarsträhnen lang und lasse sie wieder los, so dass sie wieder in ihre ursprüngliche Form springt. »Und alles nur wegen meiner roten Mähne. Besonders einer meiner Klassenkameraden hatte es auf mich abgesehen und mich ständig damit gehänselt. Irgendwann habe ich es meiner Mutter erzählt. Sie hat ihn sich nach der Schule geschnappt und mit ihm ein ernstes Wörtchen geredet. Du hättest mal Björns Gesichtsausdruck sehen sollen, als sie ihm ganz ruhig erklärt hat, wenn er nicht aufhören würde, mich zu hänseln, würde sie ihm höchstpersönlich ein nettes kleines Schweineschwänzchen an den Po zaubern.« Ich muss lachen. »Björn hat es seiner Mutter gepetzt, und die hat noch am gleichen Abend bei meiner angerufen. Sie hat fürchterlich Terz gemacht, weil meine Mutter ihren armen Sohn so verängstigt hätte. Aber meine Mutter blieb total cool. Sie hat gesagt, sie könne auch Schweinenasen zaubern, wenn nötig für die ganze Familie, wenn Björn mit seiner Piesackerei nicht aufhören würde.«

Klara lacht laut. »Deine Mutter gefällt mir. So eine hätte ich auch gern gehabt. Meine hat sich für mich geschämt. Sie hat mich die meiste Zeit versteckt und mich so gut es ging von der Öffentlichkeit ferngehalten.«

»Oh«, sage ich. »Das war bestimmt nicht schön.«

»Nein«, Klara wischt mit der Hand durch die Luft. »Aber lassen wir jetzt die alten Zeiten ruhen. Du bist hier. Wie geht es dir, Kind?«

»Jetzt im Moment sehr gut. Vorhin hatte ich jedoch wieder einen dieser Einbrüche. Manchmal fällt mir alles so schwer …« Klara sitzt neben mir und hört schweigend zu, ohne mich ein einziges Mal zu unterbrechen. Ich erzähle, wie glücklich Julian und ich waren, von seinem Tod, von dem Marmeladenschrein in seinem Zimmer, Klaras plötzlich aufgetauchtem Brief, dem Telefonat mit Mandy … und schließlich von meinem spontanen Entschluss, mich auf den Weg nach Kinnbackenhagen zu machen. »Und jetzt bin ich hier. Allerdings überlege ich, ob ich morgen gleich wieder fahre. Ehrlich gesagt habe ich Angst, dass mir hier die Decke auf den Kopf fällt. Ach, ich weiß auch nicht …«

»Was?«, fragt Klara sanft.

»Vielleicht habe ich ja Depressionen.« Bisher habe ich es noch nicht ausgesprochen und den Gedanken tunlichst beiseitegeschoben. Warum ich es ausgerechnet Klara erzähle, weiß ich nicht. Ich erschrecke fast ein bisschen über meine Offenheit. »Aber das ist jetzt nicht so wichtig«, wiegele ich ab. »Wie geht es deinem Fuß? Ich habe gehört, du bist vom Baum gefallen.«

»Der heilt wieder. Aber es braucht seine Zeit. Genauso wie du.« Sie sieht mich ernst an. »Geht es dir besser, wenn du jemanden bei dir hast? Deine Mutter zum Beispiel. Oder deine Freundin, Katharina heißt sie, hast du gesagt.«

»Ja, viel besser.«

»Und manchmal lachst du auch, das habe ich gerade gesehen. Das bedeutet in meinen Augen, dass du keine Depressionen hast. Du trauerst noch. Trauer wird gemildert, wenn du getröstet oder abgelenkt wirst. Das funktioniert bei einer Depression nicht. In der steckt man fest, da hilft in der Regel auch kein Besuch einer Freundin. Das sind natürlich nur Erfahrungswerte, ich bin keine Ärztin und schon gar keine Psychologin. Aber mein gesunder Menschenverstand sagt mir, dass es Trauer ist – nicht mehr, aber auch nicht weniger.«

Ich nicke und lasse Klaras Worte wirken. Sie fühlen sich richtig an. Mir geht es meistens nur schlecht, wenn ich allein bin und mich einsam fühle. Ich bin traurig, nicht depressiv. Die guten Phasen, in denen ich sogar wieder Spaß habe, werden immer länger und häufiger. Vielleicht heilt die Zeit ja doch alle Wunden – wenigstens ein bisschen?

»Wo bist du denn untergebracht? Du übernachtest doch bestimmt hier in der Nähe, oder?«, fragt Klara und holt mich zurück aus meiner Gedankenwelt.

Ich räuspere mich. »Ich habe von Mandy dein Finnhäuschen gemietet. Ich hoffe, das ist okay für dich.«

Klara fängt schallend an zu lachen. »Mandy hat es dir vermietet?«, fragt sie, als sie sich wieder beruhigt hat. »Und sie nimmt Geld dafür?«

»Ja, wieso, was ist so komisch daran?«

»Es ist nicht *mein* Finnhaus. Es gehört Hilde, Mandys Großmutter.«

»Echt?« Habe ich Mandy da vielleicht falsch verstanden?

»Ja, echt. Es gehörte früher mal mir, aber das ist lange her. Trotzdem dürfte sie dir dafür kein Geld abnehmen. Immerhin bist du mit mir verwandt.«

»Hm«, mache ich. »Es kann sein, dass ich mich da irgendwie verhört habe. Es wundert mich allerdings, dass sie es mir überhaupt angeboten hat. Ich habe nämlich auch ganz kurz mit Mandys Oma telefoniert. Und da hat sie mir ganz unmissverständlich klargemacht, dass ich hier unerwünscht bin.«

»Soso, das wird ja immer besser.« Klara schüttelt unmerklich den Kopf.

»Ich hatte den Eindruck, dass sie eher richtig sauer auf Julians Opa war.«

»Ja, die alten Geschichten. Manche verfolgen dich dein Leben lang.« Klara greift nach ihren Krücken, die an der Bank lehnen. Ich springe auf, um ihr hochzuhelfen, aber in dem Moment kommt Frau Piszczek strammen Schrittes den Weg entlang auf uns zugestampft. »Meine Lieblingspflegerin, die kleine Pische«, sagt Klara und lässt sich zurück auf die Bank sinken. Ich bleibe stehen. *Die kleine Pische* ist etwa so groß wie ich und um einiges kräftiger gebaut. Der Spitzname passt, rein optisch gesehen, überhaupt nicht. Die Empörung steht ihr ins Gesicht geschrieben, als sie mit hochrotem Kopf vor uns haltmacht.

»Es tut mir leid, Frau Kummerow, Sie haben ausdrücklich darum gebeten, keinen Besuch zu empfangen. Aber Frau Kluge bestand darauf, Sie sehen zu wollen. Wenn ich gewusst hätte, dass sie sich in den Garten schleicht, hätte ich sie vorher aufgehalten.«

»Aha.« Klara zieht eine Augenbraue hoch. »Hättest du das? Und ich hätte dann meine Großnichte niemals kennengelernt, was mehr als ein Jammer gewesen wäre.« Ihre Stimme klingt sanft. Sie lächelt, aber ihre Augen sprechen eine andere Sprache. Wow, denke ich, diesen sanften, aber dennoch durchdringenden Blick muss ich mir auch zulegen. Klara sitzt einfach nur da und betrachtet die arme Frau, die nun von einem Bein auf das andere tritt. Sie fühlt sich sichtlich unwohl.

»Ich dachte nur … Sie haben doch gesagt …«

»Dass ich auf Besuch die nächste Zeit verzichten möchte. Aber das galt für meine Freundin Hilde. Nicht aber für eine Verwandte, die plötzlich vor der Tür steht. Ist dir keinen Moment lang in den Sinn gekommen, dass ich mich vielleicht darüber freuen würde? Eine alte Frau wie ich, die nie Besuch von Verwandten bekommt, und plötzlich taucht da eine überaus bezaubernde junge Dame auf, die mich sehen möchte. Aber du hältst es noch nicht einmal für nötig, mich darüber zu informieren?«

»Nein, ja …«

»Was jetzt? Nein oder ja? Beides geht nicht.«

»Schon, aber …«

»Wie auch immer. Das ist meine Großnichte. Ich freue mich sehr darüber, dass sie den weiten Weg auf sich genommen hat, um mich zu besuchen.« Sie hält mir ihre Hand hin, und ich helfe ihr hoch. »Und jetzt packen wir meine Sachen zusammen. Ich fahre heute nach Hause.« Sie sieht mich an. »Du bist doch sicher mit dem Auto da, oder?«

»Ja, es steht auf dem Parkplatz direkt vor der Anlage.«

»Aber Frau Kummerow, was meinen Sie denn damit, dass Sie nach Hause fahren? Sie kommen doch wieder, oder?«, fragt *die kleine Pische*, die tatsächlich etwas geschrumpft zu sein scheint.

»Vielleicht irgendwann«, antwortet Klara. »Aber es wird hoffentlich noch ein paar Jahre dauern.«

Klara geht langsam neben mir her. »Das Problem sind meine porösen Schultern«, sagt sie. »Die Krücken machen sie vollends kaputt. Aber ohne kann ich nicht gehen. Der Bruch am Fuß war kompliziert und heilt nur sehr schlecht. Ich darf ihn nicht belasten. Wenigstens war das mit der Hand keine große Sache. Sie ist gut verheilt.« Ihre Gesichtszüge sind verkrampft. Sie scheint Schmerzen zu haben.

Unter einem Pavillon haben es sich zwei ältere Damen an einem Gartentisch gemütlich gemacht. Eine davon sitzt in einem Rollstuhl. Ich sehe Klara von der Seite an. »Wir sollten dir auch einen schicken Rollstuhl organisieren«, schlage ich vor und schiebe schnell nach: »Natürlich nur für die Zeit, in der du nicht ohne Krücken gehen kannst.«

Sie antwortet nicht.

»Es wäre die vernünftigste Lösung, zumindest für längere Strecken«, versuche ich es noch einmal. »Dann kann dein Fuß ausheilen und deine Schultern werden geschont.«

Klara bleibt stehen und sieht mich an. »Und wer schiebt mich?«

»Ich könnte ein paar Tage hierbleiben, wenn du magst. Ich habe bis Ende übernächster Woche Urlaub. Und dann schauen wir weiter. Was hältst du davon?«

Ein Lächeln huscht über ihr Gesicht. »Hilde wird ganz schön dumm aus der Wäsche schauen, wenn sie mich sieht. Guter Plan! Er gefällt mir.«

Im Haus sitzt Frau Schmitz in einem großen Plüschsessel vor einem Kamin und schaut auf das künstliche Feuer, das darin flackert. Das wirkt eigenartig surreal um diese Jahreszeit.

»Sie denken, dass die Flamme eine beruhigende Wirkung hat«, erklärt Klara. »Ich finde sie aber einfach nur deprimierend.« Sie deutet mit ihrem Kopf auf Frau Schmitz. »Meine Zimmernachbarin. Sie ist seit zwei Jahren hier und bekommt so gut wie nie Besuch. Ihre Kinder interessieren sich nicht für sie.«

»Oh, das tut mir aber leid, die arme Frau. Und dabei ist sie so nett. Sie hat mir verraten, wo du bist, nachdem sich *die kleine Pische*, wie du sie nennst, als äußerst stur erwiesen hat. Die ist in deiner Anwesenheit übrigens tatsächlich ein wenig geschrumpft. Allein dein Blick hat gereicht, um sie nervös zu machen.«

»Tatsächlich?«

»Ja.«

Klara seufzt. »Sie heißt Agata. Ich hatte einfach mehr von ihr erwartet. Aber da habe ich sie wohl überschätzt. Sie hat immer noch nicht gelernt, selbständig zu denken. Wartest du bitte einen Moment, ich möchte kurz allein mit Frau Schmitz sprechen.« Sie zeigt zur Anmeldung. »Vielleicht könntest du dich in der Zeit bei Agata um einen Feuerstuhl für mich kümmern.«

»Klar, mache ich.«

Agata sieht mich argwöhnisch an, als ich wieder bei ihr vor der Anmeldung stehe.

»Wie spricht man Ihren Nachnamen denn richtig aus?«, frage ich. »Da stehen ganz schön viele Konsonanten hintereinander auf Ihrem Schild.« Irgendwie tut mir die Frau auf einmal leid. Eigentlich hat sie ja wirklich nur Klaras Wunsch entsprochen.

»Pisch – tscheck«, sagt sie, »wie der polnische Fußballspieler, Wukasch Pisch-tscheck.« Der Anflug eines Lächelns huscht über ihr Gesicht. »Leider sind wir nicht verwandt.«

»Ah, Lukas Piszczek, deswegen kam mir der Name so bekannt vor.«

»Ja, die meisten wissen nicht, wie man den Namen richtig ausspricht. Sie machen sich noch nicht einmal die Mühe, es zu versuchen.«

»Lukasch oder Wukasch Pisch-tscheck?«, frage ich.

»Die zweite Variante ist besser.«

»Schön, da habe ich heute ja was gelernt.«

Sie nickt erfreut und wirft einen Blick an mir vorbei zu Klara und Frau Schmitz, die sich angeregt unterhalten. »Auch wenn es nicht so aussieht. Ich mag Frau Kummerow und freue mich für sie, dass sie nun jemanden hat, der sich um sie kümmert.« Sie grinst schief. »Und ehrlich gesagt bin ich froh, wenn sie weg ist. Das ist absolut nicht böse gemeint, aber sie denkt immer noch, ich sei eine ihrer Schülerinnen.«

»Klara war Lehrerin?«, frage ich überrascht.

»Erzieherin. Sie sind nicht in der DDR aufgewachsen, oder?«

»Nein, im Ruhrgebiet.«

»Frau Kummerow war Leiterin des Schulhortes, den ich bis zum Abschluss der vierten Klasse besucht habe. Das war bei uns so üblich. Dort gab es Mittagessen, Mittagsschlaf, Hausaufgabenbetreuung … Den Arbeitsbereich durfte man erst verlassen, wenn man die Schulaufgaben fertig und das Einverständnis in Form einer Unterschrift der Erzieherin erhalten hatte. Frau Kummerow war besonders streng. Sie setzte ihr Okay nur unter die Hausaufgaben, wenn alles perfekt war. Als Kind habe ich sie dafür gehasst. Heute sehe ich das natürlich anders. Sie hat mir viel beigebracht und mich sehr geprägt. Ohne sie wäre ich wahrscheinlich heute nicht da, wo ich jetzt bin. Ich leite ein Pflegeheim. Ich bin eigentlich immer gut organisiert und auf alles gut vorbereitet, nur auf Frau Kummerow – hier bei uns – war ich es nicht.«

»Das kann ich mir gut vorstellen.« Es erklärt, warum Klara sie eben Agata und vorhin im Garten *kleine Pische* genannt hat. Bestimmt war das damals ihr Spitzname. »Dann haben wir es mit einem Rollentausch zu tun«, stelle ich fest. »Früher hatte Klara die Leitung, und jetzt Sie.«

Sie schüttelt vehement den Kopf. »Von wegen! Nächsten Monat werde ich dreiundvierzig, aber in Frau Kummerows Gegenwart fühle ich mich wie ein kleines Kind. Irgendwie sehe ich sie immer noch in ihrer strengen Uniform mit dunklem Rock und weißgestärkter Bluse. Bis zur vierten Klasse waren alle Kinder bei den Jungen Pionieren aktiv. Wenn Frau Kummerow zum Appell gepfiffen hat, hieß es strammstehen. Dann war entweder Sport oder Arbeit im Schulgarten angesagt.« Sie lächelt. »Alle Kinder in den Dörfern unserer Gegend konnten einen Roten Winterstettiner von einem Pommerschen Krummstiel unterscheiden. Heute wissen die meisten noch nicht mal, dass das Apfelsorten sind.«

»Von denen habe ich allerdings auch noch nichts gehört. Und ich kenne mich damit eigentlich ganz gut aus.«

»Die Sorten sind ja auch eher regional verbreitet. Aber heutzutage wissen die Schüler oft auch nicht, wie Weizen und Roggen aussehen – und was noch viel wichtiger ist, dass man Mehl daraus machen kann. Das Schulsystem war damals gar nicht schlecht hier. Das hätte man beibehalten sollen, wenn ich das mal so sagen darf. Die Kinder wurden betreut, für Frauen war es selbstverständlich, arbeiten zu gehen. Heute muss man sich Gedanken darüber machen, ob man es sich finanziell überhaupt leisten kann, Kinder in die Welt zu setzen. Und wenn man sie von klein auf in die Betreuung gibt, wird man als Rabenmutter abgestempelt.«

Agatas Gesicht glüht. Sie hat sich richtig in Fahrt geredet.

»Ich muss zugeben, dass ich mich nicht sonderlich gut mit dem Kinderbetreuungssystem der ehemaligen DDR auskenne«, sage ich. »Ich finde es spannend und würde gern mehr darüber erfahren, aber eigentlich müssten wir noch ein paar Sachen wegen Frau Kummerow besprechen.«

»Ja, selbstverständlich. Es tut mir leid, aber bei dem Thema geht es manchmal einfach mit mir durch. Und Sie sind sich wirklich sicher, dass Sie Frau Kummerow mitnehmen wollen?« Sie wirkt skeptisch. »Wie soll das denn auf Dauer funktionieren?«

»Das weiß ich ehrlich gesagt auch noch nicht so genau. Ein paar Tage kann ich bleiben, um ihr zu helfen. Und dann schauen wir weiter. Einen anderen Plan haben wir noch nicht«, gebe ich offenherzig zu, »außer dass wir einen Rollstuhl brauchen.«

»Nicht im Ernst!« Agata reißt die Augen auf. »Wie haben Sie denn das geschafft?«

»Ganz einfach, ich habe angeboten, sie zu schieben.«

Agata schüttelt den Kopf. Die Verwunderung ist ihr ins Gesicht geschrieben. »Dann haben Sie aber einen Stein im Brett bei ihr, einen verdammt großen. Wenn Sie irgendwie Hilfe brauchen, können Sie mich gern anrufen.« Sie reicht mir eine Visitenkarte. »Darauf steht die Nummer meines Diensthandys. Dort bin ich in der Regel gut zu erreichen.«

»Das ist lieb, danke. Braucht Frau Kummerow vielleicht irgendwelche Medikamente, muss ich eine besondere Ernährungsform berücksichtigen? Gibt es bekannte Allergien, Unverträglichkeiten ...«

»Nicht dass ich wüsste. Sie isst nicht alles, aber das liegt eher daran, dass sie in Sachen Ernährung etwas wählerisch ist.«

»Haben die Damen genug geplauscht?« Klaras Stimme hallt plötzlich durch den Raum.

»Viel Spaß«, flüstert Agata, bevor sie laut antwortet: »Ja, haben wir. Den Rollstuhl lasse ich gleich nach oben auf Ihr Zimmer bringen.«

Klara schüttelt energisch den Kopf. »Der kommt direkt ins Auto!«

»Wie Sie möchten.« Agata lächelt leise vor sich hin. Ich weiß ganz genau, was sie denkt: Klara will sich nicht aus dem Heim schieben lassen, sie möchte aufrecht gehen. Auf einmal kommt mir Julians Opa in den Sinn. Nach seinem Schlaganfall hat Margot vergebens versucht, ihn von einem Rollator zu überzeugen. Am Ende hat er sich schweren Herzens wenigstens auf einen Gehstock eingelassen, der eigens für ihn aus Ebenholz angefertigt wurde. In Sachen Eitelkeit und Stolz sind sich die beiden sehr ähnlich.

Eine gute Stunde später sitzen wir nebeneinander im Auto. Klaras Gepäck haben wir auf der Rückbank verstaut, den Rollstuhl im Kofferraum.

»Alles okay?«, frage ich.

Klara nickt. »Denkst du bitte daran, dass wir am Sonntag Frau Schmitz abholen? Ich habe sie zum Kaffeetrinken eingeladen.«

»Das ist eine schöne Idee. Vielleicht verrät Mandy mir das Rezept für die herrliche Erdbeer-Mohn-Torte, die sie heute gebacken hat. Sie schmeckt himmlisch.«

»Wenn du meinst.« Klara sieht aus dem Seitenfenster.

»Was ist?«, frage ich. »Magst du keine Torte? Oder keinen Mohn?« Meine Oma liebte Mohn, vermied ihn aber, da ihr die vielen kleinen Samen im Gebiss stecken blieben.

»Das hat nichts mit der Torte zu tun«, antwortet Klara. Dabei sieht sie weiter aus dem Fenster. »Vielleicht erzähle ich es dir eines Tages. Aber nicht jetzt. Das würde mich zu sehr aufwühlen.«

13. Kapitel

Klaras Zuhause ist nicht sehr groß, aber es gefällt mir auf Anhieb. Im Vorgarten stehen, wie ich schon fast erwartet habe, mehrere Fliederbüsche. Dazwischen entdecke ich einen riesigen weißen Rhododendron, der in voller Blütenpracht steht. Ein Kieselweg führt zu einem kleinen Häuschen mit einem hübschen Reetdach. Die Fassade ist strahlend weiß gestrichen, Fensterrahmen und Tür sind dunkelgrün, so wie der niedrige Holzzaun, der das Grundstück begrenzt. Neben der Eingangstür steht eine schlichte dunkle Holzbank unter einem Fenster, dessen Rollläden heruntergelassen sind. Ich drücke das Gartentor auf und schaue skeptisch auf den Weg.

»Ich schätze, du musst auf dem Rasen entlanggehen, Klara. Nicht, dass du wegrutschst.«

Meine Schritte knirschen auf den vielen kleinen Kieselsteinen. Ich gehe langsam neben Klara her, und wieder einmal fällt mir auf, wie unwahrscheinlich still es hier ist. Außer uns und der Natur ist niemand und nichts zu hören.

Wir sind noch nicht ganz am Haus, als plötzlich eine rotbraunweiß getigerte Katze maunzend um unsere Beine streicht.

»Ella, mein Liebling«, sagt Klara. Und da taucht auch schon Nummer zwei auf, Jane, wie ich vermute. Sie hat die gleiche Fellfarbe, ist aber etwas kleiner und verhält sich eher vorsichtig abwartend. Ich mochte Katzen noch nie sonderlich, aber mir fällt auf, dass beide strahlend grüne Augen haben und wunderschön sind. Sie bewegen sich elegant, fast anmutig.

»Magst du Katzen?«, fragt Klara prompt.

»Bisher eher nicht«, gestehe ich. »In unserem Garten lümmelt sich ab und an der fette träge Kater der Nachbarin herum, um Watson zu ärgern. Das ist unser Labrador. Wir haben einen Hund, weißt du.«

Klara drückt mir ihre Krücken in die Hand und schließt die Tür auf. »Warum hast du ihn nicht mitgebracht?«

»Ins Pflegeheim? Ich dachte, Tiere wären dort nicht erlaubt.«

»Dann ist er also hier, im Finnhäuschen?«

Jetzt verstehe ich. Klara dachte, ich hätte ihn in Oberhausen gelassen. »Ja. Und bestimmt wartet er schon auf mich. Er hat ganz sicher das Auto gehört und weiß, dass ich in der Nähe bin.«

»Hm«, macht Klara. »Dann haben wir jetzt wohl ein Problem. Ich schätze, das wird nicht funktionieren.« Sie betritt ihr Häuschen, setzt vorsichtig einen Schritt nach dem anderen auf den mit kunterbunten kleinen Fliesen verlegten Fußboden. Ich gehe hinter Klara her, stehe kurz darauf neben ihr in der Diele und schaue mich fasziniert um. Hier unten gibt es drei Zimmer. Die jeweiligen Türen sind aus Holz und wurden in unterschiedlichen Farbtönen gebeizt, eine hellblau, eine tannengrün und eine dunkelviolett, fast schwarz. Die Holzstufen der Treppe, die nach oben ins andere Stockwerk führt, sind naturfarben. Der Handlauf jedoch ist zartgrün. Klaras Haus ist innen bunt, wirkt aber dadurch kein bisschen kitschig. Ich bin so fasziniert von der Farbenpracht, dass ich ganz vergessen habe, was Klara eben gesagt hat. Als Ella an uns vorbeihuscht, fällt es mir wieder ein. »Watson ist total lieb«, sage ich.

»Das mag sein, aber Ella ist nicht gerade gut auf Hunde zu sprechen. Es gibt mit Sicherheit Krieg, wenn dein Watson hier einzieht.«

»Darüber habe ich mir noch gar keine Gedanken gemacht.« Als mir bewusst wird, was ich gerade gesagt habe, muss ich schmunzeln. »Ich schätze mal, das ist ein gutes Zeichen.«

»Na, da haben wir ja schon was gemeinsam.« Klara zeigt auf die Treppe. »Ich habe nämlich anscheinend auch nicht nachgedacht. Ich habe es wohl verdrängt. Schlafzimmer und Badezimmer sind oben. Das schaffe ich mit den Krücken niemals.«

»Dann müssen wir improvisieren. Ich nehme an, hier unten ist die Küche?«

»Ja, außerdem ein kleines Wohnzimmer und das Gäste-WC mit einem Kaltwasser-Waschbecken.«

»Das ist doch schon mal was«, sage ich fröhlich. »Und jetzt würde ich unheimlich gern deine Küche sehen.«

Klara geht auf die violette Tür am Ende des Ganges zu. »Ich denke, du wirst den Raum mögen. Es ist das *Brombeerzimmer.*«

»Wow«, entfährt es mir. Das Erste, was ich sehe, sind die vielen verschiedenen Kupfertöpfe und Pfannen an der weißgetünchten Wand vor Kopf. Sie hängen an langen Haken, die an einem bestimmt zwei Meter langen dunklen Eichenbrett befestigt sind. An einem weiteren, etwas kürzeren Brett schräg darüber baumeln weitere Küchenutensilien wie Pfannenwender, Rührbesen, Kartoffelstampfer … Darunter steht ein Küchenwagen aus hellem Holz mit Rädern, der vollgepackt mit allerlei Porzellandosen ist. Unter zwei Fenstern mit grünen Holzstreben entdecke ich einen großen altmodischen Gasherd. Genau von so einem Exemplar habe ich auch immer geträumt, aber in unserer Küche war dazu kein Platz. Außerdem haben wir aus Kostengründen erst einmal Einrichtung und Elektrogeräte aus der alten Wohnung mitgenommen. So mussten wir nur eine neue Arbeitsplatte einpassen.

Klaras Küche ist schön groß. An der linken Wandseite stehen ein schöner antiker Buffetschrank und ein volles Weinregal. Eine Tür führt nach draußen in den Garten. Durch sie und die Fenster fällt viel Licht in die Küche, das sich in den Kupfertöpfen reflektiert und sie warm leuchten lässt. Die Wandseite zu meiner Rechten ist funktioneller, aber auch sehr hübsch eingerichtet. Hier steht eine schlichte weiße Küchenzeile mit vielen Schränken und Schubladen, einer schönen Holzarbeitsplatte, einem großen Kühlschrank und einem zusätzlichen modernen Elektroherd. An der Wand entdecke ich zu Büscheln gebundene getrocknete Kräuter, die Klara einfach mit Kordeln und bunten Reißzwecken befestigt hat. Das Glanzstück der Küche befindet sich jedoch in der linken Seite des Raumes. Dort steht ein großer quadratischer Tisch, durch dessen Mitte eine runde Säule verläuft. So wie es aussieht, hat man hier irgendwann eine tragende Wand entfernt und musste dafür eine Stütze einbauen. Meine Mutter hatte bei ihrer neuen Küchenplanung ein ähnliches Problem. Aber sie hat es bei weitem nicht so kreativ gelöst. Fasziniert gehe ich näher. Jemand hat wunderschöne Weinranken auf die weißgrundierte Säule gemalt.

»Das sind Brombeeren«, stelle ich überrascht fest, als ich nah genug dran bin, um das ungewöhnliche Kunstwerk genauer zu betrachten. »Daher das *Brombeerzimmer.* Hast du das gemalt? Es ist wunderschön!«

Klara lacht. »Nein, ich bin kreativ am Herd, mit dem Pinsel stehe ich leider auf Kriegsfuß. Das war Edwin, mein Mann.«

»Du warst – oder bist – verheiratet? Wir dachten, dass du Junggesellin bist. Du hast deinen Namen nicht geändert.«

Klara steht immer noch in der Küchentür. Nun kommt sie schmunzelnd auf ihren Krücken hineingehumpelt und setzt sich auf einen der Hocker, die mit fülligen Sitzkissen drapiert um den Tisch platziert sind.

»Wir leben im einundzwanzigsten Jahrhundert. Ich habe meinen Namen behalten. Du hast den deines Mannes angenommen, sonst würdest du jetzt nicht Kluge heißen. Wie war dein Mädchenname?«

»Macke.« Ich lasse mich neben sie auf einen Hocker fallen. »Für mich war von Anfang an klar, dass ich Julians

Namen tragen werde. Ich wollte unbedingt ein Teil von ihm sein.«

»Und mir war wichtig, meine Identität zu behalten. Ich war – und bin immer noch – Klara Kummerow.«

»Das klingt sehr emanzipiert.«

»Und?«, fragt sie. »Überrascht dich das so sehr?«

»Ehrlich gesagt schon. Irgendwie hatte ich eher ein liebenswertes, aber etwas altbackenes Hausmütterchen im Sinn, als ich mich zu dir auf den Weg gemacht habe.« Auf einmal ist mir das peinlich. »Ich weiß auch nicht warum.«

Klara lacht. Ich mag es, wenn sich dabei Fältchen um ihre Augen bilden. »Vielleicht liegt es an meinem Vornamen? Hieße ich Isabella, Seraphina oder Genevieve, hättest du mit Sicherheit eine andere Vorstellung von mir gehabt.«

»Das kann gut sein.«

»Na ja, zumindest mit dem Hausmütterchen hattest du recht. Ich verbringe meine Zeit am liebsten in der Küche, seit ich nicht mehr berufstätig bin. Da habe ich mich früher natürlich auch schon gern aufgehalten. Edwin hat sich oft deswegen bei mir beschwert. Er hat immer behauptet, ich würde ihn absichtlich mästen, damit er unansehnlich wird und mir nicht davonläuft.«

»Mandy hat erzählt, du lebst allein. Habt ihr euch getrennt, oder … ist er auch schon gestorben?«

»Beides.« Klara setzt einen geheimnisvollen Blick auf. »Ich schlage vor, du kochst uns einen Tee. Vielleicht finden wir irgendwo noch eine Packung Kekse. Und dann erzähle ich dir etwas über Edwin.«

»Klingt verlockend. Die Kekse würde ich allerdings gern gegen ein Stück Torte tauschen, das drüben im Finnhäuschen darauf wartet, gegessen zu werden. Es ist groß genug, um zwei daraus zu zaubern. Dann könnte ich auch gleich mal nach Watson schauen. Ich bin jetzt seit vier Stunden weg. Er bleibt auch mal acht Stunden allein, allerdings in seiner gewohnten Umgebung.«

»Mach das. Ich ruhe mich in der Zwischenzeit etwas aus.« Sie hält mir ihren Haustürschlüssel hin. »Am besten nimmst du ihn mit. Einen Ersatzschlüssel hat Mandy, der andere muss irgendwo in einer Schublade rumfliegen. Wir können ihn nachher suchen.«

»Okay.«

Beschwingt laufe ich die Straße entlang. Ich brenne darauf, Edwins und Klaras Geschichte zu erfahren. Wie lange sie wohl verheiratet waren? Sie trägt noch ihren Mädchennamen. Ob das in der DDR möglich war? Oder haben sie erst nach dem Mauerfall geheiratet? Seit wann ist überhaupt das heutige Namensrecht im Westen gültig? Ich bin mir sicher, dass es früher für Frauen nicht möglich war, den eigenen Nachnamen zu behalten. Und schon gar nicht, dass der Mann ihren annimmt. Aber wann wurde das geändert? Und warum bin ich eigentlich nie auf den Gedanken gekommen, meinen Mädchennamen zu behalten? Habe ich wirklich dadurch meine Identität aufgegeben? Tausende Gedanken schießen mir durch den Kopf. Dabei bemerke ich nicht, dass ich mitten auf der Straße gehe und hinter mir ein Auto fährt. Erst lautes Hupen lässt mich erschrocken zusammenzucken und zur Seite springen. Ein Mann braust kopfschüttelnd in seinem schwarzen SUV an mir vorbei.

»Idiot«, schimpfe ich vor mich hin. Der Kerl hätte kurz und sanft auf die Hupe drücken können, um auf sich aufmerksam zu machen, anstatt dreimal hintereinander in voller Wucht. Ich schaue ihm nach und erkenne gerade noch den Schäferhund, der hinten durch die Windschutzscheibe nach draußen starrt, bevor der Wagen um die Kurve in Richtung Wald verschwindet. Rocky, wahrscheinlich mit seinem Herrchen. »War ja klar!«

Watson liegt in seinem Körbchen und sieht mich nicht an, als ich ins Finnhäuschen komme. Im ersten Moment bekomme ich einen Schrecken. Wenn er mich nicht freudig begrüßt, geht es ihm nicht gut. Ob der Biss ihm doch mehr zu schaffen macht, als ich bisher angenommen habe? »Was ist denn los?«, frage ich und streiche ihm zärtlich über sein Fell. Dabei sehe ich aus den Augenwinkeln weißen Staub und kleine Papierfetzen vor der Wand neben der Eingangstüre liegen. Mein Blick wandert höher.

»Dir geht es nicht schlecht, du hast Mist gebaut, Freundchen!« Watson stupst mich mit seiner kalten Hundenase an. Er weiß genau, dass er etwas angestellt hat. »Dann sehen wir uns das Malheur mal an.«

Der ertappte Übertäter bleibt weiter in seinem Körbchen liegen. Er sieht zu, wie ich zu der Wand und davor in die Hocke gehe.

»Hast du versucht, ein Loch nach draußen zu buddeln?« Ich seufze laut. Er hat nicht nur die Tapete ab, sondern auch tiefe Schrammen in die Wand gekratzt. So wie es aussieht, muss hier ein ganzes Stück neu tapeziert und dann alles frisch gestrichen werden. Ich werfe Watson einen strengen Blick zu, werde aber im nächsten Moment schon wieder weich. Wahrscheinlich hat er mich vermisst in der ungewohnten Umgebung. Seitdem Julian nicht mehr da ist, bin ich seine einzige Bezugsperson.

Mist, denke ich. Warum muss Klara unbedingt Katzen haben? Hätte es nicht eine nette Hundedame sein können?

»Alles gut, Watson«, flöte ich mit zuckersüßer Stimme. »Du bist ein feiner Junge. Ich bin dir nicht böse. Was ist, musst du mal Pipi machen? Aber nur eine kurze Runde.«

Wir gehen wieder auf dem Wiesenstück entlang. Ich bewaffne mich vorsichtshalber mit dem Ast, den Mandy vorhin gefunden und draußen zurückgelassen hat. Rocky ist zwar samt Herrchen eben an mir vorbeigebraust, aber er könnte jederzeit wieder zurückkommen.

Aber diesmal haben wir Glück. Es gibt keine unerfreulichen Begegnungen mit anderen Hunden. Einmal sehe ich eine von Klaras Katzen über das Feld huschen. Aber sie scheint sich mehr für die Wühlmäuse als für uns zu interessieren. Wir kommen unbeschadet wieder in der Hütte an.

Dort schieße ich ein Foto von der demolierten Wand und schicke es an Mandy.

Sorry, aber Watson hat leider versucht, sich einen Tunnel durch die Wand nach draußen zu graben. Ich melde das natürlich der Haftpflichtversicherung. Kannst du es deiner

Oma beibringen? Sie war nicht gerade gut auf mich zu sprechen. Ach ja, und Klara ist wieder in ihrem Haus. Ich gehe jetzt zu ihr und wir essen dein Stück Torte. Morgen müssen wir reden! Liebe Grüße, Nora

Ich habe ein schlechtes Gewissen, als ich den armen Watson wieder allein zurücklasse. Mit dem Stück Torte auf dem Teller mache ich mich wieder auf den Weg zu Klara. Als ich an dem Holzwürfelhaus vorbeikomme, sehe ich ein Auto in der Einfahrt stehen. Die Tür des Hauses steht weit offen. Helles Lachen ertönt bis auf die Straße. Kurz darauf kommt auch schon eine Frau mit langen blonden Haaren heraus. Als sie mich sieht, bleibt sie stehen und winkt mir zu, bevor sie beginnt, den Kofferraum ihres Wagens auszuräumen.

Ich winke zurück. Hier gibt es neben Klara also auch noch andere nette Menschen. Das ist schön zu wissen.

»Ich bin wieder da!«

Klara antwortet nicht.

Sie ist eingeschlafen. Ich finde sie in dem Raum, der sich hinter der grünen Tür verbirgt. Es ist das Wohnzimmer. Sie sitzt in einem gemütlichen Ohrensessel, den Kopf leicht zur Seite geneigt, den Mund etwas geöffnet. Beim Ausatmen gibt sie leise Schnarchgeräusche von sich. Ich bleibe einen Moment in der Tür stehen, um mir das Zimmer anzuschauen. Es ist wirklich nicht sehr groß, den meisten Platz hat Klara für die Küche genutzt. Neben dem Sessel stehen noch eine altertümlich anmutende

Chaiselongue, ein runder Couchtisch und ein kleiner Schrank im Raum. Ich vermute, dass sich darin der Fernsehapparat verbirgt. An einer der Wände steht ein hohes Bücherregal. Die Seitenwände sind bemalt, ähnlich wie die Säule in der Küche. Allerdings finde ich diesmal keine Brombeeren, sondern Blätter von verschiedenen Laubbäumen, die sich auf dem Holz nach oben schlängeln. Ich erkenne Eichen-, Buchen- und Ahornblätter. Ob Edwin Künstler war? An den Wänden hängen keine Gemälde. Anscheinend hat er sich nur am Mobiliar ausgetobt, das mir ausgesprochen gut gefällt. Klara hat Geschmack. An der Decke hängt eine schöne große Tiffanylampe an einer robusten Eisenkette. Und auf dem Boden unter dem Fenster steht eine etwa kniehohe weiße Skulptur. Es ist eine Frau, die mich in der Form an die ausladenden Nanas von Niki de Saint Phalle erinnert. Sie steht, die Hände hinter dem Rücken zusammengefaltet, auf einem dicken Buch und sieht in die Luft.

Klara schnarcht weiter friedlich vor sich hin.

Ich gehe leise rüber zum Gäste-WC, das direkt neben der Eingangstür liegt, um mir Edwins letztes Werk anzuschauen. Die Tür ist hellblau. Ob er hier vielleicht das Meer verewigt hat?

Meine Vermutung war richtig. Aber anders als in Küche und Wohnzimmer wurde hier kein größeres Element bemalt, sondern die einzelnen Wandfliesen. Jede ist ein Unikat. In liebevoller Kleinarbeit hat Edwin Fische, Muscheln, Krabben und Co. lebendig werden lassen. An dem Raum muss er stundenlang gearbeitet haben.

Damit hat er Klara einen wunderschönen Liebesbeweis gemacht. Was da wohl geschehen sein mag, dass die Ehe nicht gehalten hat, frage ich mich und ziehe behutsam die Tür zu.

In der Küche setze ich einen Topf mit Wasser auf und suche nach dem Tee. Auf dem Küchenwagen unter dem Fenster werde ich fündig. Die Dosen sind mit den unterschiedlichsten getrockneten Kräutern und Blüten gefüllt. Ich entdecke Pfefferminze, Kamille, Lavendel, Lindenblüten, Brennnessel und Rosenblüten. Ein Teesieb finde ich allerdings nicht. Ich entscheide mich für eine Mischung aus Pfefferminze und Rose, gebe die Blätter lose in die Kanne und schütte das sprudelnde Wasser darauf. Während der Tee zieht, verteile ich den Kuchen auf zwei Teller und stelle die Tassen dazu. Das Geschirr ist aus Steingut, schlicht, cremeweiß. Klara hat recht. Der Raum, und was ich darin bis jetzt entdeckt habe, gefällt mir. Hier fehlt nur eine schöne Tafel, auf der man sich Notizen machen kann. Den Platz dafür habe ich auch schon gefunden. Ich würde sie gleich neben dem Kühlschrank befestigen, so wie Julian das bei uns gemacht hat.

In der Küche bist du ganz in deinem Element, Nora. Wenn wir irgendwann ganz viel Geld haben, kaufen wir uns ein größeres Haus. Dort planen wir deine Traumküche ganz nach deinen Wünschen.

Julian hätte Klara und ihr ungewöhnliches Häuschen gemocht. Schade, dass die beiden sich nie persönlich kennengelernt haben. Ich nehme ein kleines Drahtsieb von einem der Haken und schütte den dampfenden Tee da durch in die Tassen. Der leichte Rosenduft und die würzige Minze harmonieren sehr gut. Ich halte meine Nase etwas näher über eine der Tassen, da klingelt mein Handy in der Hosentasche. Es ist Katharina.

»Bei mir ist alles im grünen Bereich«, sage ich gut gelaunt. »Wie war dein Date?«

»Ich war böse, Nora, aber so was von, ich hab echt Mist gebaut.« Katharinas Stimme hört sich leidend an.

»Wieso? Was ist passiert?«

Sie heult auf. »Ich bin mit Du-weißt-schon-wem im Bett gelandet. In seinem Hotelzimmer.«

»Ach du Scheiße«, entfährt es mir.

»Was mache ich denn jetzt?«

Ich lasse mich auf einen Hocker sinken. »Keine Ahnung. Bereust du es?«

»Nein, das ist ja das Schlimme. Dazu war es viel zu gut.« Wieder ertönt lautes Aufheulen am anderen Ende der Leitung. »Ich bin ein primitives Miststück! Ich kann mich selbst nicht mehr leiden.«

»Was sagt denn Hans- …, ich meine natürlich … Du-weißt-schon-wer … dazu?«

»Dass es toll war und wir es unbedingt wiederholen sollten.«

»Und du? Willst du das auch?«

»Nein … ja … nein. Außerdem würde es doch gar nicht funktionieren, er wohnt in Hamburg.«

Klara schießt mir durch den Kopf. Und das, was sie

Agata vorhin geantwortet hat … *Nein oder ja? Beides geht nicht* … Aber das ist meine Freundin am Telefon. Ich würde sogar zu ihr halten, wenn sie eine Bank ausgeraubt hätte. Ich habe sie schon lange nicht mehr so aufgelöst erlebt.

»Was sagt denn dein Herz?«

»Wenn ich das nur wüsste! Was, wenn es mir zwischen die Beine gerutscht ist? Beim Orgasmus werden Hormone ausgeschüttet, das weißt du doch. Zwischen Jörn und mir läuft schon seit Monaten nicht mehr viel im Bett. Davon mal ganz abgesehen, war es auch nie so gut wie das, was ich heute erlebt habe.«

»Oxytocin, das Bindungshormon«, stelle ich trocken fest. »Aber wenn du ehrlich bist, ist es nicht nur der gute Sex, der dich da gerade kirre werden lässt.«

»Das sagst du so. Du hättest mich danach mal sehen sollen. Ich habe gegrinst wie ein Honigkuchenpferd. Ehrlich, Nora, so guten Sex hatte ich wirklich noch nie. Beim ersten Mal war es ja schon ganz gut, aber diesmal war es noch um Klassen besser.«

»Trotzdem, so wirklich glücklich bist du mit Jörn nicht. Sonst wäre das nämlich gar nicht erst passiert. Ihr versteht euch gut, aber gefühlsmäßig bist du dabei ganz schön auf der Strecke geblieben.«

»Ja, ich weiß … Es kommt erschwerend dazu, dass es von mir ausgegangen ist. Wir hatten uns unten in der Lobby seines Hotels verabredet, um gemeinsam in den Frühstücksraum zu gehen. Ich kam rein, hab ihn da stehen sehen, und schon war es um mich geschehen. Es war mein Vorschlag, uns ein paar Kleinigkeiten auf sein Zimmer liefern zu lassen. Ich weiß auch nicht, welcher Teufel mich da plötzlich geritten hat.«

»Na ja, ich schon.«

»Boah, du bist gemein.«

»Ach komm schon, den Spruch hast du nach der Vorlage verdient.«

»Stimmt.« Katharina kichert. »Da war wohl Freud am Werk.«

»Hans-Willi«, sage ich, »nur, um den Namen mal ausgesprochen zu haben. Aber jetzt mal ernsthaft. Dann hast du nun also die Wahl: Entweder du behältst es für dich und machst mit Jörn einfach so weiter. Oder du sagst es Jörn. Das bedeutet, dass ihr euch entweder trennt oder er dir verzeiht und ihr gemeinsam anfangt, an eurer Beziehung zu arbeiten.«

»Du hast ja recht. Ich weiß das ja auch alles. Es ist nur so, dass ich mich deswegen echt nicht mehr leiden kann. Du weißt, dass Fremdgehen für mich eigentlich das Letzte ist. Ich habe meinen Vater dafür gehasst. Und dann passiert es mir selbst. Ich wollte nie so werden wie er.« Sie seufzt laut. »Oh Mann! Jörn ist noch auf einer Sitzung. Er kommt erst gegen zehn zurück. Dann werde ich es ihm also sagen. Bis dahin werde ich mir überlegen, ob ich weiter mit ihm zusammenbleiben möchte – wenn er es dann überhaupt noch will.«

»Hört sich vernünftig an. Aber das mit deinem Vater vergisst du mal ganz schnell wieder. Du bist nicht wie er. Dein Vater ist ein Arsch. Er hat deine Mutter nicht nur ständig betrogen, er hat sie auch belogen – und geschlagen. Er ist ein Arsch. Du nicht!«

»Ja, ich weiß.«

»Gut, dann bin ich ja beruhigt. Rede dir das bloß nicht ein. Was zählt, ist, dass du dir selbst treu bleibst. Ehrlichkeit war dir immer wichtig.«

»Stimmt. Aber Beziehungsgespräche waren mir schon immer ein Gräuel. Wäre es okay für dich, wenn ich bei dir unterschlüpfe, falls es heute Abend irgendwie knallt?«

»Klar, das musst du doch nicht fragen. Schlüssel hast du ja.«

»Okay. Ich leg mich jetzt erst mal in die Wanne, um zu mir zu finden. Und du? Dir geht es gut, oder? Deine Stimme hört sich zumindest danach an.«

»Ja, mir geht es gut. Ich habe Klara aus dem Heim geholt, aber das erzähle ich dir in Ruhe, wenn du wieder einen klaren Gedanken fassen kannst. Jetzt kümmere dich erst mal um dich.«

»Mach ich. Hab dich lieb!«

»Und ich dich! Mach's gut, melde dich bitte wenigstens kurz, wenn ihr das Gespräch hattet, damit ich weiß, dass es dir gutgeht.«

»Okay.« Sie seufzt noch einmal. »So ein Scheiß!«

»Da sagst du was. Eine von uns hat immer Stress.« Ich lege auf – und seufze auch.

14. Kapitel

Deine Freundin?« Klara steht im Türrahmen. Ich habe sie nicht kommen hören und weiß nicht, wie viel sie von dem Telefonat mitbekommen hat.

»Ja, Katharina. Sie hat Mist gebaut, denkt sie jedenfalls. So wie es aussieht, wird sie heute Abend noch bei mir einziehen. Sie selbst weiß es noch nicht. Aber ich kenne sie sehr gut. Sie wird eine Entscheidung treffen, die längst überfällig war. Da bin ich mir sicher.«

»Es ist besser, wenn sie es ihrem Mann sagt.« Klara kommt auf ihren Krücken in die Küche gehumpelt. »Edwin hatte damals nicht den Mut. Ich habe es selbst rausgefunden. Er hatte ein Verhältnis mit einer seiner Studentinnen. Das ging schon fast ein halbes Jahr lang, wie ich später erfahren habe.«

»Oh«, sage ich. »Das war aber nicht nett. Katharina und Jörn sind allerdings nicht verheiratet.«

»Dann ist es zwar weniger kompliziert, ändert aber nichts daran, dass sie ihn mit dem Geständnis sehr verletzen wird. Als ich erfahren habe, dass Edwin mich betrogen hat, habe ich ihm gesagt, er soll sich zur Hölle scheren.« Sie setzt sich neben mich. »Das hat er dummerweise ernst genommen. Es war Winter. Er ist auf den Treppenstufen vor ihrer Wohnung auf dem Glatteis ausgerutscht und hat sich das Genick gebrochen.«

»Ernsthaft?« Ich kann gar nicht glauben, was Klara da gerade in lockerem Tonfall von sich gibt.

Sie nickt. »Und weißt du, was das Makabere an der Sache ist? Eigentlich war seine kleine Liebschaft schuld an seinem Tod. Im Mietshaus gab es eine Hausordnung. An dem Tag wäre es ihre Aufgabe gewesen, Salz gegen das Glatteis zu streuen. Aber sie hatte es vergessen. Dummerweise waren Edwin und ich nicht allein, als ich von seinem Fehltritt erfuhr. Es war sein Geburtstag, das halbe Dorf war anwesend, als ich ihn wütend zur Hölle geschickt habe. Und schwupp, zwei Stunden später war er mausetot. Du kannst dir bestimmt vorstellen, was man sich seitdem über mich erzählt.«

Die Sache mit der Hexe … »Ja. Wie lange ist das denn her?«

»Fünfzehn Jahre.« Klara greift nach ihrer Tasse und schnuppert daran.

»Er ist bestimmt nur noch lauwarm.«

»Genau richtig bei diesem Wetter.« Sie trinkt. »Rose mit Minze? Eine ungewöhnliche Kombination, aber sehr lecker.«

»Findest du?«

Wir lächeln uns an. Ich schiebe ihr das halbe Stück Torte zu. »Die passt super dazu.«

Eine Weile widmen wir uns schweigend unserem Kuchen. »Wie lange wart ihr verheiratet?«, frage ich, nachdem wir alles verputzt haben.

»Etwas über drei Jahre. Mit der farblichen Gestaltung der Säule hat er mich am ersten Hochzeitstag überrascht. Das Bücherregal bekam ich im zweiten Jahr. Im dritten hat er das Gäste-WC aufgehübscht. Bis zu den Räumen oben haben wir es nicht geschafft.«

»War er Künstler?«

»Nein, Kunsthistoriker. Er war Professor für Kunstgeschichte in Berlin. Wir haben uns am Tag des Mauerfalls kennengelernt. Ich war damals vierundvierzig, er war zweiundfünfzig. Zehn Jahre später haben wir geheiratet, im November 1999. Er lehrte weiter in Berlin, verbrachte seine freie Zeit aber hier bei mir in Kinnbackenhagen. Bis er kurz vor der Pensionierung plötzlich ständig neue Lehraufträge erhielt, auch mal für Kollegen einspringen musste … das übliche Spiel. Sie war achtundzwanzig. Ich habe durch Zufall das Geburtstagsgeschenk entdeckt, das sie ihm gemacht hat. Sie hatte es in seinen Aktenkoffer geschmuggelt.« Klara legt eine kleine Pause ein, trinkt einen Schluck Tee und sieht mich an. »Rate.«

»Was? Ich habe keine Ahnung.«

»Das spricht für dich. Aber denk mal nach. Was würdest du deinem Geliebten unterjubeln, wenn du wollen würdest, dass seine Ehefrau von dir erfährt?«

»Einen meiner Slips oder einen BH?«

»Sehr gut! Es war ein Negligé, schwarz, hauchzart, in weißem Seidenpapier verpackt. Auf der Karte stand: *Damit du zweimal was zum Auspacken hast. Einmal heute – und am Samstag. Ich freue mich sehr. M.* Im ersten Moment habe ich einen dummen Scherz seiner Studentinnen vermutet. Ich konnte mir beim besten Willen nicht vorstellen, dass er sich tatsächlich zu einer Affäre hatte hinreißen lassen. Aber dann fing ich an nachzudenken. Die vielen Vertretungsstunden, seine extrem gute Laune … zudem war ich seine zweite Frau. Seine erste hatte er auch betrogen – nicht mit mir, ich kam erst ins Spiel, nachdem seine Ehe geschieden war und die Geliebte sich aus dem Staub gemacht hatte. Ich glaube, es hat mich damals noch mehr verletzt, dass ich so dumm sein konnte zu glauben, mir würde so etwas nie passieren. Wir hatten Gäste, doch ich konnte mich einfach nicht zurückhalten und habe ihm vor aller Augen das Päckchen überreicht. Er dachte allen Ernstes, es sei von mir, bis er die Karte las. Bis dahin hegte ich tief in mir die unsinnige Hoffnung, das alles sei nur ein großer Irrtum. Doch ein Blick in seine Augen hat mir gereicht. Ich wusste sofort, dass es kein Scherz, sondern bitterer Ernst war. *Fahr zur Hölle*, habe ich gesagt. Den Rest kennst du.«

»Und eure Gäste haben tatsächlich gedacht, du seist schuld daran, dass er gestorben ist? Es war ein Unfall.«

»Den ich ihm gewünscht habe.«

»Aber das hast du doch nicht ernst gemeint.«

Klara schenkt sich Tee nach. »Möchtest du auch noch?«, fragt sie mich.

Ich nicke und warte auf ihre Antwort. Sie lässt sich viel Zeit, bevor sie erklärt: »Damals war es ganz groß in Mode, Bestellungen ans Universum zu schicken. Ich scheine einen sehr guten Draht nach oben zu haben. Meine ist, so wie es aussieht, direkt angekommen.«

»Das denkst du wirklich?«

Als Klara anfängt zu lachen, atme ich erleichtert auf.

»Nein, es war ein dummer Unfall. Glaub mir, ich habe diesen Wunsch bereut. Aber in dem Moment, in dem ich in Edwins Augen sah, war ich so verletzt, dass ich blind vor Wut war. Vielleicht hätten wir noch eine Chance gehabt, wenn ich ihm eine gegeben hätte. Er stand kurz vor der Pensionierung. Im Nachhinein habe ich oft gedacht, dass er einfach Angst vor dem Älterwerden hatte. Die Kleine hat ihm wahrscheinlich das Gefühl gegeben, ein Stück weit unsterblich oder wenigstens einige Jahre jünger zu sein. Das werde ich leider nicht mehr erfahren. Und das bedaure ich sehr.«

»Und diese M.? Was sagt sie zu der Sache? Hast du sie mal kennengelernt?«

»Nein, nicht persönlich. Ich wollte nicht wissen, wer sie ist, damit ich gar nicht erst auf den Gedanken komme, mir vorzustellen, wie die beiden ausgesehen haben, als sie sich miteinander vergnügt haben. Davon mal ganz abgesehen, war die junge Dame nicht unbedingt gut auf mich zu sprechen. Ich habe den Hausverwalter auf Schadensersatz verklagt. Immerhin ist mein Ehemann auf seiner spiegelglatten Treppe ausgerutscht. Zu meiner Verteidigung möchte ich hinzufügen, dass ich zu dem Zeitpunkt noch nicht wusste, dass es ihre Aufgabe gewesen wäre, die Treppe zu enteisen. Der Vermieter hat die Verantwortung auf sie abgewälzt. Es war eine unschöne Sache. Und am Ende hat es nichts gebracht. Schadensersatzleistungen für Angehörige gibt es in Deutschland nicht. Darauf hat nur der Geschädigte selbst Anspruch. Hätte Edwin sich beide Beine gebrochen, hätte er Schmerzensgeld erhalten. Ich hingegen habe nur gezahlt, Anwaltskosten und jede Menge Lehrgeld.«

»Oh Mann«, sage ich und zucke erschrocken zusammen. Etwas Weiches hat meine Beine gestreift. Ich schaue nach unten, direkt in zwei grüne Katzenaugen hinein. »Ist das Ella oder Jane?«, frage ich. »Wenn beide zusammen sind, kann ich sie unterscheiden. Ella ist etwas größer. Aber wenn nur eine auftaucht …«

»Es ist Jane. Ihre Schwanzspitze ist weiß, Ellas ist rotbraun.«

Ob ich mir das merken kann? Ich halte meine Hand vor Janes Schnauze, damit sie daran schnuppern kann. Sie schnurrt und drückt ihre Stirn dagegen. Ich verstehe es als Aufforderung und kraule sie hinter den Ohren.

»Sie mag dich«, sagt Klara. »Andere Menschen lässt sie sonst links liegen.«

»Sieht so aus. Aber sag mal, meinst du, ich könnte Watson nicht doch mitbringen, wenn ich hier bin? Er hat vorhin versucht, einen Tunnel durch Hildes Finnhäuschen zu graben. Und ich bin mir nicht sicher, ob er jetzt im Moment nicht wieder die Wand bearbeitet.«

»Wir könnten ihm einen Platz im Wohnzimmer einrichten. Die Tür müsste allerdings verschlossen bleiben. Die Küche ist Ellas und Janes Revier, das würden sie nicht dulden.«

»Gut, ich glaube, das ist wesentlich besser, als ihn die ganze Zeit allein zu lassen. Und jetzt zu den praktischen

Dingen. Du kommst mit den Krücken die steile Treppe nicht hoch. Wir sollten dein Bett im Wohnzimmer aufbauen. Was ist mit Baden oder Duschen?«

»Warmes Wasser gibt es hier in der Küche. Früher hatte man auch nur einen Waschtrog. Das muss vorerst reichen.«

»Hm«, mache ich und schaue mich um. »Vielleicht könnten wir ja auch eine Wanne hier aufstellen. Platz genug wäre dafür. Oder aber … Ich hab's! Du duschst im Finnhäuschen, bis wir eine bessere Lösung gefunden haben. Da ist das Bad im Erdgeschoss. Ich hole dich jeden Morgen mit dem Auto. Oder mit dem Rollstuhl, wie du möchtest.«

Klara zieht ihre Nase kraus. Der Gedanke scheint ihr nicht zu behagen. Aber schließlich nickt sie.

Ich schaue auf meine Uhr. Es ist schon sieben. Klaras Gepäck und der Rollstuhl sind noch im Auto. Das Bett muss nach unten, Watson braucht sein Futter – und wir müssen auch irgendwann etwas zu Abend essen. Einkaufen war ich heute nicht, das habe ich in der ganzen Aufregung total vergessen … Ich atme tief durch.

»Zuerst hole ich Watson«, entscheide ich, »bevor er wieder den Grafen von Monte Christo spielt und versucht auszubrechen. Dann kümmern wir uns um den Rest.«

»Schaffst du es allein?«, ruft Klara. Sie steht unten im Flur und wartet.

»Ja«, rufe ich zurück. Ich stehe im Schlafzimmer. Es ist gemütlich, aber wie Klara schon erzählt hat, ohne besondere farbliche Gestaltung eingerichtet. Ein Doppelbett, ein Kleiderschrank, eine Kommode, zwei Nachtschränkchen … und Watsons Hundekörbchen. Wir haben ihn vorerst hier oben einquartiert, da durch das Umräumen unten ständig alle Türen aufstehen. Ella und Jane haben es sich auf den Fensterbänken in der Küche gemütlich gemacht. Von dort haben sie einen guten Blick in den Flur. Sie verfolgen das Geschehen aufmerksam. Watson haben sie noch nicht bemerkt. Oder sie tun nur so und warten auf die passende Gelegenheit, sich die Treppe hochzuschleichen.

Ich hebe eine der Matratzen an. Sie ist schwer. Aber zum Glück sind es zwei einzelne, die kann ich allein ganz gut tragen. Bei einer doppelten hätten wir ein Problem gehabt. Am besten legen wir einfach beide übereinander, denke ich, dann ist das Bett etwas höher und bequemer für Klara.

Ich wuchte die erste Matratze bis zur Treppe. »Pass auf, ich lass sie runterrutschen.«

Klara schaut kurz zu mir rauf. Ihre Augen blitzen. Sie scheint Spaß an unserer kleinen Umzugsaktion zu haben – so wie ich.

»Dann leg mal los!«, sagt sie und verschwindet aus meinem Blickfeld.

Eine gute Stunde später ist die neue Schlafstätte eingerichtet. Wir sitzen nebeneinander auf der Chaiselongue, die ich zum Sessel an die Wand geschoben habe. Klaras Matratzenlager befindet sich gegenüber an der anderen Seite, direkt unter dem Fenster. Ans Kopfende haben wir einen der Nachttische gestellt.

»Sieht doch ganz gemütlich aus«, sage ich. »Was hältst du davon, wenn wir ein paar deiner Kleidungsstücke erst mal auf dem Sofa stapeln? Oder wir funktionieren die Garderobe im Flur um.«

Klara schließt die Augen und atmet tief durch.

»Bist du müde?« Ich schaue auf den Wecker, den wir auf das kleine Nachttischchen gestellt haben. »Wir haben schon halb neun. Das war ein anstrengender Tag. Oder hast du Schmerzen?«

»Beides, aber es ist halb so schlimm. Ich bin einfach nur froh, wieder hier zu sein.«

»Hast du denn ernsthaft vorgehabt, für immer im Heim zu bleiben? Das kann ich mir überhaupt nicht vorstellen.«

Klara schüttelt den Kopf. »Wie kommst du denn darauf?«

»Agata.«

»Sie war schon immer etwas übereifrig. Das stand nie zur Debatte. Mir fehlte irgendwie einfach die Energie. Und ich dachte, es wäre das Vernünftigste, wenn ich mich erst einmal richtig auskuriere. Es ist wirklich ein Teufelskreis. Mein Fuß heilt nicht, weil ich ihn nicht genügend schone, meint der Arzt. Aber wenn ich ihn schone und die Krücken benutze, zerstöre ich meine Schultern. Die Schmerzen sind manchmal kaum auszuhalten.«

»Bekommst du denn etwas dagegen?«

Klara seufzt. »Ja, aber damit mache ich mir den Magen kaputt.«

»Dann solltest du dich ab sofort wirklich ausruhen und so wenig wie möglich gehen.« Ich stupse sie in die Seite.

»Wir könnten deinen Rollstuhl richtig bunt bemalen. Was hältst du von vielen bunten Vögelchen? Die wurden hier noch nirgends verewigt.«

»Sehr komisch.« Sie wirft mir einen strengen Blick zu. Aber der bewirkt nur, dass ich plötzlich anfangen muss zu kichern.

»Flying bird, ein schönerer Name für einen Feuerstuhl.«

»Wag dich!«, schimpft Klara. In dem Moment sehe ich etwas Felliges an der Tür vorbeihuschen.

»Mist!« Ich springe auf. »Eine deiner Miezekatzen ist auf dem Weg nach oben. Die Tür zum Schlafzimmer steht auf.«

Ich komme gerade mal drei Treppenstufen weit, da höre ich lautes Bellen und kurz darauf schrilles Miauen. Und da kommt Watson auch schon die Treppe hinuntergeprescht, verfolgt von Ella, wie ich am rotbraunen Schwanzende erkennen kann.

»Watson«, brülle ich und laufe hinter den beiden her in die Küche. Dort liegt Jane noch immer auf der Fensterbank und beobachtet seelenruhig, wie Ella den armen Watson um den Tisch jagt. Der Anblick könnte fast komisch sein. Wenn Watson Pech hat, bekommt er heute zum zweiten Mal eins auf die Mütze. Und dabei ist er um ein Vielfaches größer und stattlicher als die Katze, die ihm auf den Fersen ist. Da er auf mein Rufen nicht reagiert, versuche ich, nach Ella zu schnappen. Aber dabei handele ich mir lediglich ein paar Kratzer auf dem Handrücken ein. Ella lässt sich nicht einfangen, zumindest nicht von mir.

»Jane!« Klara kommt in die Küche gehumpelt und geht neben mir in die Hocke. »Komm her, meine Schöne.«

Die zierlichere der beiden Katzendamen streckt sich, springt von der Fensterbank und geht maunzend zu ihrem Frauchen, um sich von ihr kraulen zu lassen. Es dauert nicht lange, da bemerkt Ella, was da gerade passiert. Von einer Sekunde auf die andere lässt sie von Watson ab, um sich auch zu Klara zu begeben, die sofort zupackt, als Ella in Reichweite ist. »So, du eifersüchtiges Ding, da haben wir dich.« Sie sieht zu mir hoch, während sie Ella auf ihrem Schoß festhält. »Du musst sie mir abnehmen. Mit ihr kann ich nicht aufstehen. Aber vorher öffnest du eins der Fenster, durch das du sie dann rauswirfst.«

»Soll ich nicht lieber Watson rauslotsen und dann einfach die Tür schließen?«

»Nein, Ella muss raus, rein aus erzieherischen Gründen.«

Ich kenne mich mit Katzen nicht aus, meine aber gehört zu haben, dass sie äußerst erziehungsresistent sein sollen. Aber Klara wird schon wissen, was in dem Fall das Beste für alle ist. Bei dem Gedanken, die wild gewordene Furie tragen zu müssen, ist mir zwar gar nicht wohl, aber mir bleibt keine andere Wahl.

»Sitz, Watson.« Der arme Kerl ist ganz außer Atem. Aber immerhin hört er jetzt wieder aufs Wort.

Ich öffne das Fenster und werfe einen Blick nach draußen. Direkt am Haus befindet sich ein schmales Blumenbeet, dahinter liegt eine Wiese mit vielen Obstbäumen und schließlich das mit Schilf bewachsene Boddenufer.

Ich packe Ella von oben unter dem Bauch. Sie faucht und zappelt, als ich sie mit weit von mir gestreckten Armen bis zum Fenster trage und sie an der frischen Luft – plumps – einfach fallen lasse. Sie landet auf dem Blumenbeet und schüttelt sich. Schließlich läuft sie über die Wiese bis zum nächsten Baum und erklimmt einen Ast, auf dem sie sich lang ausbreitet. »Sie ist auf die Pflaume geklettert«, erkläre ich und schließe das Fenster.

»Ihr Lieblingsplatz. Von dort hat sie das Haus im Blick, und ganz besonders die Küche.« Klara sitzt mittlerweile auf dem Fußboden. Sie streckt mir ihre Hand hin. »Komm, hilf mir hoch.«

»Das tut mir wahnsinnig leid.«

»Was? Dass Ella so ein Luder ist?«

»Ich habe vergessen, die Tür oben im Schlafzimmer zuzumachen.«

»Papperlapapp, es war zu erwarten, dass das irgendwann passiert. Jetzt sind die Fronten geklärt. Ella hat vorerst Hausverbot.« Sie deutet mit dem Kopf auf Watson. »Sieh mal.«

»Das gibt's doch nicht.« Watson liegt auf dem Boden, Jane neben ihm. Sie stupst ihn sanft mit ihrer Pfote in die Seite, woraufhin er mit seiner Zunge einmal quer über ihren Kopf fährt.

»Ich vermute, dass sie mit Hunden aufgewachsen ist. Aber ganz genau weiß ich es nicht. Letztes Jahr im Frühling saß sie, fast verhungert, vor meiner Tür. Sie war noch sehr jung, vielleicht ein Dreivierteljahr alt. Anscheinend hatte sie nicht gelernt, für sich selbst zu sorgen. Wie man

Mäuse fängt, hat sie sich von Ella abgeguckt, die sie sofort akzeptiert hat. Vielleicht, weil von Anfang an klar war, wer hier der Boss ist.«

Der Boss sitzt draußen auf dem Pflaumenbaum und starrt zu uns rüber.

Klara öffnet noch einmal das Fenster. »Wenn du dich morgen benimmst, darfst du wieder rein«, sagt sie, und zu mir gewandt: »Die Katzenklappe ist in der Wand neben der Kellertür, die nach draußen führt. Würdest du sie schließen? Dann könntest du aus dem Gefrierschrank im Vorratsraum auch etwas Brot mitbringen. Ich friere es immer ein, wenn es noch frisch ist, und stecke es dann scheibenweise in den Toaster. Brot, das länger als zwei Tage liegt, schmeckt mir nicht. Es wird trocken. Butter müsste auch noch eingefroren sein, die hol ich auch auf Vorrat. Nimm bitte die Süßrahmbutter, die bekommt mir besser. Die aus Sauerrahm war ein Fehlkauf. Da hatte ich meine Kontaktlinsen nicht drin und habe mich verlesen. Im Regal findest du Eingemachtes, süß und herzhaft. Bring einfach mit hoch, was du gern isst. Wenn du die Treppe runtergehst, findest du auf der linken Seite den Waschraum, rechts die Vorräte.«

»Das mach ich. Und du ruh dich bitte solange aus. Setz dich auf einen der Hocker. Oder soll ich dir deinen Plüschsessel holen?«

»Das fehlt mir noch. Und jetzt sieh zu, dass wir etwas Essbares auf den Tisch bekommen.«

Ratsch! Die Klappe rutscht nach unten. Der Zugang für Ella ist verschlossen. Aber Jane kann jetzt auch nicht mehr raus, denke ich. Ob Klara daran gedacht hat?

Maunz ... Ellas Miauen hört sich weinerlich an. Sie hat sofort mitbekommen, dass ihr der Weg ins Haus versperrt wurde, und sitzt, so wie es sich anhört, vor der Eingangstür zum Keller.

»Tut mir leid«, sage ich. »Du darfst nicht rein.« Dabei fällt mir auf, dass ein Schlüsselbund von innen steckt. Ob es der ist, den Klara suchen wollte? Ich versuche, ihn abzuziehen, doch er klemmt etwas. Also halte ich mich mit der anderen Hand an der Klinke fest und drücke sie dabei nach unten. Dummerweise springt dadurch die Tür auf. Ich kann sie gerade noch rechtzeitig vor Ellas Nase wieder zudrücken. Dabei wird mir bewusst, dass die Tür nicht verschlossen war. Ob Klara vorhin hier war? Nein, mit ihren Krücken hätte sie es kaum die steile Treppe nach unten geschafft. Irgendjemand hat anscheinend vergessen, die Tür abzuschließen. Bestimmt Mandy, denke ich. Sie sollte sich um die Katzen kümmern. Ich schließe ab und stecke den Schlüssel in die Hosentasche. Ob ich Klara davon erzählen sollte?, frage ich mich, als ich zum Vorratsraum gehe. Ich möchte Mandy nicht in die Pfanne hauen, aber immerhin war die Tür nicht verschlossen, und es könnte sich jemand hier Zutritt verschafft haben. Bei dem Gedanken zieht eine leichte Gänsehaut über meinen Körper.

Die vielen kleinen Pickelchen verstärken sich schlagartig, als ich kurz darauf im Vorratsraum ankomme. Durch das kleine Kellerfenster fällt kaum Licht. Ich suche mit der Hand nach dem Schalter und drücke ihn nach unten. An der Wand sehe ich ein großes Regal. In den oberen und unteren Einlegeböden stehen dicht nebeneinander sehr viele Einmachgläser mit unterschiedlichsten Füllungen. Der mittlere Boden aber ist halb leer geräumt. Genau an der Stelle klafft in der Wand hinter dem Regal ein großes rechteckiges Loch. Auf dem Fußboden liegt ein zerbrochenes Marmeladenglas.

15. Kapitel

Wir sind durch den Garten in den Keller gegangen, um Klara die Treppe zu ersparen. Nun stehen wir nebeneinander im Vorratsraum und schauen uns das Malheur genauer an. Von der Decke baumelt eine nackte Glühbirne, die grelles Licht verströmt.

»Dort, wo das Loch ist, befand sich früher ein Safe«, sagt Klara. »Aber der ist schon lange nicht mehr in Gebrauch. Alle Wertgegenstände liegen sicher im Schließfach auf der Bank.«

Ich deute auf den Boden. »Wenn du mich fragst, hat da irgendjemand was in einem der Gläser gesucht. Die Scherben sind auseinandergeschoben, die Marmelade wurde über den Boden verschmiert. Oder könnten das vielleicht die Katzen gewesen sein?«

»Auf keinen Fall.« Klara seufzt. »Geht das schon wieder los!«

»Was?«

»Es hält sich eisern das Gerücht, dass früher in den Marmeladengläsern kleine Schätze versteckt waren. Meine Großeltern sollen zu Kriegszeiten jüdische Freunde gehabt haben, für die sie Wertgegenstände wie Schmuck und Edelsteine in die Marmelade eingekocht haben.«

»Die Gläser sehen aber noch recht neu aus. Die Marmelade hast doch bestimmt du gekocht.«

»Ja, das ist wohl wahr. Die meisten im letzten Jahr, dieses Jahr bin ich noch kaum dazu gekommen. Vielleicht hat der- – oder besser gesagt diejenige – gedacht, ich hätte den Schmuck gefunden und sei so dämlich, ihn hier im Keller in einem Loch in der Wand zu verstecken. Oder ich hätte ihn einfach in neue Gläser eingekocht, so wie Oma das früher angeblich gemacht hat.«

»Wir sollten die Polizei rufen«, schlage ich vor.

»Nein, ich weiß, wer das war. Ich dachte, ich hätte den Schlüssel verlegt, aber das stimmt nicht. Ich habe ihn Hilde gegeben. Mein Langzeitgedächtnis funktioniert blendend, nur mit dem Kurzzeitgedächtnis stimmt ab und an was nicht. Mandy hat einen Schlüssel bekommen, damit sie sich um die Katzen kümmern kann. Hilde bat irgendwann um den zweiten, damit sie für ihre Enkeltochter einspringen kann, wenn die es zeitlich mal nicht schafft.«

»Bist du dir sicher? Mandy hat mir erzählt, Hilde und du, ihr seid Freundinnen.«

»Waren wir auch, ein Leben lang. Bis ich vor ein paar Wochen etwas herausgefunden habe, das ich lieber nie erfahren hätte.«

»Das hört sich geheimnisvoll an.«

Klara lächelt tiefgründig. »In den süßesten Früchten steckt ein Geheimnis, das pflegte meine Oma schon immer gern zu sagen, wenn sie ihre Marmelade in den Kupfertöpfen rührte. Sei mir nicht böse, wenn ich es für mich behalte.«

»Bin ich nicht. Aber ich mache mir Sorgen. Was, wenn doch jemand anderes dahintersteckt? Und wenn derjenige noch mal wiederkommt?«

»Es war Hilde. Sie weiß von dem alten Safe. Allerdings hat sie nicht mitbekommen, dass ich ihn längst habe ausbauen lassen. Sie war früher schon ganz besessen von dem Gedanken, dass meine Großeltern irgendwo etwas versteckt haben.« Sie grinst. »Bestimmt war sie enttäuscht, als sie das Loch in der Wand entdeckt hat.«

»Und wenn doch nicht? Du lebst hier ganz allein …«

»Das können wir ganz schnell herausfinden. Hilde wohnt in Groß Mohrdorf. Das ist nur zwei Minuten von hier entfernt. Donnerstags trifft sie sich alle zwei Wochen mit den Frauen vom Kirchenkreis. So gegen zehn macht sie sich auf den Heimweg. Fahren wir doch einfach bei ihr vorbei. Was hältst du davon? Aber erst essen wir eine Scheibe Brot.«

Ich komme mir vor wie mit Miss Marple auf Verbrecherjagd. Neben mir im Auto sitzt Klara. Sie schüttet uns Tee in zwei Becher und hält mir eine Packung Butterkekse hin.

»Nachtisch«, sagt sie.

»In amerikanischen Filmen gibt es Donuts und Kaffee«, flachse ich und greife zu. »Das Ganze hier ist schon ein bisschen verrückt.«

»Ja, da hast du recht. Ist das nicht wunderbar?«

Ich muss schmunzeln. Seit vier Uhr heute Morgen bin ich nun auf den Beinen. Eigentlich müsste ich todmüde sein, aber ich bin hellwach und aufgekratzt. Die Ereignisse überschlagen sich geradezu. Wir haben zehn nach zehn. Katharina hat mir gerade eine Nachricht geschickt. Sie warte mit einem verdammt blöden Gefühl im Bauch auf Jörn, schreibt sie. Und dass sie ihm sagen wird, sie ziehe aus, und zwar unabhängig davon, wie er auf ihren Fehltritt reagieren werde. Ich war mir sicher, dass sie sich noch heute dazu entschließen wird, sich von ihm zu trennen. Ihr Liebesfrühstück mit Hans-Willi ist nicht der Grund dafür, es hat nur den Ausschlag gegeben.

Mandy hat zwischenzeitlich auch geantwortet.

Ich wusste es!, hat sie geschrieben. Und dass sie sich auf morgen freue.

Und so ganz nebenbei hat Alex sich dazu entschieden, sich doch noch mal bei mir zu melden. *Ich hoffe, ihr seid gut angekommen.*

Geantwortet habe ich noch nicht. Das mache ich später, wenn wir hier fertig sind.

»Da ist sie.« Klara zeigt nach draußen.

Ich kneife meine Augen zusammen und schaue auf den Gehweg, auf dem eine ganz in Schwarz gekleidete Frau auf uns zuläuft.

»Hilde hat sich die Haare wieder gefärbt.« Klara schnalzt mit der Zunge und stellt den Teebecher auf das Armaturenbrett. »Als würde das noch was bringen. Komm, wir steigen aus.«

»Warte, ich helfe dir.« Ich stelle meinen Becher neben Klaras, springe schnell aus dem Wagen, öffne die Beifahrertür und reiche ihr meine Hand. Kurz darauf stehen wir auf dem Bürgersteig. Hilde bleibt nur ein paar Meter von uns entfernt wie angewurzelt stehen. Ihre Haarfarbe ist Schwarz mit einem Stich Lila darin. Aubergine, denke ich, als sie sich wieder in Bewegung setzt und näher kommt. Und dass es sehr unnatürlich aussieht. Besonders, weil am Ansatz ihrer Kurzhaarfrisur die grauen Haare zentimeterbreit durchblitzen.

»Das gibt es doch nicht. Klara!« Hildes tiefe kratzige Stimme hätte ich sofort erkannt. Sie ist mir am Telefon schon aufgefallen. »Mensch, was machst du denn hier? Das ist aber eine Überraschung.«

Verwundert schaue ich von einer Freundin zur anderen. Es sieht ganz danach aus, als würde Hilde sich tatsächlich über Klaras Anblick freuen. Entweder ist sie eine gute Schauspielerin, oder sie hat von ihrer Seite aus keine Differenzen mit Klara. Die jedoch sieht gar nicht erfreut aus. Sie steht, beide Arme fest in die Krücken gestützt, aufrecht da – und schweigt. Dabei setzt sie den eindringlichen Blick auf, den sie schon bei Agata eingesetzt hat, um sie zu verunsichern.

»Na, dann eben nicht.« Hilde zuckt mit den Schultern. »Die Masche funktioniert bei mir nicht. Dazu kenne ich dich viel zu gut.« Sie lächelt mich freundlich an. »Mein Name ist Hilde. Und wer sind Sie?«

»Das ist Nora, aus Oberhausen. Sie wohnt in deinem Finnhaus. Hat deine liebe Enkeltochter dir das etwa verschwiegen? Sie hat sie eingeladen.«

»Sie sind Helmuts Enkeltochter? Das tut mir leid für Sie. Die Familie kann man sich schließlich nicht aussuchen.« Hilde mustert mich von oben bis unten. »Wie geht es seiner Tochter? Margot heißt sie, wie ich gehört habe.« Ihre Stimme klingt auf einmal ironisch, fast höhnisch.

»Ihr geht es nicht sehr gut. Sie hat den Tod ihres Sohnes noch immer nicht überwunden – der übrigens mein Mann war. Ich bin nicht Helmuts Enkeltochter, ich bin Julians Frau. Aber das habe ich Ihnen am Telefon schon zu erklären versucht, als Sie mir davon abgeraten haben, hierherzukommen, um Klara zu besuchen.«

Hilde weicht alle Farbe aus dem Gesicht. »Das tut mir leid, das wusste ich nicht.« Sie sieht zu ihrer Freundin. »Klara …«

Die winkt ab. »Lassen wir das jetzt. Wir sind nur hier, um rauszufinden, ob du in meinem Keller für das Chaos gesorgt hast. Du hast den Schlüssel von innen stecken lassen.«

»Wenn du es schon weißt, warum fragst du dann noch?« Hilde gibt sich nicht die Mühe, ihren Marmeladenraub zu vertuschen. »Irgendjemand sollte von all dem profitieren. Und da du dich in dem Pflegeheim eingenistet hast …«

Klara hört nicht mehr zu, sie wendet sich an mich. »Bist du beruhigt? Es war Hilde, wir müssen nicht weiter auf Verbrecherjagd gehen.«

Mir fehlen die Worte, also nicke ich nur.

»Gut«, sagt Klara, »dann lass uns nach Hause fahren. Ich bin müde.« Sie dreht sich um und humpelt auf ihren Krücken zum Auto. »Was ist, worauf wartest du noch?«

Hilde sieht mich an. Sie hat Tränen in den Augen. Ich weiß nicht, was da zwischen den beiden alten Damen vorgefallen ist, aber sie waren lange Jahre Freundinnen gewesen. Etwas muss Klara sehr verletzt haben, sonst wäre sie ganz sicher nicht so abweisend zu ihr. Hilde trägt Schwarz. Sie hat ihre Tochter durch einen Unfall verloren – und aus irgendeinem Grund auch ihre Freundin. Ich würde ihr gern sagen, dass alles wieder gut wird, aber ich weiß nicht, ob das stimmt.

»Auf Wiedersehen«, sage ich, und sie nickt.

Als ich neben Klara im Auto sitze, sehe ich, wie Hilde weiter die Straße entlang bis zu ihrem Haus geht. Sie zieht ihr rechtes Bein ein wenig nach.

»Erzählst du mir, warum ihr euch so zerstritten habt?«, frage ich, als wir über die holprige Kopfsteinpflasterstraße zurückfahren.

»Sie hat gelogen.« Klara schließt für einen Moment die Augen. Ich beobachte sie aus den Augenwinkeln. »Oder besser gesagt, sie hat mir jahrelang die Wahrheit verschwiegen, was letztendlich aufs Gleiche hinausläuft.« Sie seufzt. »Das kann ich ihr nicht verzeihen. Dafür müsste ich mir selbst erst einmal vergeben. Und so weit bin ich momentan noch nicht.«

»Hört sich kompliziert an. Aber ein Stück weit kann ich dich verstehen. Ich habe mir bis heute nicht verzeihen können, dass ich Julian nicht davon überzeugt habe, wegen seiner Erkältung zum Arzt zu gehen. Vielleicht würde er heute noch leben, wenn seine Herzmuskelentzündung rechtzeitig festgestellt worden wäre.«

»Ach, Kind …« Klara legt ihre Hand auf mein Knie. »Tu dir das nicht an. Sonst geht es dir irgendwann wie mir. Du wachst auf und stellst fest, dass du alt und verbittert bist. Davon mal ganz abgesehen …« Ihre Stimme klingt plötzlich streng. Sie schlägt mit der flachen Hand auf meinen Oberschenkel. »… ist das absoluter Blödsinn. Julian war alt genug. Es war nicht deine Aufgabe, für ihn zu entscheiden. Da gibt es also nichts, was du dir vergeben könntest.«

»Ja, ich weiß, und mein Kopf sagt mir das auch, aber trotzdem zweifle ich immer wieder und mache mir Vorwürfe.«

»Weil du jetzt, im Nachhinein, denkst, dass du es vielleicht hättest verhindern können. Aber damals wusstest du es nicht.«

»Das stimmt. Ich war einfach nur nicht hartnäckig genug.«

»Na siehst du. Hilde hat es allerdings mit Absicht verschwiegen. Aber lassen wir das jetzt. Wir wissen, wer im Keller gewütet hat. Vielleicht sollte ich vorsichtshalber mal nachschauen, ob oben im Haus noch alles an seinem Platz ist.«

»Hast du nicht gesagt, die Wertsachen befänden sich in einem Schließfach in der Bank?«

»Die wichtigen Unterlagen und ein paar wertvollere Schmuckstücke.« Sie schmunzelt. »Für die Kupfertöpfe war nicht genügend Platz. Wenn ich ein Dieb wäre, hätte ich sie mitgenommen. Sie waren sehr teuer.«

»Gut, dass sie noch da sind. Sie sehen toll aus in deiner Küche.«

»Nicht nur das. Die Marmelade gelingt darin einfach besser. Frag mich nicht warum, aber sie geliert leichter.«

»Kupfer leitet Wärme gut. Ich schätze, da spielen allerdings auch chemische Reaktionen eine Rolle.« Ich seufze. »Irgendwann hatten wir das Thema mal während des Studiums. Es ist erschreckend, wie viel ich mittlerweile vergessen habe.«

»Wenn du in meinem Alter bist, ändert sich das. Da erinnerst du dich haargenau an das, was früher geschehen ist, weißt aber nicht, was du fünf Minuten vorher machen wolltest. Nur bei Hilde ist das anscheinend anders. Sie ist Expertin darin, die Vergangenheit zu vergessen.«

»Hat sie es vergessen oder verdrängt?«

»Verdrängt natürlich.«

Ich parke den Wagen vor Klaras Haus. »Hilde hatte Tränen in den Augen, als du gegangen bist«, sage ich, als ich Klara aus dem Wagen helfe. »Ich weiß nicht, was sie gemacht hat, aber sie bereut es bestimmt.«

»Und du bist eindeutig viel zu gut für diese Welt«, antwortet Klara.

»Das hat Julian auch behauptet. Aber eigentlich wollte er mir sagen, ich sei manchmal zu naiv.«

»Das wollte ich damit allerdings nicht ausdrücken. Hast du schon mal darüber nachgedacht, dass es das eigene Unvermögen spiegelt, wenn man zu einem anderen sagt, er sei zu gut für diese Welt? Ich für meinen Fall wäre gern ein bisschen besser.«

Vielleicht ist da etwas dran. Julian hat auch oft gesagt, ich würde es allen recht machen wollen. Er hat zwar oft beteuert, dass er mich genau wegen dieser Eigenschaften besonders liebte, aber er hat sie auch belächelt.

Gehen wir ins Kino, oder schauen wir uns zu Hause einen Film an? Worauf hast du Lust, Nora?
Komm schon, du musst doch wissen, wonach dir eher der Sinn steht.

Ich konnte mich oft nicht entscheiden. Mir hätte eben beides Spaß gemacht. Aber das hat Julian nicht verstanden. Da Klara mir nicht sagt, was zwischen ihr und Hilde vorgefallen ist, steht mir kein Urteil zu. Aber trotzdem werde ich das Gefühl nicht los, dass Klara nicht ganz schuldlos an der Situation ist.

Auf der Gartenbank liegt Ella. Die Arme darf nicht rein, während Watson es sich in seinem Körbchen in der Küche gemütlich gemacht hat. Und dabei hat sie eigentlich gar nichts Schlimmes verbrochen, außer dass sie ihr Revier verteidigt hat. Sie maunzt, als wir an ihr vorbei ins Haus gehen, macht aber keinerlei Anstalten, uns zu folgen. Als ich die Tür hinter mir zuziehe, sehe ich, wie sie mit eleganten Schritten durch den Vorgarten läuft.

»Bist du sicher, dass du allein klarkommst? Ich könnte auch oben in deinem alten Schlafzimmer schlafen. Dann müssten wir nur eine der Matratzen wieder hochbringen.«

»Nein, alles ist ganz wunderbar. Ich habe, was ich brauche. Und wenn ich nachts mal rausmuss, ist es nicht weit bis zum Gäste-WC.«

»Gut. Morgen hole ich dich dann zum Duschen ab. Wann ist es dir lieber, vor oder nach dem Frühstück? Wie lange schläfst du denn in der Regel?«

»Komm einfach vorbei, wenn du wach bist. Schlaf dich aus. Es war ein langer Tag für dich, und für mich auch.«

»Na gut.« Ich werfe noch einen letzten Blick auf Klara. Sie sitzt in einem grau-weiß karierten Pyjama auf ihrem Matratzenlager und bürstet ihre Haare, die bis zur Taille fallen. »Du hast tolles Haar. Welche Farbe hatte es, bevor es weiß geworden ist?«

»Blond«, sagt Klara und hebt lächelnd eine Strähne nach oben. »Früher war es mein ganzer Stolz.«

»Heute nicht mehr?«

Sie grinst schelmisch. »Du hast recht. Ist es auch heute noch. Und jetzt sieh zu, dass du in die Federn kommst.«

»Mache ich. Gute Nacht. Schlaf gut.«

»Du auch.«

Ich bin schon fast an der Tür, da ruft Klara mich noch einmal zurück.

»Nora?«

»Ja?«

»Danke!«

Es ist Viertel vor zwölf. Ich liege endlich im Bett, sinke tief in die bequeme Matratze ein und schaue nach draußen in den ungewöhnlich klaren Sternenhimmel. Mein Handy liegt neben mir auf dem Nachttischchen. Als es klingelt, bin ich erleichtert.

»Katharina, endlich! Ist alles okay bei dir?«

»Ja, rate mal, wo ich liege.«

»Im Bett?« Fragt sich nur in welchem, denke ich, aber das behalte ich lieber für mich.

»Ja, ich hoffe, du bist mir nicht böse. Ich wollte eigentlich unten auf der Couch schlafen, aber dann ist mir dein Sternenhimmel eingefallen und dass er dir beim Einschlafen hilft. Ich habe ihn mit der Taschenlampe angeleuchtet, so wie du das immer machst, und jetzt wird er immer blasser.«

»Dann wirst du bald tief und fest schlafen. Du hörst dich traurig an.«

»Bin ich auch. Ich habe solche Gespräche schon immer gehasst. Und Jörn ist an sich ja auch ein netter Kerl. Aber weißt du was? Er war gar nicht sonderlich überrascht. Er hat gesagt, es sei nur eine Frage der Zeit gewesen und dass er sich schon länger darüber Gedanken mache, ob das mit uns beiden das Richtige sei. Seine Bedenken haben angefangen, nachdem wir zusammengezogen sind. Vielleicht hätte ich doch nicht so oft Topmodel und Co. einschalten sollen.«

Ich muss lachen.

»Lach nicht, die Sache ist ernst«, sagt meine Freundin.

»Quatsch!«

»Doch! Jörn hat tatsächlich intellektuelle Differenzen als Ursache für unsere Probleme angeführt. Ich wollte ihm erst antworten, dass ich sie eher auf emotionaler und sexueller Ebene vermutet habe, aber in Anbetracht der Tatsache, dass ich schon böse genug war und ein schlechtes Gewissen habe, weil ich mit einem anderen Mann ins Bett gestiegen bin, habe ich das lieber für mich behalten. Wir haben uns friedlich getrennt, intellektuell sozusagen. Keiner hat geheult. Wir haben direkt besprochen, wie es die nächste Zeit weitergeht. Ich ziehe aus, und er möchte erst einmal Abstand. Von Freundschaft zwischen Expartnern hält er nichts. Davon mal ganz abgesehen war er immer schon Verfechter der Theorie, dass Männer und Frauen keine Freunde sein können. Vielleicht ist an der Sache was dran. Sonst wäre ich nicht mit HW im Bett gelandet. Puh, drei Jahre, einfach so vorbei. Und dabei habe ich letztens noch mit einem Heiratsantrag gerechnet.«

»Stimmt. Aber er war nicht der Richtige. Gut, dass du es noch rechtzeitig erkannt hast. Was wird denn jetzt aus HW? Die Abkürzung hört sich übrigens gar nicht schlecht an. Erinnert mich ein wenig an Harvey Specter aus *Suits*, diesen Anwalt, der von Gabriel Macht gespielt wird. Die Serie hat Julian sehr gern gesehen.«

»Kenne ich. Die beiden sehen sich sogar etwas ähnlich. Beide sind blond, gut gebaut, smart … Nennen wir ihn einfach Harvey, das klingt irgendwie sexy.«

»Gute Idee, Harvey gefällt mir. Seht ihr euch denn noch mal? Oder ist er schon wieder in Hamburg?«

»Er ist heute Abend gefahren, hat mich aber für das Wochenende zu sich eingeladen. Reizen würde es mich schon, allerdings habe ich Jörn gesagt, dass ich am Samstag meine Sachen hole. Die meisten größeren Möbelstücke sind von ihm, aber der bunte Plüschsessel gehört mir. Außerdem die Matratze. Die war richtig teuer und ist erst ein halbes Jahr alt. Ein paar Sachen haben wir gemeinsam gekauft. Die Küchenmaschine bekomme klassischerweise ich, den Fernseher behält er. Töpfe, Pfannen und Geschirr teilen wir auf. Tja, und das war's dann auch schon, mal abgesehen von meinen persönlichen Sachen wie Kleidung, Kosmetik …«

»Du kannst erst mal alles ins Arbeitszimmer bringen. Oder …« Ich atme tief ein, bevor ich den Satz beende. »… du könntest Julians Kleiderschrankhälfte leer räumen und deine Klamotten reinhängen.«

Es ist still am anderen Ende der Leitung.

Sofort bekomme ich ein schlechtes Gewissen. »Oder meinst du, das sollte ich lieber selbst machen? Du musst nicht, wenn du nicht magst. Dann warte einfach, bis ich zurück bin. Wenn ich Klara nicht versprochen hätte, ihr hier zu helfen, würde ich gleich morgen nach Hause kommen. Aber sie kann kaum gehen …«

»Das ist absolut okay, ich komm allein klar. Bleib du mal schön in deinem kleinen Finnhäuschen und komm auf andere Gedanken. Das tut dir anscheinend gut. Ich hab das vorhin schon an deiner Stimme gehört. Du hast schon lange nicht mehr so fröhlich geklungen. Ich frage Alex, ob er mir hilft. Er hat einen Kombi, da passt wenigstens was rein. Als er letztes Jahr umgezogen ist, habe ich auch mit angepackt.«

Ich habe ihm noch nicht geantwortet, denke ich, das habe ich in der Aufregung total vergessen. Aber es wäre ein gutes Gefühl zu wissen, dass Katharina jemanden bei sich hat, der auf sie aufpasst, wenn sie ihre Sachen abholt. Ich weiß, dass meine Sorgen wahrscheinlich unbegründet sind, aber in Trennungssituationen reagiert so manch einer unberechenbar, auch wenn vorher eigentlich schon alles geklärt war. Alex ist Polizist, oder besser gesagt

Kommissar. Außerdem hat er einen schwarzen Gürtel und gibt in seiner Freizeit Selbstverteidigungskurse.

»Gute Idee, das mit Alex! Ich hoffe, er hat Zeit. Im Keller sind jede Menge große Umzugskartons. Die kannst du nehmen.«

»Das mache ich. Und nein, ich denke übrigens nicht, dass du Julians Schrank lieber selbst ausräumen solltest. Wenn du das gern möchtest, übernehme ich das für dich.«

»Danke, das ist lieb. Ich habe schon oft darüber nachgedacht, aber irgendwie habe ich es einfach nicht übers Herz gebracht. Und jetzt würde es sich doch anbieten, da du Platz für deine Kleidung brauchst. Es ist ja jetzt auch schon lange her, und ...«

»Du musst nichts erklären. Ich würde ihn auch für dich ausräumen, wenn ich meine Klamotten nicht reinhängen würde. So, die Sache ist beschlossen, Themenwechsel! Erzähl mal von Großtante Klara. Sie ist einfach so aus dem Altenheim stiften gegangen?«

»Sie war dort nur zur Kurzzeitpflege. Eigentlich ist sie total fit, von ihrem Fuß und den Schultern mal abgesehen. Morgen schick ich dir ein Foto von ihr. Du wirst dich wundern ...«

Es ist Viertel vor eins, als mein Handy dumpf piept, um mir mitzuteilen, dass es gleich ausgehen wird, wenn ich es nicht auflade. Ich habe mich mit Katharina verquatscht, so wie früher, als wir noch Teenies waren und stundenlang die Telefone blockiert haben.

»Nicht wundern, wenn ich gleich weg bin«, sage ich. »Mein Akku ist fast leer.«

»Ich bin jetzt auch müde. Was für ein Tag!« Katharina gähnt herzhaft. »Das sollten wir jeden Abend machen. Das war schön, wie in alten Zeiten.«

»Habe ich auch gerade gedacht.«

»Schlaf gut.«

»Du auch.«

Ich stecke das Ladekabel in mein Handy und lege es wieder auf das Nachttischchen. Lautlos stelle ich es nicht, damit Katharina mich jederzeit erreichen kann, falls sie doch noch eine Trennungskrise bekommen sollte.

Auch auf Klaras Nachttisch liegt das schnurlose Telefon ihres Festnetzanschlusses, nur so für alle Fälle …

16. Kapitel

Klara sitzt auf der Bank vor ihrem Haus.

»Hallo, ihr Schlafmützen«, ruft sie, als ich gemeinsam mit Watson vor dem Gartentor stehen bleibe. »Ella ist auf Beutezug, es dauert, bis sie wieder zurück ist, kommt ruhig rein.«

»Guten Morgen.« Ich setze mich neben sie. »Mein Handy ist ausgegangen. Ich habe es an das Ladekabel gesteckt, aber nicht bemerkt, dass gar kein Strom aus der Steckdose kommt. Deshalb hat es mich auch nicht geweckt. Wenn Watson nicht gebellt hätte, würde ich jetzt bestimmt immer noch in den Federn liegen. So tief und fest habe ich schon lange nicht mehr geschlafen.« Ich strecke mich. »Wir haben schon halb elf. Hast du schon gefrühstückt? Oder möchtest du zuerst duschen?«

»Ich bin seit sieben Uhr wach. Gewaschen habe ich mich in der Küche. Das ging sehr gut. Und ja, ich hatte schon eine Kleinigkeit zur Stärkung, aber einen Happen esse ich noch mit.« Sie zeigt auf den Ast, den ich an die Häuserwand gelehnt habe. »Das ist aber ein großes Spielzeug.«

»Wohl eher eine Waffe«, erkläre ich. »Aber nur zu Verteidigungszwecken, falls Rocky uns noch mal über den

Weg läuft. Er hat Watson gebissen, kurz nachdem wir angekommen sind.«

Klara zieht eine Augenbraue hoch. »Davon hast du bisher noch gar nichts erzählt.«

»Es war zum Glück nicht so schlimm, nur eine kleine Wunde. Aber ich habe mich ganz schön erschreckt, als das blöde Vieh kläffend auf uns zugestürmt kam, von seinem Herrchen weit und breit keine Spur.«

»Na also, da haben wir den Beweis. Der nette Nachbar behauptet nämlich gern, Ella würde sich auf sein Grundstück schleichen, um Rocky zu malträtieren. Dabei streunt der blöde Hund selbst draußen frei herum. Ich habe übrigens was Effizienteres für dich als diesen Knüppel.« Klara erhebt sich von der Bank. »Aber jetzt frühstücken wir erst einmal.«

»Das ist gut, ich habe Hunger und Kaffeedurst.« Wir gehen gemeinsam ins Haus. Ich schnuppere durch die Luft. »Du hast gebacken!«, sage ich. »Du sollst dich doch ausruhen.«

»Ja, aber das macht mich noch wahnsinnig. Deswegen bin ich freiwillig im Pflegeheim geblieben. Da kam ich gar nicht erst auf dumme Gedanken. Hier fällt mir das schwer. Aber ab morgen gelobe ich Besserung.«

Ich bleibe vor dem Tisch stehen und bewundere den appetitlich aussehenden Hefezopf, der neben einigen Marmeladegläsern und einem Fässchen Butter auf mich wartet.

»Setz dich!«, sagt Klara, schneidet eine dicke Scheibe ab und legt sie auf meinen Teller. »Kaffee?«

»Ja, aber den hole ich mir selbst. Sonst heilt dein Fuß nämlich nie.«

»Du hast ja recht.« Klara seufzt, als sie auf dem Hocker Platz nimmt. »Älter werden ist manchmal sehr unschön.«

»Das sagt meine Mutter auch immer.« Ich grinse sie an. »Es fing an, als sie dreißig wurde, soweit ich mich erinnere.«

»Da war die Welt noch in Ordnung, ab Mitte sechzig wird es langsam anstrengend. Und jetzt sei brav und mach uns einen Kaffee. Das Pulver ist schon in der Kanne. Es ist eine French Press. Du musst nur heißes Wasser aufschütten.«

»Du hast ähnliche Vorlieben in Sachen Ernährung wie ich. Kein Wunder, dass Julians Oma gesagt hat, ich würde sie an dich erinnern«, überlege ich laut, während ich zum Wasserkocher gehe.

»So, hat sie das?«

»Ja, das hat Margot mir erzählt. So ist Julian ja überhaupt erst auf deine Spur gekommen. Er hat seiner Oma ein Glas Marmelade von mir geschenkt. Dadurch hat sie sich wohl an dich erinnert.«

»Dafür brauchte Ilse keine Marmelade.« Klaras Stimme klingt auf einmal hart.

»Habe ich etwas Falsches gesagt?«, frage ich.

Sie schüttelt den Kopf. »Nein, ist schon gut. Ilse ist an sich eine nette Person, nur viel zu weich.«

»Das stimmt.« Ich schütte das kochende Wasser in die Kanne. »Sie lässt sich viel zu viel gefallen. Dein Bruder ist manchmal richtig eklig zu ihr, wenn ich das mal so sagen darf. Seine eigene Tochter hat letztens erst zu mir gesagt, er sei ein Stinkstiefel.«

Klara fängt schallend an zu lachen. »Das war er früher schon. Und das ist noch eine harmlose Bezeichnung. Er hat viel von unserem Vater geerbt.«

Ich gehe samt Kanne wieder zurück zum Tisch, setze mich neben Klara und beschmiere meine Schnitte dick mit Butter, Süßrahmbutter, wenn man es genau nimmt.

»Meinst du, dass man gewisse Charaktereigenschaften erbt, oder ist so etwas vielleicht doch eher anerzogen?«, frage ich.

»Du hast recht.« Klara sieht mich einen Moment lang an. Sie scheint nachzudenken. »Die Gene spielen eine wichtige Rolle und entscheiden mit, wie der Mensch sich entfalten mag, aber die äußeren Einflüsse sind wahrscheinlich wichtiger.«

»Julian hat während seines Lehramtsstudiums mal eine Hausarbeit über die Formung des Charakters bei Kindern geschrieben. Ich habe sie damals Korrektur gelesen. Am Ende kam er zu dem Schluss, dass letztendlich die Erziehungs- und Vorbildsfunktion der Eltern während unserer ersten drei Lebensjahre bestimme, was aus uns mal werde. Ein Gen erhöhe nur die Wahrscheinlichkeit eines bestimmten Verhaltens. Frag mich nicht, aus welchen schlauen Büchern er das zusammengetragen hat. Es war aber sehr interessant.«

»Ein spannendes Thema. Während meiner Tätigkeit als Erzieherin habe ich da so einiges erlebt. Es war immer wieder aufregend mitzuerleben, ob meine Schützlinge in die Fußstapfen ihrer Eltern treten oder ob sie es schaffen, sich aus ihnen zu lösen. Weißt du, ob mein Bruder Ilse oder Margot geschlagen hat?«

Die Frage überrascht mich. »Nein«, antworte ich schließlich. »Das weiß ich nicht. Es war zumindest nie Thema zwischen Julian und mir. Wenn er etwas mitbekommen hätte, dann hätte er es mir bestimmt erzählt. Wir waren immer sehr offen zueinander. Margot ist sehr selbstbewusst, eine starke Persönlichkeit. Ganz anders als zum Beispiel Katharinas Mutter. Sie ist sehr unsicher und wirkt immer so, als wäre sie irgendwie auf der Flucht. Sie hat oft von ihrem Mann Prügel eingesteckt. Das kann ich mir bei Margot nicht vorstellen. Und bei Julians Oma eigentlich auch nicht. Helmut ist aufbrausend, laut und sehr bestimmend, aber gewalttätig? Das glaube ich nicht.«

»Dann hoffe ich, dass du recht hast.«

»Wieso? Wie kommst du darauf? Ich meine …«

»Mein Vater war boshaft – und gewalttätig. Aber das erzähle ich dir vielleicht ein anderes Mal.«

Das würde mich jetzt zu sehr aufwühlen, führe ich den Satz gedanklich weiter. »Ist gut, lass uns was essen«, sage ich und greife nach dem Glas, das mir am nächsten steht und mit einer sehr dunklen Masse gefüllt ist.

»Schwarze Nüsse«, lese ich laut.

»Eine kleine Delikatesse. Sehr viel Arbeit, aber der Aufwand lohnt sich. Es sind unreife Walnüsse, die erst vierzehn Tage gewässert und dann mehrere Tage hintereinander kandiert werden. Man kann sie zu Eis reichen, zu einem Espresso – oder in dünne Scheibchen geschnitten auf einer Schnitte süßem Brot essen. Probier mal, sie werden dir schmecken.«

Klack! Ich öffne den Deckel. »Ich mache immer nur Likör aus den grünen Nüssen. Aber sag mal …« Mir fällt ein, was Mandy über die Ursache von Klaras Verletzung erzählt hat. »Bist du wirklich von einem Walnussbaum gefallen?«

»Ja, aber nur zwei Meter tief. Ich war zum Glück noch nicht weit oben. Schenkst du uns Kaffee ein?«

»Natürlich.« Ich beobachte Klara aus den Augenwinkeln. Sie schmunzelt vor sich hin. »Ach komm, erzähl schon, was hattest du darauf verloren? Du bist doch nicht tatsächlich der Aussicht wegen hochgeklettert? Der Bodden liegt direkt hinter deinem Haus. Und jetzt sag bloß nicht, dass du es mir vielleicht irgendwann erzählen wirst.«

Ein schelmisches Lächeln huscht über Klaras Gesicht. »Es ist tatsächlich der Aussicht wegen passiert. Ich wollte sehen, was da im Karnickelstall vor sich geht.«

»Aha.«

Klaras Lächeln wird immer breiter. »Das Haus des Architekten nebenan. Es sieht aus wie ein übergroßer Karnickelstall aus Holz. Vom Grundstück nebenan hat man einen herrlichen Blick durch die Glasfront – wenn man weit genug oben ist.«

»Ha, dachte ich es mir doch«, rufe ich aus. »Den Baum habe ich schon gesehen.«

Klara trinkt genüsslich ihren Kaffee. Ich warte gespannt, halte es aber nicht lange aus. »Erzähl, warum hast du ihn ausspioniert?«

»Ich wollte sehen, ob er tatsächlich Sexorgien in seinem Haus veranstaltet.«

Meine Reaktion folgt prompt. »Jetzt veräppelst du mich aber«, beschwere ich mich.

»Nein, wieso sollte ich? Er hat so eine nette Frau, aber ständig sieht man junge hübsche Dinger dort ein und aus gehen. Ich bin eigentlich immer davon ausgegangen, dass es sich nur um Aktmodelle handelt, aber im Dorf ging irgendwann das Gerücht um, dort würden sehr eigenartige Dinge geschehen ... Also beschloss ich, es sei das Beste, einfach nachzuschauen.«

»Und? Hast du was gesehen, bevor du gefallen bist?«, frage ich neugierig.

»Ja, er war gar nicht dabei, nur seine Frau – und zwei andere Damen. Sie haben sich gegenseitig mit Farbe bekleckert und sich dann auf großen weißen Leinwänden, sagen wir ... miteinander vergnügt.«

Ich bin mir noch immer nicht sicher, ob Klara sich gerade einen Spaß mit mir erlaubt.

»Du glaubst mir nicht«, stellt sie prompt fest. »Schau selbst nach. Sie ist seit gestern wieder hier. Es könnte durchaus sein, dass wieder ein paar nette bunte Kunstwerke entstehen.«

»Eine Blondine? Langes Haar?«

»Ja, eine sehr hübsche Frau.«

»Ist ja ein Ding«, sage ich. »Kein Wunder, dass du vom Baum gefallen bist bei solch einem Anblick.«

»Ach«, winkt Klara ab. Dabei verzieht sie keine Miene. Sie scheint es tatsächlich ernst zu meinen. »Das war nicht der Grund. Ich habe von oben über das Grundstück gesehen und dabei ein paar alte Steinbrocken zwischen einem Brombeergestrüpp entdeckt. Irgendwie erinnerten sie mich an meine Kindheit und eine gemauerte Gartenlaube, die dort mal gestanden hat. Du musst wissen, dass meine Großeltern dort mal gelebt haben. Das Grundstück gehörte ihnen. Das Haupthaus ist leider abgebrannt. Ich weiß auch nicht, warum die blöden Steine auf einmal meine Aufmerksamkeit erregten. Ich machte einen langen Hals – und schwupp – lag ich unten.«

»Du hast Glück gehabt, dass nicht noch mehr passiert ist«, sage ich. Dass Mandy davon ausgeht, Klara sei im vorigen Leben vielleicht eine Katze gewesen, verschweige ich, aber ich muss bei dem Gedanken schmunzeln.

»Ich bin relativ weich gefallen. Aber lustig war es nicht, sondern eher peinlich. Eine der Frauen hat wohl meinen Schrei gehört. Sie kamen mir alle drei zu Hilfe. Unten am Bodden kann man durch das Schilf das Nachbargrundstück erreichen, ohne über einen Zaun klettern zu müssen.«

Mein Schmunzeln vertieft sich. »Es tut mir leid, aber die Vorstellung ist einfach zu komisch. Hast du ihnen auch erzählt, du seist wegen der Aussicht in den Ästen rumgeklettert?«

»Ich habe behauptet, dass ich eine meiner Katzen vom Baum retten wollte. Interessanterweise kam prompt Ella herbeispaziert. Anscheinend haben die Damen mir geglaubt. Einen kurzen Moment habe ich darüber nachgedacht, einfach die Wahrheit zu sagen, aber das war mir dann doch zu peinlich. Ganz ehrlich, ich weiß nicht, warum ich überhaupt hochgeklettert bin. Es geht mich eigentlich überhaupt nichts an, was dort im Haus vorgeht. Der Besitzer ist Architekt – und er lehrt an der Berliner Universität, so wie Edwin damals. Aber deswegen muss er ja nicht gleich seine Frau betrügen. Und wenn, dann wäre es auch nicht mein Problem. Aber ich hatte ja nichts Besseres zu tun, als auf einen Baum zu klettern und herunterzufallen.«

»Julian hat immer gesagt, dass alles im Leben seinen Sinn hat.«

»Quatsch! Glaubst du das etwa auch?«

»Ich weiß nicht. Immerhin bin ich jetzt deswegen hier und wir haben uns kennengelernt.«

»Wäre ich nicht vom Baum gefallen, dann hättest du anstatt Mandy mich am Telefon erwischt und du wärst vielleicht auch gekommen. Wir könnten schöne lange Spaziergänge am Bodden entlang unternehmen oder nach Stralsund auf den Markt fahren. Mein gebrochener Fuß macht absolut keinen Sinn.«

»Dass Julian so früh sterben musste auch nicht. Aber das mit dem Markt und den Spaziergängen ist eine schöne Idee. Ich könnte dich schieben.«

Klara schnaubt laut auf. »Das fehlt mir noch.«

»Ach, komm schon, stell dich nicht so an. Du musst doch nicht für immer und ewig im Rollstuhl sitzen, sondern nur so lang, bis dein Fuß wieder verheilt ist. Lass uns auf einen Markt fahren, leckere Erdbeeren besorgen und Marmelade kochen, mit normalem Haushaltszucker, so wie du sie zubereitest.«

»Heute ist Markt in Barth und in Stralsund am Knieper West, allerdings nur bis um die Mittagszeit. Das wird knapp. Außerdem sollten wir nach Ribnitz-Damgarten fahren, wenn du einen richtig schönen Markt sehen möchtest. Der findet allerdings nur donnerstags statt. Ich bin sonst aber eher selten auf Märkten unterwegs. Das meiste, was ich brauche, wächst in meinem Garten.«

»Den hab ich mir noch gar nicht richtig angesehen. Das hole ich gleich nach.«

»Das ist gut. Ich hab mich auch noch nicht getraut rauszugehen. Ich habe die Befürchtung, dass Mandy es mit dem Gießen nicht so genau genommen hat. Wenn du Marmelade kochen möchtest … Zucker habe ich hier, Erdbeeren wachsen im Garten. Du kannst ja gleich mal nachschauen, ob sie meine Abwesenheit überlebt haben.«

»Das mache ich. Aber einkaufen muss ich trotzdem. Ich habe gar nichts im Haus. Und heute Abend kommt Mandy zu mir, dafür wollte ich noch ein paar Kleinigkeiten besorgen.«

»Sie hat es wirklich nicht leicht gehabt die letzten Monate. Ich mag sie. Sie kann absolut nichts für die Differenzen, die ich mit Hilde habe. Sie ist nur in die Schusslinie geraten, was mir sehr leidtut, wenn ich mit etwas Abstand darüber nachdenke. Es tut ihr bestimmt gut, sich mit dir zu treffen, euch beiden.« Sie zeigt ungeduldig auf das geöffnete Glas schwarzer Nüsse. »Und jetzt probier endlich.«

»Sie sieht aus wie eine Olive.« Ich drücke mit dem Zeigefinger auf die mit dunklem Sirup eingehüllte Nuss, die auf meinem Teller liegt. »Fühlt sich auch so an.«

»Wie gesagt, du kannst sie einfach so genießen oder dein Brot damit belegen.«

»Erst einmal pur.« Ich stecke mir die Frucht in den Mund. Sie schmeckt köstlich, leicht nussig, nach Zimt und … »Kardamom«, sage ich. »Kardamom, Zimt und Vanille.«

Klara nickt. »Ein bisschen wie Weihnachten, aber ich mag sie das ganze Jahr über. Die Gewürze kann man aber auch weglassen oder gegen andere austauschen.«

Ich lecke den klebrigen Sirup von meinen Fingern. »Köstlich! Aber für meinen Geschmack etwas zu süß als Brotaufstrich. Ich glaube, zu einem Espresso würden sie besser passen. Deine schwarzen Nüsse erinnern mich ein wenig an das süße orientalische Gebäck, das gern zu einem Mocca gereicht wird.« Ich deute mit dem Kopf auf die restlichen Gläser. »Was sind das noch für Sorten?«

»Kirsche, Aprikose, Mirabelle … die klassischen Marmeladen.« Klara lacht. »Ich habe auch welche aus weißen Zwiebeln. Und eine aus roter Paprika. Aber die harmonieren besser zu Fleisch. Die können wir abends mal öffnen, wenn du magst.«

»Oh ja, gern.« Klack. Ich öffne ein Glas Mirabellenmarmelade und kurz danach das mit Kirschen. »Ich komme mir vor wie im Marmeladenschlaraffenland«, sage ich und beschmiere je eine Hälfte der Hefezopfscheibe mit einer Sorte. »Die Fruchtstücke darin sehen wie kandiert aus, total appetitlich.«

»Das kommt durch das Mazerieren des Obstes in Zucker. Der Zucker durchdringt die Fasern, dadurch wirken die Früchte fast glasig.«

Ich beiße in die dunkelgelbe Mirabellenseite des süßen Brotes und verziehe dabei verzückt mein Gesicht. Bei der roten geht es mir ähnlich. Klaras Marmeladen sind wirklich lecker.

»Ich koche meine Marmeladen mit 3:1-Gelierzucker«, sage ich. »Dadurch schmecken sie fruchtiger und sind kalorienbewusster. Allerdings enthalten sie Pektine und Sorbit.« Ich halte das Brot auf Augenhöhe und betrachte es. »Deine Marmelade schmeckt wesentlich süßer, aber auch irgendwie runder, ursprünglicher … Und die Fruchtstücke sind ein Gedicht. Allerdings …« Ich beobachte, wie ein Teil der roten Masse am Brot hinunterläuft. »… vielleicht wäre ein bisschen Apfelpektin als natürliches Geliermittel für eine bessere Konsistenz darin nicht schlecht. Was meinst du?«

»Hm …«, macht Klara. »Warum eigentlich nicht? Wir könnten es selbst herstellen. Bring ein paar Äpfel mit, wenn du einkaufen gehst.« Sie sieht mich an. »Als ich ein Kind war, stand für mich fest, dass ich eine Marmeladenmanufaktur eröffnen würde, wenn ich groß bin. Aber dann kam alles ganz anders. Eigentlich schade, in dir hätte ich eine würdige Nachfolgerin gefunden.«

»Das Marmeladenschlaraffenland«, überlege ich laut. »Oder vielleicht *Klaras Marmeladenschlaraffenland.* Nein, das klingt zu aufgesetzt. *Klaras Marmeladen?* Aber dann dürften nur Zitrusfrüchte darin enthalten sein.«

Ich schneide mir noch eine dicke Scheibe vom Hefezopf und schiele dabei auf das orangefarbene Glas, das etwas versteckt hinter den anderen steht. *Bittere Orange*, lese ich und weiß jetzt schon, dass der Inhalt ganz genau nach meinem Geschmack sein wird.

»Klaras Marmeladen und Konfitüren«, rufe ich aus. »Wie gefällt dir das?«

»Hört sich hübsch an.«

»Finde ich auch. Es klingt schlicht – und ein bisschen nach sympathischer Großmutter.« Ich grinse Klara an. »Gut, dass du nicht Genevieve heißt. Dein Vorname passt wie die Faust aufs Auge zu der Zubereitungsart deiner süßen Aufstriche. Ich sehe schon den Werbeslogan vor mir: In allen Gläsern stecken frische Früchte, Zucker und viel Liebe. Klaras Marmeladen und Konfitüren werden ohne Konservierungsstoffe hergestellt – wie in alten Zeiten. Für das Werbefoto müsstest du allerdings dann doch in eine bunte Kittelschürze schlüpfen. Oder in eine hübsche weiße mit Rüschen.«

»Warum nicht? Wenn es den Verkauf ankurbeln würde … Wie ist es mit dir? Wäre das keine Geschäftsidee für dich?«

»Ich weiß nicht. Das hat Katharina mich auch schon gefragt. Es war nie mein Traum, irgendwann mal Tiefkühlprodukte zu kreieren, aber die Arbeit an sich macht mir Spaß. Ich habe nette Kollegen. Und ehrlich gesagt ist es ein gutes Gefühl, jeden Monat regelmäßig Gehalt auf das Konto überwiesen zu bekommen.«

»Musst du das Haus allein weiterfinanzieren? Edwin

hatte damals eine Risikolebensversicherung abgeschlossen, damit ich versorgt bin, falls ihm etwas zustößt. Wenn du Geld brauchst, lass es mich wissen.«

Ich bin zu perplex, um sofort auf Klaras Angebot antworten zu können, und öffne stattdessen das Glas mit der bitteren Orangenmarmelade.

»Danke für das Angebot. Aber ich brauche kein Geld. Wir haben damals beide eine Lebensversicherung auf Gegenseitigkeit abgeschlossen, als wir das Haus gekauft haben. Es ist also komplett bezahlt. Und einen kleinen Puffer habe ich auch noch.« Julian hat ohne mein Wissen eine weitere Versicherung abgeschlossen, nicht sehr hoch, aber da ich außerdem seit einem Jahr mein Gehalt fast komplett spare, könnte ich ohne Probleme zwei bis drei Jahre unbezahlten Urlaub nehmen, ohne in finanzielle Schwierigkeiten zu geraten. Schon oft habe ich mir Gedanken darüber gemacht, warum Julian mich zusätzlich abgesichert hat. Ob er es vielleicht geahnt hat? Oder war er einfach nur sehr umsichtig?

»Das ist gut, ich habe auch nichts anderes erwartet. Man hat als Hinterbliebene schon genug mit der Trauer zu schaffen. Wenn sich dazu noch finanzielle Schwierigkeiten gesellen, macht einem die Hoffnungslosigkeit noch mehr zu schaffen.«

»Das stimmt. Theoretisch könnte ich es mir leisten, beruflich noch mal neu anzufangen.« Ich tunke meinen Löffel in die Orangenmarmelade und lasse ihn direkt in meinem Mund verschwinden.

»Hmmmm!« Klara hat die Schalen der Orangen mit

verarbeitet. Aber anders als ich hat sie sie nicht in dünne Scheiben geschnitten, sondern anscheinend mit dem Fruchtfleisch püriert. Die Marmelade schmeckt intensiv nach Orange, süß, ein bisschen bitter – und um Klassen besser als meine.

»Würdest du mir denn all deine Rezepte verraten?«, frage ich. »Wir könnten es ja erst einmal im kleinen Stil versuchen, sozusagen als Nebenverdienst – oder einfach nur aus Spaß? Wir kochen die nächsten Tage Marmelade und versuchen, sie zu verkaufen. Auf dem Weg nach Prohn habe ich einen Honigstand entdeckt. Vielleicht funktioniert das auch mit anderen Produkten? Oder wir stellen uns einfach mal einen Tag lang auf den Markt. Für dich gibt es natürlich einen bequemen Stuhl.«

Ein Leuchten zieht über Klaras Gesicht. »Das ist eine sehr hübsche Idee. Das machen wir! Gehst du gleich nachschauen, ob die Erdbeeren im Garten überlebt haben?«

»Ja, wenn ich die leckere Marmeladenschnitte verspeist habe. Deine *Bittere Orange* gehört jetzt schon zu meinen Favoriten, ganz egal, welche Köstlichkeiten du sonst noch auf Lager hast.«

»Du musst die Schale vorher sehr dünn abschälen, ohne das Weiße. Die Orangen filetierst du. Du nimmst also nur das pure Fruchtfleisch ohne die Häute. Früher habe ich Weihnachten immer eine große Gans in den Ofen geschoben. Am Ende der Garzeit habe ich sie mit der Marmelade eingepinselt und noch einmal kurz unter den Grill geschoben.«

»Hört sich extrem lecker an.«

»Ja …«

Wir widmen uns schweigend unserem Frühstück. Klara nascht eine eingelegte Walnuss und nippt an ihrem Kaffee. Durch das geöffnete Fenster ertönt aus der Ferne ein dunkles Bellen.

Rocky, denke ich, und da sagt Klara auch schon: »Im Schrank unter dem Waschbecken findest du eine grüne Wasserpistole. Sie ist mit Rosenschnaps gefüllt. Rocky hasst das Zeugs. Er geht mittlerweile schon stiften, wenn ich auch nur ansatzweise in seine Nähe komme.«

»Gute Idee«, sage ich. »Watson kann Alkohol auch nicht ausstehen. Wenn er beim Essen bettelt, brauche ich ihm nur ein Glas Wein unter die Nase zu halten, und er verzieht sich sofort in sein Körbchen. Aber warum die Rose?«

Klara lacht. »Damit er länger was davon hat. Und weil er dann wesentlich besser duftet.« Sie nippt ein letztes Mal an ihrem Kaffee und stellt die Tasse auf den Tisch. »Rosenblüten kann man übrigens auch wunderbar in Sirup einlegen. Der intensive Geschmack ist allerdings nicht jedermanns Sache.«

»Wir kommen wahrscheinlich gar nicht mehr aus der Küche raus, wenn wir erst einmal angefangen haben«, sage ich, stehe auf und trage das Geschirr zum Waschbecken. »Hier in dem Schrank?«

Klara nickt. »Hol sie raus und leg sie auf die Garderobe im Flur, dann vergisst du sie nicht.«

Ich öffne die Tür – und staune nicht schlecht. »Das ist keine Pistole, das ist ein Maschinengewehr!« Ich ziehe eine grellgrüne Plastikwaffe mit einem riesigen Wassertank aus dem Schrank.

»Eine Super Soaker«, sagt Klara. »Sie schießt sieben Meter weit.«

Ich schaue von der Rosenschnaps-Super-Soaker zu Klara. »Du bist einmalig, hat dir das schon mal jemand gesagt?«

Klara lächelt. Ihre Gesichtszüge sind weich, als sie sagt: »Ja, aber das ist verdammt lange her. Meine Oma hat mich gern mit diesen Worten getröstet, wenn ich traurig wegen meines Feuermals war. Meine Mutter hat sich für mich geschämt. Das war schlimm für mich. Aber ich hatte meine Großmutter. Ohne sie wäre niemals der Mensch aus mir geworden, der ich heute bin.«

»Dann bin ich froh, dass sie für dich da war.«

»Ich auch.« Sie schmunzelt. »Sie war viel zu gut für diese Welt – wie du.«

Klaras schwarze Nüsse

1 Kilo unreife Walnüsse
1,5 Kilo Zucker
1,5 Liter Wasser
1 Vanillestange
5–6 Kardamomkapseln
1 Zimtstange

Die Nüsse mit einer Stricknadel rundherum mehrmals einstechen. Dabei unbedingt Handschuhe tragen! Um die Bitterstoffe zu entfernen, 14 Tage lang in einen Topf mit Wasser legen. Das Wasser zweimal täglich wechseln.
Nach 2 Wochen die Nüsse in frischem Wasser aufkochen, 30 Minuten sanft köcheln lassen und abschütten. Jetzt sind sie bereit für die Zuckerlösung!
Tag 1: Aus dem Zucker, 1,5 Liter Wasser und den Gewürzen in etwa 20 Minuten einen Sirup kochen. Heiß über die Nüsse schütten und über Nacht ruhen lassen.
Tag 2 und 3: Die Nüsse abschütten, den Sirup auffangen, wieder aufkochen und 10 Minuten einkochen lassen. Anschließend wieder heiß über die Nüsse schütten.
Tag 4: Den Sirup aufkochen, 10 Minuten kochen lassen. Falls der Sirup zu flüssig ist, noch etwas Zucker mit einkochen, falls er zu dick

ist, etwas Wasser dazugeben. Die Nüsse hineingeben und 4 Minuten mitkochen. Nüsse mit dem Sirup in Einmachgläser füllen, verschließen und ein paar Monate stehen lassen.
Falls etwas Sirup übrigbleiben sollte, kann man ihn gut mit Weinbrand oder Wodka versetzen und erhält einen leckeren Likör, der ähnlich schmeckt wie der, den Nora aus den grünen Nüssen zaubert.

Es ist viel Arbeit, aber es lohnt sich!

17. Kapitel

Oft gegossen hat Mandy anscheinend nicht. Der Boden ist trocken. Aber die Erdbeeren leuchten trotzdem rot in der Mittagssonne. Ich muss unbedingt Katharina sagen, dass sie sich um meinen Garten kümmern muss, denke ich, gehe in die Hocke und pflücke eine der Früchte. Sie sind klein, dunkelrot und sehr aromatisch, wie ich kurz darauf feststelle. Als etwas Weiches um meine Beine streicht, lasse ich mich erschrocken auf den Hintern plumpsen. Ella hat mich entdeckt und möchte mir anscheinend Gesellschaft leisten. Sie schnurrt und reibt ihren Kopf an meinem Bein.

»Ich werde gleich ein gutes Wort für dich bei Klara einlegen«, sage ich und kraule sie hinter den Ohren. Ella schnurrt ein letztes Mal, stolziert von dannen und macht es sich auf dem Pflaumenbaum bequem.

Ich bleibe auf dem Boden sitzen, nasche ein paar Beeren und lasse meinen Blick durch den Garten schweifen. Er ist groß. Im vorderen Bereich, gleich hinter dem Haus, stehen auf der lange nicht mehr gemähten Wiese der Pflaumenbaum und eine Sauerkirsche. Etwas weiter unten hat Klara zwei Apfelbäume gepflanzt. Dazwischen hat sie sich einen gemütlichen Platz zum Erholen geschaffen.

Eine große Holzbank mit Blick zum Bodden lädt zum Ausruhen und Träumen ein. Links, am Gartenzaun entlang, entdecke ich Kräuter. Auf der rechten Seite stehen Himbeeren, Johannisbeeren und Stachelbeeren. Noch ein Stück weiter in Richtung des Boddens befinden sich Obst- und Gemüsebeete. Kein Wunder, dass sie nicht oft auf den Markt geht. Alles, was hinter dem Haus wächst, kann man essen, abgesehen von der Wiese, auf der ich sitze. Im Keller habe ich eine große Gefriertruhe entdeckt. Bestimmt friert Klara einen Teil ihrer Ernte ein. So würde ich das jedenfalls machen. Ich habe früher auch manchmal darüber nachgedacht, mir ein Dörrgerät anzuschaffen, um die Früchte zu verarbeiten, die direkt bei uns vor der Haustür wachsen. Aber ein richtig gutes ist relativ teuer, und damals fehlte das nötige Kleingeld. Jetzt könnte ich es mir leisten. Ich nehme mir vor, gleich nach einem vernünftigen Gerät zu schauen, wenn ich wieder zu Hause bin, und überlege, ob ich mir auch einen Gasherd zulegen sollte, da reißt das Vibrieren meines Handys mich aus meinen Gedanken. Ich habe eine lange Nachricht bekommen. Sie ist von Katharina.

Habe wunderbar geschlafen in deinem Bett. Alex hat gefragt, ob es dir gutgeht. Du hast ihm nicht geantwortet. Jetzt macht er sich Sorgen. Jörn hat mir geschrieben. Er hat meine Sachen schon zusammengepackt! Krass. Na ja, besser als ein Typ, der klammert. Harvey wiederum meldet sich nicht. Erst lädt er mich zum Wochenende ein, und kaum ist er zurück in Hamburg, höre ich nichts mehr von ihm. Ich starre alle 10 Minuten aufs Handy, um zu kontrollieren, ob ich den Klingelton vielleicht überhört habe und er mir eine Nachricht geschickt hat. Nichts! Ich hasse es zu warten. Seufz … hab dich sehr lieb. Kat ♥

Mir geht es gut, antworte ich. *Wir kochen heute Marmelade. Alex habe ich total vergessen. Ich schreib ihm gleich. Ist doch gut, dass Jörn schon gepackt hat. Sparst du Zeit. Und die Sache mit Harvey … hört sich an, als wärst du schwer verliebt. Warum wirst du nicht selbst aktiv und schreibst ihm? Hihi … Hab dich auch lieb. Nora* ♥ *Ach, gießt du bitte die Pflanzen im Garten???*

Und wenn ich schon mal dabei bin, kann ich auch direkt an Alex schreiben …

Wir sind gut angekommen. Uns geht es gut. Tut mir leid, dass ich jetzt erst antworte, aber hier haben sich die Ereignisse überschlagen. Ich habe sozusagen eine alte Dame aus dem Heim befreit und einen Einbruch aufgeklärt. Aber mach dir keine Sorgen, ich habe nämlich eine Rosenschnaps-Super-Soaker zur Verteidigung. Damit mache ich demnächst den Schäferhund platt, der uns gleich am ersten Tag angegriffen hat. Liebe Grüße, Nora.

Ich war noch nie eine großartige Nachrichtenschreiberin. Prinzipiell greife ich lieber zum Telefon. Für meine Verhältnisse ist der Text richtig lang. Ich lese ihn noch einmal, tausche die lieben Grüße gegen viele Grüße aus und drücke auf Senden. Dann rappele ich mich auf, strecke mich und gehe zurück ins Haus. Klara sitzt noch am

Küchentisch. Sie hat ihren verletzten Fuß auf dem Hocker abgelegt und blättert in einer Zeitung. Auf ihrer Nase sitzt eine Brille mit rechteckigen Gläsern und schwarzem Rand.

»Die Brille steht dir«, sage ich. »Du siehst aus wie … nicht lachen … irgendwie wie eine intellektuelle Frauenrechtlerin. Oder eine Existentialistin.« Klara ist heute komplett in Schwarz gekleidet. Sie trägt wieder enge Caprihosen und darauf ein weites Shirt mit U-Boot-Ausschnitt.

»Na, das war ja mal ein Kompliment.« Viele kleine Lachfältchen bilden sich um ihre Augen herum. »Aber schau mal, was ich an die Tür gehängt habe.«

»Die sind ja schön!« An einem eisernen Haken baumeln zwei wunderschöne Leinenschürzen. Eine ist mit weinroten Ornamenten und Beeren bestickt, die andere in einem schönen Oliv.

»Für den Oma-Look. Du kannst dir eine aussuchen.«

Ich binde mir die mit der olivfarbenen Stickerei um. »Sie sind wirklich toll. Wer hat sie bestickt?«

»Hilde«, sagt Klara.

»Schade, dass ihr euch zerstritten habt. Sonst würde sie vielleicht passende Leinendeckchen für unsere Marmeladengläser besticken. Es müsste ja nichts Aufwendiges sein, aber es würde sie rein optisch unheimlich aufwerten.«

»Du gibst nicht auf, oder?«

Ertappt! »War ja nur so eine Idee. Wir können natürlich auch einfache Stoffreste oder schlichtes Packpapier nehmen.«

»Da wird uns schon was einfallen. Ich würde vorschlagen, du erledigst jetzt deine Einkäufe, dann kümmern wir uns um die Marmelade. Und ich schaue mal, ob Ella mittlerweile friedlich ist. Ich habe gesehen, wie sie draußen im Garten um dich rumgeschlichen ist.«

»Sie hat sich von mir streicheln lassen«, sage ich nicht ohne Stolz.

»Ja.« Klara schüttelt den Kopf. »Ella ist ein wirklich raffiniertes Luder. Sie weiß ganz genau, wie sie letztendlich bekommt, was sie will.«

»Ach so, und ich dachte, sie mag mich.«

»Das tut sie, sonst hätte sie sich nie im Leben von dir anfassen lassen. Ella taktiert, aber sie hat ihre Prinzipien und würde niemals ihre Seele verkaufen. Auch nicht für einen Platz auf der Fensterbank. Sie hat durchaus menschliche Züge.«

»Die hat Watson auch, aber er ist wohl eher einfach gestrickt.« Er liegt auf dem Rücken in seinem Körbchen, alle vier Pfoten von sich gestreckt, und schnarcht leise vor sich hin. »Dann fahre ich jetzt. Soll ich dir etwas mitbringen?«

»Ja, das wäre lieb. Der Zettel liegt auf der Kommode. Ich setze mich ein Weilchen hinten in den Garten. Mal schauen, ob Ella zu mir genauso nett ist.«

Ich öffne die Haustür und zucke erschrocken zurück. Ein großer Mann in Jeans und weißem Baumwollshirt steht vor mir. Er stützt sich mit einer Hand an der Wand ab und sieht auf mich herab. Seine Augenbrauen sind buschig, sein braunes Haar ist voll und an den Schläfen schon leicht ergraut. Er trägt es relativ lang. Es kräuselt sich bis in den Nacken.

»Guten Tag«, sagt er.

»Guten Tag«, erwidere ich. Mein Blick bleibt in seinen stahlgrauen Augen hängen.

Er sagt nichts, sieht mich einfach nur an.

»Kann ich Ihnen helfen?«, frage ich. In dem Moment sehe ich aus den Augenwinkeln, wie Ella sich an mir vorbeischleicht. »Mist, verdammter!«, entfährt es mir. Ich drehe mich um und renne hinter dem frechen Biest her, das sich auf direktem Weg in die Küche befindet. Klara ist im Garten. Watson liegt schnarchend und ahnungslos in seinem Körbchen. Ich komme genau in dem Moment an, in dem Ella graziös an Watson vorbeischleicht. Und zwar so nah, dass sie mit ihrem Fell sein Schlafgemach berührt. Prompt öffnet Watson die Augen – und schließt sie wieder. Er interessiert sich nicht die Bohne für Ella, die weiter durch die Küche stolziert und auf die Fensterbank springt, um es sich neben Jane bequem zu machen.

Ich schaue von Hund zu Katze und traue meinen Augen kaum. Watson gibt schmatzende Geräusche von sich. Er scheint im Traum ein Festmahl zu verspeisen. Ella schnurrt und rollt sich zusammen. Klara hat von dem Schauspiel nichts mitbekommen. Sie sitzt draußen auf der Bank zwischen den Apfelbäumen und wartet darauf, dass Ella sich zu ihr gesellt.

»Alles in Ordnung?«, ertönt eine männliche Stimme von draußen.

»Ja«, rufe ich.

Ob ich die Tiere allein lassen kann? Oder wartet Ella nur darauf, dass ich den Schauplatz räume? Zutrauen würde ich es ihr.

»Vertragt euch, sonst gibt es Ärger mit Klara«, sage ich, bevor ich mich auf den Weg zu dem Besucher mache, der immer noch vor der Haustür steht.

»Sind Sie vor mir geflüchtet?« Der Mann grinst schelmisch. Dabei bilden sich tiefe Grübchen in seinen unrasierten Wangen. Er kratzt sich über seinen Dreitagebart. »Vielleicht hätte ich mich vorher rasieren sollen.«

»Das hätte auch nichts daran geändert, dass Klaras Katze und mein Hund gewisse Annäherungsprobleme haben.«

Sein Grinsen vertieft sich. »So etwas soll schon mal vorkommen. Vielleicht fangen wir damit an, dass ich mich vorstelle? Mein Name ist Konstantin Schiller, ich bin Frau Kummerows direkter Nachbar.«

»Ach«, rutscht mir heraus. Sofort erscheinen Bilder nackter, mit Farbe bekleckerter Frauen vor meinem inneren Auge. »Klara ist von Ihrem Walnussbaum gefallen, als sie versucht hat, eine ihrer Katzen zu retten.«

»Genaugenommen steht der Baum auf dem Nachbargrundstück.«

»Ach ja, stimmt. Ihre Frau ist ihr zu Hilfe gekommen.«

»Genaugenommen meine Exfrau. Aber das tut ja eigentlich nichts zur Sache. Ich wollte mich erkundigen, ob es ihr gutgeht. Ich habe gehört, sie sei wieder zu Hause.«

»Ja, seit gestern. Sie ist im Garten. Wenn Sie einen Moment warten, sage ich ihr Bescheid, dass Sie da sind.

Ich würde Sie ja hineinbitten, aber ich weiß nicht, ob ihr das recht ist.«

»Kein Problem.« Er zeigt auf die Bank. »Ich warte hier.«

»Klara? Dein Nachbar aus dem Karnickelbau ist hier. Er wartet draußen. Soll ich ihn reinlassen?«

»Ach«, sagt Klara, und ich muss schmunzeln. Bestimmt schießen ihr auch Bilder durch den Kopf, mit dem Unterschied, dass sie konkreter sind.

»Oder möchtest du mit nach vorne kommen?«

»Nein, sei so lieb und schick ihn zu mir. Er kann am Haus vorbeigehen.«

»Okay.«

Ich drehe mich um und bin schon ein paar Schritte gegangen, da fällt mir ein, was sich eben in der Küche zugetragen hat. »Ella liegt übrigens in der Küche auf der Fensterbank, während Watson seelenruhig ein Nickerchen hält. Sie hat sich reingeschlichen, als ich die Tür geöffnet habe. Ich habe es zu spät bemerkt.«

»Sie ignoriert mich. Das ist die Retourkutsche dafür, dass ich sie rausgeworfen habe.«

»Genaugenommen habe ich sie rausgeworfen … Und apropos genaugenommen … die Blondine von nebenan ist seine Exfrau. Das hat er mir gerade erzählt.«

»So, hat er das?« Klara mustert mich. »Er ist ein gutaussehender Mann.«

»Das stimmt. Aber du musst gar nicht so gucken. Ich habe keinerlei Interesse an irgendwelchen Männern. Ich schicke ihn zu dir.«

»Klara bittet Sie, zu ihr in den Garten zu kommen. Sie sitzt auf der Bank zwischen den beiden Apfelbäumen. Am besten gehen Sie hier am Haus vorbei.«

»Gern.« Er steht von der Bank auf. »Verraten Sie mir auch noch, wer Sie sind? Meinen Namen habe ich Ihnen schließlich auch verraten.«

»Natürlich.« Mein Gesicht wird heiß. Ich laufe an wie eine rote Tomate. Eine Eigenschaft, die ich zu gern ablegen würde, wenn ich nur wüsste wie. Wenn mir etwas unangenehm ist, habe ich die Tendenz, meinem Gegenüber das auch mit meiner Gesichtsfarbe zu signalisieren. »Das habe ich in der Aufregung total vergessen. Mein Name ist Nora Kluge. Ich bin die angeheiratete Großnichte von Klara.« Eigentlich die verwitwete Großnichte, aber das behalte ich für mich.

»Nora … ein hübscher Name.«

»Ich mag ihn auch. Aber ich muss jetzt leider los. Wie gesagt, Klara wartet im Garten.«

Das mit dem Rotwerden ist eine dumme Sache. Ich weiß einfach nicht, was ich dagegen unternehmen kann. Im Gegenteil, je mehr Gedanken ich mir darüber mache, umso schlimmer wird es.

Du siehst unbeschreiblich süß aus, wenn dir etwas peinlich ist, Nora. Du guckst nach unten oder zur Seite, in der Hoffnung, dein Gegenüber bemerkt nicht, dass du rot anläufst wie eine reife Tomate.

»Egal«, sage ich laut zu mir selbst. Ich fahre am Karnickelhaus vorbei, am Waldstück, am Honigstand, an den Rapsfeldern entlang, bis ich in Prohn bin. Der Supermarkt ist nicht zu verfehlen. Er befindet sich links der großen Hauptstraße, fast am Ortsende.

Der Laden ist recht groß und gut sortiert. Schnell habe ich drei Kilo Boskoop, ein paar Tomaten, Salat, etwas Schinken, Salami und Frischkäse in den Einkaufswagen gepackt. Für heute Abend werde ich ein paar einfache Schnittchen vorbereiten, dazu etwas Salat und Rohkost. Auch Klaras Wünsche habe ich flott zusammengesucht. Nur *Sandmanns Chokis* habe ich noch nicht gefunden. Ich vermute richtig und werde in der Süßwarenabteilung fündig. Es handelt sich um kleine Schokobohnen in einer hübschen blauen Verpackung, auf der der Sandmann abgebildet ist. Ich packe direkt drei Packungen mehr in den Wagen. Eine für Katharina, eine für meine Mutter und eine für mich. Und auch bei den Halloren-Kugeln, die mich aus einem anderen Regal anlachen, kann ich nicht widerstehen. Die gefüllten Schokokugeln habe ich bei uns im Ruhrgebiet noch nie gesehen. So wandern auch noch Knusperwaffelröllchen in Pittiplatsch-Verpackung, Maulwurf-Schokolade mit Schokolinsen und schließlich Karlsbader Oblaten zu meinen Einkäufen. Gut gelaunt schiebe ich den Einkaufswagen von Regal zu Regal weiter, betrachte das Sortiment und lege auch herzhafte Produkte in meinen Einkaufswagen, die man so bei uns nicht kaufen kann. An der Kasse blicke ich auf ein buntes Sammelsurium von Süßigkeiten und Konserven. Was ich mit dem Eimer Bautzner Senf anfangen werde, weiß ich nicht. Und auch für das Paprikaletscho fällt mir noch keine Verwendung ein. Notfalls packe ich alles in einen Präsentkorb und schenke ihn meiner Mutter, denke ich, als ich bezahle. Auf dem Weg zum Auto fällt mir sofort der große Mann auf, der telefonierend an seinem Wagen, gleich neben meinem, steht. Er trägt Jeans und ein weißes Shirt. Als er mich sieht, winkt er mir zu. Ob er auf mich gewartet hat? Er müsste eigentlich erahnt haben, dass der einzige Wagen mit Oberhausener Kennzeichen mir gehört. Lange scheint seine Unterhaltung mit Klara ja nicht gedauert zu haben.

Ich verstaue meine kunterbunten Einkäufe im Kofferraum und bringe den Einkaufswagen zurück. Dabei springt mir die große Uhr ins Auge, die beim Bäcker an der Wand hängt. Wir haben gleich halb zwei. Ich habe gut 40 Minuten in dem Laden verbracht! Dann hat er anscheinend doch ein bisschen länger mit Klara geredet.

Als ich wiederkomme, wartet er an meinem Auto auf mich. Er deutet durch die Windschutzscheibe.

»Das sieht nach einem Rundumschlag aus.«

»Ja, da haben Sie wohl recht.«

»Schön, dass Sie sich um Klara kümmern.« Er lächelt. »Wir sind jetzt per du. Was meinen Sie? Vielleicht könnten wir auch …?«

»Ja, gern. Ich bin Nora.«

»Konstantin.«

Ich drehe den Autoschlüssel in der Hand. »Ich möchte nicht unhöflich sein, aber ich habe gerade gesehen, wie spät es schon ist. Ich möchte gleich noch mit Klara Marmelade zubereiten. Und vorher muss ich noch die Erdbeeren pflücken. Ich habe also nicht viel Zeit.«

»Kein Problem. Ich habe nur zufällig dein Auto hier entdeckt und wollte dir Hilfe anbieten, wenn ihr beiden Unterstützung braucht. So wie es aussieht, werde ich die nächsten Tage in Kinnbackenhagen verbringen.« Er grinst. »Im Karnickelbau, wie Klara ihn eben so schön genannt hat.«

»Das hat sie dir gesagt?«

»Genau. Und nicht nur das. Sie hat mir auch verraten, warum sie eigentlich auf den Baum geklettert ist.«

Ganz sicher bin ich mir da nicht, deswegen verkneife ich mir lieber einen Kommentar. Konstantin kratzt sich über seinen Bart.

»Pia hatte schon immer ihre ganz eigene Vorstellung von Kunst. Dass Klara dabei vom Baum gefallen ist, kann ich mir gut vorstellen. Das wäre mir wahrscheinlich ähnlich ergangen.«

Sie hat ihm also tatsächlich gesagt, dass sie bei ihm reingesehen hat. »Soso«, sage ich. Klara ist vom Baum gefallen, weil sie das Brombeergebüsch entdeckt hat, das sie an ihre Kindheit erinnert. Und nicht, weil sie geschockt über den Anblick der Frauen war. Aber es überrascht mich, dass sie Konstantin überhaupt davon erzählt hat.

»Ich male übrigens auch. Seit ein paar Monaten versuche ich mich an der Porträtmalerei. Vielleicht hättest du mal Lust, mir Modell zu stehen? Keine Angst«, fügt er schnell hinzu. »Kein Akt, einfach nur dein tolles Gesicht, dein unwahrscheinlich schönes Haar – und deine ausdrucksstarken grünen Augen. Also, wenn du Lust hast?«

Während eines Mallorca-Urlaubs vor ein paar Jahren haben Julian und ich von einem Straßenmaler jeweils eine witzige Karikatur von uns anfertigen lassen. Aufgehängt haben wir sie nie. Ich weiß nicht, wo die Bilder mittlerweile gelandet sind. Vielleicht in einer von Julians Kisten in seinem Arbeitszimmer?

»Danke für das Angebot, aber ich glaube, das ist eher nichts für mich.«

»Schade.«

»Na dann … Ich muss los.«

Im Rückspiegel sehe ich, dass Konstantin wieder an seinen Wagen gelehnt steht und telefoniert. Er fährt einen Volvo. Dazu noch einen Kombi. Das passt irgendwie gar nicht zu ihm. Ich hätte ihm eher ein sportliches Cabrio zugetraut. Aber ich hätte auch nicht damit gerechnet, dass er malt.

In Kinnbackenhagen wartet Klara schon in der Küche auf mich. »Hast du den ganzen Laden leer gekauft?«, fragt sie, als sie meine vollgepackten Einkaufstaschen sieht.

»Fast.« Ich muss lachen, aber schon im nächsten Moment ziehe ich die Stirn kraus. »Du hast die Erdbeeren schon gepflückt!«

»Ich konnte nicht anders.« Sie schiebt sich eine in den Mund. »Stell dir vor, Konstantin hat einen Freund, der Fußchirurg an der Berliner Charité ist. Er wird sich meinen Fuß noch mal genau anschauen. Wenn ich Glück habe, bekomme ich einen Entlastungsschuh und bin dann die Krücken los.«

»Das wäre ja schön. Aber mit den Erdbeeren hättest du ruhig auf mich warten können.«

»Du hast ja recht. Aber wie gesagt ... ich konnte einfach nicht anders.«

Ich schüttele den Kopf. »Du bist wirklich beratungsresistent. Konstantin habe ich übrigens noch mal getroffen. Er hat auf dem Parkplatz auf mich gewartet.«

»Er war sehr angetan von dir. Was wollte er denn?«

»Mich malen.«

Klara reißt die Augen auf. »Nicht wahr!«

»Doch, aber nur ein Porträt von mir.«

»Er soll sehr gut sein. Erzählt man sich zumindest. Wenn ich du wäre, würde ich eins anfertigen lassen und es gut wegschließen. Es könnte irgendwann einen schönen Wert darstellen.«

»Ich dachte, er ist Architekt?«

»Auch. Schau mal im Internet auf seiner Homepage nach, wenn es dich interessiert.«

»Später. Was ist mit den Erdbeeren?«

»Die werden nun geputzt. Die großen Früchte halbieren wir, die kleineren bleiben ganz. Dann mischen wir sie mit Zucker und stellen sie bis morgen in den Kühlschrank. Auf ein Kilo Erdbeeren kommen achthundert Gramm.«

»Stimmt ja, die müssen mazeriert werden. Das habe ich ganz vergessen. Schade, ich dachte, wir könnten gleich richtig loslegen.«

»Nein, heute treffen wir nur Vorbereitungen. Die Äpfel

für das Pektin müssen kleingeschnitten und dann aufgekocht werden. Mit allem Drum und Dran, also mit Schalen und Kerngehäusen.«

»Okay. Du die Erdbeeren, ich die Äpfel?«

»Gute Arbeitsaufteilung.«

Ich hole mir gerade ein kleines Messer aus der Schublade, als mein Handy in der Hosentasche vibriert. Ich habe eine Nachricht von einer mir unbekannten Nummer bekommen.

Nora, hier ist Mama. Ich habe mein altes Handy gegen ein Smartphone eingetauscht, lese ich und muss schmunzeln. Bisher hat sie sich standhaft geweigert und immer behauptet, die Nachrichtenversenderei sei nichts für sie. Viel zu unpersönlich – und außerdem umständlich. *Geht es dir gut? Meine Küche ist fertig!*

Hallo Mama, schön, von dir zu lesen, tippe ich in mein Handy. *Mir geht es gut hier. Ich bin stolz auf dich. Weil deine Küche fertig ist – und weil du gelernt hast, Nachrichten zu schreiben.* Dahinter setze ich ein kleines Herzchen.

Prompt bekomme ich ein Herzchen zurück. Und gleich darauf ein lachendes Smiley.

»Meine Mutter«, sage ich zu Klara. »Sie hat ein neues Telefon und übt jetzt Nachrichten schreiben.« Ich rechne mit dem nächsten Emoticon, als mein Handy erneut vibriert. Aber diesmal ist die Nachricht von Alex.

Super Soaker, soso … Hört sich nach einem spannenden Aufenthalt an. Viel Spaß euch beiden.

Ich stelle mein Telefon lautlos, weil ich Klara gegenüber nicht unhöflich sein möchte.

»Ich bin gleich so weit«, sage ich.

»Lass dir Zeit, mich stört das nicht«, antwortet Klara. »Erinnere mich daran, dass ich dir auch meine Handynummer gebe. Ich kann sie mir nicht merken, aber ich habe sie im Telefon gespeichert.«

»Du hast auch eins?«

Klara schüttelt leicht den Kopf. »Was dachtest du denn? Dass hier in Kinnbackenhagen die Technik an uns vorbeigerauscht ist? Natürlich besitze ich ein Handy. Und ich bin seit einem halben Jahr stolze Besitzerin eines Tablets, das sich als ungemein praktisch erwiesen hat, wenn ich schnell mal was nachschauen möchte. Du kannst dich auch gern mit deinem Handy im WLAN anmelden. Das Passwort steht auf dem Router oben im Arbeitszimmer.«

»Das mach ich später. Jetzt lass uns erst mal die Früchte vorbereiten. Ich schreibe nur schnell noch meiner Mutter, dass wir gerade beschäftigt sind.«

An Alex schicke ich noch flott ein *Danke*, bevor ich wieder vergesse, ihm zu antworten.

Beim Händewaschen fallen mir die schicken Omaschürzen auf, die immer noch an der Tür hängen. Ich habe mir Klara wirklich ganz anders vorgestellt, aber ich bin froh, dass ich mich getäuscht habe. Die interessante Frau, die sich gerade voller Tatendrang die Hände reibt, gefällt mir ausgesprochen gut.

»Magst du mir etwas über Julian und dich erzählen?«, fragt Klara, als wir nebeneinander das Obst schnippeln. »Du musst aber nicht, wenn du nicht möchtest.«

»Das mache ich sehr gern. Was möchtest du denn wissen?«

»Alles. Aber vielleicht beginnst du mit dem Anfang? Wie habt ihr euch kennengelernt?«

»Durch Katharina. Sie wohnte früher in unmittelbarer Nachbarschaft zu Julians Familie …«

Die Zeit vergeht wie im Flug. Alle Früchte sind verarbeitet, die Erdbeeren in Zucker eingelegt, die Äpfel köcheln in etwas Apfelsaft vor sich hin, das Geschirr ist gespült, Kaffee und der Hefezopf von heute Morgen stehen wieder auf dem Tisch – und ich erzähle immer noch, von meiner viel zu kurzen Zeit mit Julian. Klara hört zu, ab und zu stellt sie eine Frage, aber ansonsten unterbricht sie mich nicht. Als ich endlich fertig bin, haben wir fast vier Uhr. Ich habe eineinhalb Stunden lang geredet.

»Ihr hattet eine wunderschöne Zeit«, sagt Klara. »Das freut mich.« Ihre Augen wirken glasig. Es scheint fast so, als würden ihr gleich die Tränen kommen. »Ich hätte ihn unwahrscheinlich gern kennengelernt.«

»Ihr beiden hättet euch gut verstanden. Da bin ich ganz sicher. Was ist denn mit Julians Mutter, Margot? Sie ist ja sozusagen deine Nichte und auch sehr nett. Hättest du nicht Lust, mal Kontakt zu ihr aufzunehmen?«

»Mal sehen«, antwortet Klara ausweichend. »Momentan ist das alles ein bisschen viel.«

»Das verstehe ich. Ich habe ihr allerdings versprochen, mich mal bei ihr zu melden, um ihr zu erzählen, wie es so bei dir ist. Ich hoffe, das ist okay für dich.«

»Ja, sicher.«

»Möchtest du lieber über etwas anderes reden?«, frage ich.

Klara schüttelt den Kopf. »Ich höre dir sehr gern zu. Erzähl ruhig weiter.«

»Okay, da ist außerdem noch Henrik, Julians jüngerer Bruder. Er sieht Julian total ähnlich, besonders seit er ein paar Kilo abgenommen hat. Irgendwo auf dem Handy finde ich bestimmt ein Foto von ihm, das ich dir zeigen kann. Und von Margot habe ich ganz sicher auch eins. Soll ich mal nachschauen?«

»Gern, aber dafür ist später noch Zeit genug.«

»Okay. Henrik wird übrigens bald Papa. Mia, seine Freundin, ist schwanger. Margot freut sich wahnsinnig darauf, Oma zu werden. Ich schätze mal, dass sie ihre Rolle perfekt ausüben wird. Sie hat ein Händchen für kleine Kinder und ist sehr kreativ. Ihr Beruf als Grundschullehrerin passt wie die Faust aufs Auge zu ihr. Kannst du dich denn noch an sie erinnern? Sie muss zwei Jahre alt gewesen sein, als sie mit ihren Eltern aus Mohrdorf weg ist.«

Klara antwortet nicht auf meine Frage. Sie steht einfach auf und geht zum Herd.

»Die Äpfel sind fast fertig«, sagt sie. »Sie müssen über Nacht durch ein Mulltuch laufen. Die aufgefangene Flüssigkeit können wir dann als Geliermittel benutzen.« Sie greift nach einem Kochlöffel und rührt den vor sich hin blubbernden Brei im Kupfertopf.

Ich überlege gerade, ob es Sinn macht, noch einmal nachzuhaken, um eine Antwort auf meine Frage zu bekommen, doch da sagt Klara: »In den süßesten Früchten steckt ein Geheimnis.« Dabei scheint sie mit ihren Gedanken ganz weit weg zu sein.

18. Kapitel

Das alte Damenfahrrad hinter dem Haus ist rot. Irgendjemand hat es mit schwarzen Punkten bemalt, so dass es aussieht wie ein Marienkäfer. Anstatt einer Klingel wurde am Lenker eine Hupe befestigt, die mich an ein altes Posthorn erinnert. Das Ding ist verdammt laut, stelle ich fest, als ich, anscheinend viel zu kräftig, den schwarzen Ball drücke. Hier ist eindeutig mehr Gefühl gefragt, wenn ich Fußgänger nicht gleich zu Tode erschrecken will. Zur Abwehr von Tieren, insbesondere von gefährlichen Schäferhunden, stecke ich die Rosenwodka-Super-Soaker in den am Rahmen angebrachten Getränkehalter, der wie dafür geschaffen zu sein scheint. Dabei fällt mir der weiße, schon etwas angekratzte Schriftzug zwischen zwei Punkten auf: *Mandys Nuckelpinne.* Das Rad passt zu ihr, denke ich und schiebe es zum Gartentor. Watson fängt an zu fiepen.

»Kommst du mit?«, frage ich. Er springt sofort auf und kommt schwanzwedelnd auf mich zugelaufen.

Wir haben Viertel vor fünf. Mit Mandy bin ich um sieben verabredet. Vor dem Essen wollen wir einen ersten Saunagang einlegen. Das heißt, dass ich um sechs das Fässchen aufheizen muss. Mir bleibt also eine gute

Stunde, um endlich die nähere Umgebung zu erkunden. Seit gestern Vormittag bin ich nun hier, aber mehr als das Stück Weg zwischen der Finnhütte und Klaras Haus habe ich bisher noch nicht zu Gesicht bekommen, vom Pflegeheim und dem Supermarkt mal abgesehen.

»Schön Fuß laufen«, sage ich zu Watson und radle los. Dabei wird mir bewusst, dass Kinnbackenhagen tatsächlich nur aus den sieben Häusern besteht, die rechts des Weges stehen. Die Finnhäuschen gehören ja eigentlich nicht dazu. Die werden an Urlauber vermietet. Momentan stehen die meisten anscheinend leer. Als ich vorhin von Klara zurückkam, habe ich ein Pärchen den Weg entlang in eins der hinteren Häuser gehen sehen. Am Straßenrand stehen zwei Autos, eins mit Hamburger, eins mit Berliner Kennzeichen, wahrscheinlich Wochenendurlauber. Ansonsten wirkt das Örtchen immer noch wie ausgestorben. Außer Klara, Konstantin, seiner blonden Exfrau und dem Schmidtbauer mit seinem gemeingefährlichen Hund habe ich bisher niemanden hier gesehen. Klara wohnt im Haus Nr. 7, dem letzten des Ortes. Nr. 6 scheint momentan nicht bewohnt zu sein, zumindest habe ich noch niemanden dort gesehen. Konstantin, der den Karnickelbau nur gelegentlich bewohnt, hat Haus Nr. 5. Das Haus auf dem Grundstück daneben ist zerfallen. Hier steht der Walnussbaum, auf den Klara geklettert ist. Rocky und Herrchen stecken in Nr. 2. Ob es auch ein Frauchen gibt? Ich zähle runter, drei, zwei … und schon geht das Gekläffe los. Zum Glück lässt Watson sich nicht davon beeindrucken. Er läuft brav neben dem Rad her, während Rocky in seinem Zwinger Randale macht.

»Armer Kerl«, sage ich. Mir würde es auch nicht gefallen, wenn ich eingesperrt wäre. Trotzdem fahre ich ein bisschen schneller. Allein das wütende Bellen lässt meinen Pulsschlag ein paar Takte flotter schlagen. Auf Klaras Bank vor der Haustür liegt Ella – oder ist es Jane? Aus der Entfernung kann ich es nicht erkennen. Sie hebt träge den Kopf, als wir vorbeiradeln und ich behutsam die Hupe betätige. Die Straße mündet in einen Wander- und Fahrradweg. Ab hier sind Autos verboten. Die Nachmittagssonne spendet sanfte Wärme. Links grasen ein paar Schafe auf einer Weide. Rechts stehen zwei Pferde auf einer großen Wiese, die bis zum Bodden reicht. Als die Pferde uns bemerken, wiehern sie und galoppieren neben uns her.

»Fuß!«, sage ich vorsichtshalber streng, aber Watson interessiert sich genauso wenig für unsere Wegbegleiter wie vorhin für Rockys Gekläffe. Er ist einfach nur froh, neben mir laufen zu können, so wie Julian das oft mit ihm gemacht hat, wenn er anstatt zu joggen aufs Fahrrad gestiegen ist und Watson für eine kleine gemütliche Runde mitgenommen hat.

Wir fahren weiter. Der Blick auf den in der Sonne silbern glitzernden Bodden ist einmalig. Jede Menge Schwäne ziehen dicht am Ufer vorbei. Ich komme mir fast vor wie in einer Märchenwelt, so wunderschön ist es hier. Ich stoppe für einen Moment, stütze meine Ellbogen auf dem Lenker ab und halte mit geschlossenen Augen mein Gesicht in die Sonne. In der Ferne höre ich die beiden Pferde wiehern. Und irgendwo ganz in der Nähe zwitschern ein paar Vögel. Ich horche tief in mich hinein. Etwas hat sich verändert in den letzten zwei Tagen. Ich bin immer noch traurig, aber ich denke zum ersten Mal, dass ich es schaffen kann, auch ohne Julian. Ein Gefühl der Zuversicht und Hoffnung breitet sich in mir aus. Es überwältigt mich so sehr, dass wieder einmal die Tränen laufen. Ich bin eine alte Heulsuse, denke ich, wische mir die Tränen weg und schaue lächelnd nach unten zu Watson. Ich bin froh, dass ich ihn bei mir habe. Seine ganze Aufmerksamkeit ist allerdings auf das Schilf und den dahinterliegenden Bodden gerichtet. Als er tief zu brummen beginnt, folge ich seinem Blick. Ein Fuchs schleicht sich an die Schwäne heran. Und im nächsten Moment hat er auch schon einen gepackt. Augenblicklich ist es vorbei mit der Stille. Die schönen weißen Wasservögel kreischen aufgeregt durcheinander und ergreifen die Flucht. Watsons Brummen geht in Bellen über. »Lauf!«, sage ich, und er prescht auf das Schilf zu. Ich ziehe die Plastikwaffe aus der Halterung und renne hinter ihm her. Der Fuchs ergreift die Flucht, aber für den Schwan kommt die Hilfe zu spät. Er liegt mit verdrehtem Hals am Ufer. Gänsehaut zieht über meinen Körper, als ich langsam auf den Ort des Geschehens zugehe. Watson läuft aufgeregt am Schilf entlang, die Nase auf den Boden gerichtet. Aber der Fuchs ist längst über alle Berge. Ich starre auf den toten Schwan, der zu meinen Füßen liegt.

»Hat Ihr Hund ihn erlegt?«

Überrascht drehe ich mich um. An meinem Rad steht eine Frau.

»Nein, es war ein Fuchs«, rufe ich.

»Ah, Meister Reineke.« Die Frau kommt auf mich zu. Ich lasse Watson Sitz machen, damit sie nicht denkt, er habe vielleicht doch etwas mit dem toten Schwan zu schaffen gehabt.

»Ich habe beobachtet, wie er ihn angegriffen hat, aber es war schon zu spät«, erkläre ich.

Die Frau ist kräftig gebaut und nicht sehr groß. Sie hat kurzes graues Haar. Ihr Gesicht ist braun gebrannt. Sie lächelt, als sie sagt: »Sie müssen Nora sein, Klaras Besuch. Ich bin Edith, eine Nachbarin.« Sie zeigt auf den toten Schwan. »Sie haben sich in den letzten Jahren zu einer wahren Plage entwickelt. Sie fallen scharenweise über die Rapsfelder her und fressen die jungen Triebe ab.«

»Das wusste ich nicht.« Ich lasse meinen Blick über den Bodden gleiten. »Es sind schon ziemlich viele. Bei uns sieht man sie meistens nur zu zweit.«

»Der Inbegriff der Liebe, ich weiß. Sie binden sich für das ganze Leben. Wenn der Partner stirbt, ist es schwierig, einen neuen zu finden. Aber es ist durchaus möglich, besonders in einer großen Gruppe wie dieser.«

Ob sie weiß, dass auch ich meinen Partner verloren habe? Vielleicht hat Klara ihr etwas erzählt. Immerhin kennt sie auch meinen Namen …

»Was machen wir denn jetzt mit dem Schwan?«, frage ich.

»Liegenlassen. Der Fuchs holt ihn sich, wenn wir weg

sind. Fressen und gefressen werden, so ist das hier auf dem Land.«

»Dann komm, Watson, lassen wir der Natur ihren Lauf.« Ich gehe neben Edith zu meinem Fahrrad und schaue nicht mehr zurück. Der arme Schwan tut mir leid, auch wenn es hier zum ganz normalen Leben gehört. Ich wünschte, wir hätten ihm helfen können. »Sie sagten, Sie sind eine Nachbarin von Klara?«

»Ja, wir wohnen im ersten Haus, gleich am Anfang der Straße. Die letzten drei Wochen haben wir, mein Mann und ich, auf Teneriffa verbracht. Seit gestern Nacht sind wir wieder hier. Ich habe gedacht, ich höre nicht richtig, als ich Hildes Nachricht auf dem Anrufbeantworter abgehört habe.«

Ich weiß nicht so recht, was ich darauf erwidern soll. Von einer Edith hat Klara bisher nichts erzählt. Und wie sie selbst sagt, ist sie von Hilde informiert worden.

»Auf Teneriffa war ich auch schon«, antworte ich unverfänglich, als wir bei Mandys Nuckelpinne ankommen. »Es ist sehr schön dort.«

»Und vor allen Dingen heiß.« Edith schüttelt sich. »Ich bin nur Friedrich zuliebe mitgefahren. Er wollte unbedingt irgendwohin fliegen, wo es schön warm ist. Da kamen für mich nur die Kanaren in Frage. Alles andere wäre mir zu weit gewesen – oder zu gefährlich wegen der ständigen Unruhen, von denen man hört. Es war ganz nett, das Essen war gut, die Zimmer recht komfortabel. Aber ehrlich gesagt bin ich froh, dass wir wieder hier sind. Ich habe mich schon den ganzen Tag auf den Spaziergang am Bodden entlang gefreut und bin erleichtert, dass noch alles an Ort und Stelle ist.« Sie lacht. »Zu Hause ist es eben doch am schönsten.«

»Das stimmt.« Ich stecke die Super Soaker wieder in die Halterung.

»Klaras Geheimwaffe gegen bissige Hunde«, stellt Edith fest. Sie schüttelt den Kopf. »Auf so eine Idee kann auch nur sie kommen.«

»Wenn's hilft.« Ich steige auf das Rad. »Wir wollen noch ein bisschen die Gegend erkunden …«

»Machen Sie das. Und grüßen Sie Klara bitte von mir. Wenn sie Erdbeeren oder Rhabarber möchte, soll sie sich melden. Ich habe reichlich davon.«

»Das sage ich ihr.«

»Das ist nett. Vielleicht können Sie auch … ach, schon gut.«

Dann eben nicht. Ich fahre los und bin mir fast sicher, dass Edith hinter mir herschaut.

Watson genießt die Entdeckungstour durch unbekannte Gefilde. Und das mache ich nun auch. Ich trete in die Pedale und bewundere die Landschaft, auf der einen Seite den Bodden und auf der anderen Felder und Wiesen in unterschiedlichsten Grüntönen, die mir unendlich vorkommen. Fast wie das Meer, denke ich. Sie enden auch am Horizont. Erst als wir an einem gelben Rapsfeld ankommen, halte ich an. Es riecht etwas unangenehm nach Kohl, das heißt, dass die Blütezeit bald vorbei sein wird, aber das stört mich nicht. Ich stelle mich davor, schieße ein Selfie und schicke es an Katharina. Zu spät bemerke ich, dass es nicht bei meiner Freundin, sondern bei Alex ankommen wird. Ihm hatte ich die letzte Nachricht geschrieben, deswegen war seine Telefonnummer ganz oben in der Liste.

»Mist!«

Das sollte eigentlich für Katharina sein, schicke ich hinterher und dazu ein beschämt dreinblickendes Smiley. Schließlich schicke ich das Foto auch noch an Katharina und meine Mutter.

»So, jetzt müssen wir uns auf den Heimweg machen«, sage ich zu Watson. Er wird gleich ausgepowert sein und friedlich in seinem Körbchen schlafen, während ich mit Mandy in das Fässchen steige. Aber dafür müssen wir erst einmal zurückfahren. Ich knipse noch ein Foto mit Watson vor dem Rapsfeld, bevor ich das Rad in die andere Richtung schiebe und losfahre.

An der Stelle, an der der Fuchs den Schwan erlegt hat, halte ich noch einmal kurz an. Nichts weist mehr darauf hin, was nur Minuten vorher hier geschehen ist. Das tote Tier ist verschwunden. Die anderen Schwäne ziehen wieder dicht am Ufer vorbei. Und in der Ferne höre ich die Pferde wiehern. Alles wirkt wieder friedlich.

Bei Klara halte ich kurz an. Ihre Haustür steht immer offen. Sie hat mir gesagt, dass ich einfach reinkommen kann, wenn ich möchte. Ich mache es wie meine Mutter, wenn sie bei mir vorbeischaut. Ich klingele kurz und drücke die Tür auf.

»Klara?«

Ich finde sie in der Küche. Aber sie ist nicht allein.

Konstantin sitzt bei ihr am Küchentisch, auf dem einige Bögen Papier ausgebreitet sind. Sie schauen beide auf, als ich den Raum betrete. Klara rückt ihre Brille auf der Nase zurecht.

»Nora, wie schön, dass du noch mal reinschaust. Wir besprechen gerade den geplanten Umbau für mein Haus.«

»Du willst umbauen? Wie denn?«

»Aus dem Gäste-WC zaubern wir ein ordentliches Badezimmer. Dafür müssen wir nur die Wand der Küche etwas versetzen. Klara kann dann alle Dinge des täglichen Lebens im Erdgeschoss erledigen und muss keine Treppen mehr steigen.«

»Ich werde älter«, erklärt sie. »Auch wenn mein Fuß wieder belastbar ist, wird irgendwann die Zeit kommen, dass ich mich nicht mehr so bewegen kann, wie ich das gern möchte.«

»Das ist eine gute Idee«, sage ich. »Aber ein bisschen schade ist es schon, wegen der tollen Küche.«

Klara zeigt auf einen der Papierbögen. »Wir bauen einfach hinten etwas an. Der Garten ist groß genug. Vielleicht lasse ich mich sogar zu einem Wintergarten hinreißen.«

»Das wäre schön, mach das!«

»Das sehe ich auch so. Der Blick in den Bodden ist einmalig.« Konstantin steht auf, geht zum Küchenfenster und schaut hinaus. »Als ich das erste Mal in Kinnbackenhagen war, wusste ich sofort, dass ich ein Haus hier bauen werde.«

Er stellt sich auf die Zehenspitzen und klopft gegen die Wand. »Gute Bausubstanz«, sagt er. Dabei fallen mir die türkisfarbenen Sportschuhe auf, die er trägt. Ob er regelmäßig laufen geht? Die gleichen trug Julian auch manchmal. Was Laufschuhe anging, hatte er einen richtigen Fimmel. Im Keller steht immer noch ein Schuhschrank, der proppenvoll mit den verschiedensten Modellen ist.

»Abgemacht«, sagt Klara. »Wann können wir loslegen?«

»Wenn du nach hinten ausbauen möchtest, brauchen wir eine Baugenehmigung. Das wird aber kein Problem werden. Ich kenne bestimmt jemanden, der das auf dem kurzen Dienstweg erledigen kann.« Konstantin kratzt sich am Kinn und überlegt. Ich nutze die Gelegenheit und wende mich an Klara.

»Ich bin eigentlich nur kurz reingekommen, weil ich dich von Edith grüßen und dir ausrichten soll, wenn du Erdbeeren oder Rhabarber haben möchtest, sollst du dich melden. Ich habe sie am Bodden getroffen.«

»Ah, dann ist sie also zurück.« Klara zieht eine Augenbraue hoch.

»Seit gestern Abend. Sie kannte meinen Namen. Ich dachte zuerst, du hättest ihr von mir erzählt, aber es war wohl …«

»… Hilde. Die beiden haben sich solidarisiert gegen mich. Armer Friedrich. Er ist so ein netter Kerl.«

Ich gehe nicht weiter darauf ein. Die Zeit wird knapp. Außerdem möchte ich nicht, dass Konstantin unser Gespräch mit anhört. Irgendwie habe ich das Gefühl, es geht ihn nichts an.

»Mandy kommt gleich. Ich muss noch die Sauna anheizen und ein paar Schnittchen vorbereiten«, sage ich.

»Das Fässchen?« Konstantin dreht sich zu uns um. »Ich habe mich schon oft gefragt, wie es sich anfühlt, darin zu schwitzen.«

»Das weiß ich auch noch nicht. Heute ist das erste Mal.«

»Dann viel Spaß.« Er lächelt charmant. »Mandy ist das hübsche Wesen, das mit dem Blümchenauto hier durch die Gegend fährt, nehme ich an.«

»Genau.«

»Zwei Frauen in einem Fass, eine schöner als die andere …« Er sieht mir direkt in die Augen. Flirtet er etwa mit mir?

»Genug Süßholz geraspelt, Konstantin«, mischt sich da Klara ins Geschehen ein. »Wenn wir schon dabei sind, könnten wir eigentlich auch den Keller mal renovieren. Er könnte Fliesen und einen neuen Anstrich gebrauchen. Komm, schreib auf, in welcher Reihenfolge wir da am besten vorgehen.«

»Zu Befehl, Chefin.« Er zwinkert mir zu – und ich verlasse schmunzelnd den Raum. Konstantin hat Charme, das ist nicht zu leugnen.

Draußen im Vorgarten steht Mandys Nuckelpinne. Daneben sollte eigentlich Watson liegen. Er bewegt sich sonst keinen Zentimeter, wenn ich ihm sage, dass er warten soll. Doch er ist nicht mehr da. Zu allem Überfluss steht das Gartentor offen. Ich bin mir sicher, dass ich es hinter mir zugemacht habe. Leichte Panik steigt in mir hoch.

»Watson?«, rufe ich. »Watson!« Und dann staune ich

nicht schlecht. Ella kommt maunzend durch das Tor marschiert, gefolgt von Jane – und meinem braunen Riesenbaby. Er wedelt freudig mit dem Schwanz, als er mich entdeckt.

»Wo warst du denn?«, frage ich streng. Ich rechne damit, dass er mit angelegten Ohren auf seine Standpauke wartet, aber er scheint sich keiner Schuld bewusst zu sein. Er seufzt laut und lässt sich hechelnd auf den Boden fallen.

»Was habt ihr nur angestellt?«, frage ich kopfschüttelnd. Die Standpauke, die er verdient hat, spare ich mir. Julian hat mir mal erklärt, die bringt nur was, wenn ich ihn in flagranti erwische. Allerdings bin ich mir da nicht mehr so sicher. Nachdem er das Loch in die Wand gegraben hatte, schien er ganz genau gewusst zu haben, was er angestellt hatte. »Du bist mir ja einer!« Ich schiebe das Fahrrad aus dem Garten und ziehe das Tor fest hinter mir zu. Irgendjemand muss es geöffnet haben, da bin ich mir sicher.

Ich fahre sehr langsam, damit Watson mit mir Schritt halten kann. Er ist noch immer ganz außer Atem. Als wir an Haus Nr. 2 vorbeikommen, steht ein schwarzhaariger Mann in Gummistiefeln, braunen Cordhosen und einem olivgrünen Hemd am Gartentor.

»Sagen Sie der alten Hexe, dass ich die Katzen abknalle, wenn ich sie noch mal auf meinem Grundstück erwische«, ruft er. An der Leine hält er Rocky. Viel zu kurz für meinen Geschmack. Er drückt dem armen Tier die Luft ab. »Und passen Sie auf Ihren Hund auf.«

War das auch eine Drohung? Oder eine Anspielung darauf, dass Watson sich eben heimlich vom Acker gemacht hat? Ich kann mir kaum vorstellen, dass er freiwillig ausgerechnet bei Rocky war. Ich radle weiter und ignoriere den unsympathischen Kerl. Solchen Menschen sollten Hunde verboten werden.

Im Finnhaus angekommen, stelle ich zuerst die Sauna an. Wir haben zehn nach sechs, das passt also zeitlich einigermaßen. Den Salat habe ich schnell zubereitet. Und die Schnittchen mache ich nachher frisch, das geht flott.

Um halb sieben sitze ich mit einem Glas Wasser am Gartentisch vor dem Häuschen und ziehe mein Handy aus der Tasche. Ich habe neun Nachrichten bekommen. Sechs davon sind von meiner Mutter.

Habe ich eine hübsche Tochter!, schreibt sie.

Danach folgen drei Fotos. Zuerst bewundere ich eine Ganzkörperaufnahme, die meine Mutter im Spiegel von sich geknipst hat. Danach ein Porträtfoto mit Schmollmund. Das nächste zeigt ihre neue Küche, und beim letzten hat sie anscheinend aus Versehen den Parkettboden ihres Wohnzimmers geknipst. *Ups, ein Versehen*, steht darunter.

So wie es aussieht, hat meine Mutter ein neues Spielzeug entdeckt. Ich bin gespannt darauf, wie viele Fotos und Nachrichten die nächsten Tage noch bei mir eintreffen werden.

Katharinas Mitteilung ist etwas länger.

Du siehst entspannt aus. Schön, dass es dir dort gutgeht. Blumen habe ich eben gegossen. Liebe Grüße von Frau

Gerdes. Sie hat gefragt, wie es dir geht. Der fette Kater war zu Besuch bei mir. Und kurz darauf stand auch sie vor der Tür. Hab sie reingelassen. Weiß nicht warum, aber ich habe ihr von Harvey erzählt. Danach habe ich mich überwunden und habe ihn angerufen. Er war total komisch am Telefon. Irgendwas stimmt da nicht, seufz. Na ja, ist ja immer so mit den Kerlen … Drück dich – Katharina.

Drück dich auch, ganz fest!, antworte ich ihr. *Ich habe heute Klara von Julian erzählt. Wir hatten also beide Gespräche mit alten Damen. Ach ja, ein verdammt gutaussehender Architekt möchte mich gern malen. Irgendwas stimmt allerdings auch mit dem nicht. Er ist viel zu charmant, um echt zu sein. So viel zu der Sache mit den Kerlen.*

Katharina hat allerdings tatsächlich oft kein Glück mit ihren Männern. Wenn sie einen mal richtig gut findet, hat die Sache einen Haken. Und die, die offensichtliches Interesse an ihr zeigen, findet sie meistens langweilig. Ihre längste Beziehung hatte sie mit Torben. Die beiden wurden ein paar Wochen nach Julian und mir ein Paar. Ich mochte ihn eigentlich ganz gern, aber er war sehr schwierig. Er kam mit zu viel Nähe nicht gut klar. Katharina war ständig ausgehungert nach Zärtlichkeit. Torbens Kuschelfaktor, wie sie es so schön nannte, ging in Richtung null. Trotzdem hat sie es drei Jahre mit ihm ausgehalten und sich nur von ihm getrennt, weil er zum Studieren in eine andere Stadt gezogen ist und sie keine Lust auf eine Fernbeziehung hatte. Mit Jörn hat sie letztendlich wieder einen ähnlichen Typen erwischt. Intelligenzfaktor ganz weit oben, Kuschelfaktor negativ. Ich wünsche ihr von ganzem

Herzen, dass sie mit ihrem nächsten Mann mehr Glück hat, und drücke auf Senden.

Als ich schließlich Alex' Nachricht öffne, beginnt schon bei den ersten Worten mein Herz schneller zu klopfen. Damit habe ich nicht gerechnet …

Du bist wunderschön … Auch wenn das jetzt vielleicht sehr unpassend ist und dann auch nur als Nachricht auf deinem Handy bei dir eintrifft, kann ich einfach nicht anders, als dich aus der Ferne wissen zu lassen, dass du wunderschön bist, und dass ich nicht aufhören kann, an dich zu denken … Alex

Ich hätte ihm das Foto nicht schicken dürfen, schießt mir durch den Kopf. Aber es war schließlich keine Absicht. Ich lese die Nachricht noch einmal, bevor ich das Handy auf den Tisch lege, tief einatme und die Augen schließe. Dabei sehe ich Alex vor mir, wie damals in meinem Traum. Was hat er nur an sich, dass ich mich zu ihm hingezogen fühle? Ich kenne ihn doch kaum.

Und plötzlich mischt sich Julians Stimme in meine Gedanken.

Wenn ich eine Frau wäre, würde ich mich bestimmt in Alex verlieben. Was meinst du, Nora, um was wollen wir wetten?

19. Kapitel

»Huhu.« Mandy winkt mir zu, als sie durch das Gartentor kommt. Ich sitze immer noch vor dem Haus und genieße die letzten Strahlen der Abendsonne.

»Hallo.«

Sie strahlt mich an. Dabei entdecke ich ein kleines glitzerndes Steinchen rechts oberhalb ihrer Lippe. Entweder ist es mir gestern nicht aufgefallen, oder sie hatte es rausgenommen. Ich bin kein Fan von Piercings, aber zu Mandy passt es. Es sieht toll aus auf ihrer karamellfarbenen Haut.

»Ich hab uns was mitgebracht!« Sie stellt eine Flasche Prosecco auf den Tisch und danach eine Glasflasche mit Bügelverschluss, in der sich eine durchsichtige Flüssigkeit mit einem ganz zarten Gelbstich befindet.

»Schön, dass du da bist.« Ich greife nach der zweiten Flasche und schaue nach, was auf dem Etikett steht. »Gurkenlikör?«

Mandy grinst. »Ich weiß, das hört sich etwas schräg an. Aber im Prosecco schmeckt er genial. Hugo ist out, Gurko wird das neue Kultgetränk. Das weiß nur noch keiner.«

Sie setzt sich neben mich und zieht eine Schlangengurke aus ihrer großen bunten Schultertasche. »Damit hübschen wir die Gläser ein bisschen auf. Wenn schon, dann mit Stil!«

»Klingt interessant.« Ich ploppe die Flasche auf und schnuppere am Inhalt. »Eindeutig Gurke.«

»Ja. Im Gefrierfach sind Eiswürfel. Die habe ich gestern reingestellt, bevor du gekommen bist. Nur so für alle Fälle. Das Zeug muss man möglichst kalt trinken.«

Es gefällt mir, dass Mandy unser Treffen anscheinend schon im Vorhinein geplant hat. Ich zeige auf das Fässchen. »Sollen wir erst einmal eine Runde schwitzen? Dein Gurko hört sich nach der perfekten Erfrischung zwischen zwei Gängen an. Ich habe einen Salat gemacht und alles für ein paar Schnittchen eingekauft. Und was Süßes gibt es auch.« Ich habe vorhin eine Packung *Sandmanns Chokis* geöffnet, weil ich unbedingt probieren wollte. Die Schokobohnen schmecken ganz gut, aber auch nicht anders als andere. Den Sandmann auf der Verpackung allerdings finde ich immer noch sehr süß.

»Super.« Sie befördert ein Saunatuch aus der Tasche. »Ich bin bereit.«

Wir gehen barfuß, nur in unsere Handtücher gewickelt, zu dem aufgeheizten Fass. Natürlich kommt genau in dem Moment Konstantin die Straße entlanggejoggt. Als er uns sieht, bleibt er stehen. Wenn ich eine Sauna hier geplant hätte, dann würde sie jetzt so stehen, dass sie von der Straße aus nicht zu sehen wäre. Wahrscheinlich hätte ich sie hinter und nicht neben das Finnhaus gebaut. Der Gartenzaun reicht mir gerade mal bis zur Taille, man kann einfach darüber hinweg auf das Grundstück sehen.

»Viel Spaß euch beiden«, ruft er.

»Danke.« Ich halte vorsichtshalber den Handtuchknoten über meiner Brust fest, damit er sich nicht zufällig öffnet.

»Bis morgen!« Konstantin setzt sich wieder in Bewegung und wir uns auch.

»Bis morgen?« Mandy knufft mich in die Seite.

»Keine Ahnung, was er damit meint.« Ich öffne die Tür zum Fass, lege mein Handtuch auf eine der beiden Bänke und strecke mich lang darauf aus.

Mandy macht es sich auf der anderen Seite gemütlich. Für zwei Personen ist die Minisauna optimal.

»Er war heute beruflich bei Klara«, erkläre ich. »Da haben wir uns kurz kennengelernt. Vielleicht ist er morgen noch mal bei ihr. Mit mir hat er definitiv keinen Termin.«

»Aber süß ist er schon, oder?«

»Watson ist süß, Konstantin eher attraktiv und sehr charmant auf seine Art, aber ich habe absolut kein Interesse an ihm.« Ich drehe mich auf die Seite und schaue zu Mandy. »Er findet dich übrigens schön.«

Sie springt sofort darauf an. »Echt?«

»Ja. Ich erzähl dir, was er genau gesagt hat, wenn du mir erklärst, was da zwischen deiner Oma und Klara los ist. Außerdem würde ich gern wissen, warum du mich sozusagen ins offene Messer hast laufen lassen. Du wusstest doch, dass Klara eigentlich keinen Besuch empfangen wollte.«

»Aber eben nur eigentlich … Klara wollte meine Oma nicht sehen. Und mich plötzlich auch nicht mehr. Ich weiß ehrlich gesagt nicht, was ich ihr getan habe.«

»Ich soll dich von ihr grüßen. Sie hat mir gesagt, du könntest für die ganze Sache nichts und seist da nur in irgendwas reingeraten. Aber in was, hat sie mir auch nicht verraten.«

»Ganz ehrlich, Nora, ich habe absolut keine Ahnung. Ich befürchte, es hängt irgendwie mit meiner Mutter zusammen. Kurz nachdem sie gestorben ist, haben Klara und meine Oma sich schlimm gestritten. Aber Oma sagt mir nicht, worum es ging. Sie schweigt. Ich weiß aber, wie sehr sie darunter leidet. Sie trauert um meine Mama. Dazu hat sie finanzielle Sorgen – und dann verkracht sie sich auch noch mit ihrer besten Freundin. Die hat sich in dem blöden Pflegeheim verschanzt, obwohl sie da meiner Meinung nach von Anfang an gar nichts zu suchen hatte. Na ja, und dann hast du plötzlich angerufen. Frag mich nicht, warum, aber ich hatte einfach das Gefühl, dass du Klara guttun würdest. Weil sie dir Marmelade geschickt hat – und weil du dich am Telefon verdammt nett angehört hast.«

»Danke, das Kompliment gebe ich gern zurück.« Ich seufze und drehe mich wieder auf den Rücken. »Du hast recht: Wenn du mir das alles am Telefon erzählt hättest, hätte ich mich gar nicht erst auf den Weg in dieses kleine Nest gemacht. Aber jetzt bin ich froh, dass ich hier bin.«

»Das freut mich. Ich bin auch froh, dass du hier bist. Übrigens kannst du umsonst hier im Häuschen wohnen.«

»Quatsch, ich zahle natürlich. Eben hast du noch gesagt, deine Oma habe finanzielle Probleme.«

»Das hat sie, aber die paar Euro helfen da nicht. Außerdem kommt das von ihr, nicht von mir. Als sie gehört hat, dass ich dir das Häuschen vermietet habe, hat sie darauf bestanden, dass du so lange darin wohnen kannst, wie du willst. Sie wird keinen Cent von dir annehmen. Wahrscheinlich wird sie die Hütte sowieso verkaufen.«

»Schade, es ist ein süßes Häuschen. Es gehörte vorher Klara, hat sie mir gesagt.«

»Ja, sie hat es Oma überschrieben, nach Mamas Tod. Und jetzt frag mich bitte nicht, warum. Ich dachte eigentlich, sie hat es gemacht, um Oma zu helfen. Vorher hat Mama Oma finanziell unterstützt. Als Küchenhilfe verdient Oma nicht viel. Seit sie diese Probleme mit der Hüfte hat, kann sie nur noch halbtags arbeiten. Früher war sie Köchin, eine verdammt gute! Ich würde ihr ja auch gern helfen, aber ich komme kaum selbst über die Runden. Ich studiere Jura und gehe nebenbei kellnern.«

»Jura? Echt?«

»Ja, ich weiß, das passt gar nicht zu mir. Vielleicht bin ich deswegen mittlerweile im sechzehnten Semester. Ich bekomme es einfach nicht auf die Kette, es abzuschließen. Ich leide wohl unter Prokrastination.«

»Unter was?«

»Prokrastination, Aufschieberitis.«

»Und das kann man nicht heilen?«, frage ich und lache.

»Nee, anscheinend nicht. Ich bin ein hoffnungsloser Fall. Außerdem liegt mir Jura wahrscheinlich gar nicht, und ich weigere mich bloß hartnäckig, das einzusehen.«

»Was würdest du denn stattdessen gern machen?«, frage ich.

»Torten backen«, kommt es wie aus der Pistole geschossen.

»Ich finde, das klingt nach einem guten Plan B.«

»Echt?«

»Ja. Die Mohntorte mit Erdbeeren war der Hammer. Apropos … sollen wir einen Happen essen und deinen Gurkenlikör testen?«

»Ja.« Mandy räkelt sich auf der Bank. Konstantin hat recht. Sie ist wirklich bildschön.

»Auf den Plan B.« Ich halte Mandy mein Glas entgegen. Es stimmt, der Gurko sieht jetzt schon verdächtig nach Kult aus. Wir haben in bauchige Rotweingläser einige Eiswürfel gelegt. Darauf haben wir einen Streifen Gurkenschale gesetzt, der sich ringförmig an die Glasinnenwand anschmiegt. Eine Scheibe Zitrone sorgt für etwas Säure. Mit Prosecco und dem Likör aufgefüllt und einer dekorativen Gurkenscheibe am zuckrigen Gläserrand sieht das sehr appetitlich aus.

Wir haben es uns im Finnhäuschen auf der Couch gemütlich gemacht. Ich trage meinen Bademantel, Mandy hat sich in eine Decke gewickelt. Watson liegt in seinem Körbchen und schielt auf den Wohnzimmertisch, auf dem die Schnittchen und der Salat stehen.

»Oder auf Plan C.« Mandy stößt mit mir an. »Wir könnten auch eine Likörfabrik gründen.«

»Dann schmeißen wir aber vorher noch Plan A in den Topf. Was hältst du von einer Marmeladenmanufaktur? Klara wäre auch mit von der Partie.«

»Echt? Ich wäre sofort dabei.«

Wir trinken beide einen Schluck.

»Wow«, sage ich. »Das Zeug ist der Hammer!« Es schmeckt ganz zart nach Gurke, und in Verbindung mit dem Prosecco ungewöhnlich gut. »Wie machst du ihn?«

»Gurke, Zucker, Wodka.«

Ich genehmige mir noch einen großen Schluck. »Zu Hause setze ich auch alle möglichen Liköre an. Aber Gurke? Darauf bin ich noch nie gekommen. Gibst du den Zucker pur dazu oder als Sirup?«

»Einfach alles zusammenschütten, ein paar Tage stehen lassen, fertig. Am besten schmeckt er mit Gurken aus dem Garten, die haben mehr Aroma als die gekauften.«

»Das ruft Plan D auf die Tagesordnung«, sage ich. »Wir gründen eine Alles-aus-dem-Garten-Fabrik: Marmelade, Sirup, Aufstriche, Liköre … allerdings wäre dann kein Platz für deine Torten.«

»Damit könnte ich leben. Dann bleibt das eben ein Hobby. Aber sag mal, Klara würde sich tatsächlich mit dir auf den Markt stellen? Wie gesagt, ich habe gehofft, dass ihr beiden euch gut versteht und sie dadurch ein wenig Auftrieb bekommt. Aber dass es so schnell geht, hätte ich nicht gedacht. Wie hast du sie denn davon überzeugt, das doofe Heim zu verlassen?«

Ich erzähle Mandy, wie es dazu kam und was ich in der kurzen Zeit schon alles mit Klara erlebt habe. Als ich von den gestohlenen Marmeladengläsern erzähle, schüttelt sie ungläubig den Kopf.

»Typisch Oma. Sie hat sich in den Kopf gesetzt, dass

an den Gerüchten um Klaras Großeltern und dem versteckten Schmuck was dran ist. Ich denke, es ist genauso ein Humbug wie die anderen Geschichten, die über Klara erzählt werden.«

»Was meinst du?«

»Na ja, dass sie ihre beiden Männer umgebracht hat. Und auf die kleine Tochter ihres Bruders sollte sie es angeblich auch abgesehen haben.«

»Auf Margot? Quatsch!«

»Sag ich doch. Das kommt bestimmt alles von ihrem Feuermal. Die spinnen, die Leute. Irgendjemand hat mal behauptet, Klara sei im früheren Leben eine Hexe gewesen. Und ihr Feuermal sei eine Narbe aus ihrer grausamen Vergangenheit. Ist dir aufgefallen, wie schön Klara ist? Ich glaube, dass es daran liegt. Sie ist schön, intelligent und sehr selbstbewusst. Damit können viele nicht umgehen.«

Ich bin immer noch ganz betroffen von dem, was Mandy mir da gerade erzählt hat.

»Das könnte sein. Und Klara hatte zwei Männer?«

»Ja, der zweite ist auf einer Treppe vor dem Haus seiner Geliebten ausgerutscht. Der erste ist ganz banal von einem Auto überfahren worden. Er war wohl ein Arsch und nicht gut zu Klara, zumindest sagt Oma das. Na ja, und der zweite hat Klara betrogen. Sie war bei beiden Unfällen noch nicht mal ansatzweise in der Nähe, aber trotzdem soll sie schuld daran sein. Ist doch verrückt, oder?«

Klaras Wunsch an das Universum, Edwin solle zur Hölle fahren, kommt mir plötzlich in den Sinn. Ob es bei ihrem ersten Mann ähnlich war?

Ich trinke meinen Gurko in einem Zug leer und schüttele den Gedanken schnell von mir ab.

»So ein Blödsinn, die arme Klara!«, sage ich.

»Ja, das muss schlimm sein, wenn die Leute so schlecht über einen denken. Das mit Klaras Nichte war übrigens auch keine Absicht. Klara hat ihr ein Stück Walnusskuchen gegeben. Sie wusste nicht, dass Margot allergisch darauf reagiert. Niemand wusste das – bis zu dem Moment, in dem die Kleine Atemnot bekam. Letztendlich hat Klara instinktiv richtig reagiert. Sie ist mit ihrer Nichte zum Arzt gerannt, der nur ein paar Häuser weiter gewohnt hat. Hätte sie zu lange gewartet, wäre die Kleine erstickt.«

»Also hat sie ihr das Leben gerettet.«

»Sehe ich auch so. Aber der Bruder hat ihr vorgeworfen, sie habe nicht aufgepasst, und hat Klara nicht mehr in die Nähe der Kleinen gelassen. Und irgendwann später hieß es, sie habe es vielleicht sogar mit Absicht gemacht. Der Bruder ist dann samt Frau und Kind in einer Nacht-und-Nebel-Aktion in den Westen verschwunden. Er hat sich nie wieder bei Klara gemeldet.«

Julians Opa … »Wie gemein!«

»Du sagst es. Klara ist bei ihren Großeltern geblieben. Soweit ich weiß, muss ihr Vater ein richtiges Ekel gewesen sein.«

»Ich glaube, die Mutter war auch nicht gerade herzlich. Sie hat sich wegen des Feuermals ihrer Tochter geschämt. Aber Klara hat sehr liebevoll über ihre Großeltern gesprochen.«

»Ja. Es muss schlimm gewesen sein, als das Haus abgebrannt ist. Angeblich soll Klaras Vater dabei seine Hände im Spiel gehabt haben, aber das konnte nie bewiesen werden. Er soll wütend gewesen sein, weil er nichts geerbt hat außer seinem Pflichtanteil. Nach dem Tod von Klaras Großeltern hat er erfahren, dass Klara als Alleinerbin im Testament eingetragen war.«

»Krass!«

»Du sagst es. Klara hat verzichtet. Er hat letztendlich alles bekommen, also das, was übriggeblieben ist. Ein Grundstück mit einem abgebrannten Haus. Sie wollte nur die persönlichen Erinnerungsstücke und die wenigen geretteten Einrichtungsgegenstände für sich behalten.«

Ganz plötzlich wird mir kalt. Ich habe das Bedürfnis nach Wärme – und positiven Gedanken. »Sollen wir noch eine Runde ins Fass gehen und zur Abwechslung mal wieder über schöne Dinge reden?«, frage ich. »Oder meinst du, wir haben zu viel Gurko intus?«

»Hm, ich glaub nicht. Prosecco hat ja nicht so viele Umdrehungen. Und das bisschen Gurkenlikör …«

»Okay, dann los.«

»Jetzt zu den schönen Dingen. Hast du eine absolute Lieblingstorte?«, frage ich, als wir wieder auf den Bänken liegen.

»Schoko-Birne, die ist der absolute Hammer. Saftig, nicht zu süß, einfach genial. Manchmal mixe ich in den Schokoteig ein Tässchen Espresso …«

Ich höre Mandy zu, fange gerade an zu schwitzen, da meldet sich plötzlich die Vernunft in mir.

»Hört sich wirklich lecker an. Ich liebe Schokokuchen, besonders in Verbindung mit einer Tasse Kaffee. Aber weißt du was, Alkohol weitet die Blutgefäße«, sage ich. »Und Hitze auch.« Ich setze mich auf. »Ich will kein Spielverderber sein, aber wir hätten deinen Gurko besser nach der Sauna trinken sollen. Lass uns lieber rausgehen.« Julians Herz hat versagt, einfach so. Ich habe Henrik versprochen, dass ich auf mich aufpasse.

»Du hast absolut recht. Lass uns lieber noch was essen und drinnen gemütlich quatschen.«

Wir laufen wieder durch den Garten. Eine Frau mit Hund an der Leine geht die Straße entlang. Als sie uns bemerkt, grüßt sie. Kurz darauf fährt ein Auto vorbei, und gleich darauf noch eins.

»Gestern war Kinnbackenhagen wie ausgestorben. Dafür sind heute verhältnismäßig viele Leute unterwegs«, stelle ich fest.

»Am Wochenende wird es meistens voller hier. Außerdem ist Edith wieder da, eine Freundin von Klara und Oma. Der grüne Ford war von Schmidtbauers Sohn, und der Beetle, der danach kam, von Frau Meinertshagen. Ihr gehört Haus Nr. 2. Sie wohnt in der Nähe von Hamburg und ist meistens nur für ein paar Tage in Kinnbackenhagen. Manchmal vermietet sie das Haus auch, allerdings nur an Verwandte und Freunde. Aber du hast recht, viel los ist hier nicht, oder besser gesagt: gar nichts. Deswegen interessiert sich ja auch jeder für jeden. Groß Mohrdorf ist größer, hat so um die siebenhundert Einwohner, aber viel mehr los ist da auch nicht. Aus dem Grund siehst du auch kaum junge Leute hier. Die ziehen weg. Das muss man auch, wenn man beruflich eine Perspektive haben möchte. Die nächste größere Stadt ist Stralsund. Aber wenn du was erreichen willst, musst du nach Berlin oder Hamburg. Ist dir noch nicht aufgefallen, wie viele Häuser hier leer stehen? Es tut mir in der Seele weh, wenn ich daran denke, dass sie einfach so zerfallen.«

»Auf der Fahrt hierher sind mir ein paar aufgefallen. Aber ehrlich gesagt, habe ich nicht sehr darauf geachtet.«

»Schau mal danach, wenn du vielleicht mal mit dem Auto nach Barth fährst. Da kommst du durch kleine Dörfer, in denen du sie links und rechts der Straße stehen siehst. Landschaftlich ist es wunderschön hier, aber was bringt das, wenn die Leute hier einfach keine Arbeit finden.«

»Das ist wirklich schade. Wenn ich da ans Ruhrgebiet denke … Ich wohne in Oberhausen, aber in fünf Minuten bin ich mit dem Auto in Essen, zehn bis nach Duisburg, eine halbe Stunde bis Düsseldorf. Dafür ist es laut. Hier hat man Ruhe pur. Was ist denn mit dem Tourismus hier? Rügen kennt ja mittlerweile jeder, aber von der Vorpommerschen Boddenlandschaft habe ich ehrlich gesagt vorher auch noch nie gehört.«

»Die meisten Urlauber zieht es an das offene Meer. Rügen oder auch Fischland Darß und Zingst sind beliebte Ferienorte. Ich mag aber unseren Bodden. Wenn ich ein Café eröffnen würde, dann würde ich es in Barth versuchen. Es ist ein schönes Städtchen. Der Hafen ist toll. Du musst mal im Spätsommer kommen. Dann rasten Tausende Kraniche hier. Sie tanken Kraft für ihren Weiterflug in den Süden. Es ist ein tolles Naturschauspiel, wenn die Vögel auf dem Weg in die Sonne über dich hinwegfliegen. Da ist Gänsehaut pur angesagt.«

»Das kann ich mir gut vorstellen. Nach Barth fahre ich vielleicht morgen.« Wenn ich schon hier bin, dann möchte ich mir auch die Umgebung anschauen. »Eventuell wollte ich auch mal einen Abstecher nach Rügen machen. Hast du Lust mitzukommen?«

»Ich muss morgen ab zwölf arbeiten.«

»Schade.«

»Aber am Sonntag habe ich noch nichts vor.«

»Super, dann lass uns was gemeinsam unternehmen.«

Wir springen nacheinander unter die Dusche.

»Kannst du mir vielleicht was Bequemes zum Anziehen leihen?«, fragt Mandy, als sie in ein Handtuch gewickelt ins Wohnzimmer kommt.

»Klar, such dir einfach was aus. Ich habe alles im Schlafzimmer in den Schrank gehängt.«

Keine fünf Minuten später steht Mandy angekleidet vor mir.

»Und?«, fragt sie und dreht sich einmal im Kreis.

Mandy trägt meine *Peggy-Bundy*-Hosen. Es handelt sich dabei um ein besonders hübsches Exemplar von viel zu kurzen Nicki-Leggings mit Leoparden-Muster. Katharina hat sie mir zum Geburtstag geschenkt, nachdem wir uns wochenlang jede Folge von *Eine schrecklich nette Familie* angeschaut haben. Sie sind grässlich – aber ich liebe sie. »Sexy«, sage ich.

Sie sieht an sich hinunter und grinst. »Finde ich auch. Besonders das Muster.«

»Neben der Tür stehen die passenden Hausschuhe.« Auch in Leopardenoptik. Teil zwei des Geschenks meiner lieben Freundin. »Hose und Schuhe gehören unbedingt zusammen. Was hast du für eine Schuhgröße?«

»Neununddreißig.«

»Dürfte passen.«

Ich nehme mir noch ein Schnittchen von der Platte. Dabei sehe ich, dass mein Handy blinkt, das ich neben den Fernseher gelegt habe.

»Ich muss mal gerade nachschauen, wer mir da geschrieben hat«, erkläre ich. »Normalerweise mache ich das nicht, wenn Besuch da ist, aber meine Freundin hat sich gerade von ihrem Freund getrennt. Vielleicht braucht sie seelische Unterstützung.«

»Mach nur. Dann schau ich auch mal bei mir nach. Mein Freund spinnt nämlich momentan auch mal wieder ein bisschen rum. Wir hatten vorhin ein klein wenig Stress.«

»Oh, warum denn?« Bisher habe ich mir noch gar keine Gedanken darüber gemacht, ob Mandy einen Freund oder einen Mann hat. Sie könnte ja auch schon Mutter sein. Immerhin ist sie achtundzwanzig, da sind die meisten liiert, wenn sie nicht gerade wieder getrennt sind, wie Katharina.

»Thomas ist unzuverlässig. Letzte Nacht ist er einfach nicht nach Hause gekommen. Er ist beim Pokern mit ein paar Kumpels versackt, und das nicht zum ersten Mal.« Sie seufzt. »Ich hätte ihn schon längst zum Mond schießen sollen. Während ich kaputtgegangen bin vor Sorgen, hat er sich vergnügt. Das Schlimme an der Sache ist, dass ich mich am meisten über mich selbst ärgere. Ich hätte den Abend allein genießen sollen, stattdessen habe ich mir Gedanken darüber gemacht, was ihm alles Schlimmes widerfahren sein könnte.«

»Das wäre mir allerdings auch so gegangen. Nicht nach Hause kommen, ohne vorher Bescheid zu sagen, geht gar nicht!«

»Absolut nicht!« Mandy greift nach ihrem Handy und ich nach meinem.

Alex hat mir noch einmal geschrieben. *Habe ich dich verschreckt?*

Ich habe ihm immer noch nicht geantwortet. Aber diesmal habe ich es nicht vergessen, sondern ich weiß einfach nicht, was ich auf seine eigentlich doch schöne Nachricht erwidern sollte.

»Was ist?«, fragt Mandy. »Alles okay?« Sie steht mit ihrem Telefon am Fenster und sieht zu mir rüber. »Du siehst so ernst aus.«

Ich öffne die erste Nachricht, die Alex mir geschickt hat. Dabei spüre ich sofort, dass mein Herz wieder schneller schlägt.

»Hier.« Ich halte Mandy das Handy hin. »Schau mal. Die habe ich vorhin bekommen. Und ich weiß absolut nicht, was ich darauf antworten soll.«

Mandy liest und sieht mich wieder an. »Er hat recht. Du bist wunderschön.«

»Das ist lieb von dir, aber ich habe ihm das Foto nicht

mit Absicht geschickt. Eigentlich sollte meine Freundin es bekommen. Das habe ich ihm auch direkt hinterher geschrieben.«

»Welches Foto?«

»Scroll mal hoch.«

»Wow. Wahrscheinlich sitzt er jetzt die ganze Zeit davor und starrt es an. Und du bist dir sicher, dass du es ihm nicht doch mit Absicht geschickt hast?«

»Du bist doof!«, rutscht mir heraus, und Mandy fängt an zu glucksen.

»War nicht so gemeint.«

»Ich weiß, du hast ja recht, das war gemein von mir. Aber ich verstehe ehrlich gesagt nicht, wo das Problem ist. Wenn du kein Interesse hast, sag es ihm doch einfach.«

»Das ist es ja …« Ich lasse mich auf die Couch fallen. »Er gefällt mir irgendwie. Und dabei kenne ich ihn kaum. Ich war doch letztens bei diesem Probetraining, du weißt schon, nach dem mir alles weh getan hat. Er war der Trainer.«

Mandy setzt sich neben mich.

»Grins nicht so!« Ich schubse sie in die Seite. Aber das hilft nichts. Ihr Grinsen vertieft sich.

»Wir reden hier gerade über den Typen, den du angeschrien hast. Der, dem du den gewaltigen Muskelkater zu verdanken hast?«

Ich nicke. »Nachts habe ich dann prompt von ihm geträumt. Aber nichts Unanständiges. Er hat irgendwas … ach ich weiß auch nicht. Ich glaube, ich bin einfach noch nicht so weit. Irgendwie macht mir das Angst. Und ich fühle mich schlecht deswegen.«

»Wegen Julian?«

»Ja.«

»Aber er würde ganz sicher wollen, dass du wieder glücklich bist.«

»Ich weiß, aber …«

Mandy wartet, bis ich mich wieder gefasst habe. »Wäre es nicht unfair, mich auf Alex einzulassen, wenn ich Julian immer noch liebe?«

»Nicht, wenn du ehrlich zu Alex bist. Warum antwortest du ihm nicht einfach genau das, was du mir gerade erzählt hast?«

»Ich weiß nicht …«

Mandy gibt mir mein Handy zurück. »Komm schon, gib dir einen Ruck. Während du schreibst, rufe ich mal eben von draußen meinen Vollhonk von Freund an. Er hat mir tatsächlich geschrieben, ich würde mich verhalten wie eine eifersüchtige Ehefrau, die ihrem Mann keinen Spaß gönnt. Aber erstens sind wir nicht verheiratet, und zweitens hat er sie einfach nicht mehr alle. Dem werde ich jetzt erst mal meine Meinung sagen.«

Nun muss ich auch lachen, und mir geht es gleich ein bisschen besser. Als Mandy rausgeht, lese ich noch einmal Alex' Nachricht. Soll ich wirklich …?

Mandys Gurkenlikör

1 große Salatgurke
700ml Wodka oder klarer Schnaps
350g Kandis

Salatgurke schälen und in kleine Stücke schneiden. Mit Wodka und Zucker in ein Gefäß aus Glas oder Porzellan geben. Gut verschließen und mindestens 7 Tage an einem warmen Ort stehen lassen. Gurkenstücke aussieben und den Likör in eine Flasche füllen.
Mit einigen Eiswürfeln, einem Scheibchen Zitrone und Prosecco zu einem Cocktail mixen. Mit Gurkenscheibe und einem Streifen Gurkenschale dekorieren. Schmeckt sehr lecker!

20. Kapitel

Habe ich dich verschreckt?

Mandy hat recht. Am besten ist es, wenn ich mit offenen Karten spiele.

Ehrlich gesagt schon ein bisschen, schreibe ich. *Aber nicht, weil ich dich nicht mag. Im Gegenteil, ich fühle mich zu dir hingezogen. Und das macht mir momentan etwas Angst. Nicht böse sein, weil ich nicht gleich geantwortet habe, ja?*

Ich starre auf mein Handy und bin unsicher, ob ich die Nachricht tatsächlich abschicken soll. Erst nachdem ich sie noch zweimal geändert habe, drück ich auf Senden:

Ein wenig. Aber nicht, weil ich dich nicht mag. Ich finde dich sehr nett. Und das macht mir momentan etwas Angst. Nicht böse sein, weil ich nicht gleich geantwortet habe, ja?

Ich beobachte die zwei kleinen Balken auf meinem Display. Alex hat die Nachricht gelesen – und er antwortet prompt.

Böse? Wie könnte ich! Das ist viel mehr, als ich mir erhofft habe. Wenn du jetzt mein Herz klopfen hören könntest …

Wenn er meins erst mal hören könnte, denke ich, aber das behalte ich für mich. Bevor ich antworten kann, trifft eine weitere Nachricht von ihm ein: *Darf ich dir weiter schreiben, solange du weg bist?*

Darüber würde ich mich sehr freuen, tippe ich, und dann setze ich noch ein kleines Smiley dahinter. In dem Moment kommt Mandy wieder rein. Sie sieht verärgert aus.

Ich habe allerdings gerade Besuch von einer Freundin. Also nicht wundern, wenn ich nicht sofort antworte. Ich bringe die Nachricht auf den Weg. »Bin gleich fertig.«

»Kein Problem, mach nur.«

Viel Spaß mit deiner Freundin …, lese ich. *Wenn du mich jetzt sehen könntest, würdest du ein breites Lächeln auf meinem Gesicht entdecken. Ich schicke dir einen guten Gedanken, bis morgen …*

»So, alles geklärt.« Ich schaue zu Mandy. »Wie ist es bei dir gelaufen?«

»Fang du an. Ich muss mich erst abregen.«

»Am besten liest du einfach.« Ich gebe ihr mein Telefon.

»Oh, wie schön. Ich freu mich für dich. Das hört sich nach einem netten Kerl an.«

»Das hat Julian auch gesagt.« Ich seufze. »Er ist davon ausgegangen, dass Katharina irgendwann mit ihm zusammenkommt.«

»Deine Freundin? Hat sie denn auch Interesse an ihm?«

»Nein, natürlich nicht. Das wäre ein absolutes No-Go für mich.«

»Dann ist doch alles gut. Warum siehst du denn auf einmal so bedröppelt aus? Was ist das Problem?«

»Was, wenn ich mich von Julians Meinung habe beeinflussen lassen?«

»Und wenn? Es wäre doch eigentlich sehr schön. Dann hat er ihn sozusagen für dich ausgesucht.«

»Ich weiß ja noch gar nicht, ob überhaupt was daraus wird. Und ob ich es will.« Bei dem Gedanken an Julian wird mir auf einmal ganz flau im Magen. Davon mal ganz abgesehen kenne ich Alex kaum. Trotzdem spüre ich ein sanftes Ziehen im Bauch, wenn ich an ihn denke. Bei Julian war das damals allerdings ähnlich, nur wesentlich intensiver. Wir haben uns gesehen, und schon sind die Funken geflogen. Da hatte ich Schmetterlinge im Bauch, konnte nichts essen vor Aufregung. Ich habe mich Hals über Kopf in ihn verliebt. Damals habe ich mich auf meinen Bauch verlassen. Es war mir egal, dass wir uns kaum kannten. Aber ich habe mich verändert. Ich sollte mir Zeit lassen … »Erzähl, was hat dein Freund gesagt?«

»Der spinnt, und ich meine, so richtig! Er hat das tatsächlich ernst gemeint mit der eifersüchtigen Ehefrau. Kommt einfach nicht nach Hause und versteht nicht, dass ich davon nicht gerade angetan bin. Stattdessen macht er mir auch noch Vorwürfe. Am liebsten würde ich ihn auf der Stelle rauswerfen.«

»Und was hindert dich daran?«

»Ich kann mir die Miete allein nicht leisten. Deswegen habe ich ihn ja überhaupt erst einziehen lassen.«

»Hm«, mache ich. »Klingt irgendwie nicht nach der großen Liebe.«

»Ist es auch nicht. Eher eine Zweckgemeinschaft mit

gelegentlichem Sex. Als wir noch kein Paar waren, lief es besser. Thomas war mein WG-Mitbewohner. Der Sex hat alles verkompliziert. Ach, Mist!« Mandy greift nach ihrem Glas und trinkt den Rest in einem Zug aus. »Eigentlich kann es mir ja egal sein, wenn er nicht nach Hause kommt. Am besten wäre, ich sehe ihn einfach wieder als WG-Mitbewohner. Da hatten wir jede Menge Spaß miteinander.«

»Vielleicht wäre das eine Möglichkeit, frag ihn doch mal.«

»Ich weiß nicht, wie ich reagieren würde, wenn er dann eine andere Frau mitbringt. Ist schon bescheuert. Die große Liebe ist es wirklich nicht, aber loslassen kann ich auch nicht. Was soll's. Irgendwann erledigt sich die Sache wahrscheinlich von selbst.« Sie hebt ihr Glas hoch. »Willst du auch noch einen?«

»Ja, gern.«

Während Mandy die Cocktails mixt, prüfe ich noch einmal mein Handy. Fast bin ich ein bisschen enttäuscht, dass Alex nicht noch einmal geschrieben hat.

»Sag mal …«, ertönt es da aus der Küche, und Mandys dunkler Wuschelkopf erscheint in der Tür. »Dann hast du ganz bestimmt kein Interesse an Mr Charming?«

Ich weiß sofort, wen sie damit meint. »Konstantin? Nada!«, sage ich. »Er gehört dir.«

»Hat er wirklich gesagt, dass ich schön bin?«

»Na ja …«, ich entscheide mich für die Wahrheit. »Er hat gesagt, wir seien beide schöne Wesen. Er hat irgendwas von zwei Frauen im Fass erzählt. Aber er wusste sofort, wer du bist. Und dass du mit einem Blümchenauto durch die Gegend fährst.«

»Das fällt jedem auf.«

»Du fällst auf«, entgegne ich. »Auch wenn du ohne deine bunte Kiste unterwegs bist.«

»Vielleicht habe ich ja Chancen bei ihm, was meinst du?«

»Du bist eine Bombe, warum also nicht? Allerdings weiß ich nicht, was da noch mit seiner Exfrau läuft. Gestern war sie auch im Haus, ich habe sie rauskommen sehen.«

Wir prosten uns zu, bevor Mandy antwortet: »Die Blondine mit den langen Haaren. Es geht das Gerücht rum, sie hätten sich getrennt, weil Konstantin im Karnickelbau irgendwelche Orgien gefeiert hat. Ich bin übrigens überzeugt davon, dass Klara genau deswegen auf den Walnussbaum geklettert ist. Der steht nämlich direkt auf dem Grundstück neben seinem Haus.«

»Ich weiß.«

»Hat sie dir etwa erzählt, was sie da oben gemacht hat?« Mandy reicht mir das Glas. Ich nehme die Gurkenscheibe vom Rand und beiße ein Stück ab.

»Ach komm, jetzt sag schon.«

»Das kann ich nicht, Klara hat es mir im Vertrauen erzählt.«

»Nicht wenigstens ein kleiner Hinweis?«

»Okay, nur so viel: Dein Mr Charming hat keine Orgie dort gefeiert, zumindest nicht, als Klara auf dem Baum saß. Irgendwie brodelt die Gerüchteküche hier ganz schön heftig.«

»Stimmt. Liegt wahrscheinlich daran, dass sonst nicht viel los ist.«

»Wenn er dir gefällt, schnapp ihn dir.« Ich grinse sie an. »Komm, gib dir einen Ruck. Das hast du mir vorhin auch geraten.«

»Aber nur, weil dein Alex ganz offensichtliches Interesse an dir gezeigt hat. Außerdem … Konstantin ist Architekt, er unterrichtet an der Uni … Und tolle Bilder malt er auch. Ich hingegen bin eine ewige Studentin, die nichts auf die Reihe kriegt. Ich weiß ja nicht einmal, ob er Single ist.«

»Das finden wir bestimmt ganz schnell raus. Ich bin mir sicher, dass Klara genauestens darüber Bescheid weiß. Aber erst einmal solltest du dir darüber klarwerden, wie toll du bist. Du musst unbedingt aufhören, dir diesen Blödsinn einzureden, dass du nichts auf die Reihe kriegst. Es gibt Wichtigeres als einen Hochschulabschluss.«

»Das sagst du so, du hast ja einen.«

Ich springe auf, nehme Mandy an der Hand und gehe mit ihr zur Garderobe gleich neben der Tür. Vor dem großen Spiegel an der Wand bleibe ich stehen.

»So«, sage ich. »Das bist du. Du bist schön, du bist intelligent, und du bist wahnsinnig nett.«

»Du auch.«

Unsere Augen treffen sich im Spiegelbild, und wir fangen beide gleichzeitig an zu lachen. Die zu kurzen Nicki-Leggings in Leo-Look sehen wirklich schrecklich an Mandy aus. Meine schlabberige graue Jogginghose hingegen ist mir viel zu groß. Ich versinke fast darin und kann sie mir bis unter die Achseln ziehen. Es ist eine von Julians.

Ich habe es früher schon immer geliebt, in seinen Sachen rumzulaufen.

»Wir sind so was von schöne Wesen«, flachse ich. »Aber mal was anderes … Dein Gurko zieht ganz schön rein.« Den dritten habe ich fast leer, und mir wird etwas schummerig auf den Beinen. »Hast du Lust, gleich eine Runde mit Watson und mir zu drehen? Der muss noch mal raus. Später wird es mir schwerfallen. Bei Alkohol kommt bei mir irgendwann der Punkt, an dem der Drang, mich zu bewegen, in Richtung null sinkt.«

»Können wir machen. Ein bisschen frische Luft wird uns guttun.«

Watson hat seinen Namen natürlich sofort gehört. Er kommt aus dem Körbchen, schüttelt sich, trottet auf uns zu und sieht uns erwartungsvoll an.

»Jetzt sofort?«, frage ich und hole zu Mandys Erstaunen die Super Soaker, die ich in die Ecke neben der Tür gestellt habe. Dabei fällt mein Blick auf das Tapetenmalheur, das Watson angerichtet hat.

»Schau mal«, sage ich. »Hier hat Watson versucht, sich nach draußen zu graben.«

»Ist nicht so schlimm, das können wir einfach überpinseln.«

»Nein, das muss beigespachelt und tapeziert werden. Ich melde das auf jeden Fall meiner Haftpflichtversicherung. Dafür ist sie ja da.«

»Wenn du meinst … aber jetzt erzähl mir erst mal, was wir mit der riesigen Wasserpistole machen. Greifen wir jemanden an?«

»Die ist mit Rosenwodka gefüllt«, erkläre ich. »Falls Rocky draußen rumstreunt.«

»Du veräppelst mich.« Sie kichert. »Mach lieber Prosecco und Gurkenlikör rein, dann können wir unterwegs davon trinken. Rose ist nicht so mein Ding.«

»Rockys auch nicht. Das Zeug bleibt drin. Und dein Kultgetränk genehmigen wir uns noch mal, wenn wir zurück sind.«

»Das machen wir.«

Ich schwanke etwas. Wenn ich einen Schwips habe, geht es Mandy sicher auch so. »Vielleicht solltest du lieber bei mir schlafen. Fahren kannst du sowieso nicht mehr. Was hältst du davon?«

»Gern, dann kann mein idiotischer Freund zu Hause mal auf mich warten. Vielleicht sieht er ja dann ein, wie doof das von ihm war.«

»Meinst du?«

»Nö.« Mandy rollt die Augen. »Wahrscheinlich ratzt er tief und fest und merkt gar nicht, dass ich nicht heimkomme. Aber das ist mir egal. Ich möchte den Abend mit dir genießen. Schade, dass du nur für ein paar Tage hier bist.«

»Ja, das finde ich auch.« Der Gedanke, dass ich bald wieder zurück nach Oberhausen fahre, gefällt mir gar nicht. Es ist schön, hier zu sein. So gut ging es mir schon lange nicht mehr.

Wir gehen nacheinander zur Tür hinaus. Ich bleibe wie angewurzelt stehen, als ich den Sternenhimmel über mir sehe. Schon gestern kam er mir ungewöhnlich klar vor, aber heute leuchten die Sterne noch ein bisschen intensiver. Wie Kristalle, denke ich. In dem Moment dreht Mandy sich zu mir um. Ihr kleines Piercing funkelt im Licht der Gartenlaterne. Ich gehe auf sie zu und hake mich bei ihr unter. Wir haben heute über alles Mögliche geredet, nur nicht darüber, wie es ihr wirklich geht. Erst vor drei Monaten ist ihre Mutter gestorben. Sie sorgt sich um ihre Oma, bekommt ihr Studium nicht auf die Reihe, und jetzt hat sie auch noch Stress mit ihrem Freund.

»Ich bin wahnsinnig froh darüber, dass wir uns kennengelernt haben«, sage ich. »Und weißt du was? Es ist doch was dran an dem Spruch, dass die Zeit alle Wunden heilt. Zumindest wird es nach und nach besser.«

»Schön, dass du das sagst. Das macht mir Hoffnung.«

Wir gehen gemütlich die Straße entlang. Watson läuft aufgeregt auf dem Wiesenstück herum. Er schnüffelt sich von Wühlmausloch zu Wühlmausloch.

»Es fühlt sich alles irgendwie immer noch unwirklich an«, erzählt Mandy. »So, als wäre meine Mutter gar nicht gestorben, sondern nur auf einer längeren Reise. Sie war manchmal für drei Wochen am Stück im Urlaub. Da habe ich kaum was von ihr gehört. Ab und an ein Anruf, mal eine SMS. Und jetzt ist es immer noch so, dass ich auf eine Nachricht von ihr warte – obwohl ich weiß, dass keine eintreffen wird. Kennst du das?«

»Ja, bei mir war das ganz extrem: Ich habe Julian weiterhin Nachrichten geschickt. Und dann habe ich mir von seinem Handy aus geantwortet. Bis ich irgendwann eingesehen habe, dass mir das gar nicht guttut. Also habe ich mir selbst von seinem Handy aus geschrieben: *Ich komme nicht zurück, du blöde Kuh, hör gefälligst auf, mir zu schreiben.*«

»Oh, das ist hart. Hat es funktioniert?«

»Nicht wirklich. Jedes Mal, wenn ich meine Nachricht gelesen habe, ging es mir richtig schlecht. Katharina hat mich schließlich davon überzeugt, alles, was ich selbst verfasst habe, zu löschen. Das habe ich gemacht. Jetzt sehe ich wieder Julians letzte Nachricht an mich, wenn ich in den Verlauf gehe: *Überbackene Schnitzel mit Bratkartoffeln? Hmmmm …*«

»Hört sich lecker an.«

»War es auch.« Es war die letzte Mahlzeit, die wir gemeinsam zu uns genommen haben …

»Meine Mutter war der einzige Mensch auf der Welt, der mir nie Vorwürfe gemacht hat, wenn ich Mist gebaut habe. *Ist doch nicht schlimm*, hat sie dann gesagt. Und: *Wir finden schon einen Weg.* Sie hat mich immer so genommen, wie ich bin. Zum Beispiel die Sache mit meinem Studium … Sie hat gesagt, es sei ganz egal, wie lange ich dafür brauche. Und wenn es zwanzig Semester werden würden und ich dann feststelle, es sei doch nicht das Richtige gewesen, wäre es auch gut. Irgendwann würde ich wissen, was ich beruflich machen wolle, da war sie sich ganz sicher.«

»Ich glaube, dass es sehr schwierig sein kann, das rauszufinden. Ganz ehrlich, ich weiß gar nicht genau, warum ich Ernährungswissenschaften studiert habe. Julian war sich von Anfang an ganz sicher, dass er Lehrer werden wollte, aber ich hatte absolut keinen Plan. Also habe ich mich hingesetzt und mir mögliche Studiengänge rausgesucht. Ernährungswissenschaften klang interessant, ich hatte schon immer gern gekocht und auch mal neue Sachen ausprobiert, also habe ich mir gedacht: Warum nicht? Das Studium war ganz okay. Aber ich habe Julian immer bewundert, der war Feuer und Flamme für seinen Studiengang. Auch sein Referendariat hat er mit viel Engagement und natürlich mit einer glatten Eins gemeistert. Du hättest ihn mal sehen sollen, wie er gestrahlt hat, als er seine erste Klassenleitung übernommen hat. Und ich? Ich habe mein Studium mit 2,3 abgeschlossen. Der Job macht mir Spaß. Aber das liegt in erster Linie daran, dass ich nette Kollegen habe. Ich kann nicht behaupten, dass es mein Herzenswunsch war, Tiefkühlprodukte zu entwickeln.«

»Aber du hast es wenigstens zu Ende gebracht. Du hast einen festen Job, ein Haus … Du hast schon etwas erreicht im Leben. Ich bin achtundzwanzig, ständig pleite, und ich verknall mich immer in die falschen Kerle. Das ist wirklich frustrierend.«

»Deine Mutter hatte aber recht. Irgendwann weißt du, was du wirklich willst. Da bin ich mir ganz sicher.«

»Ich hoffe es.«

Wir bleiben vor dem Grundstück mit dem Walnussbaum stehen.

»Wem gehört das hier denn jetzt eigentlich?«, frage ich.

»Klaras Bruder.«

Das verstehe ich nicht. »Wieso?«

»Nachdem das Haus ihrer Großeltern abgebrannt war,

ist Klara vom Erbe zurückgetreten. Sie hat es ihrem Vater überlassen. Na ja, und als der Bruder Wind davon bekommen hat, dass dann auch Daddy gestorben ist, hat sich sein Anwalt bei Klara gemeldet. Als Sohn hat er ja ein Anrecht auf einen Teil des Erbes. Nach dem Mauerfall trat 1990 das westdeutsche Erbrecht in Kraft. Die Anwälte haben sich geeinigt. Der Bruder bekam das Grundstück, Klara die persönlichen Gegenstände der Großmutter, die noch gerettet werden konnten – und die Finnhütte. Die gehört jetzt allerdings meiner Oma. An Klaras Stelle hätte ich das Grundstück genommen und mir ein schönes Haus darauf gebaut. Aber sie hat sich dazu entschieden, das Haus zu kaufen, in dem sie jetzt lebt.«

»Sie hat also auf alles verzichtet.«

»Sieht so aus. Meine Oma hat mir das erzählt. Ob es wirklich so war, kann ich nicht mit Sicherheit sagen. Aber ich glaube schon.«

»Es würde zu ihr passen. Sie ist sehr stolz.«

Mandy zeigt auf den Walnussbaum. »Das stimmt. Aber irgendwie auch ein bisschen verrückt, natürlich im positiven Sinn. Klettert auf einen Baum – und plumpst nach unten.«

»Sie ist runtergefallen, weil sie etwas gesehen hat, das sie an den Eingang des Vorratskellers erinnerte«, rutscht es mir heraus.

»Ach so. Der sagenumwobene Keller, in dem die Großmutter im Krieg den Schmuck versteckt haben soll …«

»Wie kommt deine Oma denn eigentlich darauf?«, frage ich.

»Angeblich hat Klaras Oma das selbst erzählt. Sie ist sehr alt geworden, ich glaube, über neunzig. Am Ende war sie dement. Aber sie hat immer wieder was von einem Geheimnis erzählt, das mit den Früchten für die Marmeladen zu tun hat. Im Krieg wohnte eine jüdische Familie hier, mit der Klaras Großeltern befreundet waren. Alle aus der Familie sind deportiert worden. Es muss schlimm gewesen sein. Es hat nie wieder jemand etwas von ihnen gehört. Aber es hält sich hartnäckig das Gerücht, Klaras Großeltern hätten den Familienschmuck ihrer Freunde in Sicherheit gebracht, bevor sie abgeholt wurden.«

»Grausam. Wenn ich daran denke, wird mir bewusst, wie gut es uns heute geht.«

»Ja«, sagt Mandy. »Da hast du recht.«

»Vielleicht meinte Klaras Oma ja auch nur eine geheime Rezeptzutat«, überlege ich laut. »Oder eine bestimmte Zubereitungsart für süße Früchte.«

»Das kann gut sein. Ich weiß nur, dass Klara schon als kleines Kind mit ihrer Oma in der Küche gestanden hat, um Marmelade zu kochen. Allerdings wurde sie irgendwann Anfang bis Mitte der vierziger Jahre geboren. Da war der Krieg schon fast vorbei. Wenn ihre Oma tatsächlich Schmuck in Marmeladengläsern versteckt hat, kann sie es gar nicht mitbekommen haben.«

»Sie kam 1943 zur Welt.« Vor meinem inneren Auge erscheint Klara, die heute über siebzig ist – und mit mir Marmelade gekocht hat. Ich sehe sie im Kupfertopf rühren. Sie wirkt leicht abwesend, als sie sagt: »In den süßesten Früchten steckt ein Geheimnis.«

21. Kapitel

Vor dem Karnickelbau stehen zwei Autos.

»Der Volvo ist von Konstantin«, sagt Mandy. »Der Opel Adam gehört bestimmt einem weiblichen Wesen.«

»Kann sein.« Konstantins Haus ist hell erleuchtet. Das schöne große Schilfbild an der Wand fällt mir wieder auf. Es wird von zwei Lampen angestrahlt. Aber weder von Konstantin noch von seinem Besuch kann man von der Straße aus etwas sehen.

»Komm, wir gucken mal, ob wir vom Garten aus reinschauen können.«

»Das meinst du nicht ernst, oder?«

»Doch.« Mandy drückt das Tor auf.

»Warte mal …«

»Das ist Hausfriedensbruch«, flüstere ich, als ich Mandy eingeholt habe. »Du hättest mich wenigstens vorwarnen können, dann hätte ich Watson zurückgebracht.«

»Es ist gut, wenn er mitkommt. Dann können wir behaupten, er ist dir stiften gegangen und wir wollten ihn einfangen. Außerdem ist es nur Hausfriedensbruch, wenn Konstantin nicht sein Einverständnis dazu geben würde, dass wir sein Grundstück betreten. Er hat bestimmt nichts dagegen, wenn wir Watson suchen.«

»Du solltest dir das mit deinem Jurastudium noch mal überlegen. Du wärst bestimmt eine gute Anwältin.«

»Meinst du?«

»Wenn du nicht vorher verhaftet wirst, dann schon.«

»Ach, komm schon. Wir werfen nur einen kurzen Blick von hinten auf das Haus, dann gehen wir sofort wieder.«

»Na gut.« Ich hebe einen kleinen Kieselstein auf. »Den werfe ich aufs Grundstück. Dann rennt Watson los, um ihn zu suchen. Bei so einem Ministeinchen wird er eine Weile beschäftigt sein.«

»Gute Idee.«

Wir gehen am Haus vorbei. »Such, Watson.« Das Steinchen landet mitten auf der gleichmäßig gemähten Wiese, auf der ein schlichter Pavillon aus vier Holzpfosten mit einem cremefarbenen Segeltuchdach steht. Darunter befindet sich auf einem Gestell eine Doppelhängematte aus dem gleichen Material. Wir gehen, als sei es das Selbstverständlichste der Welt, hinter Watson her und schauen uns um. Blumen, Obst oder Gemüse sucht man hier vergebens. Nur ein paar Lavendelbäumchen und einige Rosmarinsträucher wurden in großen bauchigen Kübeln auf der Terrasse gepflanzt.

Vom Innenleben des Hauses bekommen wir allerdings nichts zu sehen. Weiße Schiebevorhänge vor der großen Glasfront halten unerwünschte Blicke ab.

»Komisch«, sage ich. »Von der Straße aus kann man reingucken, auf der Rückseite ist alles zu. Dabei geht doch hier nie jemand lang.«

»Mit dem Boot kann man ganz nah ans Ufer fahren.

Und wenn alles hell beleuchtet ist, hat man vom Wasser einen sehr schönen Blick ins Haus. Hinten befindet sich im Erdgeschoss das Wohnzimmer. In der ersten Etage sind ein Atelier und ein Arbeitszimmer – und obendrüber ein riesiges Schlafzimmer. Von der Seite kann man auch in das Atelier und das Schlafzimmer sehen.«

»Woher weißt du das? Warst du schon mal im Haus?«, frage ich. »Oder hast du auch schon mal auf dem Baum gesessen?«

»Im Boot. Aber das mit dem Baum ist eine gute Idee! Hilfst du mir hochzuklettern? Durch das Schilf kommt man ganz gut von Grundstück zu Grundstück.«

»Ich weiß.« Dort entlang sind auch die drei Frauen, die Klara geholfen haben.

Mandy wartet meine Antwort gar nicht erst ab. Sie ist schon unterwegs in Richtung Ufer.

»Oh Mann …« Ich laufe hinter ihr her. Am Schilf angekommen, heißt es aufpassen, dass Watson nicht auf die Idee kommt, einen kleinen Ausflug ins Wasser zu unternehmen. »Hiergeblieben«, sage ich streng, als ein paar Enten aufgeschreckt nach oben fliegen.

Als ich mit dem nackten Arm ein Spinnennetz streife, kann ich nicht anders, als laut aufzukreischen.

»Was ist?« Mandy dreht sich zu mir um.

»Ich bin in ein Spinnennetz gelaufen. Bah!«

»Spinnen finde ich allerdings auch eklig. Besonders, wenn sie dicke Körper und lange behaarte Beine haben.«

Mandy hat den Satz kaum ausgesprochen, da spüre ich, wie Gänsehaut über meinen Körper zieht. Ich wische mit der Hand über den Arm, entdecke aber nichts Spinnenartiges dabei. Das kribbelnde Gefühl aber bleibt. Erleichtert atme ich auf, als wir auf dem Grundstück von Klaras Großeltern, oder besser gesagt: von Julians Opa, ankommen.

Das Gras ist hoch gewachsen. Es reicht mir fast bis zu den Knien. Watson scheint irgendeine Spur gewittert zu haben. Sein Fell ist vor Aufregung aufgerichtet. Er schnüffelt auf dem Boden herum.

»Irgendwo ist ein Fuchsbau«, sagt Mandy. »Und Klaras Katzen sind auch ganz gern auf Beutezug hier unterwegs.« Die Sterne und der Mond leuchten hell am Himmel, als ich mich an den Walnussbaum lehne und eine Räuberleiter für Mandy mache.

»Pass bloß auf, dass du nicht auch gleich unten liegst«, sage ich. Prompt rutscht Mandy ab und landet auf ihrem Po. »Hast du dir weh getan?«

»Nein.« Sie kichert, als sie wieder aufsteht. »Ich hab' deine Puschen noch an. Sie eignen sich nicht unbedingt zum Klettern. Aber der Boden ist schön weich.«

Beim nächsten Mal klappt es. Mandy schwingt sich barfuß den Baum hinauf. Ich beobachte, wie sie von Ast zu Ast nach oben klettert. Ganz wohl ist mir bei dem Gedanken nicht. Mir würde es auch nicht gefallen, wenn jemand mein Schlafzimmer ausspionieren würde. Aber die Aktion dauert glücklicherweise nicht lange.

»Ist anscheinend niemand da«, sagt Mandy. »Komisch, dass alles so hell beleuchtet ist.«

»Dann komm wieder runter.«

»Warte …« Sie macht einen langen Hals. Und im nächsten Moment höre ich auch, warum. Vom Bodden aus kommt ein Motorboot auf das Ufer und den Steg zugefahren.

»Komm runter!«, rufe ich. »Da oben kann man dich vom Ufer aus bestimmt sehen.«

»Bin schon da.« Mandy springt vom untersten Ast auf den Boden.

Wir laufen zum Brombeergebüsch und gehen dahinter in Deckung. Von hier aus haben wir einen guten Blick auf das Nachbargrundstück.

Es dauert nicht lange, da hören wir, wie das Boot anlegt.

Watson gibt einen leisen Brummton von sich. »Pssst«, sage ich. »Alles gut. Bloß nicht bellen.«

»Hab ich mir doch gedacht«, flüstert Mandy, als ein helles Lachen ertönt. »Frauenbesuch.«

Aber sie hat nur zum Teil recht mit ihrer Vermutung. Konstantin kommt den Steg entlanggelaufen, gefolgt von einer langhaarigen blonden Frau. Allerdings ist es nicht seine Ex, die ist wesentlich größer und schlanker als die, die wir gerade sehen. Sie bleibt stehen und wartet auf einen Mann, der nach ihrer Hand greift. Die beiden lachen.

»Ein Pärchen«, sage ich.

»Cool. Vielleicht ist er doch Single.« Mandy packt nach meinem Arm. Dadurch komme ich ins Wanken und falle auf meinen Hintern. Ich stütze mich mit meinen Händen ab und rutsche dabei mit der einen in den Brombeerbusch.

»Autsch«, schimpfe ich leise.

»Tut mir leid, das wollte ich nicht.«

»Nicht so schlimm.« Ich ziehe meine Hand aus dem stacheligen Gestrüpp. Dabei fällt mir eine Holzplatte auf, gegen deren Kante ich anscheinend gerade gerutscht bin. Es sieht aus, als wäre sie ein Stück in den Boden eingelassen. Ich schiebe vorsichtig das Gestrüpp mit meinem Fuß etwas zur Seite.

»Was machst du?«, fragt Mandy.

»Hier ist eine Holzplatte im Boden. Vielleicht wurde damit der Eingang zum Vorratskeller abgedeckt.«

»Nein, der Keller ist direkt unter dem Haus, das hat meine Mutter mir erzählt. Sie wollte sich letztes Jahr unbedingt mal da unten umsehen. Dabei ist sie auf einer kaputten Treppenstufe umgeknickt und hat sich den Fuß verstaucht. Und ich habe sie dann ins Krankenhaus gefahren. Ich versteh das nicht, echt nicht. Es ist Jahre her, seit Klaras Großmutter gestorben und das Haus abgebrannt ist. Falls da wirklich mal was versteckt gewesen ist, hat das doch längst jemand gefunden. Wie auch immer … Hier sind wir viel zu weit weg.«

Ich dreh mich zum Haus, oder besser gesagt zu den Wänden, die davon stehen geblieben sind. »Ach so, ich dachte nur, weil Klara mir erzählt hat, sie sei vom Baum gefallen, als sie sich an den Vorratskeller am Brombeergestrüpp erinnert hat.«

»Ist nicht wahr!« Mandy reißt die Augen auf. »Wo?«

»Na, direkt hier.« Ich klopfe mit dem Fuß von oben gegen das Holz.

Mandy kommt auf allen vieren zu mir gekrabbelt. »Dass es noch einen anderen gibt, wusste ich nicht.«

»Sicher bin ich mir auch nicht. Vielleicht ist es einfach nur eine alte Platte.«

»Hm …« Mandy setzt sich neben mich, schiebt ihre Füße neben meine und macht es wie ich eben. Sie lässt sie von oben auf die Holzplatte fallen. »Das glaube ich nicht. Es klingt irgendwie hohl.« Sie zieht ihr Handy aus der Hosentasche und leuchtet mit dem Assistenzlicht in den Busch.

»He! Das kann man sehen«, schimpfe ich.

»Eigentlich machen wir gar nichts Verbotenes. Du gehörst doch sozusagen zur Familie.« Sie steht auf und geht um den Brombeerbusch herum. Ich kann sehen, wie sie von der anderen Seite hineinleuchtet. Kurz darauf steht sie wieder bei uns. Mandy reicht mir die Hand und zieht mich nach oben.

»Wir könnten von der Rückseite aus durch die Brombeeren. Dann sieht man uns von der Straße aus nicht. Wir brauchen nur eine vernünftige Heckenschere. Klara hat doch bestimmt eine.«

»Du willst nicht ernsthaft jetzt da runter! Wenn da überhaupt ein Keller ist. Vielleicht ist es auch ein Brunnen.«

»Nein. Jetzt ist es viel zu dunkel. Außerdem haben wir beide getrunken. So verrückt bin noch nicht mal ich. Aber morgen früh könnten wir es versuchen.«

»Ich weiß nicht …«

»Wenn es zu gefährlich ist, lassen wir es, versprochen.«

»Na gut. Aber wir sollten auf jeden Fall vorher mit Klara darüber sprechen. Ich möchte nichts hinter ihrem Rücken unternehmen.«

»Verstehe ich, aber das solltest du übernehmen. Sie mag dich. Mich kann sie nicht ausstehen.«

»Quatsch. Sie mag dich auch, das hat sie mir heute gesagt. Lass uns gemeinsam mit ihr reden. Wir haben uns zum Frühstück verabredet. Du kommst am besten einfach mit.«

»Na gut.« Sie seufzt. »Ich bin gespannt, was sie dazu sagen wird.«

»Guten Abend, die Damen.«

Taschenlampenlicht blendet mich. Ich zucke erschrocken zusammen, und Mandy geht es auch so. Sie springt fast auf mich vor Schreck. Watson hingegen wedelt mit dem Schwanz. Ich brauche einen Moment, bis ich realisiere, wer da vor uns steht. Es ist Konstantin, in Begleitung des Mannes, der mit ihm aus dem Boot gestiegen ist. Wir waren so vertieft in unser Gespräch, dass wir sie nicht haben kommen hören.

»Guten Abend, die Herren«, säuselt Mandy. Sie hat sich vor mir gefasst.

Konstantin grinst von einem Ohr zum anderen. »Wolltet ihr eine von Klaras Katzen retten?«, fragt er.

»Watson ist uns stiften gegangen«, lügt Mandy wie aus der Pistole geschossen.

Konstantin fängt schallend an zu lachen. »Erst die Katze, jetzt der Hund. Herrlich!« Er zeigt auf die Plastikwasserpistole. »Und bewaffnet seid ihr auch.«

»Das ist Wodka mit Rosenwasser drin. Das wehrt Rocky ab, falls er Watson noch einmal angreift. Der ist heute schon mal verschwunden. Das macht er sonst nie. Er war anscheinend mit Ella und Jane unterwegs.«

Konstantin sieht mich lange an. Ich warte darauf, dass er wieder anfängt zu lachen, aber das passiert nicht.

»Diese Augen können unmöglich lügen«, sagt er. Und es stimmt schließlich auch. Watson war vorhin wirklich verschwunden.

»Wie auch immer …« Konstantin wendet sich an seine Begleitung. »Jo, das sind Nora und Mandy, die beiden Damen aus dem Fass. Und das ist Jo, eigentlich Joachim.«

»Hallo.« Jo sieht nett aus. Er ist einen ganzen Kopf kleiner als Konstantin und recht korpulent gebaut. Sein anscheinend schon recht schütteres Haar ist kurz geschoren, dafür trägt er jedoch einen dunklen bauschigen Vollbart. Er lächelt uns zu. »Schön, euch kennenzulernen. Konstantin hat schon von euch erzählt.«

In dem Moment ruft eine weibliche Stimme: »Ist alles in Ordnung bei euch?«

Unten am Schilf steht die blonde Frau.

»Ja«, ruft Jo. »Alles gut, wir kommen gleich.«

»Und das ist Henny, Jos Angetraute«, erklärt Konstantin. »Wie sieht es aus? Habt ihr Lust auf ein Gläschen Wein oder einen guten Cognac? Ich könnte auf den Schrecken einen vertragen.«

»Gern«, antwortet Mandy, bevor ich etwas dazu sagen kann.

Ein paar Minuten später sitzen wir alle an einem großen wuchtigen Holztisch aus dunklem Eichenholz. Ich nippe an meinem Cognac. Dazu hat Konstantin Kaffee und Shortbread mit eingebackenen kleinen Ingwerstückchen serviert. Die Kombination ist lecker. Konstantin hat Geschmack. Ich schwenke die Flüssigkeit, die die Farbe von dunklem Honig hat, in meinem großen bauchigen Glas und nippe noch einmal.

»Wie schmeckt er dir?«, fragt Konstantin.

»Sehr gut, weich, leicht malzig, ganz leicht süß … ein bisschen erinnert mich der Geschmack an Rosinen.« Ich lächle in die Runde. »Ehrlich gesagt kenne ich mich mit Cognac überhaupt nicht aus. Ich trinke selten Hochprozentiges. Ab und an mal einen selbstangesetzten Likör – oder einen Schnaps nach dem Essen.«

»Dafür, dass du dich nicht auskennst, hast du ihn aber sehr gut charakterisiert.« Jo prostet mir zu. »Es ist mein Lieblingströpfchen.«

»Ah, deswegen hast du ihn Konstantin geschenkt.« Henny schüttelt den Kopf. »Du hast darauf spekuliert, dass er die Flasche heute öffnen wird.«

Jo lächelt breit. »Mit guten Freunden teilt man doch gern.« Er wendet sich wieder an mich. »Du könntest sicher gut als Sommelier arbeiten.«

»Ich bin Ernährungswissenschaftlerin«, erkläre ich. »Aber eher in Sachen feste Lebensmittel unterwegs. Ich entwickle Tiefkühlfertiggerichte. Dafür braucht man jedoch auch einen guten Riecher und einen noch besseren Geschmackssinn.«

»Hört sich spannend an.« Henny lächelt mir zu. »Auch wenn ich eher für frische Lebensmittel bin.«

Wir plaudern ein wenig über meine Arbeit. Ich erzähle

von meinem zuletzt kreierten Seitangulasch und dass ich vorhabe, gemeinsam mit Klara ihre leckeren Marmeladen und Konfitüren auf dem Markt anzubieten. Mandy ist die meiste Zeit über ungewöhnlich still.

»Übrigens sitzt die beste Tortenbäckerin der Welt hier am Tisch«, sage ich.

Alle Blicke richten sich auf Mandy.

»Bist du Konditorin?«, fragt Henny.

»Nein, Backen ist mein Hobby. Ich studiere Jura. Aber das war anscheinend die absolute Fehlentscheidung.«

»Ich habe auf Lehramt studiert.« Henny grinst. »Nebenbei habe ich in einem kleinen Möbelgeschäft gejobbt. Es hat vierzehn Semester gedauert, bis ich mir eingestanden habe, dass die Arbeit mir wesentlich mehr Spaß macht als das Studium. Heute verkaufe ich Wohnaccessoires.« Sie zeigt auf den Kronleuchter in der Mitte des Tisches. »Der ist von mir. Ich habe mich mit einem Online-Shop selbständig gemacht. Angefangen habe ich mit eBay, dann kam Amazon hinzu. Mittlerweile läuft der Shop völlig autark.«

»Und dein Studium?«

»Abgebrochen – und nie bereut. Davon mal ganz abgesehen …«, sie greift nach Jos Hand, »habe ich meinen Ehemann dadurch kennengelernt. Er hat in der Gründungsphase meine Homepage entworfen. Das ist jetzt sechs Jahre her.«

»Hört sich gut an. Ich überlege manchmal, ob ich mich nicht doch besser mit einem kleinen Café selbständig machen sollte …«

Ich beobachte Mandy aus den Augenwinkeln. Sie lebt richtig auf, als sie von ihrem Vorhaben erzählt. Es freut mich, dass sie sich durch Henny bestätigt fühlt.

Als Jo sich für einen Moment entschuldigt und vom Tisch aufsteht, um vor der Tür eine Zigarette zu rauchen, zeige ich auf das Bild, das über einem niedrigen Sideboard an der Wand gegenüber hängt. Der Künstler hat auch hier wieder das Schilf gemalt. Allerdings hat er zu verschiedenen Beige, Oliv- und Brauntönen gegriffen. Es fehlt das satte Grün, das mir bei dem anderen Bild so gut gefallen hat. Aber es ist trotzdem wunderschön.

»Hast du das gemalt?«, frage ich Konstantin.

Er nickt. »Gefällt es dir?«

»Ja, es ist sehr schön. Aber das andere Schilfbild gefällt mir noch besser. Man kann es von draußen sehen, wenn man am Haus vorbeigeht.«

»Das Bild in der ersten Etage …« Er steht auf. »Komm mal mit.«

Mandy ist mit Henny in ein Gespräch vertieft. Ich stehe auf und gehe neben Konstantin her, über eine breite Holztreppe nach oben. Vor dem Kunstwerk bleiben wir stehen.

»Es ist zu groß, um hier richtig zu wirken, 1,50 mal 1,20, eigentlich bräuchte es mehr Raum.«

Ich entdecke zwischen den Grüntönen auch einige Kleckse in Türkis, Violett – und sogar Pink. Die Farbtupfer beleben das Bild, ohne von den Grüntönen abzulenken.

»Es ist wunderschön. Kann man es kaufen?«, frage ich spontan.

»Ich schenke es dir, wenn ich dich dafür malen darf.«

»Echt? Ich weiß nicht …«

»Nur dein Gesicht. Dein phantastisches rotes Haar – und deine melancholischen Augen, die fast ein wenig traurig wirken.« Er sieht mich direkt an. »Ich hoffe, du verstehst es nicht falsch, wenn ich jetzt sage, dass ich deinen Mann um dich beneide. Es ist nicht als Anmache, sondern als schlichtes Kompliment gemeint.«

Wie auf Kommando laufen Tränen über mein Gesicht. »Scheiße«, entfährt es mir, und kurz darauf: »Tut mir leid.«

»He.« Konstantin greift nach meiner Hand, doch ich ziehe sie wieder weg. »Das wollte ich nicht. Habe ich etwas Falsches gesagt?«

Mir fehlen die Worte. Stattdessen drehe ich den Ring an meinem Finger, den Julian mir am Tag unserer Hochzeit angesteckt hat.

»Komm, wir setzen uns kurz.« Konstantin zeigt auf die oberste Treppenstufe und lässt sich darauf nieder. Ich setze mich neben ihn. Er wartet, bis ich mich wieder gefasst habe. »Möchtest du darüber reden?«

»Julian ist tot«, sage ich und atme tief durch. »Seit einem Jahr und zwei Wochen. Eine verschleppte Erkältung hat zu einer Herzmuskelentzündung geführt. Er ist morgens zum Joggen gegangen und nicht wieder nach Hause gekommen.«

Konstantin berührt ganz kurz meine Schulter. »Das tut mir sehr leid.«

Ich wische mir eine letzte Träne aus dem Gesicht.

»Oh Mann, ich habe mich zu einer richtigen Heulsuse entwickelt.«

»Was in Anbetracht der Tatsache, dass du sehr traurig bist, absolut okay ist.«

Ich versuche zu lächeln. »Das sagst du so. Manchmal trifft es mich völlig unvorbereitet.«

»Ah, hier steckt ihr beiden!« Henny steht plötzlich unten an der Treppe. »Ich kann noch einen Kaffee gebrauchen, weiß aber nicht, wie deine Hightech-Maschine funktioniert, Konstantin.« Sie fixiert mich einen Moment. »War er etwa gemein zu dir? Er ist zwar ein guter Freund, aber du kannst mir ruhig sagen, wenn ich ihn für dich verhauen soll.«

»Nein.« Jetzt muss ich wirklich lachen. »Er hat nichts verbrochen.«

»Da bin ich aber beruhigt.«

Ich stehe auf. »Kann ich mal dein Bad benutzen, Konstantin?«

»Natürlich, am besten gehst du gleich hier oben.« Er lächelt. »Die Tür neben deinem Bild.«

»Danke.«

Das Badezimmer ist ähnlich schlicht eingerichtet wie der Rest des Hauses. Zwei Waschbecken nebeneinander, eine große Badewanne, eine ebenerdige Dusche … Waschbeckenuntertische, Schränke, Handtuchhalter sind aus Holz gearbeitet. Die Formen sind ebenso geradlinig wie die des Hauses. Jeder Raum könnte exakt so in einer exklusiven Wohnzeitschrift als Paradebeispiel für schlichte

Eleganz abgebildet sein. Für meinen Geschmack fehlt mir zwar etwas Leben, aber einen Sinn für Farben und Formen hat Konstantin.

Ich halte meine Hände unter den kalten Wasserstrahl und anschließend in mein Gesicht. Die kleine Erfrischung tut gut. Ich trockne mich sorgfältig mit einem der Gästehandtücher ab und fahre mir über das Haar. So siehst du wieder einigermaßen vernünftig aus, denke ich, als ich mich skeptisch im Spiegel betrachte.

Du hast wunderschönes Haar und tolle ausdrucksstarke Augen, Nora. Sie funkeln und strahlen geradezu vor Fröhlichkeit.

Wie lange ist es her, seit Julian das zu mir gesagt hat?

22. Kapitel

Alles okay mit dir?«, fragt Mandy.

Wir gehen wieder nebeneinander die Straße entlang, zurück zur Finnhütte.

»Ja, wieder. Ich hatte gerade einen kurzen Heulflash, als Konstantin mir das Bild gezeigt hat. Er hat mich auf Julian angesprochen – und schwups – liefen die Tränen.«

»Du Arme!« Mandy hakt sich bei mir unter. »Das kenne ich.«

Ich überlege gerade, ob ich Mandy erzählen soll, dass Konstantin gesagt hat, er würde Julian um mich beneiden, da sagt sie: »Er steht übrigens auf dich.« Sie gibt einen theatralischen Seufzer von sich. Das war's dann wohl mit Mr Charming.«

»Meinst du? Das wollte ich aber nicht, ehrlich. Er hat gefragt, ob er mich malen darf …« Ich erzähle in allen Einzelheiten, was passiert ist. Auf keinen Fall soll Mandy denken, dass ich ihr ihren Konstantin wegschnappen möchte.

»Ich habe das vorher schon bemerkt, als wir unten am Tisch gesessen haben. Seine Blicke waren eindeutig. Er mag dich.«

»Er ist nett, aber trotzdem absolut nicht mein Fall. Außerdem bin ich mir da nicht wirklich sicher. Er hat gesagt, es sei nur als Kompliment gemeint.«

»Quatsch, er steht auf dich«, wiederholt Mandy noch einmal. »Und zwar so was von!«

»Boah … ganz ehrlich, ich bin schon mit Alex total überfordert. Mir ist egal, wer auf mich steht oder nicht. Die sollen mich in Ruhe lassen.«

»Mich nicht.« Mandy bleibt stehen. »Ich würde mich freuen, wenn Mr Right anklopfen würde.«

»Du bist aber nicht irgendwie sauer auf mich, oder?«

»Warum sollte ich? Mr Charming ist echt attraktiv, aber er hat mich kaum wahrgenommen.« Sie runzelt die Stirn. »Außerdem muss ich erst mal meinen Beziehungsstatus mit der Dumpfbacke klären, die gerade in meinem Bett schnarcht – vorausgesetzt, er ist heute nach Hause gekommen. Weißt du was? Du solltest es genießen, dass zwei recht passable Männer Interesse an dir zeigen. Sieh es tatsächlich als Kompliment an. Wenn ich auf Frauen stehen würde, würde ich mich wahrscheinlich auch in dich verknallen.« Sie kichert. »Oh Mann, ich glaube, ich habe eindeutig zu viel getrunken.«

»Ich auch – und danke für das Kompliment.«

»Gern.«

Wir gehen weiter, kommen bei Haus Nr. 2 an, und erschrecken beide fast zu Tode, als Rocky laut bellend am Gartentor hochspringt, um im nächsten Moment kläffend am Zaun entlangzurennen. Als er plötzlich aus unserem Sichtfeld verschwindet, bleiben wir stehen.

Ich schaue mich nach Watson um, der mal wieder auf

Mäusejagd auf der Wiese herumstreunert. »Watson, hierher«, rufe ich instinktiv. »Sitz!«

Nur kurz darauf kommt Rocky vom Nachbargrundstück auf die Straße gerannt, geradewegs auf uns zu. Irgendwo hat er also ein Schlupfloch gefunden. Oder er ist einfach unten durch das Schilf, so wie wir vorhin, nur eben eine Hausnummer weiter.

»Ach du heilige Scheiße!«, entfährt es Mandy.

Ich nehme die Super Soaker von der Schulter, trete einen Schritt nach vorne, sage: »Na warte!«, ziele – und treffe.

Der blöde Schäferhund bleibt wie angewurzelt stehen. Neben mir gibt Watson einen tiefen Brummton von sich – und dann bellt er. Das gibt Rocky den Rest. Ich feuere noch einige Portionen Rosenwodka hinter ihm her, als er die Straße hinunter verschwindet.

»Lauf, Rocky, lauf!«, ruft Mandy laut. Und dann lachen wir.

Es ist halb eins, als wir nebeneinander im Bett liegen. Ich schicke eine letzte Nachricht an Katharina, von der ich heute gar nichts mehr gehört habe.

Tel. morgen – unbedingt, bevor du deine Sachen bei Jörn abholst? Hab dich lieb!

Alex wird sie morgen begleiten. Ich habe Katharina noch nichts von seinen netten Nachrichten erzählt – und wie ich darauf reagiert habe. Ich möchte, dass sie es von mir erfährt und nicht von ihm.

Auch Mandy ist noch mit ihrem Handy zugange. »Er

war eben noch online, kommt aber nicht auf die Idee, mir mal zu schreiben.« Sie schaltet das Gerät aus und legt es neben sich auf das Nachttischchen. »Idiot!«

»Irgendwie hängst du aber doch ganz schön an ihm, sonst würdest du dich nicht so über ihn aufregen.«

»Ich weiß.« Sie gähnt. »Das ist ja das Problem. Gute Nacht.«

»Nacht.«

Ich bin schon kurz vorm Einschlafen, da fängt Mandy plötzlich an zu glucksen.

»Was ist?«, frage ich.

»Mir ist gerade eingefallen, dass ich in Leoparden-Leggings und Puschen piekfeinen Cognac kredenzt bekommen habe.« Sie gluckst weiter. »Der muss doch denken, dass ich total durchgeknallt bin.«

»Bist du doch auch.« Jetzt muss ich auch kichern.

»He!« Mandy zieht mir die Decke weg. »Du bist ganz schön frech.«

»Du aber auch.« Ich erobere mir die Decke zurück und drehe mich zur Seite. »Schlaf schön.«

Es ist Mandy, die mich am nächsten Morgen weckt. Sie zieht an meinem großen Zeh. »Guten Morgen, du Schlafmütze. Kaffee?«

Ich öffne die Augen und strecke mich.

Mandy stellt eine große Tasse auf das Nachttischchen. Ich schnuppere. »Kaffee am Bett, du bist ein Schatz. Wie spät ist es denn?«

»Halb neun. Sagtest du nicht, du seist um neun mit Klara zum Frühstück verabredet?«

»Ja.« Ich richte mich auf und greife nach meinem Handy. »Ich hatte den Wecker auf acht gestellt.« Mein Telefondisplay ist schwarz. »Komisch, gestern Nacht war der Akku halb voll, aber jetzt ist er anscheinend leer.«

»Vielleicht hat dich irgendjemand mit Dauernachrichten bombardiert«, witzelt Mandy. »Alex vielleicht – oder Mr Charming.«

»Der hat meine Nummer nicht.« Ich lege das Handy weg und greife nach der Tasse Kaffee. »Darum kümmere ich mich gleich. Wie hast du geschlafen?«

»Es geht. Ich bin ständig aufgewacht und habe meine Nachrichten gecheckt – und mich dann darüber geärgert, dass er sich nicht meldet. Er war um eins das letzte Mal online. Das heißt, er ist nicht so doof wie ich und wird zwischendurch wach, um auf sein Handy zu gucken.«

Julian hätte kein Auge zugemacht, wenn ich nachts einfach nicht nach Hause gekommen wäre. Und nicht nur das: Er hätte Katharina aus dem Bett geklingelt, meine Mutter, und notfalls einen Großeinsatz der Polizei organisiert, um mich zu finden. Auf der anderen Seite wäre ich auch nicht einfach so weggeblieben …

»Vielleicht solltest du über einen neuen Mitbewohner nachdenken, oder eine Mitbewohnerin?«

»Gute Idee! Willst du? Achtzig Quadratmeter am Ortsrand von Stralsund, Dachgeschoss, kleiner Balkon, Bad mit Wanne. Dein Zimmer wäre achtzehn Quadratmeter groß.«

Warum eigentlich nicht?, schießt es mir durch den Kopf. Einfach noch mal neu anfangen, vergessen, dass in

Oberhausen ein leeres Haus auf mich wartet. Aber der Gedanke verflüchtigt sich genauso schnell, wie er gekommen ist. Katharina wohnt momentan bei mir, meine Mutter freut sich auf mich, meine Kollegen … Ich bin keine zwanzig mehr, auch wenn ich mir manchmal wünsche, ich könnte die Zeit zurückdrehen.

»Ein schöner Gedanke, aber mein altes Leben wartet auf mich. Na ja, zumindest teilweise …« Ich genehmige mir einen Schluck Kaffee. »Du kommst doch mit zu Klara, oder?«

»Natürlich, ich wäre am liebsten heute schon ganz früh zu ihr gegangen. Ich bin schon seit halb sieben wach. Mit Watson war ich auch schon draußen.«

»Wow, vielleicht sollte ich mir das mit der Frauen-WG doch noch mal überlegen.«

»Mach das. Aber jetzt musst du erst mal aufstehen. Klara wartet.«

»Na gut.« Ich springe schnell unter die Dusche. Um fünf vor neun gehen wir aus dem Haus. Mein Handy und das Ladekabel habe ich eingesteckt, damit ich gleich noch Katharina anrufen kann.

Als wir am Grundstück von Klaras Großmutter vorbeikommen, bleiben wir kurz stehen.

»Glaubst du wirklich, dass Klaras Vater das Haus angezündet hat?«, frage ich.

»Keine Ahnung. Er hat damals wohl ziemlich getrunken. Vielleicht hat er im Suff ein bisschen gezündelt. Brandstiftung war es nach Aussage der Feuerwehr auf jeden Fall. Der Täter wurde allerdings nie ermittelt.«

»Das muss schlimm für Klara gewesen sein.«

»Ja, sie musste schon so einiges wegstecken. Komm, wir gehen weiter.«

Der Opel Adam steht immer noch vor Konstantins Haus.

»Heute wärst du stilgerecht gekleidet für einen Cognac«, flachse ich. Mandy trägt enge schwarze Hosen und dazu Sandalen mit etwas Absatz. Dadurch wirken ihre Beine noch etwas länger. Ein enganliegendes weißes Shirt betont ihre Rundungen. Mandy ist schlank, aber trotzdem weiblich. Und ihr karamellfarbener Teint ist wunderschön.

»Meine Arbeitskleidung, ich muss doch mittags ins Café.«

»Aber in den Keller willst du so doch nicht, oder?«

»Nein, ich wollte dich eigentlich fragen, ob du mir dann wieder etwas leihen kannst. Aber ich dachte, ich warte erst einmal ab, was Klara sagt. Vielleicht schickt sie mich ja auch gleich wieder weg.«

»Quatsch!«

»Klara? Wir sind da!« Die Küchentür steht offen. Es duftet nach Hefegebäck und Kaffee. »Es ist für drei gedeckt, sie hat sich bestimmt gedacht, dass du mitkommst«, sage ich zu Mandy, als wir vor dem Tisch stehen. Diesmal hat Klara sich noch mehr ins Zeug gelegt. Neben einem rustikalen Vollkornbrot hat sie auch Brioches in kleinen Einweckgläsern gebacken. Ich weiß jetzt schon, dass sie mit Butter und Marmelade himmlisch schmecken werden.

Eine Schüssel mit gekochten Eiern, Käse und verschiedene Wurstsorten vollenden den perfekten Frühstückstisch.

»Klara?« Eine männliche Stimme schallt vom Flur bis in die Küche.

»Konstantin«, sagt Mandy. Deswegen hat er gestern Abend *Bis morgen* zu mir gesagt. Er wusste, dass wir gemeinsam frühstücken werden. Wir drehen uns beide zur Tür. Kurz darauf steht Konstantin in der Küche, in seinen Armen hält er einen großen Tonkübel, der mit Rosmarin bepflanzt ist. Er erinnert mich stark an die Töpfe, die wir gestern auf seiner Terrasse gesehen haben.

»Oh, hallo, ihr beiden, ich wollte euch nicht erschrecken, aber Klara hat gesagt, ich soll einfach durchkommen, damit sie nicht den Flur entlanghumpeln muss, um mir zu öffnen.«

»Guten Morgen«, antworten Mandy und ich fast gleichzeitig.

»Schön, dass du auch da bist.« Er lächelt Mandy an. »Nicht verraten, woher ich mein Mitbringsel habe. Wo ist denn Klara?«

»Keine Ahnung Wir sind auch eben erst gekommen. Vielleicht ist sie im Garten oder im Keller. Ich geh mal nachschauen«, sage ich und gehe durch die Terrassentür nach draußen.

»Klara!«, rufe ich laut, aber ich bekomme keine Antwort. Die Außentür zum Keller steht offen, doch auch hier finde ich sie nicht. Von Klara ist weit und breit keine Spur. Als ich durch das Haus die Treppe wieder nach oben gehe, höre ich Klara draußen nach Ella rufen.

Ich öffne die Haustür.

»Da bist du ja!« Klara steht auf der Straße und schaut auf das Feld. Auf dem Arm hält sie Jane. Und Ella kommt auch auf sie zugelaufen. »Ich habe mir schon Sorgen gemacht«, sage ich, als sie sich zu mir umdreht.

»Um mich? Das musst du nicht.« Sie bückt sich zu Ella und streicht ihr über den Kopf. »Ich habe die beiden Weibsstücke eingesammelt. Der nette Nachbar hat damit gedroht, sie zu erschießen. Sein blöder Köter ist verschwunden. Er ist überzeugt davon, dass meine Katzen daran schuld sind.«

»So ein Blödsinn. Wir haben Rocky gestern Nacht noch gesehen. Das war so gegen halb eins. Er ist durch das Nachbargrundstück ausgebüxt und wollte sich Watson schnappen. Ich habe ihn ein bisschen mit deinem Rosenwodka bespritzt, da hat er sich verkrümelt, die Straße entlang, in Richtung Wald. Mir hat dein Nachbar gestern übrigens auch gedroht, als ich abends zurück von dir zum Finnhäuschen gegangen bin.«

»Das geht eindeutig zu weit!« Klara runzelt die Stirn. »Wenn er so weitermacht, setze ich ein Schwein in seinen Garten.« Sie lächelt schelmisch. »Er hat mich eine Hexe genannt. Da ist mir deine Mutter eingefallen. Ich habe ihm gesagt, ich sei froh, dass dieser gemeingefährliche Hund abgehauen ist und ich Rocky in ein Schwein verhexen würde, falls er wieder auftaucht. Die Sache mit dem Schweineschwänzchen habe ich mir für das nächste Mal aufgehoben.«

»Du bist echt einmalig.«

Klara nickt grimmig.

»Ich habe übrigens Mandy mitgebracht. Ist das okay für dich? Wir wollten dich gern etwas fragen.«

»So, was denn?«

»Das wollten wir gleich mit dir besprechen. Konstantin ist auch schon da. Wir waren gestern Abend noch auf einen Cognac bei ihm. Ich wusste gar nicht, dass er auch zum Frühstück kommt.«

»Und ich nicht, dass Mandy kommt.«

Ups! Habe ich mich etwa doch getäuscht? »Ich hätte dich vorher fragen sollen.«

»Ach was!«, winkt Klara ab. »Ich bin manchmal ein alter Miesepeter. Ich freue mich, dass du sie mitgebracht hast. Wie gesagt, ich mag sie.«

Ich atme erleichtert auf.

»Dann lass uns mal frühstücken gehen. Ich habe Hunger.« Klara geht vor mir her in die Küche. Erst jetzt fällt mir auf, dass sie ihre Krücken gar nicht benutzt und dass sie kaum humpelt. Verdutzt schaue ich ihr nach.

Mandy und Konstantin stehen im Garten. Sie sind ganz vertieft in ein Gespräch.

»Dann decken wir mal für eine Person mehr«, sagt Klara zu mir. »Holst du noch einen Teller und eine Tasse?«

»Mache ich.«

Aus den Augenwinkeln beobachte ich, wie sie ihre Krücken holt, die neben dem Waschbecken an der Wand stehen. »Ich habe eine Schmerztablette genommen, damit ich besser laufen kann. Aber langsam lässt die Wirkung nach«, erklärt sie und humpelt nach draußen.

Draußen geht Mandy sofort auf Klara zu, und die beiden umarmen sich wie alte Freundinnen.

Es ist kurz vor halb zehn, als wir endlich alle am Tisch sitzen und gebührend Klaras tolle Frühstückstafel bewundern, um dann beherzt zuzugreifen. Dabei erzählt Klara noch einmal von ihrem Disput mit dem Nachbarn.

»Böse Katzen!«, scherzt Konstantin. »Erst stiften sie den armen Watson dazu an, spätabends allein spazieren zu gehen, und dann nehmen sie sich Rocky vor.«

»Watson?«, fragt Klara.

»Ich habe gestern Abend ein merkwürdiges Licht auf dem Nachbargrundstück bemerkt«, erklärt Konstantin. »Todesmutig bin ich mit meinem alten Freund Jo nachschauen gegangen – und habe Nora und Mandy dort getroffen, auf der Suche nach Watson.«

»So ein Blödsinn.« Klara lacht hell auf. »Erzählt schon, ihr beiden. Was habt ihr da gemacht?«

Ich rutsche auf meinem Stuhl herum und suche nach den richtigen Worten. Konstantin sieht uns belustigt an. Wir können doch unmöglich erzählen, dass wir ihn ein wenig ausspionieren wollten. Auch Mandy fällt dazu nichts Kluges ein.

»Darüber wollten wir eigentlich in Ruhe mit dir reden«, sage ich, wende mich danach an Konstantin. »Tut mir leid, es ist sozusagen eine Familienangelegenheit.«

»Kein Problem. Ich bin sowieso gleich weg.«

»So war das absolut nicht gemeint. Das hat Zeit«, sage ich schnell.

»Gut.« Konstantin kippt eine Brioche aus einem Weckglas. »Die lachen mich nämlich schon die ganze Zeit an.«

»Sie sind köstlich«, sagt Mandy. »So gut habe ich sie noch nie hinbekommen. Verrätst du mir das Rezept, Klara?«

Klara sieht von Mandy zu mir, dann wieder zu Mandy. »Da haben sich ja die Richtigen gefunden.« Sie schmunzelt. »Natürlich bekommst du das Rezept. Ein guter Hefeteig braucht Zeit. Dieser geht über Nacht, deswegen schmeckt er so gut. Dazu frische Erdbeerkonfitüre – himmlisch.«

»Hmmmmmmmm …« Mandy bekommt glänzende Augen. »Meinst du, man könnte den Teig auch ausrollen, noch vor dem Backen mit Marmelade bestreichen, dann aufrollen und in Stücke schneiden? Wie Hefeschnecken …«

»Warum nicht? Lass es uns versuchen. Nora und ich haben gestern Erdbeeren mazeriert. Heute müssen sie noch einmal aufgekocht werden und über Nacht stehen. Morgen kochen wir sie dann ein. Du kannst gern zum Probebacken kommen. Wir stellen uns auch als Testerinnen zur Verfügung, nicht wahr, Nora?«

»Unbedingt!«

»Habe ich das richtig verstanden?«, mischt Konstantin sich nun wieder ins Gespräch ein. »Ihr steht drei Tage lang in der Küche, um Erdbeermarmelade zu kochen?«

Klara lacht. »Natürlich nicht, die Erdbeeren stehen dort sozusagen allein. Sie müssen nur ab und an liebevoll gerührt und aufgekocht werden. Aber es stimmt schon …« Sie wird ernst. »Was gut werden soll, benötigt Zeit. Manchmal muss man einfach nur Geduld haben.«

Brioche im Glas

Für 3 Weckgläser à 580ml
4 Eier
330g Mehl
40g Zucker
14g Hefe
140g Butter
1 gestr. Teelöffel Salz

Mehl und Salz in einer Schüssel mischen. Die Hefe mit dem Zucker mischen und etwas stehen lassen, bis die Hefe sich verflüssigt hat. Die Eier verquirlen und mit der flüssigen Hefe zum Mehlgemisch geben. Alles gut vermischen und zu einem Teig verkneten. Dann die weiche Butter nach und nach in den Teig einarbeiten. Den Teig in eine Schüssel füllen und luftdicht verschließen. Anschließend über Nacht in den Kühlschrank stellen.
Am nächsten Tag den Teig aus dem Kühlschrank nehmen und mindestens 2 Stunden bei Zimmertemperatur gehen lassen. 3 Weckgläser gut buttern und den Teig gleichmäßig auf die Gläser verteilen. Noch mal 1 Stunde schön warm gehen lassen. Dann 30 Minuten bei 180 Grad Ober- und Unterhitze oder 160 Grad Umluft backen. Etwas auskühlen lassen, dann lösen sich die Brioches besser aus den Gläsern.

23. Kapitel

Das war ein ganz phantastisches Frühstück.« Konstantin reibt sich seinen Bauch, dann schaut er auf seine Uhr. »Wir haben gleich halb elf, in einer Viertelstunde muss ich los.«

»Halb elf schon?« Mist! Ich wollte Katharina anrufen. »Seid mir nicht böse, ich muss ganz dringend mal telefonieren.« Ich hole Handy und Ladekabel aus der Tasche und sage zu Klara: »Ich gehe kurz nach oben, wenn das für dich in Ordnung ist.«

»Natürlich, mach das. Wir räumen in der Zeit schon mal den Tisch ab.«

»Danke, ich beeile mich auch.«

Oben im Schlafzimmer stecke ich das Handy ans Ladegerät und drücke den Einschaltknopf, aber das Display bleibt schwarz. Auch als ich die Steckdose wechsle, tut sich nichts.

»Mist!« Ich warte zwei Minuten, bevor ich es noch einmal versuche, aber auch da passiert nichts, mein Handy geht nicht an.

In der Küche sind die anderen drei fleißig dabei, das Geschirr abzuräumen.

»Da bist du ja wieder«, sagt Mandy. »Das ging aber wirklich schnell.«

»Mein Handy ist kaputt, es lädt nicht auf.«

»Bestimmt der Akku«, mutmaßt Konstantin. »Wie alt ist das Gerät?«

»Ungefähr zwei Jahre«, antworte ich. »Der Vertrag läuft bald aus.«

»Dann würde ich einen neuen Akku holen. Ich bin heute in Stralsund unterwegs und könnte dir einen mitbringen. Es wird aber Abend, bis ich wieder hier bin.«

»Das ist lieb, aber ich wollte sowieso gleich nach Barth fahren. Da bekomme ich doch bestimmt einen.«

»In der Fußgängerzone ist ein Mobilfunkladen.« Mandy hält mir ihr Handy hin. »Du kannst mit meinem telefonieren.«

»Würde ich gern …« Ich seufze. »Wenn ich die Handynummer meiner Freundin auswendig wüsste. Aber ich habe es nicht so mit Zahlen. Ihre Festnetznummer kenne ich, doch da erreiche ich sie nicht mehr.« Ich greife mir an die Stirn. »Oh Mann, sie ist vorgestern bei mir eingezogen.«

Mandy grinst und hält mir wieder ihr Handy hin. »Ich kenne auch nur meine eigene Nummer.«

»Danke.« Ich greife zu und wähle meine Oberhausener Festnetznummer. Aber Katharina hebt nicht ab. Bestimmt ist sie schon mit Alex unterwegs. »Nicht da«, sage ich.

»Dann muss ich es später noch einmal versuchen.« Ich gebe Mandy das Telefon zurück. »Ich helfe euch beim Abräumen.«

Als ich neben Mandy am Spülbecken stehe, frage ich leise: »Hat er sich gemeldet?«

»Nein.« Sie zieht die Stirn kraus. »Aber er war schon ein paarmal online. Das war's. Der kann mich mal.«

»Vielleicht wartet er, dass du dich meldest.«

»Klar tut er das. Es sind Machtspiele.«

»Hätte ich keine Lust drauf.«

»Habe ich auch nicht. Ich sag doch, das war's.«

»Ernsthaft?«

»Ja.«

»Na, ihr beiden, was tuschelt ihr so?« Klara steht plötzlich neben uns. Sie lächelt uns an.

»Männer!«, sagt Mandy laut.

Konstantin bringt einen Stapel Teller zu uns. »Das war das Zeichen für mich, dass es Zeit ist zu verschwinden. Wie ich mitbekommen habe, wolltet ihr ja auch noch was besprechen.«

»Stimmt.« Mandy schaut auf die Uhr. »Um zwölf muss ich arbeiten. Eine knappe halbe Stunde habe ich noch.«

»Na dann. Es war sehr schön mit euch. Ich kümmere mich jetzt um Klaras Umbaupläne und rufe meinen Freund an, der Klara helfen soll, ihre Krücken loszuwerden. Sobald ich etwas erreicht habe, melde ich mich. Abends bin ich wieder zurück. Falls jemand spontan Lust auf ein Glas guten Cognac bekommt …«

»Das ist sehr lieb von dir, danke«, sagt Klara und lächelt schelmisch. »Vielleicht nehme ich deine Einladung an.«

Als Konstantin zur Tür heraus ist, deutet Klara auf den Tisch. »Setzen wir uns. Ich bin gespannt, was ihr beiden ausgeheckt habt.«

»Wir waren gestern ursprünglich auf dem Grundstück

deiner Großmutter, weil ich Konstantin ausspionieren wollte«, erzählt Mandy freimütig. »Ich wollte wissen, ob er Single ist. Na ja, du weißt schon ... vom Walnussbaum kann man ins Haus schauen.«

Klara sagt nichts. Aber ich habe in ihren Augen ein kleines Aufleuchten bemerkt. Sie amüsiert sich.

»Dann haben wir ein Motorboot auf das Ufer zufahren hören und haben uns hinter dem großen Brombeergebüsch versteckt. Dabei hat Nora zufällig eine Holzplatte entdeckt. Und jetzt dachten wir, dass sie vielleicht den Eingang zu einem zweiten Vorratskeller verdeckt.«

»Blödsinn!«, entfährt es Klara. Dann schweigt sie erst einmal. Eine tiefe Stirnfalte hat sich zwischen ihren Augen gebildet. Als sie plötzlich aufsteht, zum Fenster geht und nach draußen sieht, bleiben wir sitzen.

»Ist alles in Ordnung, Klara?«, frage ich nach einer Weile. »Wir wollten dich damit nicht verärgern. Es war nur eine Vermutung.«

Klara dreht sich langsam zu uns um. »Ich war damals noch sehr klein ...«

»Ich weiß, aber du hast mir erzählt, dass du deswegen vom Baum gefallen bist. Der Brombeerbusch hat dich an den Vorratskeller erinnert.«

»Das habe ich gesagt?« Sie seufzt. »Ich werde alt. Langsam macht mir mein Gedächtnis zu schaffen.« Ein paar Sekunden bleibt sie noch am Fenster stehen, von uns abgewandt. »Ihr könntet recht haben«, sagt sie, als sie sich wieder zu uns an den Tisch setzt. Sie sieht nachdenklich aus, so, als wäre sie ganz weit weg.

»Ich habe mich oft gefragt, warum meine Oma den großen Busch nicht entfernt hat. Sie hat ihn ab und an in Form gestutzt, wollte sich aber nicht davon trennen. Hier in der Gegend gibt es haufenweise wilde Brombeeren. Man kann sie eimerweise sammeln gehen. Aber meine Großmutter hat immer gesagt, sie möchte lieber ihre eigenen im Garten haben. Dass sie Schmuck da unten versteckt hat, halte ich allerdings für mehr als unwahrscheinlich. Nach dem Krieg waren die Zeiten hart. Sie hat alles versetzt, was von Wert war.« Sie sieht Mandy an. »Ich verstehe nicht, wie deine Oma darauf kommt, in den Gläsern könnte Schmuck versteckt sein.«

»Sie hat gehört, was deine Großmutter mal gesagt hat. *In den süßesten Früchten steckt ein Geheimnis.*«

Klara lacht hell auf. »Das hat sie tatsächlich hin und wieder mal erwähnt.« Sie wird ernst. »Glaubt mir, das hat absolut nichts mit verstecktem Schmuck zu tun. Damit hat sie etwas ganz anderes gemeint.«

»Was denn?«, fragt Mandy.

Ich wundere mich nicht, als Klara antwortet: »Das erzähle ich euch vielleicht ein anderes Mal.«

Mandy schaut hilfesuchend zu mir. Ich weiß, dass es keinen Sinn hat, da jetzt nachzuhaken. Aber es wundert mich, dass sie gar kein Interesse daran hat zu erfahren, was es mit dem zweiten Keller auf sich hat.

»Wir hatten gehofft, du würdest mit uns nachschauen gehen – auch wenn wir keinen Schatz dort finden. Bist du gar nicht neugierig?«, frage ich.

»Ich habe mit der Vergangenheit abgeschlossen.« Klaras Stimme klingt fest. »Aber ich habe nichts dagegen, wenn ihr euch auf dem Grundstück umseht. Allerdings möchte ich nicht, dass ihr ohne Begleitung da runtergeht, wenn sich dort wirklich ein weiterer Keller befindet. Das ist viel zu gefährlich. Nehmt Konstantin mit. Er ist Architekt und wird einschätzen können, ob es ungefährlich ist, hinunterzugehen.«

»Das mit Konstantin ist eine gute Idee.« Ich hätte viel zu viel Angst, allein in ein dunkles Loch zu klettern. Wer weiß, was wir dort finden. »Und du hast wirklich nichts dagegen?«

»Nein.« Klara lächelt uns an. »Habe ich nicht vorhin gesagt, dass sich mit euch die Richtigen gefunden haben?«

»Das hast du«, antwortet Mandy.

»Dann bin ich ja beruhigt. Also scheint mein Kurzzeitgedächtnis doch noch einigermaßen zu funktionieren.« Sie wendet sich an mich. »Am besten, du nimmst mein Handy, bis deins wieder funktioniert. Konstantins Nummer ist darin gespeichert. Und du kannst mich notfalls auf dem Festnetz erreichen.«

»Ist gut. Ich fahre dann erst einmal nach Barth. Nachher versuche ich, Konstantin zu erreichen, und frage ihn, wann er morgen Zeit hat.«

»Schade, dass ich jetzt arbeiten muss«, sagt Mandy. »Wenn ich nicht chronisch pleite wäre, würde ich meine Schicht absagen und dich begleiten.«

»Wie viel verdienst du die Stunde?«, fragt Klara und steht auf.

»Zehn Euro plus Trinkgeld, im Schnitt habe ich hundert Euro am Tag, wenn ich acht Stunden arbeite.«

»Ich gebe dir das Geld. Und du nimmst dir heute und morgen frei.«

»Das geht doch nicht. Außerdem muss ich morgen gar nicht arbeiten.«

Klara geht in den Flur und kommt kurz darauf mit ihrer Geldbörse wieder.

»Warum geht das nicht?«, fragt sie.

»Ich kann doch nicht einfach so Geld von dir nehmen.«

»Und wieso nicht?« Klara legt zweihundert Euro auf den Tisch. »Ich habe genug. Mir tut es nicht weh, und du brauchst es. Nutzt die Zeit gemeinsam. Es scheint euch beiden gutzutun.«

»Ich würde mich freuen, wenn du mitkommen würdest«, sage ich zu Mandy. »Dann kannst du mir auch ein bisschen die Umgebung zeigen. Natürlich nur, wenn du Lust hast.«

»Okay … Aber morgen habe ich frei.« Mandy schiebt einen Hunderter wieder zu Klara, doch die schiebt den Schein wieder zurück.

»Du würdest mir eine Freude machen, wenn du es nehmen würdest. Ich habe einiges wiedergutzumachen. Geld ist zwar nicht unbedingt der richtige Weg, aber ein Anfang.« Klara legt ihre Hand an Mandys Wange. »Du bedeutest mir sehr viel, auch wenn du das momentan noch nicht verstehst.«

Klaras Gesicht ist ganz weich. Ihre Stimme klingt zärtlich, als sie das sagt. Gänsehaut zieht über meinen Körper.

Ich bin mir sicher, dass hier gerade etwas Bedeutsames geschieht.

Ich entdecke Tränen in Mandys Augen und werde auch ganz sentimental. Als ich schniefe, sieht Klara mich an.

»Meine späte Einsicht habe ich dir zu verdanken, Nora«, sagt sie, »ohne dich würde ich immer noch griesgrämig im Pflegeheim sitzen und mich selbst bemitleiden. Ach herrje!« Sie schlägt sich mit der Hand auf den Mund. »Ich habe ganz vergessen, dass ich Frau Schmitz für das Wochenende zum Kaffeetrinken eingeladen habe. Jetzt mache ich mir aber doch langsam Sorgen wegen meines Gedächtnisses. Könnt ihr sie morgen abholen?«

Ich nicke, noch ganz ergriffen. »Klar.«

»Ich backe eine Torte für euch«, sagt Mandy.

Klara lächelt. »Aber bitte ohne Mohn. Der ist nicht gut für Frau Schmitz' Gebiss. Ich glaube, sie mag am liebsten Käsekuchen.«

»Ist gebongt!« Mandy strahlt. Es ist schön, sie so glücklich zu sehen.

Wir sind schon fast zur Tür raus, da sagt Klara: »Und übrigens … Konstantin ist Single.«

Mandy startet den Wagen. Sie besteht darauf, dass wir mit ihrem Blümchenauto fahren, damit ich mir während der Fahrt die Umgebung anschauen kann. Watson haben wir bei Klara gelassen. Er geht nicht gern an der Leine, deswegen lasse ich ihn lieber da, wenn ich zu einem Stadtbummel aufbreche.

»Eine Abkürzung«, sagt Mandy, als sie in eine schmale

Straße einbiegt. »Hier geht's direkt nach Groß Mohrdorf. Dadurch sparen wir das Stück durch Bisdorf.«

Wir fahren zwischen Feldern entlang. Für Menschen mit schwachen Blasen ist der Weg wohl eher ungeeignet. Es holpert ganz fürchterlich, und wir werden in Mandys Kleinwagen ordentlich durchgeschüttelt. Außer uns ist hier niemand unterwegs. Wir haben gleich halb zwölf. Es ist Samstag. Da sind in Oberhausen die Nachbarn fast alle unterwegs, um Einkäufe zu erledigen oder ihre Autos waschen zu lassen. Aber die Gegend hier wirkt wie ausgestorben.

Als wir am Ortsschild *Groß Mohrdorf* vorbeifahren, sagt Mandy: »Klara war ganz schön sentimental vorhin. Ich würde zu gern wissen, was da zwischen ihr und meiner Oma vorgefallen ist.«

»Ich habe irgendwie das Gefühl, dass sie nicht ganz unschuldig an der Situation ist, sonst hätte sie nicht gesagt, sie habe einiges wiedergutzumachen.«

»Weißt du, was blöd ist? Ich freue mich total darauf, den Keller zu inspizieren. Aber ich bin mir unsicher, ob ich meiner Oma davon erzählen soll. Immerhin war sie ja diejenige, die immer so fasziniert von diesem Geheimnis war. Sie würde bestimmt gern mitkommen.«

»Mitnehmen würde ich sie nicht. Aber ich würde ihr davon erzählen. Und auch, dass Klara eben zu dir gesagt hat, dass du ihr sehr wichtig bist. Deine Oma freut sich bestimmt darüber. Ich hatte das Gefühl, dass sie sehr unter dem Streit mit Klara leidet.«

»Absolut.« Mandy seufzt. »Eigentlich müsste man

doch denken, dass man im Alter vernünftig wird. Aber die beiden sind das beste Beispiel vom Gegenteil. Anstatt sich zu streiten, sollten die beiden sich gemeinsam ein schönes Leben machen. Die Sache mit der Marmelade zum Beispiel. Ich bin mir sicher, dass Oma geradezu die perfekte Marktfrau abgibt. Sie würde die Leute schon dazu kriegen, die Gläser zu kaufen.«

»Das wäre wirklich schön! Wer weiß, vielleicht raufen sich die beiden wieder zusammen. Klara scheint momentan auf einem guten Weg dahin zu sein.«

»Hoffentlich.« Mandy hält kurz am Straßenrand. »Auf der anderen Seite siehst du das Kranich-Informationszentrum«, erklärt sie. »Die Dauerausstellung ist ganz interessant, wenn man sich für Kraniche interessiert. Aber schöner ist es, sich das Schauspiel im Spätsommer oder Herbst live anzuschauen. Tagsüber suchen die Vögel auf abgeernteten Getreide- und Maisfeldern nach Nahrung. Abends fliegen sie in langen Ketten zurück zu ihren Schlafplätzen in den flachen Boddengewässern. Dann sind oft Fotografen hier unterwegs. Wenn ich künstlerisches Talent hätte, würde ich mich wahrscheinlich mit Papier und Pinsel bewaffnen und die Tiere malen. Apropos … hast du dir eigentlich mal Konstantins Homepage angesehen?«

»Noch nicht.«

»Ich schon. Heute Morgen, als du noch geschlafen hast. Die Bilder sind wirklich toll. Es sind auch ein paar Portraits dabei. Er hat Talent. An deiner Stelle würde ich mich von ihm malen lassen. Lass zwei anfertigen, eins davon für dich. Du kannst gern mein Handy benutzen, wenn du mal auf die Seite gehen möchtest.«

»Ich schaue sie mir später an, wenn meins wieder funktioniert. Jetzt möchte ich lieber, dass du mir etwas von der Gegend hier zeigst!«

»Gern.« Mandy fährt weiter. »Wie Sie sehen können, kann Groß Mohrdorf eine wunderschöne alte Backsteinkirche vorweisen. Sie wurde im 13. Jahrhundert erbaut. Sie ist Bestandteil der Europäischen Route der Backsteingotik und besticht durch ihre wunderschöne Inneneinrichtung. Des Weiteren befindet sich weiter hinten im Ort, auf der rechten Seite, Lenes *Boutique de Fleur*. Einen Metzger, Bäcker oder gar einen Supermarkt suchen Sie hier vergebens.« Sie seufzt. »Echt schade.«

»Als Reiseführerin könntest du auch arbeiten«, scherze ich.

»Aber dann irgendwo, wo es schön warm ist. Ich bin noch nie geflogen. Irgendwie fehlte immer das nötige Kleingeld dafür.«

»Wo würdest du denn am liebsten hin?«

»Nach Afrika. Ich würde so gern einmal sehen, wo mein Vater herkommt. Schon verrückt, früher habe ich mich kaum für ihn interessiert. Ein Vater fehlte mir nie. Ich hatte meine Mutter. Und eine Zeitlang auch einen Stiefvater, der sehr nett war. Ich war acht, als die beiden geheiratet haben. Aber sechs Jahre später haben sie sich wieder getrennt. Er lebt jetzt irgendwo in Bayern. Wenn Oma irgendwann nicht mehr ist, bin ich ganz allein. Mich würde schon interessieren, wer mein leiblicher Vater ist.

Und was er sagen würde, wenn er wüsste, dass er eine Tochter hat.«

»Hast du denn versucht, mehr über ihn herauszufinden? Deine Mutter hat ihn doch in Berlin getroffen. Vielleicht musst du gar nicht bis nach Afrika reisen, um ihn zu treffen.«

»Er heißt Fallou. Das ist ein senegalesischer Vorname und bedeutet *Freund von Gott.* Vielleicht sollte ich mal wieder in die Kirche gehen und beim Himmelsboss anklopfen. Ich befürchte nur, dass ich eine Abfuhr bekommen werde. Ich war sechs, als ich das letzte Mal gebetet habe.«

Ich muss lachen. »Er soll nicht nachtragend sein. Das hat Julian immer behauptet. Er hat an Gott geglaubt. Ich wünschte, ich könnte das auch. Das würde alles leichter machen.«

»Da hast du wohl recht. Na ja, rausgefunden habe ich nichts. Es gibt spezielle Suchagenturen. Aber die sind teuer. Ich habe sogar schon darüber nachgedacht, mal bei einer dieser Sendungen nachzufragen, die vermisste Angehörige suchen. Aber das bringe ich nicht fertig. Ich habe absolut keine Lust darauf, die Fernsehnation an meinem Leid teilhaben zu lassen.«

»Das verstehe ich. Du kennst den genauen Tag, den Ort und den Vornamen. Vielleicht könntest du eine öffentliche Suche über die Presse starten, ohne deine Identität preiszugeben.«

»Ach, ich weiß nicht. Ich muss mir darüber noch mal in Ruhe Gedanken machen. Wir waren übrigens gerade in

Klein Mohrdorf. Dort wohnt immer noch der Volltrottel, der mich als Kind so gern mit blöden Sprüchen gequält hat. Er hat eine Frau geheiratet, die aussieht wie eine russische Ringerin. Geschieht ihm recht!«

»Letztendlich bekommt jeder das, was er verdient«, sage ich, »daran glaube ich wirklich.«

»Dann werde ich ab sofort sehr lieb sein. Passenderweise fahren wir gerade über die *Straße des Friedens.* Der Ort heißt Günz. Gleich kommen wir noch durch Buschenhagen und Groß Kordshagen. Da gibt es das *Café Olsen.* Sie backen sehr leckeren Baumkuchen.«

Ich lasse meinen Blick links und rechts aus dem Fenster über die Landschaft schweifen und bin ganz angetan von der sanften, saftig grünen Landschaft. An einigen Häusern in den kleinen Orten, die wir passieren, entdecke ich Verkaufsschilder. Einige sehen unbewohnt aus, manche sind sogar schon recht zerfallen.

»Wirklich schade um die schönen Gebäude«, sage ich.

»Wenn ich das nötige Geld hätte, würde ich mir ein Haus in Flemendorf kaufen«, sagt Mandy. »Das ist ein Ortsteil von Groß Kordshagen. Dort gibt es einen kleinen Hafen an der Grabow. Und weit bis nach Barth ist es auch nicht mehr.«

»Wer weiß, vielleicht machst du das irgendwann. Du bist doch noch jung.«

»Das sage ich mir auch ab und an. Es sind die Momente, in denen ich mir vornehme, eine wahnsinnig erfolgreiche Staatsanwältin zu werden. Aber ich glaube, der Zug ist abgefahren.«

»Dann springst du eben auf einen neuen auf.«

»Du hast recht. Am besten auf einen gemütlichen Bummelzug, den ich in ein Café umwandle. Ein Zug, der durch die Vorpommersche Boddenlandschaft fährt. Die Gäste können die wunderschöne Landschaft bewundern, während sie meine Tortenkreationen genießen.«

»Hört sich gar nicht schlecht an.«

»Ja, aber ich schätze, es wird schwieriger sein, einen passenden Zug zu finden, als ein nettes kleines Café.«

Eine Weile hängen wir beide unseren Gedanken nach. Was wäre, wenn ich mich völlig neu erfinden müsste und meine sozialen Kontakte dabei keine Rolle spielen würden? Würde ich weiter in Oberhausen wohnen bleiben, um montags bis freitags Tiefkühlprodukte zu kreieren? Wohl eher nicht. Ich würde irgendwo auf dem Land leben, hinter dem Haus einen riesengroßen Garten haben, in dem ich mein Obst und Gemüse selbst anbaue. Ich hätte meine eigene Versuchsküche im Haus. Dort würde ich jeden Tag Marmelade, Chutney, Sirup und Likör entwickeln.

»Wenn Flemendorf nicht so weit entfernt von Oberhausen wäre«, sage ich, »würde ich vielleicht in deine Nähe ziehen.«

»Das wäre schön.« Mandy lächelt mich von der Seite an. »Wir sind übrigens gleich da. Barth hat insgesamt um die 16000 Einwohner, etwa die Hälfte davon wohnt in der Stadt, der Rest in den dazugehörigen Dörfern ringsherum.«

Wir parken direkt am Ortseingang auf einem der wenigen kostenfreien Parkplätze. Von hier aus gehen wir zum Hafen. Er ist überschaubar, aber sehr hübsch angelegt. Ein paar große Yachten und einige kleinere Schiffe und Jollen liegen im Wasser. Wir kaufen uns ein Fischbrötchen direkt von einem Boot, obwohl wir eigentlich noch satt vom ausgiebigen Frühstück sind, setzen uns auf eine Bank und beobachten die ein- und auslaufenden Motorboote und die Möwen, die in Scharen um sie herumkreisen. Am Hafen gibt es ein Restaurant, eine Eisdiele und einen Souvenirladen, auch einen kleinen Bioladen entdecke ich.

»Es ist nett hier«, sage ich, als ich mir die Finger an einer Serviette abwische.

»Finde ich auch. Aber lass uns hoch in die Fußgängerzone gehen. Wir haben gleich halb eins. Ich weiß nicht genau, wie lange der Mobilfunkladen heute geöffnet hat.«

Wir spazieren gemütlich eine kleine Anhöhe hoch bis zum Marktplatz.

Mandy zeigt auf ein Café mit einem kleinen Biergarten vor der Tür. »Das hätte ich vor ein paar Monaten beinahe gemietet. Die Lage ist genial, die Räumlichkeiten perfekt. Nicht zu groß, schön geschnitten, und im Hinterhof kann man im Sommer zusätzliche Tische aufstellen.«

»Was hat dich davon abgehalten?«

»Meine Mutter ist gestorben. Aber ich glaube, das war nicht der eigentliche Grund. Ich habe auch vorher schon gezögert. Die finanziellen Voraussetzungen stimmen einfach nicht.«

Ich bleibe stehen und schaue mich um. Der Platz ist

nicht groß. Es gibt mehrere Restaurants und Cafés, fast alle mit einem Biergarten, aber keiner ist wirklich gut besucht. »Es sieht gemütlich aus, vielleicht etwas zu gemütlich für ein Café? Viel los ist hier nicht.«

»Das ändert sich in den Ferien. Da kommen die Touristen. Jetzt ist es noch ruhig. Letztendlich ist es hauptsächlich Saisongeschäft«, erklärt Mandy. Da ertönt plötzlich ein schriller Klingelton. Ich brauche einen Moment, bis ich begreife, dass er aus meiner Handtasche kommt.

»Klaras Handy«, sage ich und wühle in meiner Tasche. Ich erwische das Gerät noch rechtzeitig, bevor der Anrufer auflegt. »Nora Kluge am Apparat von Klara Kummerow.«

»Boah, dass du meine Nummer nicht auswendig weißt, kann ich ja noch verzeihen. Aber dass du sie nicht einmal erkennst, wenn du sie siehst, ist hart.«

»Katharina!«, rufe ich erfreut. »Wie schön!«

»Jaja, das sagst du so … Aber immerhin hast du meine Stimme sofort erkannt.«

Ich muss lachen. »Ach, hör schon auf. Ich habe eben gar nicht auf das Display geguckt. Ich weiß, dass du irgendwas mit 396 hinten hast. Wenn ich sie gesehen hätte, wäre ich sofort auf dich gekommen.«

»Das war nur Spaß.« Katharina lacht. »Ich weiß, dass du Zahlenlegasthenikerin bist.«

»Danke!« Ich lache auch und drehe mich zu Mandy. »Meine Freundin.«

»Was?«, fragt Katharina.

»Ich habe Mandy gerade gesagt, dass du es bist«, erkläre ich. »Wir sind gerade in Barth, einen Akku für mein Telefon besorgen. Warte bitte einen Moment, ja?«

Mandy zeigt auf das Café, über das wir gerade gesprochen haben, und sagt: »Ich geh mal kurz hallo sagen.«

Ich nicke und sehe ihr nach, wie sie durch die Tür verschwindet.

»Katharina? Bin wieder da.«

»Gut. Schöne Grüße an Mandy. Ich habe ihr vor zehn Minuten auf den Anrufbeantworter gesprochen. Ihre Nummer leuchtete auf der Anzeige deines Festnetzes. Ich hab schon gedacht, dir ist irgendwas passiert, als ich zurückgerufen und gehört habe, dass es ihr Anschluss ist. Dann ist mir eingefallen, dass du Klara von zu Hause aus angerufen hast. Also habe ich die Wahlwiederholungsliste gecheckt und mit ihr telefoniert. Sie hat mir erzählt, dass dein Handy platt ist.«

»Du bist ein cleveres Mädchen.«

»Na ja, wie man es nimmt ... Ich bin nämlich gerade auf dem Weg nach Hamburg.«

»Was? Ich dachte, du holst deine Sachen von Jörn.«

»Schon geschehen. Wir sind heute um halb neun los. Um Viertel nach elf war alles erledigt. Jörn hat uns reingelassen und ist frühstücken gegangen. Er hatte keine Lust, mir beim Auszug zuzuschauen. Die meisten Sachen hatte er schon für mich zusammengestellt. Alles lief erschreckend schmerzfrei ab.«

»Ist doch gut. Und jetzt fährst du zu Harvey?«

»Ja, ich habe gerade die Reisetasche ins Auto gestellt. Ich wollte dich nur vorwarnen. Es kann sein, dass ich heute mitten in der Nacht bei dir aufschlage. Harvey weiß nicht, dass ich komme. Ich will ihn überraschen. Wenn er nicht da ist – oder sich nicht über meinen Besuch freut –, komme ich zu dir. Ist das okay für dich?«

»Natürlich, das weißt du doch! Was ist mit Harvey? Willst du ihn überraschen oder kontrollieren?«

»Heute Morgen hat er mich noch einmal nach Hamburg eingeladen, wollte aber dafür ein Hotelzimmer mieten. Er hat mir erzählt, dass er sich vor kurzem von seiner Freundin getrennt hat und deswegen bei einem Freund wohnt. Ich habe gesagt, das würde mich nicht stören, wir könnten uns ruhig dort treffen. Aber er bestand darauf, ein Hotelzimmer zu nehmen. Ist doch merkwürdig, oder? Wir haben uns auf jeden Fall deswegen gestritten. Er meint, ich müsste ihm da schon vertrauen. Ein Wort gab das andere – seitdem ist Funkstille. Ich habe ein paarmal versucht, ihn zu erreichen, aber er geht nicht ran. Ich halte es nicht aus, hier einfach untätig rumzusitzen und zu warten. Also habe ich mich spontan auf den Weg gemacht. Der Freund ist einer seiner Kollegen, die Adresse habe ich. Außerdem fällt mir ehrlich gesagt bei dir die Decke auf den Kopf. Das Haus ist viel zu groß für mich, so ganz allein. Du fehlst mir.«

»Du mir auch.«

»Wir haben gleich eins, bis nach Hamburg brauche ich bestimmt vier Stunden, ich werde am frühen Abend dort sein und mich dann gleich melden. Bis nach Kinnbackenhagen sind es noch mal knappe drei Stunden. Es könnte also spät werden.«

»Eigentlich kannst du auch direkt zu mir durchfahren«, schlage ich vor. »Wenn du ihm jetzt schon nicht vertraust …«

»Du hast recht, aber ich will es mit eigenen Augen sehen. Außerdem, wie heißt es so schön? Vertrauen ist gut, Kontrolle ist besser.«

»*Dowerjai, no prowerjai.* Der Spruch ist von Lenin, das hatten wir mal im Politikunterricht«, kläre ich Katharina auf.

»Beim Ehlerding, stimmt! Dass du dich daran noch erinnern kannst.«

»Vierzehn Punkte im Abi, in dem Fach habe ich aufgepasst. Deswegen weiß ich auch, dass es umgekehrt wesentlich besser funktioniert. Kontrolle ist gut, aber Vertrauen ist besser.«

»Ja, Frau Lehrerin, ich weiß. Aber ich fahre jetzt trotzdem los.«

»Ich drück dir die Daumen und denke an dich. Sobald mein Handy wieder funktioniert, sage ich dir Bescheid.«

»Mach das. Bis später …«

Erst nachdem ich aufgelegt habe, fällt mir ein, dass ich Katharina gar nichts von Alex erzählt habe. Aber er ihr anscheinend auch nichts von mir, sonst hätte sie bestimmt etwas dazu gesagt. Noch während ich überlege, ob ich sie deswegen noch einmal zurückrufe, klingelt das Handy wieder. Eine Festnetznummer wird angezeigt. Diesmal habe ich Klara am Apparat.

»Deine Freundin hat angerufen«, sagt sie. »Und Konstantin war noch mal kurz hier, um die Küche auszumessen. Ich war so frei, ihm von eurer geplanten Schatzsuche zu erzählen, und soll euch ausrichten, ihr sollt bloß nicht auf die Idee kommen, in einer Nacht-und-Nebel-Aktion doch nach unten in den Keller zu steigen. Das sei viel zu gefährlich. Morgen früh gibt es um neun Uhr Frühstück bei mir. Danach begleitet er euch gern. Und wenn ihr wieder da seid, geht es ans Marmeladekochen. Wie findest du das?«

»Das ist gut. Allein hätte ich mich da sowieso nicht runtergetraut. Katharina hat mich gerade auch schon angerufen. Es kann gut sein, dass sie heute am späten Abend noch zu mir kommt. Wäre es okay, wenn ich sie dann morgen mitbringe?«

»Natürlich. Endlich ist mal wieder Leben in der Bude! Gibst du mir bitte mal Mandy?«

Ich schaue rüber zum Café. Mandy steht mit einem Mann neben der Eingangstür. Die beiden scheinen in ein reges Gespräch vertieft zu sein. Mandy schüttelt den Kopf, dann zeigt sie ihm einen Vogel. Ob sie ihren Freund getroffen hat?

»Die ist kurz in ein Café rein. Kann sie dich gleich zurückrufen?«

»Schlecht. Ich gehe jetzt rüber zu Edith. Sie hat mich mit ihren Erdbeeren geködert. Und ihren Rhabarber können wir auch bekommen. Sie steht schon draußen am Tor und wartet auf mich.«

»Ist doch schön.«

»Wie man's nimmt. Sie hätte mir das Obst auch einfach vorbeibringen können. Aber sie bestand darauf, mich zum

Kaffee einzuladen. Wahrscheinlich langweilt sie mich mit ihren Urlaubsfotos zu Tode.«

»Das fände ich aber schade. Wo wir uns doch gerade erst kennengelernt haben. Sag ihr liebe Grüße von mir, und richte ihr aus, ich hätte dir aus gesundheitlichen Gründen das Betrachten von Schnappschüssen verboten.«

Klara lacht. »Genau das werde ich ihr sagen.«

»Was ist mit Mandy, kann ich ihr etwas ausrichten?«

Klara scheint einen Moment darüber nachzudenken. Ich höre, wie sie mit den Fingern in schneller Folge auf die Kommode klopft.

»Nein«, sagt sie schließlich. »Sagst du ihr bitte, sie soll sich später noch mal bei mir melden? Ich bin so gegen sechzehn Uhr wieder da.«

»Okay, mach ich.«

Mandy ist noch immer in ihre Diskussion vertieft. Etwas unschlüssig gehe ich auf die beiden zu. Falls das wirklich Thomas sein sollte, möchte ich die beiden nicht stören. Als Mandy mich bemerkt, hebe ich das Handy hoch und zeige mit der anderen Hand Richtung Fußgängerzone. Sie nickt, und ich mache mich auf den Weg, um endlich mein Telefon wieder zum Laufen zu bringen. Vor einem in einem hellen Terracottaton gestrichenen Haus bleibe ich kurz stehen. Eine blonde Frau dekoriert gerade die Schaufenster. Sie stellt ein handgemaltes Schild zwischen cremefarbene Tontöpfe mit dunkelblauen Punkten. *Norddeutsche Lebensart* lese ich, *endlich wieder da: frische Erdbeermarmelade aus eigener Herstellung.*

24. Kapitel

Funktioniert wieder.« Der Verkäufer gibt mir mein Handy zurück. »Aber Sie sollten es erst vollständig aufladen, bevor Sie es wieder benutzen.«

Ich zahle, gehe aus dem Laden und schaue die Fußgängerzone entlang. Schon von weitem kann ich Mandy sehen. Sie ist groß, ihre braune Wuschelmähne wippt bei jedem ihrer langen Schritte frech hoch und runter. Die Menschen schauen ihr nach. Sie fällt auf, und das nicht nur wegen ihres guten Aussehens. Mandy strahlt von innen. Obwohl sie es in der letzten Zeit nicht einfach hatte, wirkt sie positiv.

»Hast du schon mal über eine Modelkarriere nachgedacht?«, frage ich, als wir uns auf Höhe des kleinen Ladens treffen, dessen Schaufensterauslage ich gerade eben schon bewundert habe.

»Dazu bin ich jetzt zu alt. Und außerdem zu dick. Die suchen doch nur Hungerhaken. Momentan trage ich Kleidergröße 38, allerdings nur durch den Stress der letzten Monate. Normalerweise habe ich 40. Ich esse viel zu gern Torte. Darauf könnte ich niemals verzichten.«

»Ich auch nicht. Sag mal, war das eben Thomas vor dem Café?«

»Nein, Rolf, der jetzige Inhaber. Er hat noch keinen Nachmieter, will aber schnellstmöglich raus aus dem Laden. Ich könnte den Mietvertrag übernehmen, aber er verlangt eine viel zu hohe Abschlagszahlung für das Inventar. Und das gefällt mir nicht einmal. Wenn, dann möchte ich mein Café ganz nach meinem Geschmack einrichten.«

»Warum will er denn unbedingt raus aus dem Laden?«, frage ich.

»Das ist der zweite Punkt. Es läuft nicht gut. Ich denke aber, das liegt nicht an der Lage, sondern am Angebot. Er hebt sich nicht ab von der Masse mit seinem klassischen Latte macchiato und Kuchen von der Großbäckerei. Hast du Lust, mit mir nach Zingst zu fahren? Wir könnten ein bisschen an der Ostsee spazieren gehen und dann ein Stück Torte im *Cako* essen. Die schmeckt so einmalig gut, du wirst begeistert sein. Wenn ich etwas Eigenes auf die Beine stellen würde, dann so.«

»Ja, warum nicht? Ich habe zwar momentan noch gar keinen Hunger, aber ein Stückchen Torte geht eigentlich immer. Klara hat übrigens auch eben angerufen, sie hat Konstantin schon gefragt, ob er uns begleitet. Morgen nach dem Frühstück hat er Zeit. Und du sollst dich bitte noch mal bei ihr melden, sie wollte dich etwas fragen. Du kannst sie ab vier wieder erreichen, jetzt ist sie bei Edith.«

»Das klingt ja geheimnisvoll. Erinnerst du mich daran? Ich vergesse das sonst bestimmt.«

»Lass dich lieber vom Handy erinnern, ich bin auch Expertin darin, solche Dinge zu verschludern.«

»Gute Idee.« Mandy holt ihr Telefon aus der Tasche.

»Oh, schau an, Thomas hat sich gemeldet.« Sie liest, sagt laut »Arsch!« und hält mir die Nachricht unter die Nase.

Ich denke, das war's dann wohl. Du kannst das Zimmer ab dem kommenden Monat an jemand anderen vermieten. Ich ziehe heute noch aus. Schade, aber ich denke, so ist es besser für uns beide.

»Hab ich nicht gestern noch gesagt, die Sache erledigt sich irgendwann von ganz allein?« Mandy schnauft laut. »Macht der Mistkerl einfach über eine bescheuerte Nachricht mit mir Schluss, unfassbar!«

»Das zeugt nicht gerade von einem starken Charakter. Sei froh, dass du den los bist.«

»Bin ich. Aber es ist trotzdem ein doofes Gefühl. Bisher war ich immer diejenige, die Schluss gemacht hat, wenn es nicht mehr lief. Na ja …« Sie seufzt. »Du hast recht, er hat mir die Arbeit abgenommen. Schluss machen ist auch nicht schön. Was antworte ich denn jetzt auf die charmante Nachricht?«

»Dass du es auch so siehst, ihm das allerdings gern persönlich gesagt hättest, wie sich das gehört.«

Mandy nickt. »So mach ich das.«

»Bist du gar nicht traurig?«, frage ich, als wir zurück zum Auto gehen.

»Ehrlich gesagt, nein, eher erleichtert. Sag mal, kann ich vielleicht heute noch mal bei dir übernachten? Ich glaube, mir ist es lieber, wenn ich erst morgen früh zurück in meine Wohnung fahre.«

»Klar, kein Problem. Es kann allerdings sein, dass Katharina auch kommt. Sie hat ähnliche Probleme wie du.

Dann wird es etwas eng.« Ich erzähle Mandy, was bei Katharina momentan los ist.

»Es beruhigt mich, dass ich nicht die Einzige bin, die den Hang dazu hat, sich in die Falschen zu verlieben.« Wir sind mittlerweile am Auto angekommen. Mandy lässt sich in den Sitz fallen, lehnt sich zurück und schließt die Augen.

»Alles okay?«, frage ich. »Soll ich lieber fahren?«

Sie atmet tief ein und wieder aus. »Nein, es geht schon wieder. Ich muss mich nur manchmal wirklich dazu zwingen, die positiven Dinge zu sehen. Ich habe dich kennengelernt. Klara ist wieder da. Und so langsam wächst die Vorstellung, dass das mit dem Café vielleicht doch nicht nur ein Traum bleiben wird.« Sie startet den Wagen. »Scheiß auf die Kerle, wer braucht die schon. Die sind eh alle für die Katz!« Sie wirft mir einen kurzen Seitenblick zu. »Ausnahmen bestätigen die Regel. Ich wünschte, ich könnte von mir behaupten, ich hätte mal einen Mann so sehr geliebt wie du deinen.«

Danke, dass du mich geliebt hast, Julian. Und dass ich dich lieben durfte.

Knapp zwanzig Minuten später sind wir in Zingst. Wir gehen über eine steile Treppe den Damm hinauf, dann durch ein kleines Waldstück und stehen schließlich auf einer Anhöhe vor dem offenen Meer. Weißer Sandstrand zieht sich endlos in beide Richtungen. Ich atme die salzige Luft ein und lasse meinen Blick über das Wasser schweifen, das in gleichmäßigem Rhythmus auf das Ufer zuschwappt, um sich kurz darauf wieder zurückzuziehen.

»Links am Wasser entlang geht es nach Prerow und schließlich nach Ahrenshoop, rechts, zum östlichen Zipfel der Insel, geht es nach Pramort. Von dort aus kann man bis nach Kinnbackenhagen schauen. Bei gutem Wetter sogar bis Hiddensee. Zingst hat es doppelt gut getroffen. Auf der einen Seite befindet sich die offene Ostsee, auf der anderen der Bodden.« Mandy zieht ihre Schuhe aus. »Es sind um die fünfzehn Kilometer bis nach Pramort. Wir sollten noch mal mit den Rädern kommen. Es ist eine hübsche Tour bis dorthin. Kurz vor Pramort liegt die *Hohe Düne*. Sie ist bis zu dreizehn Meter hoch. Man hat einen traumhaften Blick über die weiße Dünenlandschaft und auf die Ostsee.« Sie seufzt. »Das fehlt uns auf der anderen Seite. Kinnbackenhagen kann weder mit Dünen noch mit dem Meer glänzen. Deswegen kennt es auch kaum jemand.«

»Dafür ist es allerdings auch sehr ruhig. Wenn man mal richtig runterkommen möchte, ist es der perfekte Erholungsort.« Ich sehe mich um. »Hier sind jede Menge Urlauber unterwegs, obwohl momentan keine Ferien sind.«

»Alte Leute und Familien mit kleinen Kindern«, erklärt Mandy. »Komm, lass uns runter ans Wasser gehen. Ich war schon lange nicht mehr hier. Letztes Jahr im Herbst das letzte Mal.«

»Obwohl du sozusagen direkt in der Nähe wohnst? Wenn ich hier leben würde, würde es mich ständig ans

Wasser ziehen. Es hat etwas Aufwühlendes und gleichzeitig irgendwie Beruhigendes.«

»Ich wohne ganz in der Nähe von Stralsund. Ich muss nur über die Brücke, dann bin ich auf Rügen. Wenn ich ans Meer möchte, fahre ich meistens dort hin. Hier ist es mir zu touristisch. Auf Rügen kenne ich Stellen, da triffst du weit und breit keine Menschenseele. Außerdem finde ich es landschaftlich reizvoller. Du hast zwar dort auch die endlos langen Strände, aber auch eine atemberaubende Steilküste. Der Hochuferweg durch die Kreidefelsen ist einmalig.«

»Ich war mal mit meinen Eltern und Katharina dort. Aber ich kann mich kaum erinnern. Ich war vierzehn und hatte andere Sachen im Kopf. Aber wenn du jetzt so davon erzählst, bekomme ich Lust, mich sofort auf den Weg zu machen. In der Beziehung hast du es echt gut hier. Landschaftlich kann man kaum reizvoller wohnen.«

Wir gehen barfuß durch den warmen weißen Sand, bis er fester, feucht und grau wird. Ich bleibe stehen und grabe meine Zehen tief in den Sand hinein.

»Warte«, sage ich zu Mandy. »Wenn ich mit Julian am Meer war, haben wir jeden Tag ein großes Herz in den Sand gemalt. Und dann haben wir unseren Namen reingeschrieben. Jeder Tag am Meer war ein *JuNo-Tag.*«

»Ein schönes Ritual.«

»Ja, das war es.« Ich greife nach einem Ast, der gleich in meiner Nähe liegt. »Nur Watson hat nie verstanden, warum wir mit dem Stöckchen im Sand rumkratzen, anstatt es zu werfen.«

Mandy setzt sich auf den Boden und sieht mir zu, wie ich die Umrisse eines riesengroßen Herzens in den Sand male.

Ich werde dich immer lieben, Julian, aber ich muss langsam loslassen.

»Fertig«, sage ich zu Mandy, nachdem ich auch die Anfangsbuchstaben der Namen reingeschrieben habe.

Mandy rappelt sich vom Boden auf, um mein Kunstwerk zu bewundern. Nur kurz darauf fällt sie mir um den Hals. »Das ist seit langem das Schönste, was jemand für mich getan hat.«

»Ma-No, Mandy und Nora«, sage ich. »Heute ist unser Tag.«

Mandy greift nach meiner Hand und drückt kurz zu. Dann lässt sie abrupt los, breitet beide Arme aus und rennt über den feuchten Sand zum Wasser.

»Komm«, ruft sie.

Ich lache und laufe hinter ihr her.

»Wie spät haben wir?«, frage ich. Wir sind eine ganze Weile am Strand entlanggelaufen, haben Muscheln und besonders hübsche Steine gesammelt, während wir uns unterhalten haben.

Mandy sieht auf ihre Uhr. »Gleich drei.« Sie lächelt. »Kaffeezeit, gehen wir zum Hafen?«

Der Spaziergang hat mich hungrig gemacht. »Ein großes Stück Torte wäre nicht schlecht.«

»Durch den Ort brauchen wir eine Viertelstunde. Wir können aber auch mit dem Auto fahren, und von da aus dann zurück nach Kinnbackenhagen. Wie du magst.«

»Lass uns zu Fuß gehen, wir haben ja Zeit. Und wenn wir nachher zurück sind, schmeißen wir noch einmal die Sauna an, diesmal ohne Cocktail. Den können wir dann abends trinken.«

»Hört sich gut an. Wir könnten uns frisch geräucherten Fisch mitnehmen. Vielleicht auch für Klara. Ich möchte mich gern bei ihr dafür bedanken, dass sie mir den tollen Tag ermöglicht hat. Oder hat das Fischbrötchen vorhin gereicht? Wir können später auch grillen, wenn du magst.«

»Lass uns Räucherfisch holen, das ist nicht so viel Arbeit. »

»Dann komm, am Hafen ist ein guter Stand.«

Wir stehen an einem Zebrastreifen. Ein Polizeiwagen hält an, damit wir die Straße überqueren können.

»Ich muss unbedingt mein Handy aufladen«, sage ich.

»Ah, der Streifenwagen. Du möchtest wissen, ob Alex dir heute schon geschrieben hat, stimmt's?«

»Ja, irgendwie schon«, gebe ich zu.

»Wie sieht er denn aus?«

»Groß, ich schätze fast eins neunzig, dunkles volles Haar, sehr helle graue Augen.« Ich mache eine kurze Pause. »Muskulös, breite Schultern, Alex hat eine tolle Figur. Julian war auch groß, aber eher schlaksig. Er hat Ausdauersport gemacht. Alex macht Kampfsport und Krafttraining. Aber die Optik ist es nicht, die mir so gut an ihm gefällt.«

Mandy lacht. »Das hörte sich aber gerade ganz anders an.«

Ich knuffe sie in die Seite. »Du weißt genau, wie ich das meine. Natürlich gefällt er mir optisch, sehr sogar. Aber es sind seine Blicke, die mich so ansprechen. Er sieht direkt in mich hinein. Ich weiß nicht, wie ich es anders beschreiben soll, aber ich habe das Gefühl, dass er mich sehen kann. Ich meine mein inneres Ich, nicht nur mein äußeres.«

Mandy streckt ihren Arm aus. »Sieh mal, ich habe Gänsehaut bekommen. Es wird bestimmt schön, wenn ihr euch wiederseht. Und aufregend.«

»Ich weiß immer noch nicht, ob ich das kann. Ihn wiedersehen schon. Aber ich habe ehrlich gesagt Angst davor, was passiert, wenn er mich berühren will, oder noch mehr …«

»Weil du dann an Julian denken könntest …«

»Auch, aber nicht nur. Ich war siebzehn, als Julian und ich ein Paar wurden. Na ja, und davor gab es keinen anderen Mann, mit dem ich geschlafen habe.« Auf einmal ist mir das unangenehm. »Es war immer schön mit Julian, aber ich kenne nichts anderes.«

»Dann solltest du dich darauf freuen, irgendwann eine neue Erfahrung in der Beziehung zu machen. Ist doch spannend. Wichtig ist, dass er gut küssen kann. Kerle, die nicht gut küssen, taugen auch nix im Bett. Dann sagst du am besten gleich *Danke, das war's*. Mach bloß nicht den Fehler, den ich hin und wieder gern mache. Denk nicht, dass es sich vielleicht mit der Zeit einspielt. Das wird nämlich nicht passieren. Kann er nicht küssen, weg mit ihm!«

»Okay.« Ich muss lachen. »Danke für den Tipp.«

»Gern.« Mandy seufzt. »Ich würde zu gern wissen, wie Konstantin küsst. Jetzt, wo ich offiziell wieder Single bin. Er hat einen unheimlich schön geschwungenen Mund. Ist dir das aufgefallen?«

»Nein.« Ich lache immer noch. »Sagtest du nicht gestern, du hättest kein Interesse mehr?«

»Ich habe gesagt, dass er kaum Notiz von mir genommen hat, weil er nur Augen für dich hatte. Aber heute Morgen sah das schon anders aus. Du hättest mal sehen sollen, wie er mich angesehen hat, als ich mich draußen im Garten mit ihm unterhalten habe. Ihm ist wohl aufgefallen, dass ich eine Frau bin.«

»Das ist ihm direkt aufgefallen, das hat er doch sogar schon gesagt. Aber dir ist anscheinend bewusst geworden, dass das stimmt. Ich habe das eben schon gesehen, als ich dich durch die Fußgängerzone habe gehen sehen«, sage ich. »Du bist gelaufen wie eine Königin.«

»Quatsch!«

»Oh doch, bist du! Ich finde Konstantin sehr nett. Schnapp ihn dir.«

»Später, jetzt gönnen wir uns erst einmal ein Stück Torte.« Mandy zeigt auf ein Holzhaus mit Flachdach, das auf den ersten Blick wie eine etwas größere Gartenhütte wirkt. Vor dem Haus stehen mehrere einfache Bänke und Stühle in der gleichen dunklen Holzoptik. Auf den Sitzflächen liegen grüne Polster. »Hier ist Selbstbedienung, komm.«

Mandarinen-Zartbitter-Torte, Waldbeer-Baiser-Torte. Rhabarber-Käsekuchen, Himbeer-Sahnetorte, Eierlikörtorte, Schoko- und Erdbeertorten in verschiedenen Variationen … Ich stehe hinter Mandy in der Schlange und bewundere die Auswahl in der Kuchentheke.

»Welche kannst du mir empfehlen?«, frage ich.

»Alle«, antwortet Mandy wie aus der Pistole geschossen, und die Frau hinter mir sagt: »Ich bin seit einer Woche jeden Tag hier und gönne mir ein Stück. Ich kann mich nicht entscheiden, welche mir am besten schmeckt.«

Mandy bestellt Schoko-Birnen-Torte.

»Mit der hatte ich auch geliebäugelt«, sage ich.

»Nimm was anderes, dann teilen wir.«

»Rhabarber-Käse mit Baiserhaube«, ordere ich, als ich an der Reihe bin, »und dazu einen großen Kaffee.«

Nur kurz darauf sitzen wir mit unseren riesigen Tortenstücken in der Sonne. Ich lasse meine Gabel durch die Torte gleiten und schließe im nächsten Moment genussvoll meine Augen.

»Hmmmmmmmmmm.«

»Siehst du, das meine ich. Schau dich mal um. Der Laden ist brechend voll, obwohl hier Selbstbedienung ist und man Schlange stehen muss, um ein Stück Torte zu bekommen. Wer einmal hier war, kommt wieder. Die Torte ist genial, die Stücke sind schön groß – und der Kaffee schmeckt richtig lecker. So einen Laden möchte ich auch eröffnen. Ich würde den Schwerpunkt auf leckeren Kuchen und Torte legen, natürlich alles hausgemacht, und eventuell auch ein paar herzhafte Quiches anbieten. Auf keinen Fall würde ich einen Laden haben wollen, den ich bis spät am Abend geöffnet lassen muss, um an Gäste zu kommen. Ich würde um elf Uhr öffnen und gegen achtzehn Uhr schließen. Das einzige Problem, das ich hätte, wäre, dass ich mich an frühe Aufstehzeiten gewöhnen müsste. Die Torten müssen ja jeden Tag frisch gebacken werden. Abends könnte man zwar schon eine Menge vorbereiten, aber trotzdem müsste ich am Morgen ab spätestens sechs in der Küche stehen – jedenfalls, wenn der Laden so gut laufen soll wie der hier.«

»Das hört sich ja alles schon sehr konkret an.« Ich schaue auf meinen Kuchenteller. Die Hälfte habe ich schon leergeputzt. »Qualität setzt sich immer durch, wenn man sich nicht ganz ungeschickt anstellt, davon bin ich überzeugt.«

»Ich auch. Jetzt brauche ich nur noch einen Laden in guter Lage, der auch bezahlbar ist.«

Mandy schiebt mir ihren Teller zu. »Tauschen?«

»Ja.«

Auch die Schokotorte schmeckt einmalig gut. Sie ist saftig, herrlich schokoladig und nicht zu süß. »Danach könnte ich süchtig werden.«

»Du musst irgendwann mal meine probieren, die ist auch sehr lecker.«

»Mache ich gern. Und falls das mit dem Café doch nichts wird, könntest du dich ja auch bei uns in der Firma bewerben. Martin, mein Vorgesetzter, hat mir letztens erzählt, dass nun der Markt für Süßspeisen erschlossen werden soll, vor allen Dingen in Sachen Kuchen und Torten.«

»Echt jetzt? Meinst du, ich hätte eine Chance, obwohl ich nicht die entsprechende Ausbildung habe?«

»Auf jeden Fall. Wir brauchen Leute wie dich, die mit Herz und Seele dabei sind.«

»Wenn meine Oma nicht wäre … Sonst hält mich hier ja nichts. Aber es ist immer gut, wenn man einen Plan B in der Tasche hat.«

Wir essen beide unsere restliche Torte auf. Dabei beobachte ich, dass manche Gäste schon zum zweiten Mal in der Schlange stehen.

»Möchtest du noch eins?«, fragt Mandy prompt.

Ich schüttele den Kopf. »Dann platze ich. Lass uns rüber zum Fischstand gehen.«

Wir packen gerade unsere Einkäufe ein, da meldet sich Mandys Erinnerungsfunktion. Es ist vier Uhr.

»Ich rufe eben Klara an.«

»Mach das.«

»Hallo, Klara, hier ist Mandy … was? … ja, nein, kein Problem, mach ich, aber reicht das auch morgen früh? Ich wollte heute eigentlich bei Nora bleiben … Okay, prima. Bis dann.«

Sie sieht mich mit großen Augen an. »Ich soll Klara Fotos von meiner Mutter mitbringen, wenn möglich aus der Kindheit.«

»Hm«, mache ich. »Vielleicht möchte sie deiner Oma eine Freude machen. Julians Mutter hat mir auch letztens ein Fotoalbum mit ganz vielen Bildern geschenkt. Zu jedem Foto hat sie einen schönen Spruch geschrieben. Ich habe mich sehr darüber gefreut.«

»Sie hat mir gesagt, sie möchte sie sich einfach nur ansehen.«

»Vielleicht hat sie ein schlechtes Gewissen. Du hast mir erzählt, deine Oma hat sich kurz nach dem Tod deiner Mutter mit Klara zerstritten. Wer weiß, was da zwischen den beiden passiert ist. Oder sie möchte sich einfach noch mal an deine Mutter erinnern. Ich schau mir auch noch manchmal Fotos von Julian an, wenn ich ihn sehr vermisse.«

»Das mache ich auch. Aber das glaube ich nicht. Ich kann dir nicht sagen, warum, aber ich habe irgendwie das Gefühl, dass mehr dahintersteckt. Am liebsten würde ich jetzt gleich nach Hause fahren und die Fotos holen. Ich habe eine ganze Kiste voll. Oma hat sie mir gegeben.«

»Sollen wir kurz bei dir vorbeifahren?«

Mandy überlegt kurz. »Nein, dann sehe ich Thomas. Und darauf habe ich heute absolut keine Lust. Es war so ein schöner Tag, und das soll auch so bleiben.«

»Dann fahren wir morgen früh, bevor wir zu Klara gehen. Ich bin gespannt, ob Katharina heute noch kommt. Schon komisch, erst ist sie bei mir eingezogen, weil sie Stress mit ihrem Freund hatte, und dann du. Du wirst sie mögen. In gewisser Weise ist sie dir ein bisschen ähnlich. Sie hat auch schon eine ganze Menge Mist erlebt, hat sich aber davon nicht unterkriegen lassen. Im Gegenteil, es hat sie stark gemacht. Aber dabei hat sie sich ihre weiche Seite bewahrt. Und man kann jede Menge Spaß mit ihr haben. Ich weiß nicht, was ich im letzten Jahr ohne sie gemacht hätte. Sie war immer für mich da.«

»Du kannst dich glücklich schätzen, dass du sie hast. Meine Freundinnen sind nach und nach alle von hier weggezogen. Ein paar nette Mädels habe ich an der Uni kennengelernt, aber die sind mittlerweile alle fertig und haben auch einen Job irgendwo weiter weg. Ich habe noch eine gute Freundin auf Rügen, die eine kleine Pension in Putbus führt. Aber es ist schön, wenn man jemanden gleich um die Ecke wohnen hat.«

»Das stimmt. Mit einer Freundin ist alles viel weniger schlimm.« Ich drücke Mandy einen Kuss auf die Wange. »Oder alles noch schöner.«

25. Kapitel

Klara?«

Sie ist nicht da. Auf dem Küchentisch finden wir einen Zettel. *Bin mit Edith unterwegs. Watson war um 15.30 Uhr das letzte Mal draußen. Sehen uns morgen zum Frühstück. Klara*

Ich lege Klaras Handy auf den Tisch, nehme den Stift, der neben dem Zettel liegt, und schreibe unter Klaras Nachricht: *Super, wir freuen uns! Mein Telefon funktioniert wieder. Du findest uns in der Sauna …*

»Was machen wir mit Klaras Fisch?«, fragt Mandy.

Wie auf Kommando schleicht Ella um ihre Beine. Und auch Watson hat schon die Witterung des herzhaften, in Wachspapier eingewickelten Räucherfischs aufgenommen, den Mandy in ihren Händen hält.

»Am besten in einer Frischhaltedose in den Kühlschrank, gut verschlossen, damit der Geruch sich nicht auf die anderen Lebensmittel überträgt.« In einem der Schränke werde ich schnell fündig. So langsam kenne ich mich aus in Klaras Küche. Ich hole eine passende Box heraus und nehme Mandy den Fisch ab. »Ich mach das. Du kannst Klara in der Zeit auf den Zettel schreiben, dass der Fisch für sie ist.«

»Okay.«

Als ich den Kühlschrank öffne, staune ich nicht schlecht. »Wow!«

»Was ist?«

»Hier stehen zwei Flaschen Champagner und mehrere kleine Flaschen hausgemachter Erdbeerlimes.« Ich hole eine davon heraus und schaue auf das Etikett. Klara notiert immer das Herstellungsdatum ganz unten rechts am Rand. »Sie hat ihn heute ganz frisch angesetzt.« Die Flüssigkeit ist hellrot und leuchtet appetitlich im Licht der einfallenden Sonne.

Mandy zeigt auf die Arbeitsplatte neben der Spüle. »Da war heute aber jemand fleißig.«

Auf der Ablage stehen drei große Porzellanschüsseln, die mit Backpapier abgedeckt sind.

Wir halten gleichzeitig unsere Köpfe über die erste Schüssel. »Rhabarberstücke«, stelle ich fest, als Mandy das Papier vorsichtig anhebt. »In Zucker aufgekocht. Das sieht mir ganz nach Marmelade aus.«

In der zweiten Schüssel finden wir in Zucker aufgekochte Erdbeeren und in der dritten beide Obstsorten gemischt.

»Dafür, dass es Klara so schlechtging, ist sie wieder ganz schön aktiv«, sagt Mandy. »Ist dir schon aufgefallen, dass sie gar nicht mehr so schlimm humpelt?«

»Heute Morgen, ja. Sie hat mir erzählt, dass sie Schmerztabletten nimmt.«

»Das ist auf Dauer auch nicht gut. Und ich dachte schon, es geht ihr besser.«

»Vielleicht eine Mischung aus beidem. Sie ist wieder zu Hause. Hier fühlt sie sich wohl. Ursprünglich wollte ich sie im Rollstuhl ein bisschen durch die Gegend schieben und jeden Tag abholen, damit sie in der Finnhütte duschen kann. Aber sie hat sich kein einziges Mal in das Ding reingesetzt. Sie wäscht sich lieber am Waschbecken in der Küche. Aber das wird sich ja bald ändern. Der geplante Umbau ist eine gute Idee.«

»Omas Bad befindet sich auch in der ersten Etage. Und unten ist bei ihr auch nur ein kleines Gäste-WC. Eine absolute Fehlplanung, wenn du mich fragst. Aber anscheinend sind die meisten Häuser so konzipiert.«

»Unseres auch. Darüber habe ich noch nie nachgedacht.«

»Vielleicht, weil man beim Hausbau nicht daran denkt, dass man irgendwann alt wird. Klara kann von Glück reden, dass sie sich den Umbau leisten kann. Ihr scheint es finanziell ja ganz gutzugehen. Wenn ich da an Oma denke … Es tut mir in der Seele weh, wenn ich mit ansehe, wie sie jeden Euro zweimal umdreht, bevor sie ihn ausgibt. Vielleicht ist sie deswegen so erpicht darauf gewesen, den sagenumwobenen Schmuckschatz zu finden. Obwohl der doch sowieso Klara gehören würde. Ich bin auf jeden Fall gespannt wie ein Flitzebogen, was wir da morgen entdecken werden.«

»Wer weiß … Irgendwie ist das alles schon sehr eigenartig. Ganz ehrlich, ich bin froh, dass Konstantin gemeinsam mit uns da runterklettert.«

»Ich auch. Vielleicht ist es so dunkel, dass ich stolpere,

und er fängt mich auf. Männer stehen darauf, hilflose Frauen zu retten.« Mandy sieht ganz ernst aus, als sie das sagt. Ich sehe sie skeptisch an und warte darauf, dass sie doch noch anfängt zu lachen, aber sie erklärt: »Im Grunde meines Herzens warte ich doch nur auf den einen, der mich rettet, so wie bei *Pretty Woman.*« Sie seufzt herzergreifend. »Oder plötzlich kommt ein Ritter auf einem weißen Pferd angaloppiert. Ich winke ihm von meinem Turm zu, er springt vom Pferd, klettert nach oben und rettet mich.«

»In dir steckt also doch eine kleine Romantikerin.«

»Eine kleine?« Mandy schüttelt den Kopf. »Eine riesengroße.«

Ich verkneife mir die Bemerkung, dass wir uns morgen nicht auf einem Turm, sondern in einem Loch unter der Erde befinden werden. Und auch, dass ich hoffe, dass weder Mandy noch ich gerettet werden müssen.

»Dann zünde ich uns heute Abend ein paar Kerzen an, wenn wir gemütlich einen Cocktail trinken«, sage ich stattdessen. »Und auf dem Handy habe ich eine schöne romantische Playlist, die wir im Hintergrund laufen lassen können. Ich habe Eros Ramazzotti für dich, Whitney Houston, Stevie Wonder, alles, was dein Herz begehrt …«

Mandy rümpft die Nase. »Es könnte allerdings sein, dass ich dann flüchten gehe. Ich stehe eher auf *The Maccabees, Phoenix* oder *Marina and the Diamonds.*«

»Indie? Damit kann ich auch dienen. Ich höre ab und zu ganz gern mal Nick Cave, je nach Stimmungslage. Die Schmachtliste habe ich mal für meine Mutter runtergeladen. Obwohl ich ein paar Sachen davon auch ganz nett finde. Dann hören wir nachher also Indie, trinken Cocktails zu Räucherfisch und lassen es uns richtig gutgehen.« Ich schaue auf die Uhr. »Wir haben schon nach fünf. Katharina müsste jetzt eigentlich in Hamburg sein. Lass uns rüber in die Finnhütte gehen. Ich muss unbedingt mein Handy aufladen.«

Mandy fährt mit dem Auto. Ich gehe mit Watson zu Fuß, damit er noch mal an die frische Luft kommt. Konstantin scheint noch nicht zurück zu sein. Sein Volvo steht nicht vor der Tür. Vor Haus Nr. 2 ist Herr Schmidtbauer gerade damit beschäftigt, den Zwinger mit einem Hochdruckgerät zu reinigen. Rocky scheint nicht wieder aufgetaucht zu sein. Hoffentlich ist ihm nichts passiert. Das würde mir leidtun, denn er kann eigentlich nichts für sein aggressives Verhalten.

Watson schnüffelt auf der Wiese herum. Das Geräusch des Hochdruckreinigers verstummt, und Herr Schmidtbauer schaut in unsere Richtung.

»Komm, Watson.« Wir gehen schnell weiter. Auf eine Diskussion habe ich keine Lust.

Als wir am Finnhäuschen ankommen, hat Mandy die Sauna schon angestellt und uns zwei große Gläser Apfelschorle eingeschüttet. Ich schließe zuerst mein Handy an das Ladegerät an, dann trinke ich in großen Zügen die Schorle leer.

»Danke, das hat gutgetan. Ich habe die dumme Angewohnheit, zu wenig zu trinken. Zu Hause koche ich mir jeden Tag eine große Kanne Tee und stelle sie mitten auf den Küchentisch, damit ich daran erinnert werde. Aber ich vergesse es trotzdem manchmal, obwohl ich weiß, wie wichtig es ist.« Früher hat Julian mich oft daran erinnert. Oder er hat mir einfach ein Glas vor die Nase gestellt und gesagt: »Trink!«

Mandy schüttet mir noch einmal das Glas voll.

»Ich muss jetzt zuerst einmal Katharina schreiben, dass ich wieder ganz normal erreichbar bin«, sage ich, nachdem mein Handy mit hellem Signalton kundtut, dass es wieder funktioniert. »Außerdem muss ich meine Mutter anrufen, die macht sich sonst Sorgen.« Sie hat über den Tag verteilt achtmal geschrieben, wie ich feststelle, als ich einen kurzen Blick auf den Nachrichteneingang meines Handys werfe.

»Mach das, ich setze mich solange ein bisschen in die Sonne. Es ist noch so schön warm.«

Ich gehe rüber zur Sauna, mache es mir auf der kleinen Holztreppe vor dem Fass gemütlich und widme mich meinem Handy. Gut, dass es wieder funktioniert. Wenn es mal ganz den Geist aufgeben sollte oder mir abhandenkommt, verliere ich die Fotos, die ich damit von Julian gemacht habe, und auch seine Nachrichten. Darüber habe ich mir bisher noch überhaupt keine Gedanken gemacht. Ich sollte sie unbedingt sichern. Aber damit beschäftige ich mich, wenn ich wieder in Oberhausen bin.

Es war viel Betrieb auf meinem Handy, während es aus war. Von Katharina sind einige Nachrichten angekommen, alle vor elf Uhr heute Morgen. Da wusste sie noch nicht, dass ich nicht zu erreichen bin. Alex hat mir nur einmal geschrieben, um sieben Uhr, bevor er zu Katharina gefahren ist.

Es ist noch sehr früh, und wahrscheinlich schläfst du noch. Ich wünsche dir einen wundervollen Tag. PS: Ich laufe immer noch mit einem breiten Lächeln durch die Gegend ...

Ich überprüfe auch meine Anrufliste und stelle überrascht fest, dass Henrik versucht hat, mich zu erreichen. Bestimmt ist er neugierig und möchte wissen, was es über seine Großtante zu berichten gibt.

Zuerst schreibe ich Katharina.

Wo bist du? In Hamburg angekommen ist sie anscheinend noch nicht, sonst hätte sie sich schon gemeldet. *Warte auf dich, freu mich auf dich – oder für dich, wenn du bei Harvey bleibst.*

Die nächste Nachricht schicke ich an Alex.

Tut mir leid, Akku war platt, musste erst einen neuen besorgen. Deine Wünsche sind bei mir angekommen, der Tag war – und ist immer noch – wunderschön. Ich wünsche dir einen schönen Abend und schicke dir ein zusätzliches Lächeln. Liebe Grüße, Nora

Ich schaue rüber zu Mandy. Sie hat es sich, nur in Unterwäsche gekleidet, auf dem Stuhl in der Sonne bequem gemacht. Die Füße hat sie auf einem Hocker abgelegt. Auf ihrer Nase sitzt eine Sonnenbrille mit großen Gläsern. Sie ist das perfekte Model, denke ich und drücke die Kurzwahltaste meiner Mutter. Sie nimmt das Gespräch sofort an.

»Nora, da bist du ja endlich. Ich habe den ganzen Tag

versucht, dich zu erreichen. Geht es dir gut? Ich dachte, du meldest dich mal zwischendurch. Ich habe gerade schon bei Katharina angerufen, um zu fragen, ob sie was von dir gehört hat, aber sie geht auch nicht ans Telefon. Was hast du die ganze Zeit getrieben?«

Ich halte den Hörer etwas weiter von meinem Ohr weg. Wenn meine Mutter aufgeregt ist, spricht sie viel zu laut.

»Mir geht es gut«, sage ich, als sie endlich eine Pause einlegt. »Mein Handy hat nicht funktioniert ...« Ich erzähle meiner Mutter, was sich heute ereignet hat, und auch, dass ich das Gefühl habe, dass es mir langsam bessergeht und ich nun nach vorne schauen möchte.

»Das freut mich sehr, mein Schatz. Als Mutter wünscht man sich nichts mehr, als dass es dem eigenen Kind gutgeht. Ich hab dich sehr lieb, weißt du.« Ich kann genau hören, wie ergriffen meine Mutter ist.

»Ich dich auch, Mama. Wenn ich wieder zurück bin, machen wir uns einen schönen Tag, so wie früher. Wir gehen lecker frühstücken und dann shoppen. Ich lade dich ein.«

»Das ist eine sehr schöne Idee. Ich brauche nämlich unbedingt ein neues Kleid.« Sie seufzt. »Karls Schwester hat zum sechzigsten Geburtstag eingeladen. Ich habe zwar keine Lust, aber es gehört sich nun mal, dass ich Karl begleite ...«

Wir unterhalten uns noch ein Weilchen über banale Dinge, da fragt meine Mutter: »Hast du eigentlich mittlerweile herausgefunden, weshalb Klara den Kontakt zur restlichen Familie abgebrochen hat?«

»Nein, sie redet nicht darüber. Aber sie hat es wohl nicht leicht gehabt.«

»Manchmal ist es besser, wenn man einen geraden Schnitt zieht«, sagt meine Mutter. »Richtest du ihr bitte liebe Grüße von mir aus und sagst ihr, dass ich sehr froh bin, dich bei ihr in guten Händen zu wissen?«

»Das mache ich gern.«

Ich lege auf, lese Katharinas neue Nachricht. Sie schreibt, sie sei nach endlos langem Stau endlich in Hamburg angekommen und würde sich noch mal melden. Dann rufe ich Henrik an.

»Boah, gut, dass du zurückrufst«, begrüßt er mich. »Ist alles okay bei dir?«

»Ja, mir geht es gut. Was ist denn los?« Mein Herz klopft etwas schneller. Henrik klingt aufgeregt. Irgendwas ist passiert.

»Wenn ich das so genau wüsste. Es gab gestern einen Riesenkrach zwischen meiner Mutter und meinem Opa. Die beiden reden nicht mehr miteinander. Keiner sagt mir, was los ist. Mein Vater hält sich aus allem raus und sagt, es sei die Entscheidung meiner Mutter, ob und wann sie darüber sprechen möchte. Und meine Oma, die ist am Boden zerstört, heult die ganze Zeit, behauptet, das sei alles ihre Schuld, rückt aber auch nicht mit der Sprache raus. Na ja, außer dass sie gesagt hat, du hättest nicht zu Klara fahren sollen.«

»Oje. Das wollte ich nicht. Sie macht sich bestimmt Vorwürfe, weil Julian durch sie von Klaras Existenz erfahren hat. Dein Opa war ziemlich sauer, als er das rausbekommen hat. Er hat deiner Mutter strikt untersagt, in der Vergangenheit zu wühlen. Vielleicht hat er mitbekommen, dass ich in Kinnbackenhagen bin.« Auf einmal bekomme ich ein schlechtes Gewissen. »Das tut mir leid.«

»Quatsch, muss es nicht, überhaupt nicht, im Gegenteil. Keine Ahnung, was da vorgefallen ist, aber mir geht diese ganze Heimlichtuerei tierisch auf den Geist. Erst darf niemand was von der Schwester meines Opas erfahren, dann soll er nicht wissen, dass du sie besuchst. Und jetzt sind alle zerstritten. Das ist doch bescheuert. Nach dem, was letztes Jahr passiert ist, sollten wir doch als Familie zusammenhalten. Es kann so schnell gehen …« Er seufzt. »Es tut mir leid, ich rede mich gerade wieder in Rage. Wie ist Klara denn? Ist sie nett?«

»Ja, sehr. Aber ich weiß auch nicht, was damals zwischen ihr und deinem Opa passiert ist. Nur, dass er mit Frau und Kind in den Westen geflüchtet ist und Klara nie wieder etwas von ihm gehört hat.« Das Gerücht, Klara hätte versucht, Margot mit einer Walnuss umzubringen, behalte ich für mich. »Weißt du was, wenn ich Klara morgen sehe, erzähle ich ihr, dass du angerufen hast und was du mir erzählt hast. Vielleicht sagt sie etwas dazu. Versprechen kann ich dir allerdings nichts. Manchmal ist sie sehr eigen.«

»Das ist lieb von dir, danke. Ich war schon drauf und dran, mich ins Auto zu setzen, um euch zu besuchen. Schon allein aus Protest, weil mein Opa so einen Aufstand probt. Aber Mia geht es nicht so gut. Ihr ist ständig übel, der Kreislauf macht ihr Probleme. Der Arzt sagt, es handele sich dabei um unbedenkliche Schwangerschaftsprobleme, aber ich möchte sie ungern allein lassen.«

»Das kann ich verstehen. Richte ihr liebe Grüße von mir aus, ja? Was meinst du, soll ich mal bei deiner Mutter anrufen?«

»Nein, momentan lieber nicht. Lass ihr ein bisschen Zeit, das alles zu verdauen. Ich bin mir sicher, sie wird sich von allein melden, wenn sie so weit ist. Und du? Du hörst dich gut an. Deine Stimme klingt entspannt.«

»Es ist schön hier. Es tut mir echt leid, dass deine Mutter und dein Opa deswegen jetzt Stress haben, aber für mich ist der Aufenthalt das Beste, was mir passieren konnte. Es tut mir so gut, hier zu sein.«

»Siehst du, es hat eben doch alles seinen Sinn.«

»Das hat Julian auch immer gesagt.«

»Ich weiß.«

Wir schweigen einen Moment.

»Wann kommst du denn zurück?«

»Spätestens nächstes Wochenende. Sollen wir uns dann auf einen Kaffee treffen?«

»Unbedingt.«

Mandy ist eingeschlafen. Sie schnarcht leise vor sich hin. Ich setze mich in den anderen Stuhl, schließe die Augen und halte mein Gesicht in die Abendsonne. Ob es richtig ist, dass ich mich so in Klaras und damit ja auch in Margots und Henriks Familienangelegenheiten einmische? Wie hat meine Mutter so schön gesagt? Manchmal ist es besser, wenn man einen kompletten Schnitt macht. Und jetzt komme ich und breche die Wunden der Vergangenheit auf. Auf der anderen Seite war es Julian, der den Kontakt zu Klara hergestellt hat. Aber ich wollte doch nicht, dass sein Opa jetzt sauer ist. Ich finde zwar, dass Margot recht hat, er ist wirklich ein Stinkstiefel, vor allem seiner Frau gegenüber, aber zu Julian war er immer gut. Erst als er den Schlaganfall erlitt, fing er an, griesgrämig zu werden. Für Julian war sein Opa immer sehr wichtig. Er hat oft davon gesprochen, wie schön es war, wenn die beiden früher gemeinsam zum Stadion gegangen sind und ihre Mannschaft anfeuerten. Julians Vater hatte mit Fußball nichts am Hut. Das war eine Opa-Enkel-Sache. Manchmal habe ich sie zum Stadion gefahren und später wieder abgeholt, wenn sie nach dem Spiel noch zusammen ein Bier getrunken hatten.

Ich bin kurz vorm Einschlafen, ich sehe die beiden vor mir, wie sie nebeneinander mit langen Schritten auf mich zukommen. Julian hatte nicht nur seine Vorliebe für Fußball, er hatte auch die Körpergröße und die langen Beine seines Opas geerbt …

Mit einem Schlag ist die Müdigkeit wie weggeblasen.

»Mandy?«

»Hm? Oh, ich bin eingeschlafen. Wie spät ist es?«

»Gleich sechs. Sag mal, was ist eigentlich mit deinem Opa? Lebt der noch?«

»Keine Ahnung. Die Geschichte mit den Männern zieht sich wie ein roter Faden durch unsere Familie. Oma war alleinerziehend, wie meine Mutter. Beide hatten kein Glück mit ihren Männern. Ich weiß nur, dass er Russe war.« Sie lacht. »In mir steckt eine explosive Mischung, Russland und Afrika.«

»Hm …«, mach ich.

»Was, hm?« Mandy richtet sich im Stuhl auf.

»Du hast gesagt, deine Mutter war fünfundfünfzig, als sie gestorben ist. Das heißt, sie wurde 1962 geboren, stimmt's?«

»Ja. Worauf willst du hinaus?«

»Was, wenn dein Opa gar kein Russe war? Du hast die gleichen langen Beine wie Julian und sein Opa sie haben. Deine Mutter wurde 1962 geboren. 1961 ist Julians Opa über die Grenze in den Westen. Beide, weder deine Oma noch Klara, sind gut auf ihn zu sprechen …«

Mandy sieht mich ungläubig an, dann sagt sie: »Ach du Scheiße!«

»Es könnte natürlich auch das absolute Hirngespinst sein. So wie der Schmuckschatz, der unten im Keller auf uns wartet. Es würde allerdings auch erklären, warum Julians Opa nicht möchte, dass die Vergangenheit aufgewühlt wird.«

»Meinst du? Das wäre ja der absolute Oberhammer!« Mandy reibt sich das Kinn. Sie denkt angestrengt nach, dann strahlt sie. »Dann wären wir sozusagen verwandt, weil ich dann Julians Cousine wäre. Stimmt doch, oder?«

»Lass mal überlegen … Deine Mutter wäre dann Margots Schwester beziehungsweise Halbschwester. Dann wärst du Julians Cousine, und natürlich auch Henriks. Margot wäre deine Tante. Und Klara deine Großtante – der du sehr viel bedeutest, wie sie dir erst heute gesagt hat.«

»Puh!«, macht Mandy und lässt sich zurück in den Stuhl sinken.

»Aber wie gesagt, es kann auch der absolute Humbug sein.«

»Ich fahre zu meiner Oma. Kommst du mit?« Mandy springt auf und greift nach ihrer Bluse. »Ich muss wissen, ob an der Sache was dran ist.«

»Ich weiß nicht, ob das eine so gute Idee ist. Wie gesagt, es kann ja auch ein Hirngespinst sein. Und wenn nicht, dann hat deine Oma bestimmt Gründe dafür, dass sie es nie erzählt hat.«

»Das mag sein. Und ich bin ihr auch nicht böse deswegen. Es ist nur so … wenn es stimmt, dann bin ich Teil einer Familie, dann bin ich nicht allein, wenn Oma mal nicht mehr ist. Dann habe ich eine Tante, einen Cousin … Ich muss einfach wissen, ob es stimmt.«

»Aber meinst du wirklich, dass ich mitkommen soll? Ist das nicht eine Sache zwischen euch beiden, deiner Oma und dir?«

Mandy überlegt einen Moment. »Du hast recht. Ich fahre allein. Du kannst ja schon mal in die Sauna gehen.«

Ich sehe Mandy nach, wie sie mit langen Schritten zum Auto geht. Ob das so klug von mir war, meine Vermutung einfach so herauszuposaunen?

26. Kapitel

Mein Vater hat mich so was von verkorkst«, sagt Katharina.

Ich bin noch nicht dazu gekommen, in die Sauna zu gehen. Zuerst hat Mandy angerufen, um mir zu erzählen, ihre Oma sei nicht zu Hause, sie würde aber eben noch nach Stralsund fahren, um wenigstens das Fotoalbum zu holen. Kurz darauf klingelte das Telefon erneut. So viel telefoniert und getextet wie in den letzten Stunden habe ich noch nie.

»Weil er meine Mutter ständig betrogen hat, denke ich, jeder Kerl müsste so sein«, erklärt meine Freundin mir. »Ich hätte Harvey vertrauen sollen. Er hat eben angerufen. Heute Nachmittag hat er gearbeitet. Er ist spontan für einen Kollegen eingesprungen, bei irgendeinem Charity-Event, da konnte er mich nicht zurückrufen. Auf jeden Fall hat er sich bei mir entschuldigt, weil er so verständnislos gewesen ist. Er hat mir gesagt, ich könne ihn jederzeit besuchen, egal wo. Wir haben das Treffen jetzt auf nächste Woche verschoben.«

»Was? Aber wieso denn? Muss er heute Abend auch noch arbeiten?«

»Nein.« Katharina gibt einen wehleidigen Seufzer von

sich. »Aber ich habe mich nicht getraut, ihm zu erzählen, dass ich sozusagen schon fast vor der Tür seines Freundes stehe.«

»Hört sich irgendwie schräg an. Warum?«

»Wenn du darauf gekommen bist, dass ich ihn kontrollieren wollte, wäre er es auch. Das wäre mir peinlich.«

Ich muss lachen. »Du hast dich selbst ausgetrickst.«

»Ja. Ich habe ihm erzählt, dass ich spontan zu dir gefahren bin, weil mir in Oberhausen die Decke auf den Kopf gefallen ist – was ja noch nicht mal gelogen ist.«

»Schön. Das heißt, du bist dann gegen zehn Uhr hier? Jetzt haben wir gleich sieben.«

»Ja, hast du was Alkoholisches da, oder soll ich was mitbringen? Darauf würde ich heute gern noch einen trinken.«

»Eine Flasche Prosecco wäre nicht schlecht. Wir haben Gurkenlikör, den Mandy selbst gemacht hat. Sie ist auch gleich wieder hier. Wir sind dann zu dritt.«

»Frauenabend, klingt gut. Aber Gurkenlikör?«

»Lass dich überraschen. Zu erzählen gibt es auch einiges. Aber das alles dann später. Fahr vorsichtig!«

»Weißt du doch, immer!«

Es ist Viertel nach sieben, als ich endlich in der Sauna liege. Alles ist still, nur der heiße Ofen gibt ab und an ein Knacken von sich. Ich atme tief ein und wieder aus, um mich zu entspannen, aber es fällt mir schwer, meinen Kopf auszuschalten. Dafür ist zu viel passiert in den letzten drei Tagen. Ich strecke mich lang aus und kreuze die Arme hinter dem Kopf. Dabei klackt der Ehering gegen das Holz.

Du lebst in meinem Herzen weiter, Julian. Auch wenn ich mit anderen Dingen beschäftigt bin und deswegen nicht mehr so oft an dich denke, wirst du immer ein Teil von mir sein.

Ich schließe die Augen und denke intensiv an den Mann, der mir so viele glückliche Jahre geschenkt hat. Ich sehe sein blondes verstrubbeltes Haar, seine blauen Augen, die kleine Windpockennarbe zwischen den Augenbrauen. Er lächelt mir zu, und ich weiß, dass alles gut wird.

Um neun Uhr habe ich den dritten Saunagang hinter mir. Ich bin geduscht, sitze in meinen gemütlichen Joggingklamotten und mit einem Handtuchturban auf dem Kopf auf der Couch und zappe durch das Fernsehprogramm, um mich vom Warten abzulenken. Mandy wollte nur das Fotoalbum holen, ist aber noch nicht zurück. Ob sie Thomas noch angetroffen hat? Katharina ist auch noch unterwegs … Ich schalte von Programm zu Programm, finde aber nichts, was mich auch nur annähernd interessiert. Zu Hause würde ich jetzt Marmelade kochen, Kuchen backen, Sirup herstellen oder im Internet durch Rezeptblogs surfen, auf der Suche nach neuen Ideen. Mir ist selten langweilig, ich finde eigentlich immer eine sinnvolle Beschäftigung. Aber wenn ich auf jemanden warte, bin ich so mit Warten beschäftigt, dass ich nichts mit mir anfangen kann. Als mein Handy piept, greife ich erleichtert danach. Endlich passiert wieder etwas. Alex hat mir geschrieben.

Ich denke an dich, steht da. *Sehen wir uns, wenn du wieder in Oberhausen bist?*

Darf ich dir vorher ein paar Fragen stellen?

Ja.

Wie alt bist du?

36.

Hast du Geschwister?

Eine große Schwester, sie heißt Julia, ist verheiratet und hat zwei Kinder.

Magst du deinen Job?

Ja, sehr.

Ist er gefährlich?

Manchmal, aber ich passe immer gut auf mich auf.

Hast du schon mal einen Menschen verloren, der dir sehr nahestand?

Ja, meine Oma, aber sie war schon sehr alt und hatte ein langes glückliches Leben. Ich kann mich nicht in dich reinversetzen und nur erahnen, wie du dich fühlst. Aber ich habe das Bedürfnis, für dich da zu sein.

Da ist es wieder, mein Herz klopft schneller …

Das klingt alles sehr gut. Ich freue mich darauf, dich zu treffen.

Und ich mich erst!

Übrigens ist Katharina auf dem Weg zu mir …

Oh, ist Harvey doch verheiratet? Sie hat es befürchtet.

Nein, die beiden haben sich sozusagen verpasst. Jetzt kommt sie zu mir.

Das ist schön. Grüß sie von mir.

Mach ich. Ich nehme an, du hast ihr noch nichts von uns erzählt, sonst hätte sie mich nämlich schon darauf angesprochen.

Von uns … das hört sich gut an ☺☺☺☺☺☺☺☺ Nein, habe ich nicht.

Ein Lächeln huscht über mein Gesicht, als ich die vielen Smileys hinter der Nachricht sehe. Aber ich bin auch etwas verunsichert. Bin ich zu voreilig? Bisher haben wir lediglich ein paar Nachrichten hin- und hergeschickt, und ich denke schon an ein *uns*. Ich überlege, ob ich noch etwas dazuschreiben soll, da sehe ich aus dem Fenster, dass Mandys Blümchenauto gerade vor dem Haus hält.

Bekomme gerade Besuch von einer tollen Frau, die ich hier kennengelernt habe. Jetzt fehlt nur noch Katharina für den perfekten Frauenabend. Danke, dass du dir die Zeit genommen hast, mir zu schreiben.

Ich wollte dich eigentlich anrufen, habe mich aber nicht getraut.

Ich muss wieder lachen, als ich die Nachricht lese. Und dann schreibe ich frech: *Aber ich würde schon gern noch mal deine Stimme hören, bevor wir uns treffen. Was hältst du davon, wenn ich dich einfach mal anrufe?*

Sehr sehr sehr sehr viel!

Gut, aber nicht mehr heute. Der Frauenabend beginnt … Liebe Grüße für dich – Nora

Viel Spaß. Seid brav!

Sind wir doch immer ☺ …

»So ein Arsch! Der hätte mir alles leer geräumt, wenn ich nicht plötzlich in der Wohnung gestanden hätte. Er war gerade dabei, den Fernseher abzubauen. Er meinte, das sei nur fair und ich könnte dafür den ganzen Kleinkram behalten, den er nach und nach mit in den Haushalt eingebracht hätte.«

»Das muss irgend so ein Männer-Ego-Ding sein. Jörn, Katharinas Ex, bestand auch darauf, die Glotze zu behalten, als sie die Sachen aufgeteilt haben.«

»Bei uns gibt es aber nichts aufzuteilen. Er ist bei mir eingezogen, da war der Apparat schon da. Unfassbar! Ich bin jeden Schrank durchgegangen und habe ihm seine Sachen rausgesucht. Seine hässlichen Karo-Handtücher, das billige Ikea-Besteck, einen Sandwichtoaster – alles Dinge, die die Welt nicht braucht und ich schon gar nicht.«

Mandy lässt sich neben mich auf die Coach fallen. »Ist ja auch egal. Er ist weg. Wieder ein Kapitel vorbei.« Sie klopft auf die Pappkiste auf ihrem Schoß. »Ich habe die Fotos mitgebracht. Meine Oma war nicht da. Klara ist übrigens auch noch nicht zu Hause. Und Edith auch nicht. Ich habe auf dem Weg hierher bei beiden angehalten. Ihr Mann hat gesagt, die drei sind zusammen unterwegs. Was sagst du dazu?«

»Vielleicht feiern sie Versöhnung.«

»Dann würden sie jetzt mit Sicherheit bei Klara sitzen und Erdbeerlimes schlürfen.« Mandy zieht eine Flasche mit hellroter Flüssigkeit aus ihrer Tasche. »Ich habe noch Klaras Schlüssel. Im Kühlschrank stehen genug davon. Das wird Klara gar nicht auffallen. Und wenn doch, ist es mir auch egal. Dann sage ich einfach, dass ich das Bedürfnis hatte, mich wegen den beiden zu betrinken.«

Ich nehme Mandy die Flasche mit dem Erdbeerlimes aus der Hand. Sie vom Gegenteil zu überzeugen wird mir sowieso nicht gelingen. »Cool«, sage ich. »Katharina bringt Prosecco mit. Dann haben wir heute zwei Cocktails zur Auswahl. Sie müsste so in zwanzig Minuten da sein, wenn sie gut durchgekommen ist.«

»Dann wird es nichts mit Harvey? Ist vielleicht auch besser so. Was ist das überhaupt für ein Name? Wenn man so heißt, muss man ja einen an der Waffel haben. Oder ist er Engländer?«

»Er ist Deutscher und heißt eigentlich Hans-Willi. Wir haben ihn in Harvey umgetauft. Aber so wie es aussieht, ist es nicht aus. Das wird sie nachher bestimmt alles noch mal ganz genau berichten.«

»Die Arme, Hans-Willi geht gar nicht. Allerdings denken das auch viele, wenn sie meinen Namen hören. Mein IQ wird automatisch um zwanzig Prozent niedriger geschätzt. Ich habe also gleich mit zwei Vorurteilen zu kämpfen. Meine Haut ist dunkel, und ich heiße Mandy. Wobei in meiner Geburtsurkunde Amanda steht.«

»Echt? Das wusste ich gar nicht.«

»Ich mag Mandy lieber, schon aus Prinzip. In der Geburtsurkunde meiner Mutter ist übrigens tatsächlich *Vater unbekannt* eingetragen. Genau wie in meiner. Ich habe eben extra noch mal nachgesehen.« Mandy öffnet die Kiste, kramt darin herum und hält mir schließlich ein Foto hin. »Das ist meine Mutter. Das Foto habe ich an ihrem fünfundfünfzigsten Geburtstag gemacht.«

Eine dunkelblonde Frau lächelt mich vom Foto an. Ihr Haar ist wellig und fällt bis auf die Schultern. Ihr Gesicht ist eher breit, so wie das von Mandys Oma. »Auf den ersten Blick sieht sie Julians Opa gar nicht ähnlich. Und Margot auch nicht. Sie hat allerdings so eine ähnliche Haarfarbe wie Julian. Aber das heißt nichts.«

Mandy reicht mir das nächste Foto. Darauf ist ein kleines Mädchen mit geflochtenen Zöpfen abgelichtet. Es trägt einen blauen Rock, eine weiße Bluse und ein blaues Halstuch.

»Mama in der Uniform der Jungpioniere. Die war damals Pflicht.«

»Sieht süß aus«, sage ich. »Aber eine Ähnlichkeit erkenne ich hier auch nicht. Allerdings habe ich nie Kinderfotos von Julians Mutter gesehen.«

»Na ja.« Mandy klappt die Kiste zu. »Warten wir bis morgen. Ich bin gespannt, was die alten Damen uns erzählen. Hast du schon gegessen? Ich habe auf dem Weg nach Stralsund noch beim Supermarkt angehalten, ein Brot, Eier und etwas Meerrettich für den Räucherfisch gekauft.«

»Das ist gut. Ich komme schon um vor Hunger. Lass uns alles vorbereiten, dann können wir gleich essen, wenn Katharina ankommt.«

Keine Viertelstunde später falle ich meiner Freundin um den Hals. »Da bist du ja endlich.«

»Ja, das war aber auch eine ganz schöne Gurkerei bis hierher.«

Sie löst sich von mir und geht zu Mandy, die in der Küchentür steht. Kurz vor ihr bleibt Katharina stehen und mustert sie. »Mein Gott, bist du schön!« Sie dreht sich zu mir um. »Du hast mir nicht erzählt, dass sie als Kandidatin bei den Topmodels Bombenchancen hätte.«

Ich muss lachen. »Dafür ist sie zu dick – sagt sie.«

»Hi, ich bin Katharina, Noras Freundin und bekennende Topmodel-Zuschauerin. Einer der Gründe, warum mein jetziger Exfreund mich intellektuell gesehen nicht sehr anziehend fand.«

»Hi, ich bin Mandy. Mein Name erlaubt mir, jede noch so bescheuerte Sendung zu gucken, ohne dass ich jemandem darüber Rechenschaft ablegen muss. Darf ich dich mal drücken? Nora hat mir schon so viel von dir erzählt.«

»Klar, komm her.«

Die beiden verstehen sich auf Anhieb. Nichts anderes habe ich erwartet.

»Hunger?«, frage ich Katharina.

»Ja – und Durst. Hast du nicht was von einem sagenumwobenen Gurkenlikör erzählt? Ich habe zwei Flaschen Sekt mitgebracht. Prosecco hatten sie keinen guten an der Tanke.«

»Den Gurkenlikör hat Mandy selbst gebraut, außerdem hat sie eben noch eine Flasche hausgemachten Erdbeerlimes bei Klara geklaut.«

»Sehr sympathisch! Dann auf, worauf warten wir noch?«

Etwa zwei Stunden später haben wir uns das Wichtigste erzählt, sind satt und haben einen Schwips. Nick Cave trällert gerade mit dunkler Leidensstimme *I had a dream, Joe*, da wird seine Arie von einem Piepton unterbrochen, denn ich habe einen kleinen Lautsprecher an mein Handy angeschlossen. Dadurch kann jeder hören, dass ich eine Nachricht bekommen habe.

»Wer schickt dir denn um diese Uhrzeit noch Nachrichten?«, fragt Katharina sofort.

»Bestimmt Alex«, sagt Mandy.

»Alex?« Katharina sieht mich überrascht an. »Hab ich da vielleicht irgendwas nicht mitbekommen?«

»Ich mag ihn«, sage ich schlicht.

»Das ist ja ein Ding.« Katharina lässt sich auf die Couch plumpsen.

»Deswegen habe ich dich ja auch heute Morgen auf dem Festnetz angerufen. Ich wollte es dir erzählen, aber es kam immer irgendwas dazwischen.«

»Dieser Mistkerl!«

»Was, wieso?«

»Hilft mir, mein Zeug bei Jörn herauszuschleppen, hat die ganze Zeit total gute Laune dabei, so dass ich ihn schon gefragt habe, ob er irgendwas eingeworfen hat, verrät mir aber mit keinem Wort, dass du der Grund für sein breites Grinsen bist.«

Ich atme erleichtert auf. »Na ja, eigentlich ist ja noch nichts passiert. Wir schicken uns ab und zu mal ein paar Nachrichten. Du hast aber kein Problem damit, oder?«

»Was? Warum sollte ich? Ich freu mich für dich. Alex ist ein total netter Typ. Ihr passt gut zusammen.«

»Hm«, mache ich und rümpfe die Nase. »Mir fällt gerade ein, dass du letztens noch gesagt hast, Alex sei dir zu langweilig, der kleine Bruder von nett usw. …«

»Na und? Du bist auch nett. Ich kenne keinen Menschen, der so gutherzig ist wie du. Du hast also auch einen netten Partner verdient. Ich brauche einen, an dem ich mich reiben kann.«

»Sie steht auf Kerle mit einem leichten Arschlochfaktor«, erkläre ich Mandy, die die ganze Zeit schweigend zuhört.

»Ich auch«, sagt sie und lacht.

Katharina hebt ihr Glas und prostet Mandy zu. »Auf Nora und Alex.« Sie sieht mich an. »Das ist so was von süß … ihr beiden … Er soll übrigens sehr gut küssen können.«

Mandy verschluckt sich vor Lachen an ihrem Erdbeerlimes. Ich werde rot.

»Das hat Doro erzählt. Keine Angst, da lief nichts zwischen den beiden. Aber bei der letzten Weihnachtsfeier im Verein haben wir für einen guten Zweck gesammelt und die Einnahmen gespendet. Jeder hat etwas dazu beigetragen. Einen Kuchen, Getränke … Ein paar der Jungs haben das vergessen, also wurden sie dazu verdonnert, jeweils einen Kuss zu versteigern. Soweit ich mich erinnere, hat Doro fünfzig Euro dafür bezahlt und danach mit glänzenden Augen erzählt, der Kuss sei jeden einzelnen Cent wert gewesen, und wenn sie nicht glücklich verheiratet wäre, könnte sie fast schwach werden. Also, küssen kann er.«

»Dann musst du dir darüber also schon mal keine Gedanken mehr machen«, sagt Mandy und wischt sich eine Lachträne aus den Augen. Ich werfe ihr einen bösen Blick zu, aber das macht es nur noch schlimmer. Mandy kriegt sich gar nicht mehr ein. Ihr Glucksen ist so ansteckend, dass ich auch lachen muss.

»Was ist los, warum lacht ihr so?«, fragt Katharina.

»Mandy hat mir heute Nachmittag gesagt, Männer, die nicht gut küssen können, würden auch im Bett nichts taugen«, erkläre ich.

»Da hat sie absolut recht«, sagt Katharina trocken. »Harvey ist übrigens Experte in Sachen Küssen, aber das nur am Rande.«

»Willst du nicht nachschauen, was Alex dir geschrieben hat?«, fragt Mandy.

Ich hole mein Handy und laufe an wie eine rote Tomate, als ich lese:

Ist es sehr vermessen von mir, dir einen sanften Kuss durch die Nacht zu schicken? Du darfst dir aussuchen, wohin. Alex

27. Kapitel

Wir haben alle drei einen Kater, als wir am Morgen zu Klara gehen. Konstantin ist schon da. Er steht an die Arbeitsplatte gelehnt vor dem Fenster und lächelt, als wir in die Küche kommen.

»Oh, noch eine Schönheit mehr.«

Bei Katharina beißt er damit auf Granit. »Das ist also Mr Charming«, sagt sie unbeeindruckt. Wir haben ihr gestern in allen Einzelheiten von ihm erzählt. Sie weiß, dass Mandy auf ihn steht. Katharinas Beuteschema entspricht er gar nicht. Er ist viel zu glatt für ihren Geschmack.

»Konstantin, das ist meine Freundin Katharina«, sage ich.

»Eine Frau mit Charakter, hallo.« Er streckt ihr die Hand hin, sie greift zu.

»Eine Frau mit Kater, würde ich eher sagen«, antwortet sie. Da erscheint Klara in der Küche, gefolgt von Ella und Jane.

Sie gibt Katharina die Hand. »Du hast einen Kater?«, sagt sie, »da werden sich meine beiden Katzendamen aber freuen.«

»Wir alle drei«, erkläre ich. »Gestern Abend wurde es recht spät.«

»Ich hoffe, der Erdbeerlimes hat geschmeckt.« Klara sieht uns schmunzelnd an. »Frisch aufgesetzt ist er am besten.«

»Ich habe die Flasche genommen«, sagt Mandy und hält Klara die Box mit den Fotos hin. »Ich wollte dir die Bilder von Mama bringen, aber du warst ja anscheinend mit Oma und Edith unterwegs. Da hatte ich plötzlich das Bedürfnis, mich zu betrinken.«

Klara zieht überrascht eine Augenbraue nach oben, geht aber nicht weiter auf Mandys Anspielung ein.

»Und ich armer Tropf saß mit meinem Cognac ganz allein zu Hause«, beschwert sich Konstantin, »während ihr eine kleine Party gefeiert habt.«

»Feiern ist eher nicht der richtige Ausdruck. Vor drei Monaten ist meine Mutter gestorben. Und gestern hat sich meine Beziehung in Wohlgefallen aufgelöst. Mir ist klargeworden, dass ich außer meiner Oma keine Familie mehr habe. Da kam mir die Flasche Erdbeerlimes gerade recht.«

Oje, Mandy ist auf Krawall gebürstet. Gestern hatte sie den ganzen Abend über gute Laune, aber die scheint verflogen zu sein. Ich überlege gerade, ob ich da irgendwie eingreifen soll, da kommt Konstantin mir zuvor. Er streicht ihr mit dem Zeigefinger über die Wange und lächelt sie an. »Das wusste ich nicht.«

Die kleine zärtliche Geste bewirkt Wunder. Mandy seufzt. »Tut mir leid, es ist nur so, dass mir momentan alles irgendwie über den Kopf wächst.«

Klara zieht einen Stuhl vom Tisch und sieht Mandy

an. »Setz dich, Kind, iss erst einmal was.« Sie schüttet ihr einen Kaffee ein. »Danke für die Fotos. Deine Oma kommt nachher auch. Ich würde sie gern mit euch beiden gemeinsam anschauen.«

»Echt?«

Klara nickt. »Es ist an der Zeit … Aber lass uns das nach dem Frühstück besprechen.«

Mandy wirft mir einen langen Blick zu. Sie denkt bestimmt, dass wir recht haben mit unserer Vater-Theorie …

Ein ausgiebiges Frühstück beschleunigt den Abbau von Restalkohol nicht, aber immerhin hilft es, dass wir uns nicht mehr ganz so verkatert fühlen. Wir langen ordentlich zu und unterhalten uns dabei ungezwungen. Mandy schweigt die meiste Zeit. Konstantin beobachtet sie, stelle ich fest. Ob er Mandys Ritter auf dem weißen Pferd ist? Bei dem Gedanken muss ich schmunzeln.

Katharina sieht mich fragend an. Ich schiele zu Konstantin, da lächelt sie auch. Meine Freundin versteht mich.

»So«, sagt Klara, als wir alle satt sind. »Jetzt geht es also auf Schatzsuche.«

»Und du möchtest wirklich nicht mitkommen?«, frage ich.

Klara schüttelt den Kopf. »Geht ihr mal. Hilde kommt gleich zu mir. Wir haben noch einiges zu besprechen.«

»Was war denn vorhin auf einmal los mit dir?«, frage ich Mandy, als wir über Konstantins Grundstück auf das Schilf zusteuern. Katharina und Konstantin stehen noch vor dem Haus, vertieft in ein Gespräch über die Konstruktion des Karnickelbaus.

»Ich bin heute Morgen aufgewacht und fand es plötzlich sehr unfair, dass meine Mutter gestorben ist, ohne jemals erfahren zu haben, wer ihr Vater ist. Wenn es wirklich irgendein russischer Urlauber war, schön und gut ... aber sollte es Klaras Bruder gewesen sein, dann hätte sie es wissen sollen. Ich denke, sie hätte ein Recht darauf gehabt. Na ja, und dann habe ich mich so sehr in den Gedanken reingesteigert, dass ich mich auf einmal gefragt habe, was eigentlich mit meinem Vater ist. Ich hatte plötzlich Zweifel, dass meine Mutter ihn wirklich nicht näher gekannt hat. Als Kind bist du doch darauf angewiesen, dass deine Eltern dir die Wahrheit sagen. Oder wie denkst du darüber?«

»Schwierig. Ganz ehrlich, ich weiß es nicht. Du kennst die genauen Umstände nicht. Vielleicht gibt es ja eine Erklärung für das alles. Es ist doch schon mal gut, dass Klara und deine Oma sich anscheinend wieder vertragen haben. Sie waren gestern unterwegs, und heute kommt sie auch. Warte mal ab, was passiert, wenn ihr die Fotos anschaut.«

»Du hast recht.«

Wir bleiben stehen, um auf Katharina und Konstantin zu warten.

»Er beobachtet dich.«

Mandy grinst. »Ich weiß.«

»Na dann!« Konstantin schüttet den Inhalt einer großen Segeltuchtasche aus. Eine Heckenschere, ein Stemmeisen, eine große Baulampe, vier kleinere Taschenlampen, vier Paar Arbeitshandschuhe, vier gelbe Sicherheitshelme, einige Schraubenzieher purzeln auf den Boden. »Am besten, ihr lasst die Helme und die Handschuhe die ganze Zeit über an«, erklärt er.

»Ja, Chef!« Ich setze mir einen der Helme auf.

Mandy fängt sofort an zu glucksen. »Du siehst aus wie Bob der Baumeister.«

»So fühle ich mich auch.« Ich klatsche in die Hände. »Auf geht's!«

Wir schneiden das Brombeergestrüpp um die Holzplatte herum großzügig weg. Konstantin setzt das Stemmeisen an, das Holz knarzt etwas, und die Platte löst sich. Er schiebt sie komplett zur Seite …

»Das gibt es doch nicht!«, entfährt es mir.

Wir stehen tatsächlich vor einem Eingang, der unter die Erde führt. Die Seitenwände sind betoniert. Eine Stahltreppe führt in die Tiefe.

Konstantin leuchtet mit einer Taschenlampe hinein. »Etwa drei Meter.«

»Das sieht nicht gerade einladend aus«, sage ich. »Meinst du, wir können da runtersteigen?«

Konstantin bückt sich und zieht ein Gerät in der Größe eines Taschenrechners aus einem Extrafach in der Segeltuchtasche.

»Das ist ein Sauerstoffmessgerät. Ich geh runter und schaue mir das erst einmal an. Ihr wartet hier.«

Wir schauen zu, wie er die steile Treppe nach unten klettert. Er tritt mit dem Fuß fest gegen jede Stufe, um zu kontrollieren, ob sie hält. Als er unten ist, schaut er kurz zu uns hoch. »Dauert nicht lang«, ruft er und verschwindet. Kurz darauf erscheint er wieder auf der Bildfläche. »Alles klar, ihr könnt runterkommen.«

Mandy steigt zuerst hinab, danach geht Katharina. Ich atme tief durch, bevor ich mich auch auf den Weg mache. Ein bisschen mulmig ist mir schon bei der Aktion.

»Hier ist ja total viel Platz«, sage ich verwundert, als ich bei den anderen ankomme. Wir stehen vor einem breiten Gang. Boden, Wände und Decke sind betoniert.

»Ich vermute mal, er führt bis zum Haus«, sagt Konstantin. »Wollen wir?«

»Auf jeden Fall!« Mandy macht sich sofort auf den Weg.

»Warte, lass uns bitte zusammenbleiben.« Ich laufe hinter ihr her. Und auch Konstantin und Katharina schließen auf.

»Vielleicht ist es nur ein Notausgang aus dem Haus gewesen«, mutmaße ich, aber damit liege ich falsch. Wir sind vielleicht fünf Meter gegangen, als wir plötzlich auf der rechten Seite vor einer einfachen Holztür stehen. Konstantin drückt sie auf und leuchtet in den Raum, der dahinter liegt. Das nackte Gestell eines Metallbettes, das an der Wand steht, sticht sofort ins Auge. Ansonsten ist der vielleicht zehn Quadratmeter große Raum leer.

»Ein Versteck«, sagt Mandy, »für Menschen!«

»Könnte sein.« Die jüdische Familie, von der Mandy mir erzählt hat, schießt mir durch den Kopf. Ob Klaras Großeltern ihnen vielleicht Unterschlupf gewährt haben? Ich reibe mir über die Arme. Es ist kalt hier unten. Und es riecht muffig.

»Lasst uns weitergehen.« Konstantin leuchtet den Gang entlang. »Ein paar Meter weiter vorne endet der Tunnel. Dort ist noch eine Tür.«

Auch die lässt sich einfach aufdrücken.

»Wow!«, entfährt es mir, als wir alle vier gleichzeitig in den nicht sehr großen Raum hineinleuchten.

»Ich habe Gänsehaut«, flüstert Katharina.

Im Raum stehen zwei Tische. Auf beiden stapeln sich Einmachgläser in den verschiedensten Farben. Katharina denkt sicher an den Marmeladenschrein in Julians Arbeitszimmer …

»In den süßesten Früchten steckt ein Geheimnis«, sagt Mandy. Ihre Stimme klingt rau.

Ich gehe zum ersten Tisch, nehme eins der Gläser herunter und leuchte auf das Etikett.

»Himbeermarmelade«, lese ich vor. »September 1962.«

»Das ist ja der Hammer!« Katharina steht sofort neben mir. »Meinst du, die ist noch genießbar?«

»Das kommt auf den Zuckergehalt an. Und darauf, ob der Hersteller oder die Herstellerin auf Hygiene geachtet hat. Aber theoretisch könnte sie durchaus noch essbar sein.«

Wir holen nacheinander verschiedene Gläser vom Tisch, durchleuchten den Inhalt und lesen die Etiketten. Neben Marmeladen entdecken wir auch eingemachtes Obst und sauer eingelegtes Gemüse. Alle wurden in den sechziger Jahren hergestellt.

Als ein lautes Krachen ertönt, zucken wir erschrocken zusammen. Staub wirbelt durch die Luft.

Mein Herz zieht sich zusammen, aber da sagt Konstantin: »Alles okay. Tut mir leid, ich wusste nicht, dass hier gleich alles zusammenfällt. Hier ist ein Durchgang zum Keller des Hauses. Er wurde mit einer Holzplatte verkleidet und von außen verputzt. Ich habe nur leicht dagegengedrückt. Und schwups – fiel es in sich zusammen.«

Ich muss husten. Der Staub kitzelt in meinem Hals. Und der Schreck sitzt tief in meinen Knochen. »Dann geht es da nach draußen?«

»Ja.«

»Ich brauche unbedingt frische Luft«, sage ich.

Katharina greift nach meiner Hand. »Ich auch.«

Nur wenige Sekunden später stehen wir alle in den Trümmern des Hauses, das früher Klaras Großeltern gehört hat. Wir schauen hinunter zum Brombeerbusch.

»Ein Geheimgang mit versteckten Zimmern, eins für Menschen, eins für Vorräte«, überlege ich laut.

»Sollen wir nicht ein paar Gläser für Klara mitnehmen?«, fragt Mandy.

»Ich gehe da jetzt nicht noch mal runter«, sagt Katharina sofort. »Ich muss erst einmal Sonne tanken. Als ich das Bett gesehen habe, ist mir richtig schlecht geworden. Wer weiß, was da unten passiert ist.«

»Lass uns zu Klara gehen und ihr erzählen, was wir dort entdeckt haben«, schlage ich vor. »Und dann kommen wir noch mal mit Kisten wieder, um die Marmeladen da unten rauszuholen.«

»Das hört sich vernünftig an«, pflichtet mir Konstantin bei.

»Na gut.« Ich sehe es Mandy an der Nasenspitze an, dass sie immer noch hofft, in den Gläsern verborgenen Schmuck zu finden. Aber sie fügt sich der Mehrheit.

Als wir aus Konstantins Garten gehen, bleibe ich stehen und betrachte noch einmal das schöne grüne Schilfbild.

»Mein Angebot steht noch. Dein Porträt gegen das Bild«, sagt Konstantin.

»Geht es dir nur um ein Porträt von mir, oder versprichst du dir mehr davon?«, frage ich ihn direkt.

»Es geht um deine Persönlichkeit. Ich würde sie einfach gern auf Leinwand festhalten, ohne jeglichen Hintergedanken. Wenn ich andere Absichten hätte, würde ich dich nicht malen wollen. Das trenne ich strikt.«

»Das ist gut, dann gern.«

»Was ist?«, ruft Mandy, die mit Katharina schon weitergegangen ist. »Kommt ihr?«

»Sie mag dich«, sage ich. »Sehr.«

»Ich sie auch.« Er lächelt. »Deswegen male ich sie auch nicht. Ich glaube bloß, es ist noch zu früh, mich wieder zu verlieben.«

»Und das kannst du einfach so steuern?«

Er seufzt. »Du hast recht. Ich bin ein Idiot.«

»Nein, bist du nicht. Du bist vorsichtig. Das kann ich gut verstehen. Mir geht es ähnlich. Aber ich habe jemanden kennengelernt, der mich meine Vorsicht langsam vergessen lässt. Und das fühlt sich gut an. Vielleicht stellst du das auch fest, wenn du es zulässt.«

»Sie ist atemberaubend«, sagt Konstantin. »Und ich

bin wirklich ein Idiot, auch wenn du es gerade so nett gerechtfertigt hast.«

Wir gehen hinter Mandy und Katharina her und holen sie vor Klaras Haus ein.

Vor der Tür boxt Mandy Konstantin plötzlich so fest in die Seite, dass er aufschreit. »Au!«

»Du hast uns einen ganz schönen Schrecken eingejagt da unten. Mir ist das Herz in die Hose gerutscht, als die Wand eingekracht ist«, sagt sie und boxt noch einmal zu.

»Pass lieber auf, Konstantin. Ich glaube, Mandy ist heute gefährlich«, erklärt Katharina. »Sie muss lange aufgestaute Aggressionen loswerden.«

»Da fällt mir allerdings was Besseres ein.« Konstantin sieht Mandy ernst an. »Hast du heute Abend schon was vor?«

Es ist beruhigend zu sehen, dass ich nicht die Einzige bin, die hin und wieder mal anläuft wie eine überreife Tomate. Bei Mandy fällt es durch ihre dunklere Hautfarbe zwar weniger auf, aber es ist doch offensichtlich.

»Ich weiß nicht«, sagt sie und klingt auf einmal sehr schüchtern.

Katharina rollt mit den Augen. »Mandy kommt!«, sagt sie zu Konstantin. »Und wenn wir sie gefesselt zu dir bringen müssen.«

»Gute Idee!«, pflichte ich ihr bei.

»Ihr seid gemein«, schimpft Mandy, aber ihre Augen funkeln fröhlich dabei.

Konstantin fängt laut an zu lachen. »Keine Angst«, sagt er zu Mandy. »Ich stehe nicht auf Fesselspiele.«

»Dann komme ich gern – freiwillig.« Mandy strahlt, als sie das sagt und die Tür zu Klaras Haus öffnet.

In der Küche sitzen Klara, Hilde und Edith am Tisch. Sie sehen sich die Fotos an, die Mandy vorhin mitgebracht hat. Als Klara uns reinkommen sieht, sagt sie: »Da seid ihr ja.«

»Und?«, fragt Hilde. »Was habt ihr gefunden? Kommt, setzt euch zu uns.« Sie drückt Mandy einen Kuss auf die Wange, als die sich neben sie setzt. Hildes Augen leuchten. Auch Klara macht einen zufriedenen Eindruck.

»Erzähl du«, sage ich zu Mandy.

»Also gut …« Mandy erzählt den drei alten Damen ausführlich, was wir dort unten entdeckt haben. Klaras Augen werden immer größer.

Als Mandy ihren Bericht beendet hat, sagt Klara: »Ich hatte keine Ahnung, dass es einen zweiten Eingang durch den Garten gibt. Ich bin wirklich davon ausgegangen, dass ihr einen zusätzlichen Vorratsraum entdeckt habt. Das war im Krieg manchmal so üblich. Dort wurden Kaffee, Fleisch und andere wertvolle Lebensmittel aufbewahrt.«

»Es sieht auf jeden Fall so aus, als hätten deine Großeltern da unten jemanden versteckt. Wir dachten da vielleicht an diese jüdische Familie, die angeblich deportiert worden ist.«

Klara sieht Hilde an. »Soll ich oder möchtest du?«

»Mach du das, du findest die besseren Worte.«

»Wollt ihr lieber unter euch sein?«, fragt Katharina.

Wieder sieht Klara Hilde an. Die schüttelt den Kopf.

»Nein, es wurde all die Jahre genug verheimlicht. Bleibt ruhig hier.«

Ich rutsche gespannt auf meinem Stuhl herum.

»Es ist so …«, sagt Klara. »Ich bin nicht Julians Großtante, ich bin seine Oma. Aber ich bin Mandys Tante.«

»Siehst du«, sagt Mandy zu mir. »Das haben wir uns doch gedacht.« Sie hat die Tragweite der Worte anscheinend noch nicht verstanden.

»Sie ist deine Tante«, erkläre ich. »Das heißt, Klaras Bruder ist nicht der Vater deiner Mutter. Sonst wäre Klara doch deine Großtante.«

»Hä? Ich verstehe nur Bahnhof.« Mandy kratzt sich am Kopf. »Mit Verwandtschaftsgraden hatte ich es noch nie besonders.«

»Deine Mutter war meine Schwester«, sagt Klara. »Wir haben denselben Vater.«

Mandy sieht ihre Oma an. Die ist ganz blass und beißt auf ihrer Unterlippe herum. »Du hattest ein Verhältnis mit Klaras Vater?«

»So kann man es nicht nennen«, sagt Hilde mit zittriger Stimme.

»Mein Vater war ein Schwein«, erklärt Klara. Ihre Stimme klingt hart. »Er hat sich genommen, was er wollte, ohne vorher zu fragen.«

»Echt?« Tränen schießen in Mandys Gesicht. Sie greift nach Hildes Hand. »Deswegen hast du nie darüber gesprochen? Er hat dich vergewaltigt?«

Hilde nickt. Sie braucht einen Moment, um sich zu sammeln. »Es ist passiert, nachdem Klaras Bruder sich in den Westen abgesetzt hat. Klaras Vater war sturzbetrunken. Er hat immer sehr viel getrunken, wisst ihr.«

»Das ist aber keine Entschuldigung, Oma.« Mandy hält immer noch ihre Hand.

»Du hast recht, Mandy«, sagt Klara. »Das ist keine Entschuldigung. Wie gesagt, mein Vater war ein Schwein. Er hat meine Mutter und meinen Bruder geschlagen. Mich hat er nur in Ruhe gelassen, weil er mich bemitleidet hat. Ich war das arme Ding mit dem Feuermal. Als ich dann mit gerade mal fünfzehn schwanger wurde, hat er sich so für mich geschämt, dass ich versteckt wurde, als die ersten Anzeichen zu sehen waren. Niemand sollte wissen, dass ich ein Kind zur Welt bringen werde.«

»Sie haben dich im Keller deiner Großeltern versteckt ...«, sage ich.

»Ja, mehr als drei Monate lang. Offiziell war ich bei den Eltern von Helmuts Frau, um ihnen auf dem Feld zu helfen. Mein Bruder war damals schon mit Ilse verheiratet. Als Margot dann zur Welt kam, erzählten alle, es sei Ilses und Helmuts Kind. Ich war fünfzehn und im ersten Moment einfach nur froh, dass ich die Verantwortung los war. Ich wollte nur, dass es meinem Kind gutgeht. Und alle haben mir gesagt, bei meinem Bruder wäre es besser aufgehoben als bei mir. Und dann ist er 1961 in den Westen geflüchtet. Er hat Margot mitgenommen. Und ich habe mich all die Jahre irgendwie damit arrangiert.«

Es ist still am Tisch. Alle müssen erst einmal verdauen, was Klara gerade erzählt hat.

»Dein Bruder war immer gut zu Margot«, sage ich nach einer Weile. »Und Julian war er ein guter Opa.«

»Das weiß ich, dank dir. Und das erleichtert mich sehr. Ich habe meinen Bruder all die Jahre gehasst. Er hat mir meine Tochter genommen …« Sie sieht Hilde an. »Und ich dachte, dass er es war, der Hilde geschwängert und sitzengelassen hat. Dass es mein Vater war, habe ich erst erfahren, als Hildes Tochter gestorben war. Es war im ersten Moment ein Schock. Ich habe Hilde die Schuld für mein Unglück gegeben. Es hatte gar keinen Grund gegeben, meinen Bruder jahrelang zu hassen. Er hatte Hilde nichts angetan. Und für Margot wollte er nur das Beste. Es war gut, dass er sich rechtzeitig in den Westen abgesetzt hat. Dort hatten sie eine Perspektive. Es ist mir schwergefallen, mir einzugestehen, dass ich diejenige bin, die nicht nur einen, sondern gleich mehrere Fehler begangen hat.«

»Ich weiß, dass sich das jetzt egoistisch anhört, was ich sage«, erklärt Mandy, »aber das ist alles verdammt lang her. Jetzt, wo ich es weiß, bin ich froh, dass meine Mutter nie erfahren hat, wer ihr Vater war. Es hätte ihr das Herz gebrochen, wenn sie gewusst hätte, was er dir angetan hat, Oma. Aber der Kerl ist längst tot …« Sie lächelt. »Ganz ehrlich, ich freu mich einfach nur darüber, dass ich jetzt Teil einer größeren Familie bin. Ich habe eine Oma, eine Tante, einen Onkel, einen Cousin und eine Cousine. Oder Großcousine? Egal, Verwandte eben.« Sie sieht mich an und lacht. »Auch wenn du nur angeheiratet bist.«

»Puh!«, meldet sich Katharina da zu Wort. Sie wischt sich eine Träne aus dem Auge. »Ich wäre auch gern Teil dieser Familie.«

»Ich könnte dich adoptieren«, scherzt Klara.

»Das wäre keine schlechte Idee. Mein Vater ist nämlich auch ein Schwein. Er schlägt meine Mutter. Aber sie kehrt immer wieder zu ihm zurück.«

»Dich auch?«, fragt Klara.

Katharina schweigt einen Moment. »Früher manchmal …«

»Das wusste ich gar nicht«, sage ich entsetzt. »Ich dachte, er hat nur deine Mutter geschlagen.«

»Ich habe mich deswegen geschämt. Bisher habe ich es niemandem erzählt.« Sie sieht Hilde an. »Ich kann gut verstehen, dass du das mit Klaras Vater für dich behalten hast.«

»Aber frisst es einen nicht über all die Jahre auf, wenn man mit niemandem darüber reden kann?«, fragt Mandy.

»Irgendwann habe ich es verdrängt, einfach nicht mehr daran gedacht. Er konnte sich anscheinend nicht mehr daran erinnern, so sturzbesoffen war er damals gewesen. Und das Leben geht weiter.«

»Kaffee?«, fragt Edith plötzlich in die Runde. Ihre Stimme klingt fröhlich. Sie hat die ganze Zeit mit am Tisch gesessen und zugehört.

»Ja, das ist eine gute Idee. Oder vielleicht ein Glas Champagner mit Erdbeerlimes?«, schlägt Klara vor und erhebt sich vom Tisch. »Wir haben heute noch viel vor. Frau Schmitz kommt am Nachmittag. Wir müssen Kuchen backen, die Marmelade muss gekocht werden …« Sie stockt. »*In den süßesten Früchten steckt ein Geheimnis* … Das hat meine Oma oft zu mir gesagt, wenn sie meinen kugelrunden Bauch gestreichelt hat. Die Sache mit dem Schmuck in den Gläsern könnt ihr also vergessen.«

Wir fangen alle gleichzeitig an zu lachen.

»Darf ich dich noch etwas fragen?«, sage ich zu Klara, als ich neben ihr an der Arbeitsplatte stehe, um Champagner auf den Erdbeerlimes zu schütten.

»Aber sicher, frag nur.«

»Du hast uns nicht erzählt, wer Margots Vater ist, nur, dass du mit fünfzehn schwanger warst.«

»Ein Freund meines Bruders. Er war sechs Jahre älter als ich, sehr charmant, und ihn hat mein Feuermal nicht gestört. Ich habe mich hoffnungslos in ihn verliebt. Aber er hat mich sitzenlassen, als das mit der Schwangerschaft rauskam.«

»Was ist aus ihm geworden?«, frage ich. »Lebt er noch?«

»Keine Ahnung.« Klara zuckt mit den Schultern. »Ich habe ihn nie wiedergesehen. Er ist noch vor Margots Geburt spurlos verschwunden. Man erzählt sich, er fuhr mit dem Boot raus und ging über Bord. Die Ostsee kann mitunter recht stürmisch sein.«

»Hast du kurz vorher einen Wunsch ans Universum geschickt?«, frage ich.

Klara fängt laut an zu lachen. »Nein. Wie kommst du denn darauf?«

Klaras Erdbeerkonfitüre

Erdbeeren haben wenig Pektin und viel Wasser. Sie müssen zweimal aufgekocht und über Nacht kühl gestellt werden, damit der Zucker die Früchte komplett durchdringt.

1 Kilo Erdbeeren
800 Gramm weißer Zucker
3 Esslöffel frisch ausgepresster Zitronensaft
1 gute Prise Liebe

Die vollreifen, frisch geernteten Erdbeeren mit dem Zucker und dem Zitronensaft in einer Schüssel (nicht aus Metall) vermischen und eine gute Stunde ziehen lassen.
Die Masse in einem Topf bis zum ersten Aufkochen erhitzen. Dabei gut und mit Liebe umrühren.
Wieder in die Schüssel geben und über Nacht kühl stellen.
Am nächsten Tag die Prozedur wiederholen: aufkochen und kühl stellen.
Erdbeeren in einem großen Topf (wenn möglich aus Kupfer, damit erziele ich die allerbesten Resultate) etwa 8–10 Minuten bei starker Hitze sprudelnd kochen lassen. Dabei wieder liebevoll umrühren!

Gelierprobe: Einen Klecks Konfitüre auf einen kalten Teller geben. Geliert sie, ist sie fertig. Man kann auch etwas Apfelpektin in die Masse rühren, wenn man die Konfitüre etwas fester mag.

Rezepte

Noras Holunderblütengelee	S. 19
Brombeerkonfitüre mit Lavendelblüten	S. 72
Noras Likör aus grünen Walnüssen	S. 123
Klaras schwarze Nüsse	S. 235
Mandys Gurkenlikör	S. 288
Brioche im Glas	S. 330
Klaras Erdbeerkonfitüre	S. 409

Danke …

Evelyn Mündörfer, in deren Finnhäuschen ich gewohnt habe. Es hat mich zum Schreiben inspiriert. Ich komme gern wieder. Rainhard und Wera Frässdorf, die mir viel über Kinnbackenhagen erzählt haben. Es war sehr schön bei euch.

Aylin Salzmann vom Ullstein Verlag, die geduldig auf das Manuskript gewartet hat. Ich freue mich sehr auf das nächste Buch.

Angela Leinen, die den Text lektoriert und für den nötigen Feinschliff gesorgt hat.

Bastian Schlück, meinem Agenten. Wenn Sie anrufen, ertönt noch immer die James-Bond-Titelmelodie …

Elfie, Elisabeth und Gerlinde, meine LovelyBooks-Vorableserinnen. Es hat Spaß gemacht, mal vor Erscheinen über das Buch zu diskutieren.

Birgit Frasen-Reich, die mir das Brioche-Rezept verraten hat. Die kleinen Hefeküchlein sind ein Gedicht!